김모나

# 미러 나인
Mirror No. 9

1 - 눈꽃의 마법사와 황야의 마법사

도서출판
앵초

미러 나인 Mirror No. 9
1. 눈꽃의 마법사와 황야의 마법사.
2022. 11. 20 1판 1쇄 발행

지은이 김모나
편집디자인 김정민
인쇄 프린트세일
펴낸이 김정민
펴낸곳 도서출판앵초
주소 경기도 가평군 청평면 잠곡로 120-136
전화 010-9912-4020
등록 2020년 01월 06일
등록번호 760-96-01050

ISBN 979-11-969369-3-8
가격 14,000원

Copyright ©2022 by Aengcho Company All rights reserved First edition printed 2022, printed in korea

김모나

# 미러 나인
Mirror No. 9

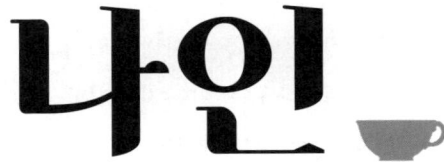

1 - 눈꽃의 마법사와 황야의 마법사

도서출판
앵초

## 작가의 말

　본 책은 제가 2018년부터 지금에 이르기까지, 블로그와 트위터를 통해 풀어갔던 이야기 중 일부를 모아 묶은 것입니다. 제가 좋아하는 상상 친구들의 이야기를 오래도록 들어주시던 분들, 더불어 이 책을 구매함으로써 새롭게 저의 상상을 들어주시고자 자리에 앉아주신 모든 분께 이 자리를 빌어 감사의 인사를 올리고자 합니다.

　이 이야기는 통쾌한 활극이 아닙니다. 판타지이면서 미스터리물이고, 더불어 제가 오래도록 호기심을 느껴온, 제가 사랑하는 '인간다움'에 관한 이야기입니다. 비주류와 괴물의 이야기이고, 사랑에 관한 이야기입니다. 제가 사랑스럽다고 생각한, 혹은 사랑스럽진 않으나 '인간적'이라고 느낀 사람들이 한가득 나오는 이야기이기에 이 모든 이야기가 여러분에게는 어떤 색채를 품고 다가가게 될지 궁금합니다. 부디 이 모든 이야기가 여러분에게 상처가 아니기를, 더불어 즐거운 나들이가 되기를 바랄 따름입니다.

　저는 여전히 미러나인 속 세계를 상상하고 있고, 아직 항해 중입니다. 언젠가 여러분과 책이라는 섬에서 다시 조우하게 된다면, 그때에도 즐거운 이야기를 들려드릴 수 있기를 희망합니다.

　더불어 좋은 제안을 통해 이 책이 세상의 빛을 보게 해주신 출판사 관계자께도 이 자리를 빌어 감사한다는 말씀을 올립니다.

2022년 가을, 김모나

　　　　추신. 이 책은 놀랍게도 해적물입니다.
　　　　　　해적선이 나오지 않았지만요.

# 목차

1. Snow White

2. Witch of the West

3. 연극이 끝나고 난 후

4. The Calm Before the Storm

5. Non_Mainstreamer

# 1.
# Snow White

# 1. Snow White

영원히 타오를 것이라고 약속했던 불길은 5년 만에 잡혔다. A는 역한 냄새와 산더미 같은 재만 간신히 남기고 불씨까지 사그라진 화로를 생각했다. 일이 왜 이렇게 되었는지 알 수 없었다. 자신이 왜 여기까지 오고 말았는지조차도.

슬슬 팔까지 저려오기 시작했다. 구름보다 조금 낮은 위치를 떠다니는 한 줄기 칼바람이 그의 머리칼을 쓸었다. 평생 올라올 일이 없을 거라 믿었던 탑 위에서, 사람이라곤 믿기지 않을 만큼 무거운 '이종족'을 끌어올리려 안간힘을 쓰고 있다는 사실이 조금 우습기까지 했다. 정말이지, 영문을 알 수 없는 사태였다.

불길이 타오르지 않는 슈니플로케가 이토록 추웠다는 사실을 그는 꽤 오랫동안 잊고 있었다. 오랜만에 달까지 차게 얼었다. 저 산 너머에서 밀려오는 먹구름도 단단히 얼어붙은 눈구름일 것이 분명했다. 눈꽃의 도시는 이제야 5년간의 짧은 봄을 끝내고 다시 본연의 겨울로 돌아가려 하고 있었다. 젠장. 그런 간단한 욕지거리만 내뱉어도 호흡까지 하얗게 얼어붙었다. 명실상부 슈니플로케다운 밤이었다.

\*\*\*

A는 그날 아침 통보를 받았다. 얼마 되지도 않는 휴일 오후 9시쯤 일어나 아침으로 적당히 구운 토스트를 먹고 있는데, 무대 조연출이

그의 허름한 숙소로 뛰어 들어왔다. 숙소는 A를 포함하여 남자 여섯 명이 함께 썼다. 머릿수만큼 잡다한 물건이 많았다. 조연출은 숙소에 들어서자마자 문가에 가로놓여있는 사다리에 걸려 넘어질 뻔했다. 그는 장식장을 짚으려다 와장창, 하는 소리를 냈다. 손끝에 걸린 반짇고리를 엎은 것이다.

"아주 난장판이군."

조연출은 불만을 토로했다. A는 그 모습을 여상히 바라보며 바삭한 토스트를 우물거렸다.

"거기, 발 조심하세요. 못 튀어나와 있어요."

"너희 정리 좀 하고 살지 그러냐?"

"이 좁은 데서 여섯이서 사는데 한 놈이 정리한다고 뭐, 정리가 되겠어요?"

A는 조연출이 들어오는 방향을 향해 몸을 틀어 앉았다. 식탁 위에는 먹으려고 구워둔 식빵이 두 장 더 있었다. 유자로 만든 잼이 든 갈색 병이 눈에 띄었다. 조연출은 간신히 방 한구석 식탁까지 다가와 잼이 든 병을 들었다. 병에 희미하게 묻어있는 먼지와 라벨에 적힌 오래된 제조날짜를 보며 어깨를 가늘게 떨었다. A는 먹고 있던 토스트의 마지막 조각을 입에 쏙 넣었다.

"그나저나 뭔데 그렇게 급하게 뛰어왔어요? 쉬는 날이라고 다들 어젯밤부터 달려서 들어오지도 않았는데."

A는 빵 부스러기를 한 번 툭툭 털고 어깨만큼 오는 의자 등받이에 팔꿈치를 얹었다. 조연출은 떨떠름한 표정으로 갈색 병을 식탁 구석으로 슥 밀어두었다.

"오너가 너 찾는다. 지금 당장 준비하고 뛰어오래."

"네? 절 왜 찾는데요? 드디어 떼먹은 돈 좀 정산해 줄 마음이 생겼나?"

"허이고, 퍽이나…. 그 인간이 그렇게 착하면 내가 이렇게 안 뛰어 왔지."

조연출의 떨떠름한 표정은 A에게 고스란히 옮아붙었다. 극단 내에서 진득하게 유행하는 병이 하나 있다면 바로 그 표정이었다. 지독한 오너 때문에 모두 제대로 된 휴일을 보장받지 못함은 물론이요, 보수도 굶지 않을 만큼만 간신히 받고 있었다. 덕분에 뚱하고 우울한 표정은 좀처럼 극단 사람들로부터 떠날 줄을 몰랐다. A는 미처 다 먹지 못한 빵 위로 지저분한 보를 덮었다.

이후 그는 얼굴을 씻고 나와 낡은 수건으로 물기를 싹 훔쳤다. 외출 채비의 마지막은 늘 코트를 챙기는 일이었다. 그가 문간에 걸어둔 코트를 향해 손을 뻗자 그새 A가 앉았던 자리를 차지한 조연출이 목을 길게 빼고 그의 행동을 제지했다.

"밖에 안 춥다, 그냥 나가는 게 좋을걸. 더워 죽어."

"아, 그거 먹지 말라니까."

"요즘 같은 날씨에 밖에 그냥 두면 상하는데. 내가 먹는 게 훨씬 이득이라니까 그래."

"…젠장, 날씨 포근해지는 게 꼭 좋은 것만은 아니네요. 벌어서 남 먹여주는 취미 없는데."

숙소를 나서니 햇살과 함께 풋내가 밀려들었다. 푸릇한 세상이 아직은 낯설었다.

\* \* \*

A가 사는 슈니플로케는 대륙의 최북단에 선 도시다. 슈니플로케 북단을 가로막고 있는 아시브 산맥 너머로는 얼어붙은 바다가 있었

다. 부동항을 이용하려면 남단의 숲을 한참 지나 내려가야만 했다. 1년 365일 중 눈이 내리지 않는 날이 훨씬 적었다. 그만큼 지겹게 눈이 내리는 도시였다. 그래서인지, 남부 사람들은 듣기만 해도 얼어 죽을 것 같은 별명들을 이것저것 갖다 붙였다. 눈꽃의 도시, 얼어붙은 산골. 그곳에서 사는 사람으로선 썩 유쾌한 별명들은 아니었다.

그런 슈니플로케에 최근 몇 년 사이에 찾아온 봄은 이례적이었다. 그 산골에 사는 사람 가운데 영상의 기온을 제대로 누려본 사람은 몇 없었다. 봄은 매년 4월이 되면 찾아왔다. 도시 중앙에 탑이 선 이래, 매년 4월이면 풀이 돋았다.
 이 억세고 쌀쌀한 산골을 감당하지 못 하고 떠나간 귀족들이 많던 가운데, 유일하게 스노우화이트 가문이 마법을 통해 특정 반경 안의 기온을 조절하는 기후 조절 마법 '영원한 불길'을 창안했다. 불길은 얼어붙은 땅에 과분한 봄을 하사했다.
 이 땅을 구원한 스노우화이트 가문은 중앙 정부로부터 공을 인정받아 슈니플로케를 영지로 하사받았다. 그것에 반대하는 백성 또한 없었음은 물론이다. 동토의 백성이라고 영원히 가시지 않을 겨울과 사랑에 빠져 살진 않았으니까.
 그로부터 5년이 흘렀다. 없던 봄에 적응하느라 혹은 과거보다 훨씬 온난해진 겨울에 놀라느라 사람들은 더욱 바쁘게 살았다. 불길은 탑 위에서 타올랐다. 스노우화이트가 불을 피우고 백성들이 자진해서 탑 주변의 환경을 관리했다. 기온이 온난해지니 얼어붙은 산골이라는 악명 탓에 뜸했던 관광객들의 발길도 늘었다. 극단의 재정이 괜찮아진 것도 그 덕이었다. 연극은 백성이 잘살아야 함께 흥하는 대중오락인 까닭이었다.

"왜 하필 저예요?"

A가 무대 본관에 들어서자마자 극단의 연출 중 한 사람이 부산스럽게 뛰어나왔다. 그는 A의 팔 한쪽을 부여잡고 텅 빈 객석을 가로질렀다. 무대 뒤편, 극단 건물 가장 깊은 위치에 배우 대기실이 있었다. 그곳에서 오너가 기다린다고 했다. A는 이동하면서 간신히, 자신이 이렇게 급하게 끌려가게 된 자초지종을 얻어들을 수 있었다.

듣자하니 날씨가 풀려 더불어 살아나기 시작한 연극 시장에 투자하고 싶다는 남부 귀족이 하나 나타났다는 모양이었다. 남부에선 예술에 관심이 많기로 유명한 양반이라고 했다. 그가 슈니플로케 연극 시장을 직접 확인하기 위해 극단을 방문했다는 소식이었다. 여기까지 들었을 때 A는 아무런 감흥도 들지 않았다. 보통 그런 이야기는 오너 혹은 최소한 극단의 운영에 깊이 관여하는 인물들끼리 주고받을 일이었다.

"그거 하고 지금 제가 끌려가는 게 무슨 상관인지 모르겠다고요."

대기실 코앞에 이르러 그렇게 투덜거리자 연출은 그의 옷매무새를 단정히 다듬어주며 말했다.

"알다시피 하필 도착하신 오늘이 공연이 없는 날이잖아. 예정대로라면 모레 도착하신다고 했는데, 어찌 된 일인지 본의 아니게 일찍 도착하셨다나 뭐라나. 우리도 예정보다 일찍 오시는 바람에 뭐 준비해 둔 게 있어야지. 배우고 연출이고 작가고 오랜만에 쉰다고 자리 비운 마당에. 그래서 솔직하게 그렇게 알려드렸더니, 그럼 온 김에 극단에서 준비를 다 할 때까지 슈니플로케를 느긋하게 돌아보고 싶다고 하시더라. 혹시 한가한 단원이 하나라도 있으면 안내를 좀 부탁할 수 있겠냐고도 하시고."

"내가 한가할 거라고 짐작했어요? 왜요? 그것도 좀 기분 나쁜데."

"술 안 마셔, 취미 없어, 보러 갈 가족도 없어. 휴일에 숙소에 콕 틀어박혀서 뒹굴 사람이 너 말고 더 있어?"

"젠장. 내가 조만간 뭐라도 취미 만들어야지, 이젠 취미가 없다고 휴일에 일을 시키네."

"말 좀 예쁘게 하고. 슈니플로케는 처음이라니까 어딜 데려가나 좋다고 신기해할걸. 적당히 시간 보내면서 기분이나 좀 맞춰줘."

 연출이 제 목에 걸려있던 넥타이를 풀어 A의 목에 능숙하게 매어 주었다. A는 내키지 않는 표정으로 성의 없이 알겠다는 대답만 두세 번 반복했다.

 대기실에 들어서자 환하게 밝힌 불빛이 아른거렸다. 대기실엔 햇살이 함빡 들 만큼 큰 창이 없었다. 환기를 위해 뚫은 손바닥 만한 환풍구 하나만 간신히 났다. A는 태어나서 자신을 그토록 반기는 오너를 처음 보았다. 연출이 그를 가볍게 밀어 넣고 짧은 인사만을 남긴 후 대기실을 나가자 이번엔 오너가 과하게 그에게 친근한 척 굴며 그의 손목을 부여잡았다. 저항할 새도 없이 A는 대기실 중앙까지 끌려오고 말았다.

"이 아이가 오늘 하루 슈니플로케 시내를 안내해드릴 겁니다."

 오너가 인사를 하라는 듯이 옆구리를 은밀히 팔꿈치로 쿡 찔러왔다. A는 떠밀리듯이 눈앞에 앉은 사내에게 간결하게 인사를 건넨 후 자신의 이름을 소개했다. 가난한 생활을 오래 하다 보면 자연스럽게 눈치가 는다. 이렇다 할 상황 설명 없이 오너의 태도만으로도 눈앞의 사내가 문제의 남부 귀족이라는 사실을 알 것 같았다.

 입고 있는 옷은 스타일이야 제법 보기에 익숙했으나 재질은 A가 알던 것과 많이 달라 보였다. A는 실제로 그렇게 갖춰 입은 사람을 처음 보았다. 그간 다른 배우들이 귀족 역할을 연기하기 위해 이것저것 복잡하게 챙겨 입는 것도 더러 보았고 그들이 옷을 입는 것을 도와준 적도 많았으나, 무대 바깥에서 직접 저렇게 입고 다니는 사람이 있으리라곤 꿈에도 상상해 본 적이 없었다.

 A의 소개를 듣고 나서 어색한 침묵이 오래 흘렀다. 오너도 감히 입을 열지 못했다. 남작 가문의 도련님 쪽이 A를 머리부터 발끝까지 관찰하고 있었다. 묵언으로나마 평가까지 매기고 있을지도 몰랐다. A는 그 무거운 시선을 온당 받아내며 '남쪽 사람은 무례하다' 는 슈니플로케만의 날 선 격언을 마음속으로만 되뇌었다. 끝내 이 침묵을 끝까지 견디지 못한 건 나이도 많은 오너였다. 무언가 마음에 들지 않는 구석이 있으시냐고 물으며 A의 머리칼을 흘끔 쳐다보았다. 그럴 것이라고 짐작이야 했지만 오너라고 A가 특별히 마음에 들어서 이런 자리에 불러낸 게 아닌 모양이었다.
 극단 오너 뿐만이 아니었다. 나고 자라며 만난 수많은 사람이 그의 머리칼 색을 불길하게 여겼다. 백발에 붉은색 머리칼이 섞여 자연적으로는 나올 수 없는 색이라고들 했다. 사람들은 '자신이 생각지도 못한 색'을 타고났다는 사실만으로 손쉽게 A를 완전한 타자로 밀어내었다.
 A가 자신의 앞머리의 끝을 손끝으로 만져보았을 때, 귀족 도련님이 반 박자 늦게 오너의 질문에 대답했다.
 "아, 그런 건 아니에요."
 그의 입가에 미소가 걸리니 날카롭다고 생각했던 인상까지 금방 부드럽게 녹았다.
 "인간을 처음 보면 우선 관찰하는 습관이 있어서. 이해해주세요. 당신들에게 저희가 특별하듯이 저희에게도 인간은 몇백 년이 지나도 미지의 영역이라 말입니다."

 그가 소리 내어 웃자 오너도 어색하게나마 따라 웃었다. 반면 A는 그가 한 말을 단 한 글자도 이해하지 못하고 조금 넋이 나간 채로 서 있어야 했다. 말끝마다 인간이라니 귀족은 뭐, 인간이 아니라 인간 이상이라고 주장할 참인가? 이것 참, 큰일이다. 예상보다 더 미친놈인 것 같은데. 그런 험악한 생각이 치밀어올라, A는 표정 관리에 급급해졌다.

 문제의 도련님이 몸을 일으킨 후, 가벼운 발걸음으로 A의 앞에 다가가 악수를 청하듯이 손을 내밀었다.

 "소개가 늦었습니다. 프림데 시에서 온 레오폴트 그리폰입니다."

 그리폰. 이 나라에서 작위를 받은 귀족 중 유일한 이종족으로 유명했다. A는 그때에서야 눈앞의 사내가 했던 말의 맥을 짚을 수 있었다. 지금 그의 눈앞에서 마치 악수를 해달라는 듯이 손을 내민 이 사람은 겉으로 보기엔 그럴듯한 인간으로 보이지만, 속은 인간이 아닌 것이다. 본모습이 따로 있다. 다만 타고난 마법을 사용하여 인간의 모습을 취할 수 있을 뿐이다. 그러니 말끝마다 타인을 '인간'이라는 집단으로 묶는 버릇이 있다고 해도 이상한 일은 아니었다. 인간들도 그들을 '이종족'이라는 카테고리로 묶어 사고하니 말이다.

 "아, 그. 다시 한번 잘 부탁드립니다. A입니다."

 레오폴트 그리폰이 언제 손을 잡아줄 거냐는 듯이 손을 몇 번 까딱이자, A는 정신이 퍼뜩 들어 반 박자 늦게 그 손을 잡았다.

* * *

 동행한 지 몇 시간 만에 알게 된 사실이 몇 가지 있었다. 우선 A의 고향 슈니플로케는 악명만 높았지 제대로 알려진 바는 하나도 없었던 모양이었다. 레오폴트는 슈니플로케의 지형부터 관광지까지 무엇 하나 숙지하고 온 게 없어 보였다. A가 무엇을 추천하고 보여주든 그는 난생처음 흥미로운 것을 발견한 사람처럼 굴었다. 체험에도 적극적이었다.

"광장에 분수라니 굉장히 특이하네요."

"그런가요? 수도나, 블라우 같은 커다란 도시에도 많이들 있다고 들었는데."

"남부에도 분수가 없다는 의미는 아니지만, 많은 이들이 오가는 광장에 설치했다간 여론이 좋지 않을 겁니다."

"어째서요?"

"우리에겐 뼈 아픈 자원 낭비니까…."

A는 그의 태도가 마음에 들었다. 세상이 뒤집어져도 슈니플로케는 A의 고향이었다. 슈니플로케를 고향으로 둔 사람들이 그 땅을 욕하는 것과 타지 사람이 그 땅을 욕하는 것에는 하늘과 땅만큼의 차이가 있었다. 외지인이 슈니플로케를 알고 싶어 한다는 사실은 A의 마음을 넉넉하게 만들기 충분했다. "차 한 잔 정도는 제가 살게요." 하는 건방진 소리가 절로 나올 정도는 되었다.

"상상했던 것보다 굉장히 소탈하네요, 도련님은."

"어떤 면이?"

"…이만큼 걸어 다녔는데도 돌아가겠다고 나오지 않는 점이. 아니면 저 같은 사람이 사는 값싼 차를 괜찮다고 말씀해주시는 점이나."

"저런, A군. 스스로에 대한 점수가 너무 낮아요. A군 같은 사람이라니."

봄이 찾아온 지 고작 5년 채 안 되었기 때문에 날씨와 관계없이 모든 카페에선 차가운 차를 팔지 않았다. 따뜻한 차를 한 번 더 홀짝이며 레오폴트는 소리를 죽여 웃었다. 그는 A가 생각했던 것보다 무엇을 해도 소리를 잘 내지 않는 사람이었다. 웃고 말할 때나 조금 소리를 냈지, 발소리부터 숨소리에 이르기까지 가만히 있으면 이렇다 할 인기척이 없었다. 심지어 컵받침 위에 찻잔을 내려놓는 데에도 소리가 나지 않았다. A는 그 사실이 신기했다. 그와 숙소를 함께 사는 사람들은 그와 딱 대척에 섰다고 할 만큼 늘 소음을 몰고 다녔다.

"제가 슈니플로케를 소개해달라고 부탁했는데 고작 이런 구석에서 불평하면 쓰나요. 더불어 저는 보기보다 돌아다니는 걸 좋아합니다. 호기심이 많거든요. 어쩌면 종족 특성일지도 모르고."

"그리폰이 어떤 존재인지 솔직히 잘 몰라서요. 나타난 지 오래된 이종족이라는 건 유명하니까 알지만 딱 그 정도예요."

"본모습은 인간이 아니라는 것만 빼면 똑같아요. 기쁠 때 기쁘고 슬플 때 슬프고 궁금한 건 궁금하고…. 기록에 따르면 호기심이 인간보다 강하다는데, 제가 인간으로 살아본 적이 없어서 실제로 그런지는 잘 모르겠네요."

"흐음…. 묘하긴 하네요. 그런 건 눈에 보이는 게 아니잖아요."

"그렇죠. 뭐, 통설이 그렇다는 거고 개인적으로는, 사실 알고 보면 인간들도 학구열이 대단하다고 봐요. 집요한 연구 끝에 자연을 정복하기도 하니까."

"…그러네요. 그러고 보면, 그런 건 막연히 신의 영역이라고 생각했는데."

A는 찻잔에서 손을 떼고 카페테라스에서 내다보이는 시내 중앙의 탑을 한 번 쳐다보았다. 그가 사는 세계에는 창조신 일곱이 존재했다. 태초에 그들 일곱이 기나긴 타협 끝에 설정한 '커다란 흐름' 안에서 세계는 굴러가고 있었다. 그 커다란 흐름의 정확한 내용은 알려진 바가 없지만 유일하게 널리 알려져 있는 조항이 신의 영역이었다. 악용하면 세계의 큰 흐름에 해가 가기 때문에 신들의 고유 권한

으로 묶인 마법들로 인간, 이종족, 마법사의 힘으로는 그 영역을 감히 정복할 수 없다는 것이 통설이었다.

"그러고 보면 스노우화이트 가문의 영원한 불길은 어떻게 해서 가능한 걸까요? '기온 조정'같은 기후 조절 마법은, 명확하게 신의 영역인데."

무심코 튀어나온 의문이었다. 내뱉어놓고도 스스로 놀랐다. A는 태어나 지금까지 약 17년을 슈니플로케에서 살았고 스노우화이트의 집권 과정 또한 지켜본 입장이었다. 그럼에도, 단 한 번도 궁금하다고 생각해본 일이 없었다. 영원한 불길의 작동 원리 같은 것은 너무나도 까마득한 지식이었다. 알고 싶다고 느끼는 것조차 과분하게 느껴졌다.

"궁금하시면 한 번 구경이라도 가볼까요? 탑이 민간에 개방되어 있는지는 모르겠는데."

"탑 안은 출입 금지예요. 남작님이 직접 드나드는데 그걸 민간에 개방할 리가 없으니까요. 보안 문제, 그런 것도 있고…. 무엇보다, 본다고 제가 뭘 알겠어요. 마법사가 아닌데요."

"마법사 아니었어요?"

"아니, 제 말은 운 좋게 마력코어는 타고났지만, 마법을 쓸 줄 모르니까 마법사는 아니라는…."

테이블을 가로질러 불시에 뻗어온 손길에 놀라 A는 눈만 간신히 꾹 감았다. 귀족 도련님답게 제 뺨을 어루만지는 손길은 제법 부드러웠다. '고생이라곤 조금도 해보지 않은 손'이라는 연극 속 표현이 가슴 깊이 와 닿은 적은 처음이었다.

"눈 떠요, A."

레오폴트가 눈 밑을 엄지손가락으로 살짝 훑어내며 그렇게 명령해왔다. A는 눈꺼풀을 간신히 떠냈다. 조건반사였다. 거의 평생을 오너의 명령조에 시달리며 살아왔던 탓이다. 레오폴트는 A의 눈동자 색을 제대로 확인하는 데에 목적이 있었던지 테이블에서 잠시 일어나 더 가까이에서 그의 눈동자만 가만히 들여다본 후 빙그레 웃었다. 타인의 눈동자에 비친 제 얼굴을 보는 건 처음이라, A는 바짝 얼어붙어 레오폴트의 금빛 눈동자를 어색하게 마주보기만 했다.

"봐, 역시 체질은 마법사잖아요. 마법이야 배우면 되죠. 별걸 다 걱정하네요, A군은."

레오폴트는 미끄러지듯이 도로 제자리로 돌아가 앉았다. A는 눈만 몇 번 더 깜빡였다. 지나치게 긴장했던 나머지 힘이 들어가 있던 승모근이 다 아플 지경이었다.

"거참 좋으시겠네요. 마법이라는 게 뭐, 하루 만에 뚝딱 배워지는 거래요? 그보다 학비 같은 게 문제라고요, 나 같은 사람한텐. 배우는 데 얼마인지 알아요?"

"정확한 액수까지 알아요. 방법이 없지도 않고. 당신들은 남쪽 사람들은 무례하다고 생각하지만 모든 남쪽 사람이 그런 건 아니라서, 가난한 학생을 후원하는 귀족도 있거든요. 남부엔."

"…아니, 왜 그런 짓을 하죠? 아무 이득도 없어 보이는데."

"가문의 이미지를 높이기 위해서. 중앙 정부와 걸린 계약도 있고요. 남부에선 후원 학생 시험이 제법 유명한데 여긴 너무 멀어서 잘 알려지지 않았나 보네요."

레오폴트는 다 식은 차로 목을 축인 후, 찻잔을 입가에서 떼어내었다.

"당신이 원한다면 시험 준비를 하는 것도 방법이겠죠. 극단보단 그쪽이 돈이 될지도 모르고."

"저 같은 게 한다고 되겠어요. 먹고 살기도 바쁘고, 공부할 시간도 없고. 공부할 머리도 안 될걸요."

"음…. 왜 그렇게 속단하는지 모르겠는데. 마법 배워본 적 있어요?"

빈 찻잔의 가장자리를 손끝으로 훑던 A가 곁눈질로 레오폴트를 쳐다보고는 고개를 가로저었다.

"그럼 며칠만이라도 배워볼래요? 나한테."

누구라도 뜻밖의 제안을 받으면 깜짝 놀라는 법이다. A 또한 그 순간 하마터면 손이 미끄러져 고스란히 찻잔 값을 물어줄 뻔했다.

\* \* \*

와이엇 윈프리드는 휴일이 다 저물고 나서야 숙소로 돌아왔다. 내일부터는 상시 공연에 다시 임해야 하는 처지였음에도 기분은 썩 나쁘지 않았다. 이유는 여럿이었다. 우선 해가 떨어졌음에도 날이 춥지 않았다. 조금씩 돋아나는 풀냄새도 좋았고 한 걸음 옮길 때마다 따뜻하게 피부를 스치는 바람도 퍽 마음에 들었다. 꽃도 조금씩 피어나기 시작했다. 휴일을 통째로 투자한 데이트도 나쁘지 않았다. 비록 오전 동안엔 연인인 달리아 브라운의 포목점 일을 거들어야 했지만, 휴일까지 지긋지긋한 직장 동료들과 칙칙한 숙소에서 얼굴 마주하고 있느니 차라리 사랑하는 사람의 일을 거드는 편이 기분이라도 화사했다.

오후부터는 달리아 또한 비번이었다. 저녁거리를 함께 들고 거리를 거닐었다. 꽃망울도 구경했다. 오랜만에 누리는 제대로 된 데이트였다. 와이엇은 이 완벽한 하루에 아무런 불만이 없었다. 좋은 기분에 휩쓸려 숙소 동료들에게 주겠답시고 술 몇 병에 간식거리까지 사 들고 숙소에 들어섰을 만큼이나.

숙소의 불빛은 늘 그렇듯이 간신히 밝았다. 초를 밝히는 것 또한 돈이 드는 일인 까닭이다. 가난한 그들은 초 하나라도 아끼는 생활을 하고 있었다. 익숙하여 특별히 서글픈 어둑함도 아니었다.

 사비를 털어 술이며 안주를 사온 것이 무색하게 룸메이트는 대다수 이미 이층침대로 기어들어가 자고 있었다. 하기야 그럴 시간이었다. 아쉬운 마음이 없진 않았으나, 밤늦은 데다 내일부터는 다시 상시 공연이었다. 체력을 위해 잠을 택한 것을 이해하지 못할 것도 없었다.

 그는 대부분이 잠에 빠진 가운데 숙소에 초를 켜둔 장본인이 아직 남아있으리라 짐작했다. 숙소 안을 이곳저곳 기웃거리자 아니나 다를까 벽에 옹송그린 그림자 하나가 일렁거렸다.

 "어, 뭐야. 너 왜 안 자?"

 여섯 명의 옷이며 책이며 생활에 필요한 잡다한 물건들을 한데 모아둔 다목적실의 문이 열려 있었다. 깨어있는 남은 한 사람이 거기에 있었다. 어스름하게 밝힌 촛불 아래에서도 대충 누구인지 뒤통수만 보고 알 것 같았다. A는 그가 문을 여는 소리와 그에게 건넨 말 한마디를 미처 듣지 못한 것 같았다. 미동도 없이 책상 대용으로 엎어놓은 나무 상자 위로 거의 코를 박듯이 고개를 숙인 모습이 기묘했다. 그는 무언가에 잔뜩 열중하고 있는 것처럼 보였다.

 "이게 이제 형이 하는 말에 대꾸도 안 해?"

 와이엇이 장난삼아 그의 허리를 자근자근 밟고 나서야 A가 고개를 들었다. 그가 천천히 자신을 돌아보자, 술병이 담긴 종이봉투를 안고 있던 와이엇의 팔이 가늘고 짧게 떨렸다.

 "와, 씨. 뭐야. 뭐 하는데 그렇게 피곤해 보여?"

 험악한 말이 절로 튀어나올 만한 몰골이었다. 그가 책상을 대신하여 사용하고 있던 나무 상자 위로는 무언가가 잔뜩 적힌 종이가 널브러져 있었다. 와이엇은 종이봉투를 내려두고 종이 한 장을 집어 불빛에 비춰보았다. 별 소용이 없는 행동이었다. 그로서는 도무지 이해할 수 없는 알파벳 나열과 별난 조합의 숫자가 종이 양면에 빼곡했다.

"너 드디어 돈 건 아니지?"

"아냐, 수학 비슷한 걸 누가 가르쳐줘서 배웠는데 생각보다 재밌어서 연습하다 보니까…."

"이런 걸 하루아침에 배울 수 있는 거야? 난 봐도 뭐가 뭔지 도무지 모르겠는데."

"그게 기초라는데."

"…사람이 사칙연산이나 할 줄 알면 됐지."

계속 들여다보면 눈앞마저 깜깜해질 것 같아 그는 종이를 도로 나무 상자 위에 던져두었다. A는 제 옆에 아무렇게나 털썩 주저앉는 와이엇은 쳐다보지 않고 그가 내던진 종이들을 그러모았다.

"형은 뭘 하느라 이제 왔어?"

"달리아 일 도와주고 나서 데이트. 종일!"

"와…. 정말 괜히 물어봤다."

"날씨가 따뜻하니 이 시간까지 돌아다녀도 무리 없고. 요즘 진짜 쉬는 날마다 살맛이 난다니까."

"아, 그런 데에서도 날씨가 영향을 미치는구나."

"당연하지, 좋아하는 사람을 얼어 죽게 만들 거 아니면 해 떨어지기 전엔 헤어져야 했다고, 전에는. 적당히 추우면 춥다는 걸 핑계로 붙어있기 좋긴 하지만…."

"'적당히'가 아니었지, 그간의 슈니플로케는."

A가 말을 자연스럽게 받아주며 고개를 느리게 끄덕이자 와이엇 또한 느리게 고개를 끄덕이며 A의 말을 되풀이했다.

"영하 20도는 '적당히'가 아니지."

Snow White 25

생각만으로도 과거의 경험이 역류하는지 와이엇은 가늘게 진저리까지 쳤다.
"그렇게 생각하면, 스노우화이트는 진짜 대단한 마법사인 거야."
아델이 말했다.
"뭘 새삼스럽게. 그러니까 작위도 받고 하는 거 아니겠냐."
"아니, 그냥 대단하다는 수준이 아니라 엄청 대단하다고. 오늘 그리폰 집안 도련님하고 얘기하다 깨달았는데, 신의 영역에 이른 마법사라니, 스노우화이트 전까진 듣도 보도 못했는걸."
"무슨 얘기를 하고 싶은 건데?"
A는 와이엇의 질문에 대답은 않고 나무 상자에 팔꿈치를 대고 턱을 괴었다. 한참 말없이 흔들리는 촛불을 들여다보다가 묵직한 입을 열었다.
"그냥 그런 마법이 가능한 원리 같은 게 궁금해서."
"별게 다 궁금하다."
"아니, 그렇지만 그런 생각이 좀 들잖아. 그런 대단한 마법을 쓰는데, 아무런 제약이 없나? 이런 기초 마법도 어느 정도 제약이 있는데."
상자 위에 적당히 모아두었던 종이들을 손등으로 가볍게 툭 치자, 텅 빈 상자가 작게 울렸다. 와이엇은 자신보다 일곱 살이 어린 A를 곁눈질로 한 번 쳐다보았다.
"글쎄다. 있을 수도 있겠지. 탑이 출입 금지니까 궁금해도 알아낼 길은 없겠지만."

* * *

숙소는 아침부터 부산스러웠다. 하루를 쉴만큼 점검해야 할 사항이 많았다. A는 주 관객층이 어린아이들인 인형극 팀에서 일하고 있었고, 그의 팀은 하루 더 유예를 받아 시간이 퍽 남았다. 그러나 오늘부터 공연 재개를 해야 하는 연극 팀은 사정이 달랐다. 공연 리허설부터 조명 체크, 동선 체크, 무대 장치 점검까지 저녁 공연을 위해 반나절은 꼬박 투자해야 하는 것이 이 바닥이었다.

A는 오늘까지 쉬는 날이라는 사실도 무색하게 숙소 룸메이트들의 등쌀에 못 이겨 아침 일찍 눈을 떠야 했다. 그들의 아침 식사며 옷매무새를 봐주다 보니 얼굴 구석구석 묻어있던 잠이 홀딱 달아나고 말았다. 문가에서 배웅까지 해주고 나면, 그때에서야 숙소가 쥐 죽은 듯이 조용해졌다.

A는 숙소 안을 제 어깨 너머로 한 번 돌아다보았다. 숙소는 그렇지 않아도 늘 엉망이었지만, 아침부터 부산을 떨고 나니 더욱 지저분했다. 제자리에 제대로 놓여있는 물건을 찾는 쪽이 빠를 지경이었다. 와이엇 윈프리드는 집을 나서며 노는 동안 할 일 없으면 청소라도 해놓으라고 당부했으나 A는 영 내키지 않았다. 어디서부터 손을 대야 좋을지 순서조차 잡히지 않았다.

"대충 바빴다고 거짓말이라도 해야지."

혼잣말을 우물거리며 숙소 안으로 완전히 몸을 돌렸다. 물려 입은 바람에 품이 맞지 않아 잔뜩 흘러내린 가디건을 추스르며 문을 맞물려 닫자, 돌연 식탁 부근에서 얇은 종이가 넘어가는 소리가 들려왔다.

"구태여 거짓말이 필요하시다면, 저와 어울리시느라 바빴다는 말도 얹어드리겠습니다. 아, 이제부터 정말로 저를 안내하시느라 바빠지실 테니 거짓말이 아니게 되겠군요."

놀라지 않을 수 없었다. 룸메이트들을 모두 내보내고 숙소엔 A 혼자 남았으니 숙소엔 아무도 없어야 했다. A는 놀란 토끼 눈을 하고 어느새 제집인 것처럼 식탁 의자에 앉아 신문을 넘기고 있는 사내와 창문을 번갈아 보았다. 식탁과 창문 사이에는 거리가 제법 있었다. 아무리 그가 소리를 내지 않고 걷는 법에 익숙한 사람이라 할지라도, 이토록 발에 걸리는 게 많은 환경에서 소리 없이 미끄러져 걷기란 쉬운 일도 아니었을 터다.

"대체 어떻게 들어온 거예요?"

A는 물건들을 요령 좋게 피해 식탁 가까이 다가서며 물었다. 신문은 A와는 관계없이 또 한 장이 가볍게 넘어갔다.

"이런, 어젯밤에는 아이가 하나 실종되었다는군요."

"글쎄. 어떻게 들어오셨냐니까. 말 돌리지 마세요."

"어제 일러드린 기초 마법으로 들어왔습니다. 샤너리의 공식을 응용한 마법이죠. 텔레포트라고 부르는 마법인데…."

"아니, 멀쩡한 문 놔두고 대체 왜…."

"자랑은 아니지만, 낯을 가려서요. 다른 분들도 계시는 것 같아서 한참 기다렸지 뭡니까."

"거짓말."

"A 군, 너무 차갑네요."

레오폴트 그리폰은 읽던 신문을 사 등분으로 접어 식탁 위에 두었다. 위로 올라온 면에 단편적으로 잘린 단어들이 나열되어 있었다. 아이, 실종, 기온, 포목점…. 공연 관련 광고 또한 4분의 1로 토막이 난 채 천장을 향해 지면 위로 올라왔다. A는 가늘게 뜬 눈으로 신문과 레오폴트를 번갈아보며 제 두 팔을 엮어 팔짱을 꼈다.

"도련님께서 낯을 가리시는 거면, 전 세상에서 가장 내향적인 사람일 거예요."

"A군은 외향적인 사람인 것 같은데? 사람하고 어울리는 거 좋아하잖아요."

"누가 그래요? 사람 얼굴 보기 싫어서 인형극 하는데."

"하하, 그랬어요? 인형극 하는 줄은 몰랐네요. 어쩐지 A 군은 출근을 안 하시더라."

말을 끝마치자마자, 레오폴트는 몸을 똑바로 세우고 서서 앉아있느라 구김이 잡힌 옷자락을 대충 털어내었다.

"그럼 외출 준비해요, A군. 공연은 저녁에 하니까 그때까지 시간이 붕 뜨거든요. 한가하시다니 어울려주세요."

"오너 부탁도 아닌데 제가 왜 오늘까지…."

"A 군은 처세가 나쁜 스타일 같진 않은데."

신문을 한 번 더 접어 자신이 입은 베스트 안주머니에 쏙 집어넣으며 레오폴트가 말을 이었다.

"후원 학생 시험을 주최하는 귀족과 연결해드릴 수도 있어요. 보통 귀족 사회는 연결이 되어있거든요. 특히 남부 귀족들 사이는 꽤 돈독합니다."

"…어서 가시죠! 금방 옷 갈아입고 올게요."

"아, 그대로 가셔도 괜찮은데."

다목적실로 가려던 A의 발길이 한 마디 말에 뚝 멈추었다. A는 레오폴트를 다시 돌아보더니 자신의 옷자락 끝을 살짝 들어 보이며 부루퉁한 표정으로 대답했다.

"이거 제 나름대로는 잠옷인데요. 귀족 도련님께서 보시기엔 거기서 거기처럼 보일지 몰라도…."

낡은 린넨 셔츠에 통이 가지런히 뻗은 바지, 평상복과 크게 차이가 나는 차림새가 아님을 A 또한 자각하고 있었다. 그저 낡은 옷 중 한 벌을 골라 '잠옷'이라고 이름 붙였을 뿐이었다. 고스란히 입고 밖에 나가도 이목을 끌진 않겠지만, 영 내키지 않았다. 그렇더라도 그 나름대로는 잠을 청할 때 입는 특별한 옷으로 정해둔 옷이었다.

그러나 투정은 더 이어지지 못했다. 레오폴트가 말허리를 잘라내며 손사래를 쳤기 때문이었다.

"아니, 무시하려는 게 아니라. 우선 포목점을 구경하러 가고 싶거든요. 옷가게와 연계해서 영업하는 가게가 있다면서요. 포목점에서 옷감을 고르면, 옆 가게에서 옷을 해주는 방식이라고 들었는데."

"아? 달리아 브라운네 가게를 말씀하시는 거예요?"

"직원 이름까진 안타깝게도 모르지만, 아마도 같은 곳이 많은 게 아니라면 그 가게겠죠. 남부에선 좀처럼 없는 형태거든요. 보통 포목점은 포목점대로, 재단사는 재단사대로 일을 따로 하지 협업하진 않으니까요. 그래서 좀 구경을 가보고 싶은데, 그런 가게는 관광 포인트는 아니잖아요. 뭐라도 사지 않으면 영 예의가 아닌 것 같아서. 사줄 테니까 적당히 입고 가요."

"본인이 사 입으시지, 왜."

"하하, 저야 뭐, 남는 게 옷이니까."

아, 따뜻한 남부 도시를 영지로 가진 귀족 도련님께서 옷 한 벌 적선하는 거로군. A는 금세 입을 삐죽이며 그러한 삐딱한 생각을 단 한 마디로 압축해 투덜거렸다.

"보기보다 되게 재수 없네요, 귀족 도련님이란…."

무례한 발언임에도 레오폴트는 가볍게 어깨만 으쓱할 뿐, A의 평가를 부정하진 않았다.

* * *

A는 본래 포목점과 옷가게를 연계한 가게 '신디 앤드 라이언'의 위치를 눈감고도 찾아갈 수 있었다. 한때 뻔질나게 드나들었기 때문이었다. 그와 함께 숙소를 쓰는 와이엇 윈프리드는 한 번 꽂히면 가진

열정을 모두 쏟아붓는 사람이었다. 달리아 브라운과의 관계가 연애 관계로 진전되기 전부터 툭하면 일을 빼먹고 포목점을 드나드는 통에, 나이도 어린 A까지 그를 찾으러 지겹게 살 생각도 없는 포목점을 찾아와야 했다. 그로부터 몇 년이 흘렀지만, 지금도 극단에서 가게까지 가는 최단 거리의 지름길을 몸이 기억하고 있었다. 레오폴트가 일일이 골목마다 드리운 꽃가지를 구경하고 사람 관찰을 한답시고 멈춰 서지 않았더라면 아마 10분도 채 걸리지 않아 가게 앞에 도착할 수 있었을 터다.

신디 앤드 라이언은 입구가 막혔다는 것 이외엔 평소와 다를 게 없었다. 인파가 아치형으로 형성되어 입구를 둘러싸고 있었고 그 인파의 앞을 남작 가에서 파견한 사병이 지키고 섰다. 사람들 사이를 헤치고 맨 앞으로 나아가면 가게의 간판 정도야 볼 수 있겠으나 도무지 엄두가 나지 않았다. 이런 인파에 잘못 뛰어들었다간 밟혀 죽기 딱 좋았다.

 가는 날이 장날이군, A는 불만스럽다는 듯이 속담 한 구절을 웅얼거리며 사람들 사이를 조금 헤치고 발돋움을 했다. 대관절 무슨 일인지 알 길이 없었다. 남부에선 흔치 않은 협업이라고는 해도 산골 마을의 조그마한 포목점에 불과한 가게였다. 여태껏 사병이 파견될 정도로 사람이 몰리는 일 같은 건 단 한 번도 없었다. 발돋움을 해봐도 보이는 것은 사병들이 쓴 모자가 고작이었다. 사람들 사이로 잔뜩 뭉개진 웅성거림이 새었다. 제대로 된 문장은 알아들을 수 없었으나 몇 가지 단어는 간신히 주워들을 수가 있었다. 가장 귀에 꽂히는 단어는 실종이었다.

 "그러고 보니 아까 뭐, 실종 사건 났다지 않았어요?"

 A는 레오폴트가 기다리는 인파의 끝자락까지 도로 걸어 나오며

물었다. 레오폴트는 그의 질문에 안주머니에서 작게 접은 신문을 꺼내 A에게 건넸다.

"조보(朝報)에 났던데. 그러고 보면 포목점에서 일하는 아이라고 실려 있었던 기억이 나네요. 그게 여기였다면 유감스러운 일입니다만."

A는 건네받은 신문을 펼쳐 해당 기사가 실린 면을 찾기 위해 조금 뒤적거렸다. 얇은 종이가 넘어가는 소리는 제법 요란했지만, 다수의 인파가 몰려 주변이 더 시끄러운 상황이었기 때문에 누구 하나 A를 쳐다보는 사람이 없었다. A는 신문 한 구석에서 실종에 관한 기사를 발견할 수 있었다. 포목점 이름은 적혀있지 않았지만 조그맣게 실린 사진에 신디 앤드 라이언 건물이 찍혀있었다. 이곳에 모인 사람들은 그 사진을 보고 모여든 모양이었다. A는 도로 신문을 작게 접으며 혀를 찼다.

"오늘은 텄네요. 다른 데 구경 가시죠."

"담담하네요, A군. 사람이 사라졌다는데."

"애들 사라지는 게 하루 이틀인 동네가 아니라서."

곱게 접은 신문을 건네받으며 레오폴트는 눈빛에 의아함을 가득 실어 그를 똑바로 쳐다보았다.

"그 정도예요? 스노우화이트가 집권하고 나서도 치안은 여전한 모양입니다."

"집권을 누가 하느냐의 문제보다는…."

A는 마른세수를 했다.

"워낙 춥고 가난한 동네니까 아이를 내다 팔거나 버리는 사람들이 많아요. 기사 보니 최초 신고자가 외지인이던데, 아이를 데려가는 모습을 봤다고는 하지만 그건 어디까지나 그 사람의 주관적 판단에 불과해요. 데려가는 건지 버리러 가는 건진 아무도 모르죠. 모양새는 똑같으니까. 슈니플로케 출신이 목격했다면 아마 신고도 안 하고 눈감아줬을 거예요. 보통은 버리러 간다고 생각하니까."

"흐음…. 그래도 스노우화이트 가에서 수사는 하러 나온 것 같은데. 앞에 막고 있는 건 남작 가문의 사병이죠?"

"그래봐야 크게 처벌은 안 될 거예요. 아이 부모든, 포목점 측이든 말이에요. 한 번도 제대로 처벌받는 걸 본 적이 없거든요. 요즘은 봄이고 외지인이 많이 들어와 있으니까 보여주기식으로라도 수사하는 척을 하는 거죠. 도련님께서 어제 말씀하셨듯이 그런 집안엔 왜, 가문의 이미지라는 것도 중요하잖아요."

시선은 자연스럽게 아래로 흘러 떨어졌다. A 또한 알았다. 외지 사람 앞에서 이런 소리 해봐야 납득할 수 있을 리가 없었다. 공감은 공통의 경험에서 비롯하고, 그들은 슈니플로케의 겨울이 얼마나 혹독했는지 모른다. 땅에서 먹을 게 좀처럼 자라지 못해서 나무껍질이나 벗겨 먹어야 했던 기후에서 살아남기 위해 인간성을 어느 정도로 덜어내야 했는지 알지 못한다. 따라서 레오폴트 그리폰 또한 A가 내뱉고 있는 문장, 단어, 무엇 하나 제대로 이해하고 있진 않을 터다. 그러나 A는 슈니플로케의 악습을 그렇게라도 옹호할 수밖에 없었다. 제 인생에서 부모에게 버림받는 일쯤은 별로 대단한 일이 아니었다고. 그렇게 생각해야 눈속임이나마 괜찮은 것 같았고, 조금은 초연한 어른이 된 것 같은 기분이 들었다.

"…무엇보다 스노우화이트는 영원한 불길을 관리하는 것만으로도 할 일 다 하는 거라는 여론이 많아요. 그런 치안에 익숙하거든요, 슈니플로케 사람들은."

"…그런가요. 그렇다면야 외지에서 공연이나 보러 온 제가 왈가왈부하며 개입할 일은 아닌 것 같습니다. 알아서 하시겠죠. 위대한 스노우화이트께서."

레오폴트는 인파를 마지막으로 한번 바라본 후, 가게를 등지고 돌아섰다.
"그럼 다른 곳을 둘러볼까요. 공연까지 아직 몇 시간 더 시간이 있는 것 같으니까."

\* \* \*

해가 떨어지기 시작하고 나서야 다리를 쉴 수 있었다. A는 광장 벤치에 널브러진 채 어제 카페테라스에 앉아 레오폴트 그리폰을 단순히 소탈하다고 평가했던 스스로를 한 대 때려줄 수만 있다면 좋겠다고 생각했다. 그리폰은 인간보다 호기심이 강하다. A는 확신할 수 있었다. 그 이종족은 몇 시간을 쉬지 않고 걸어 돌아다니는 것에 조금도 지친 기색을 내비치지 않았다. 도리어 시간이 흐를수록 힘이 샘솟는 것 같았다. 그들은 그날 하루, 슈니플로케에서 유명하다는 곳뿐만 아니라 그다지 대단할 것도 없는 가게를 일일이 돌았다. 레오폴트는 들르는 가게 주인들마다 시시콜콜한 것을 묻느라 바빴다. 개중엔 A에게 물어보는 질문도 많았다. 슈니플로케의 남부와 맞닿은 숲에는 사람 혹은 이종족이 사는지부터 시작하여 아시브 산맥을 건너려면 중앙 정부의 허가가 필요한지, 스노우화이트는 영원의 탑에서 생활을 하는지 성에서 생활을 하고 불길을 관리할 때만 탑으로 오는지. 심지어는 타지로의 이주 신고 방법까지 물어보는 통에 이젠 레오폴트의 목소리를 듣기만 해도 진저리가 날 지경이었다.
"체력이 약해서 큰일이네요, A군. 제 걱정을 하실 때가 아니었던 것 같은데."
"도련님께서 이상하신 거거든요! 어제오늘 연속으로 힘들지도 않아요?"

"글쎄, 본 모습은 인간들보다 훨씬 덩치가 크니까. 체력도 두, 세 배쯤 되는 모양이죠?"

레오폴트는 A와 나란히 앉아 광장 초입에서 구매한 눈꽃 모양의 풍선에 시선을 오롯이 둔 채 웃었다. 벤치의 등받이에 한껏 체중을 실어 널브러져 있던 A 또한 시선으로 풍선을 쫓았다. 도무지 알다가도 모를 사람이다. 마치 무슨 특별한 목적이 있는 사람처럼 남이 지칠 때까지 물어볼 수 있는 건 다 끌어모아 물어대더니, 또 광장에 들어서자마자 이런 복잡한 모양의 풍선은 처음 본다며 부득불 사 들고 말없이 관찰하고 있었다. 자신이 언제 그렇게 질문을 쏟아냈느냐는 것처럼.

"그리폰은 진짜로 인간보다 호기심이 강한 것 같아요."

A가 가까스로 피로를 떨치고 자세를 조금 바르게 고쳐 앉으며 말하자, 레오폴트는 그때에서야 풍선에서 시선을 떼어 A를 곁눈질로 한 번 쳐다보았다.

"왜 그렇게 생각해요?"

A는 눈짓으로 풍선을 가리켰다.

"다 큰 어른이 그런 거 신기하다고 사는 게 흔한 일은 아니죠."

레오폴트는 어깨를 으쓱였다.

"그렇다면 정말로 그리폰이 인간보다 호기심이 강한 모양이죠. 이렇게 신기한 풍선도 알아보지 못 한다니 인간의 삶이란 제 상상보다 퍽퍽한 모양입니다."

"…진짜 여기 뭐 하러 온 거예요? 이제 슬슬 말해줄 때도 되지 않았어요?"

"공연 보러 왔죠. 새삼스럽게."

"해 다 떨어졌는데, 공연은 무슨. 시간 이미 지났거든요."

"아, 저런. 벌써 시간이 그렇게 됐나요?"

바람이 불자, 나뭇잎이 일제히 바람결에 스치며 나는 소리가 한바탕 파도처럼 광장을 쓸며 지나갔다. 얼굴 모를 소년이 자전거를 타고 지나다니며 광장에 설치된 가스등에 불을 켜기 시작했다. 그는 광장을 시작으로 거리 곳곳을 자전거로 누비며 겨울이 가신 슈니플로케의 골목마다 어스름한 불빛을 드리울 것이다.

광장은 가스등 없이도 제법 환했다. 불길의 불빛이 가장 가까이에서 드리워지는 공간이었기 때문에 해가 떨어지고 나서도 석양의 기운이 진득하게 남았던 탓이다.
"극단 후원에 관심 없죠?"
"그건 조금 오해네요. 겸사겸사해서 온 거예요. 연극은 정말 좋아하니까."
"하지만 공연 보러 갈 생각은 없잖아요. 무슨 공연을 하는지 알아야 후원을 할 마음도 들 텐데."
"A군, 제 고향 프림데 시가 어떤 곳인지 알아요?"
"몰라요. 최남단이라는 것밖엔."
"여기가 눈꽃의 도시라면 우린 황야예요. 요르문간드의 숲이 시작되는 국경 지대까지 아무것도 없어요. 따뜻하지만 비는 좀처럼 안 내리거든요."
"그것참 고단하시겠네요."
"아무래도 그런 편이죠."
노을은 새털처럼 가늘게 찢긴 구름을 붉게 적시며 서녘으로 떠밀려갔다.
"자, 여기서 문제 하나 풀어볼래요? 어제 기초 마법을 배울 때처럼 계산을 좀 해봐요. 그런 도시를 통치하는 귀족이 여길 뭐 하러 왔을 것 같아요?"

"……."

 A의 시선은 자연스럽게 불길을 향했다. 이 광장에 저물지 않는 석양을 내리는 영원의 불길은 분명 일종의 신의 영역이다. 어렴풋이 그렇지 않을까 하는 짐작은 했다. 어제부터 그들 사이에 유령처럼 떠도는 유일한 화제는 그녀였다. 둘 다 얼굴 한 번 본 적이 없고, 그저 타오르는 불길의 이미지로서 도시를 부유하는 이 도시 최고의 마법사.

 "극단 후원을 핑계로 스노우화이트를 조사하러 왔군요. 당신들도 신의 영역이 간절하니까."
 "역시 A군, 스스로가 생각하는 것보다 머리가 좋아요. 자부해도 괜찮을 정도라니까."
 "그렇지만 영원한 불길은 기온 조절 마법이에요. 프림데 시는 비가 필요한 거지 봄이 필요한 건 아니잖아요. 별반 도움이 안 될 텐데."
 "참고할 만한 마법일 수는 있겠죠. 둘 다 '기후 조절'이라는 큰 틀에서는 신의 영역으로 묶이니까. 공식의 유사성도 있을 테고, 필요한 제약은 뭔지, 어떤 리스크가 있는지 알아내는 것도 프림데 시의 마법 발전에 꽤 도움이 될 거라고 봐요."
 "그렇지만 알아낸 건 하나도 없네요. 도련님께서 하고 다니신 질문도 겉돌았잖아요. 대체 이주 신청 방법이나 산맥에 대한 건 뭐 하러 물어봤어요? 수상하기만 하지 좀처럼 건질 건…."
 "하하, 예상보다 전문적인 지식을 알 것 같은 마법사가 많지 않아서 에둘러 물어보려니…. 그래도 마법의 리스크는 알 것 같군요. 탐문으로 건진 게 없진 않았어요."
 "리스크요?"
 레오폴트가 풍선에 달린 끈을 놓자 눈꽃 모양의 풍선은 바람과는 관계없이 날았다. 자신의 갈 길을 제대로 알고 있다는 것처럼 풍선의 고리 끝은 탑의 지붕에 걸렸고 더 날아가지 않았다.

 *아이쿠, 큰일이네.* 극단에 몸을 담은 사람으로서는 들어주기 힘들 만큼 딱딱한 문장이 레오폴트의 입술 사이에서 새어 나왔다. 그는 몸을 천천히 일으키며 A에게 고갯짓으로 탑을 가리켰다.

 "궁금하시거든 저와 풍선이라도 찾으러 갈까요, A 군."

 "…안 간다고 하면 어떻게 돼요?"

 "어떻게 안 돼요. 제가 A 군을 어떻게 할 리가 없잖아요. 후원 학생 시험이 필요 없으시다면 그대로 숙소까지 돌아가셔도 말리지 않습니다."

 "솔직히 말해요. 그리폰 가문, 귀족 아니고 공갈 협박단이죠?"

 "하하, 그런 뜬소문은 퍼뜨리시면 곤란한데. 그저 가장 원하는 걸 제시할 줄 알뿐이에요. 기본적으로 그리폰은 똑똑한 생물이거든요."

 A는 마지막으로 한번 더 의자 등받이에 체중을 실었다가 반동을 이용하여 상체를 앞으로 세웠다. 처음부터 휘말렸다. 레오폴트 그리폰은 A가 이 순간, 풍선을 찾으러 가자는 어처구니없는 제안을 거절하지 못하도록 여태껏 포석을 깔아온 것이다. 스노우화이트 가문의 마법에 의문을 품게 하고, 기초 마법을 가르침으로써 마법을 배울 수 있는 기회가 온다면 움켜잡는 것이 반드시 그의 인생에 큰 이득이 되리라는 사실을 알아서 깨닫게 했다.


 "풍선 찾으러 가는 거예요, 풍선. 그거 찾으면 다시 얌전히 내려오는 거예요."

 단단히 잘못 걸렸다는 감각이 독한 한숨으로 녹아났다. 도시 외곽에 위치한 교회에서 여덟 시를 알리는 종소리가 바람과 섞여, 시가지를 가로질렀다.

***

"손잡아요."

 그 한 마디가 가지는 파급력은 컸다. 탑 초입부터 레오폴트의 요구는 단 두 가지였다. 손을 놓지 말 것, 그와 더불어 서로를 본명으로 부르지 말자는 것이었다. A는 몇 안 되는 기초 마법 공식을 토대로 두 가지 요구의 목적을 이해했다. 마법 공식의 기본은 본명을 아는 것이다. 상대가 마법사라면 본명을 감춰두는 편이 혹시 모를 전투에 유리하다. 또한 A는 아직 종이가 없이 공식을 계산할 수 있는 수준까지는 되지 못하므로, 사실상 비(非) 마법사였다. 레오폴트가 탑을 보호하는 결계를 일부 지워내는 공식의 마법을 사용하더라도 그의 계산으로 A까지 공식을 적용시키려면 신체접촉이 필수였다.

"도대체 난 왜 데려가는 거예요? 혼자 가면 좋을걸."

 레오폴트의 손을 꾹 쥐어 잡고 그를 따라 발소리 죽여 걸으며 투덜거리자, 레오폴트는 더욱 성량을 줄여 대답했다.

"목격자는 많을수록 좋으니까요. 슈니플로케 같이 폐쇄적인 도시는 외지인보단 현지인의 목격 증언이 더 유효할 테고. 외지인이 뭐라고 해도 꿈쩍할 커뮤니티가 아니잖아요."

"우리 뭐, 범죄 현장 덮치러 가요? 풍선 찾으러 가자며. 생각해보니 당신 귀족인데, 스노우화이트 가문을 직접 방문할 수도 있는 거 아니었어요? 아무리 생각해도 이런 잠입은 불필요…."

"쉿. 목소리가 커요, 아델."

"도대체 근본이 없네요, 그 가명."

 레오폴트가 자신의 입술 위로 검지를 하나 펴 보이며 주의를 주자 A 또한 좀 더 성량을 낮추어 투덜거렸다. 탑의 나선 계단은 상당

Snow White

히 높았다. 층마다 보초가 서 있으리라 예상했으나 예상은 보기 좋게 빗나갔다. 계단을 지키고 선 것은 등불과 계단과 평행하게 늘어선 창문들뿐이었다. 레오폴트와 A에게 있어 그것은 호재였다.

주의해야 할 것은 오로지 소리였다. 이런 좁은 나선계단은 조금만 목소리를 높여도 옥상까지 울려대기 때문에 대화를 하더라도 제 성량을 온전히 내는 건 자살 행위에 가까웠다.

"A보단 낫죠. 귀엽잖아요, 아델."

"귀엽고 싶다고 생각한 적 한 번도 없어요…."

"하하, 막내의 숙명이라고 생각해요."

"우리 꼴랑 두 명인데 얼어 죽을 막내."

"아, 그 말투 좋네요. 그렇게 말하면 내가 누구인지 상대가 알아차리기 어렵겠어요."

오전 오후 내내 레오폴트와 시내를 도느라 몸이 당장이라도 지면 위에 녹아버릴 것만 같았다. 노곤함이 지나쳤지만 멈췄다간 강행군이 더 길어지리라는 끔찍한 예감이 들었다. A는 긴 대꾸까지는 하지 않고 그럼 탑에 있는 동안엔 잔뜩 건방지게 굴어주겠다고 투덜거리며 탑 바깥을 향해 난 창문을 한 번 넘어보았다.

창문과 비슷한 높이에 저 멀리 교회 종탑의 지붕이 보였다. 다리와 관절이 비명을 지르므로 많이 올라왔다는 건 알 것 같았으나 층을 표시하는 팻말이 없어 도무지 어느 정도나 올라왔는지 알 길이 없었다. 앞으론 밖을 간간이 확인해야겠어. A는 그렇게 생각하며 레오폴트의 손을 좀 더 꾹 그러쥐었다. 저 먼 종탑에서 아득한 종소리가 뻗어왔다.

\* \* \*

"더는 못 가! 차라리 날 죽여!"

밤은 깊었고 종탑은 벌써 새벽 한 시를 알렸다. A는 계단 위로 널브러졌다. 앞머리가 이마에 잔뜩 달라붙었으나 수습할 기력조차 없었다. 피로가 과했다. 딱딱한 계단을 베개 대신 베고 누웠는데도 당장 곯아떨어질 수 있을 것 같았다. 레오폴트 또한 적잖이 지친 모양이었다. 이렇다 할 대화는 오가지 않았음에도 휴식 시간을 갖자는 암묵적인 타협이 오갔다. 그는 A의 옆에 앉았다. 얇은 겉옷마저 벗었다.

"이것 참, 이럴 줄 알았으면 다 들킬 걸 각오하고서라도 제 본모습으로 한 번에 꼭대기까지 날 걸 그랬네요."

그 와중에도 좀처럼 미소는 가시지 않는다는 게 신기한 사람이었다.

"본모습은 날 수 있어요?"

"인간들의 묘사를 빌리자면 매의 머리와 날개, 말의 몸통을 가진 생물이에요. 물론 날개가 있으니 날 줄 알죠."

"와, 그건 한번 보고 싶네요."

"그래요? 아델은 호기심이 없다고 자부하는 것치곤 이런 말에 잘 넘어오네요."

"팔면 비싸게 팔리겠네. 부위별로 팔아버려야지."

"신성한 존재를 그렇게 취급하면 못 써요."

"닳는 것도 아닌데."

"닳아요. 날개고 머리고 자르면 다시 안 자라요. 그게 자라면 커다란 흐름에 위배된다고요."

이토록 실없는 대화가 마냥 우스워 A는 몸을 뒤척이다 웃었다.

"우리 지금 이렇게 웃고 떠들 때 아닌데 진짜 미쳤나 봐요."

레오폴트를 등지고 누워 A가 그렇게 웅얼거리자 소매를 걷던 레오

Snow White

폴트 또한 고개를 느리게 끄덕였다.

"이런 종류의 공간 결계는 미치라고 만든 결계예요. 이중 보호를 하고 있으리라고는 생각을 못 했는데, 갇혀서 큰일이네요."

"공간 결계가 대체 뭐예요? 같은 곳을 빙글빙글 돌게 만드는 마법인가?"

"정확하게 파악했네요. 뫼비우스의 띠처럼 같은 곳을 돌고 도는 거예요. 탑 꼭대기에 이르지 못하도록 탑으로 통하는 나선 계단 일부를 잘라서 공간을 꼬아놓는 마법인데 사용하는 공식은…."

A가 몸을 반대로 뒤척였다. 그의 투박한 손이 레오폴트의 허벅지를 한 번 툭 때렸다. 퀭한 눈빛이 레오폴트를 꿰어보았다.

"그건 됐고. 푸는 공식을 내놔요, 푸는 공식. 여기서 영원히 계단을 오르다 늙어 죽을 순 없다고요."

"아마도 공간 결계를 구동하는 마법 장치가 어딘가에 있을 거예요. 어떻게 생겼는지는 몰라도. 그 장치를 부숴야 완전히 결계가 박살나는데, 아마도 부수기 쉽게 만들진 않았을 거예요. 최소한 마법을 사용해야 부술 수 있도록 설계가 됐을 텐데, 그러려면 단 몇 분이라도 단기간 결계 작동을 중지시키는 작업이 필요해요. 결계가 작동하고 있는 도중엔 좀처럼 안 먹히거든요. 그래봤자 기초 마법이나 좀 먹혀요. 그러니까 장치를 부술 만큼 파괴적인 마법을 사용하려면 결계 공식을 뒤집어서, 아주 잠시만 멈출 필요가 있어요. 완전히 중지시키려면 앞서 말했듯이 장치를 부수는 수밖에 없고…. 하지만 장치는 어떻게 찾는다고 쳐도, 안타깝게도 제가 공식 뒤집기에 약해서요. 원래 뒤집기가 더 어려운 법이라…."

"아, 그럼 결계 공식이라도 줘 봐요."

튀어 오르듯이 상체를 일으켜 앉아 먼지가 묻은 머리를 털어냈다.

"둘이 생각하면 좀 낫겠지. 틀리면 말고. 계속 계산하다 보면 뭐라도 얼어걸릴 수도 있잖아요."

"아직 기초 마법도 암산으로 못 하면서."

"댁이랑 여기서 못 나가고 굶어 죽느니 뭐라도 해야죠. 마법으로 펜이나 종이 같은 건 못 꺼내요? 적어 가면서 하면 좀 나을 수도 있는데."

"안타깝게도 결계 안에선 소환 공식이 잘 안 먹혀서요. 방어를 위해 설계한 마법이니 당연한 이치겠죠. 적이 무기라도 소환해 오면 곤란하니까. 무엇보다 종이 몇 장으로 될 만큼 간단한 공식도 아니고…. 펜이라면 있는데, 바닥에 쓸래요? 그 정도 마법은 걸어줄 수 있어요."

"어쩔 수 없네요, 그거라도 줘요. 그다지 자신이 있는 건 아니지만."

A는 망설임 한 조각 없이 손바닥을 펴 내밀었다.

"내 인생이 이제야 뭐가 좀 바뀌려는데 죽는 건 억울하거든요. 댁도 머리 써요. 여기 죽으려고 들어온 건 아니잖아요?"

\* \* \*

그녀는 연구가 완성된 이후의 자신을 여러 번 상상했다. 리히트 대학의 시계탑에서 내려다보는 프림데 시는 그녀의 고향에 비해 바라보는 경치가 좋진 못했다. 가엾은 땅이다. 연민은 쉽게 차올랐다. 그 땅은 강수량이 줄어든 지 너무도 오래되었다. 명석하다는 그리폰들이 이루지 못할 꿈을 꿔야 할 만큼 오래되었다.

그녀는 시계탑 내부와 황야를 나누는 유리창을 새하얀 손끝으로 한 번 쓸었다. 구해야 할 땅은 저 너머에 있고 그 땅을 구할 지식은 그녀의 머릿속에 있었다. 남작은 리스크는 커도 좋다고 했다. 그 땅의 식수난을 해결할 수 있는 마법만 있다면 무엇이라도 갈아 넣을 수 있다고. 기후를 지배하는 마법이 신의 영역이라면 그 신의 영역에 닿을 때까지 지원해줄 의향이 있다는 의사도 밝혀왔다. 그 말을 믿고 연구를 진행해왔다. 그녀는 스스로를 시계탑 안에 가두었다. 공식과 씨름을 하며 30년을 보냈다.

 그 새벽, 책 몇 권 분량을 꽉 채운 공식에 온점이 찍혔다. 30년의 결과물이 손아귀에 떨어졌다. 이것이 진정한 신의 영역은 아닐 수 있다고 생각했다. 그녀는 상식으로서 기후를 지배하는 마법을 구사하는 창조신을 알았다. 창조신이 구사하는 마법에 이렇게 큰 리스크가 필요할 리가 없었다. 이는 유사한 마법에 불과했다. 어쩌면 인간이 신의 영역을 탐한 것에 대한 마땅한 대가일지도 몰랐다.
 리사 스노우화이트는 그 새벽, 모교의 시계탑에서 황야를 내려다보았다. 달은 하늘을 비롯하여 이 황량한 땅을 오롯이 지배하는 지배자처럼 하늘 가득히 빛을 발하고 있었다. 황야는 달빛을 받아 은은한 빛에 안겼다. 손끝으로 유리창을 쓸 때마다 손자국이 남았다. 그녀는 그녀에게 지원을 아끼지 않은 그리폰 남작을 생각했다. 정확하게는 그의 성품을 계산했다. 그리폰 일족의 역사를 되짚었고, 그들이 고향 땅을 떠나 인간의 영역으로 이주했던 근본적 원인을 떠올렸다. 더불어 남작, 루카스 그리폰이 이 땅을 위해 무엇을 얼마나 바칠 수 있을 사람인지, 그에게 중요한 것이 실리인지 윤리인지를 가늠했다.
 황야의 달을 만지려는 듯이 유리창 위로 그녀의 손끝이 흘렀다. 아. 이 땅은 적어도 루카스 그리폰으로 인한 구원은 받지 못 할 땅이다. 그녀는 달빛을 머금은 저 유리창 너머의 풍경이 자신이 바라보는 마지막 황야이리라는 사실을 예감했다.

\*\*\*

 탑은 나선 계단 이외의 공간이 없었다. 레오폴트는 창이 늘어선 벽과 평행한 반대편 벽에 붙어 A의 행동을 지켜보았다. 계산하는 데에 가담하라는 말이 무색하게 레오폴트에게 주어진 임무는 오로지 그것뿐이었다. 그는 자신이 선 협소한 공간만 빼고 계단 가득히 적힌 공식들을 내려다보며 난감하다는 듯이 제 턱을 어루만졌다. 어쩌다 이렇게 되었는지 가늠하기 위해 붉은빛을 희미하게 내뿜는 글씨를 따라 공식을 복기했다.
 초반엔 분명 그의 글씨체로 쓰인 공식들이 더 많았다. 그러나 중반부터는 뒤집혔다. A가 그의 계산을 지켜보다 공간 결계 공식을 어떻게 풀어나가는지 감이 잡혔다고 말한 순간부터 A의 계산 속도가 월등히 빨라졌다.

 이대로라면 30분 안 걸려 결계 공식이 뒤집힌다. 그는 이미 저만치 계단 아래로 멀어진 A를 바라보았다. 그의 손에 잡힌 깃펜 아래로 공식은 여전히 늘어지고 있었고 이럴 때 말을 건네는 건 별로 현명한 처사가 아닌 것처럼 느껴졌다. 어쨌든, 지금 레오폴트 그리폰은 공식 도출에 도움이 안 됐다. 인간 마법사의 열 배에 달하는 코어 출력량을 자랑하는 이종족인 건 적어도 그들, 그리폰 남매에겐 별반 도움이 되지 않았다. 출력이 높아 봤자, 저렇게 재능이 따라주지 않으면 될 것도 안 됐다.
 그는 A를 방치해 두고, 결계를 구동시키는 장치를 찾는 편이 좋겠다는 결론을 내렸다. 공식을 뒤집는 데에 성공하더라도 장치를 부수는 게 필수 과제였다. 발꿈치를 들어 최대한 공식이 지워지지 않도록 비어 있는 곳을 찾아 밟았다. 마법에 제약이 있으니 그나마 마법에 특화한 이종족이라는 것조차 큰 메리트는 아니었다. 강제로 인간 체험하는 기분이네. 그는 그렇게 생각하며 공식의 첫머리까지 올랐다. 더 올라가다 보면, 아마도 계단을 내려가는 A와 마주치겠지.

그렇더라도 이렇게 하면, 어느 정도의 공간이 꼬여있는지도 알 수 있을 터였다. 혹시 여태껏 계단을 오르며 보지 못했던 이상한 부분을 찾을 수 있을는지도 모를 일이고.

나선 계단에 그의 발소리가 정확한 소리를 내며 굴러다녔다. 창은 계단과 평행하게 났다. 계단을 아무리 올라가도 창밖의 풍경은 변하지 않았다. 늘 같은 높이의 종탑이 보이고 똑같이 높고 낮은 지붕들이 보였다. 계단 저 멀찍이 익숙한 뒷모습이 보였다. 약 10분 계단을 더 오르자, A가 있던 출발 지점이 보이기 시작한 것이다. 어쩌면 이렇게 특별한 것이 없을 수 있을까. 그는 미간 사이를 좁히지 않을 수가 없었다. 보통 이 정도 높이의 건물 하나를 통째로 보호할 만큼 큰 결계를 구동하는 마법 장치는 부피를 많이 차지했다. 티가 나지 않게 숨기는 것이 관건이라지만, 이 정도로 아무런 티가 나지 않는 건 유례가 없었다. 리사 스노우화이트는 그 유례를 깰 만큼 결계에 특별히 해박한 마법사는 아닐 터였다….

그는 다시 마주친 A의 머리를 가볍게 쓰다듬어주고—어차피 집중하느라 눈앞에 쥐가 한 마리 툭 튀어나온다고 해도 알아차리지 못할 것처럼 보였다.— 그가 바닥에 적은 공식이 날아가지 않게 보호하기 위해 처음으로 그리폰의 모습으로 돌아가 공식 위를 미끄러지듯이 날았다. 복도는 사람이 열 명은 지나갈 가로 넓이였으나 천장 높이가 높지 못 했다. 머리를 잔뜩 숙이고 공식의 첫머리까지 나는 것만으로도 고역이었다. 공식의 첫머리가 적힌 곳에서 다시 계단에 발을 닫고 인간의 모습으로 돌아온 후, 어깨와 목 부근을 툭툭 두드리며 다시 한 번 주변을 돌아보았다. 한 쪽 벽면엔 바깥으로 난 창문, 그 맞은편은 등불이 흔들렸다. 벽은 금이 간 구석이 없이 깔끔했고, 저 멀리서 또 몇 번인가 종이 울려왔다.

그는 창가로 바짝 다가가 밖으로 몸을 내밀어보았다. 높은 곳에 흔히 부는 칼바람이 그의 붉은 머리칼을 가볍게 스쳤다. 이 공간에서 육안으로 보이는 모든 오브젝트 중에서 이만큼 큰 결계를 구동할 수 있을 만큼 크고 눈에 띄는 것이라고는….

"레오! 이러면 뒤집힌 거 아니에요? 잠깐 여기 와 봐요!"

목소리는 위에서 들렸다. 공간이 꼬여있으니 당연했다. 그는 머리칼을 정리한 후, 계단을 두 세 개씩 건너 뛰어가며 A가 선 곳까지 올랐다. 바닥을 가득 메운 공식엔 마무리를 뜻하는 온점이 찍혀있었다. 공식은 조금 전, 그의 날갯짓으로 등불이 몇 개 꺼졌음에도 불구하고 희미하고 붉게 빛났다. 깃펜에 걸린 마법이 아직 유효한 덕택이었다. 그는 자처했듯이 공식을 뒤집어 마법을 해제하는 재주에 유독 약했다. 그러나 적어도 그의 시야가 닿고 지식이 닿는 한도 내에서 공식에 불합리가 없음은 확실했다.

"걸리는 건 없어요, 합리적이에요. 시도해 볼 만 하겠어요."

"아닐 수도 있다는 거네요."

"제가 부족해서 확인할 길이 없을 뿐이에요…. 말했다시피 마법을 뒤집는 건 특기가 아니니까."

이런 곳에서 동행의 사기를 떨어뜨려 좋을 것 하나 없음을 레오폴트는 알았다. 그는 격려하듯이 A의 어깨를 연이어 토닥여주었다.

"그나저나 아델, 혹시 이곳 교회는 지은 지 오래된 건물인가요?"

"그건 왜요? 되게 뜬금없는 질문이네요."

"아는 대로만 대답해줘요. 오래됐어요? 5년 이상?"

A의 미간 사이가 좁아졌다. 열일곱 앳된 얼굴엔 별로 어울리지 않는 표정이었다.

"5년 안 됐을걸요. 저거 짓던 해가 영원의 탑이 완공됐던 해니까, 스노우화이트의 집권 기간을 생각하면…."

"마법 어떻게 쓰는지 기억해요?"

"어제 가르쳐준 걸 잊어버릴 리 없잖아요."

"좋은 동행이네요. 역시 아델을 데려오기 잘했어요."

레오폴트는 한 번 더 A의 머리를 쓰다듬어주고는 바로 옆에 난 창틀 위로 올랐다. 창은 높지 않았다. 그가 균형을 잡고 몸을 숙여 앉기만 해도 가득 찰 정도의 크기였다. A는 깜짝 놀라 레오폴트의 팔을 붙들었다. 미쳤어요? 상대의 신분조차 까맣게 잊고 소리를 질렀다. 팔을 붙든 손에도 힘이 제법 들어갔다. 레오폴트는 머리 위를 한 번 확인하여 창문의 높이를 가늠하기에 바빴다. 가늠이 끝나자, 제 팔을 으스러뜨릴 것처럼 부여잡고 있는 A의 손을 떼어냈다.

"방금 아델이 계산한 공식을 사용하는 거예요. 소리를 내든, 암산이든 상관없어요. 그러면 아델의 코어가 반응할 거고, 맞는 공식이라면 결계 가동이 멈출 겁니다. 오래는 유지하지 말아요. 무리하게 무거운 마법을 과하게 사용하면 심정지로 죽을 수 있으니까."

"뭐 하려고요? 설령 공식이 맞았다고 쳐도, 이제 마법 장치를 찾아야 하는 거 아니에요?"

"아마도 마법 장치는 교회 종탑에 걸린 종입니다. 이 탑 정도 되는 크기의 결계를 구동할 수 있으려면 장치가 꽤 커야 하는데, 여기서 육안으로 확인 가능한 가장 큰 오브젝트는 창밖의 종탑뿐이니까. 소리를 매개로 삼아 결계를 유지하는 공식은 기존에 꽤 많이 나와 있어요. 그걸 응용한다면 마법 장치를 결계로 보호할 장소로부터 멀리 떼어놓는다는 발상도 할 만 하죠. 바깥 풍경인 것처럼 속여 티 나지 않게 숨길 수도 있고. …사실 모 아니면 도. 뭐, 그런 거예요."

아이고, 신이시여. A의 입술 사이로 그런 소리가 새어나왔다. 그런 소리가 나올 만하다고 레오폴트 또한 생각했다. 물증이 있는 건 아니었다. 오로지 심증만으로 도박을 걸어보겠다는 소리에 불과했다. 고작 실낱같은 가능성 때문에 멀쩡한 교회 종탑을 부수겠다니 스케일이 커도 너무 커졌다.

그러나 하지 않는다는 선택지 또한 없었다. A는 이런 탑에서 레오폴트 그리폰과 함께 굶어 죽을 의사가 없다고 명확히 밝혔고 그건 레오폴트 또한 마찬가지였다. 그는 죽고 싶어서 이 눈꽃의 도시를 찾은 것이 아니었다.

"추측이 틀리면 우리 정말 천벌 받을 거예요. 창조신이시여, 이 모든 불경죄는 이 정신 나간 귀족 가문 도련님께서 하셨다는 것만 알아주소서…."

아델의 공허한 기도를 듣고, 레오폴트가 짧게 웃었다.

"하하, 무슨 소리예요? 결계를 푸는 순간 아델도 공범인데."

"빌어먹을! 몰라, 전 설령 중앙 정부에 끌려가도 다 당신 탓할 거예요!"

A는 폐부 깊이 숨을 들이마신 후, 가늘게 떨리는 목소리로 천천히 공식을 풀어나가기 시작했다.

기나긴 공식의 끝이 다가오자 창가에 앉은 사내의 모습은 바람에 녹아 사라지고 단지 한 마리의 기괴한 생명체만이 밤하늘을 활강할 준비를 하고 있었다.

Snow White

\*\*\*

고요한 도시가 한 번 크게 진동했다. 이 땅의 사람들은 도시를 파묻을 듯이 내리는 눈발에는 익숙해도 넓은 범위를 나풀거리며 부유하는 흙먼지에 익숙하진 않았다.

리사 스노우화이트는 프림데 시를 떠나온 지금도, 비슷한 구조의 탑 안에서 도시를 내려다보았다. 얼어붙은 땅과 탑 안을 가르는 유리창이 지저분하지 않았고 방 안 가득 돌아가던 태엽 대신 불길이 타들어가는 소리가 가득 굴러다닌다는 점만이 달랐다. 벽을 따라 책장이 둘러쳤고, 제목도 붙지 않은 책의 등표지가 가지런히 늘어선 공간이었다. 자정이 넘어가면 골목마다 선 가스등에도 불빛이 스러지는데 큰 소동에 벌써 가스등을 점화하는 소년소녀들의 자전거가 굴러가기 시작한 모양이었다. 거리마다 조금씩 불이 밝았다. 희미한 가스등 불빛 아래에 어른거리는 사람들의 그림자가 나타났다. 그들은 모두 하나의 흐름을 이루며 도시 외곽, 교회를 향해 흘렀다.

그녀는 거리를 점점이 메운 사람들을 만져보고 싶은 것처럼 유리창을 어루만졌다. 그녀의 손끝과 유리가 맞물려 내는 소리가 짧게 울렸다. 동시에 나선 계단과 그녀의 공간을 유리시키는 문이 요란스러운 소리를 내며 열렸다. 리사 스노우화이트는 돌아보지 않았다. 탑의 최상층에 설치된 화로로 올라가는 계단은 그녀의 곁에서 뻗어 올라가고 있었다. 종탑을 부수고 들이닥친 불청객의 모습은 영원한 석양이 흐르는 유리창 위에 비쳤다.

"남작께서 직접 오시진 않았군요."

"바쁘시니까."

레오폴트 그리폰의 대답은 간결했다. 레오폴트의 뒤로 거의 숨다시피 하여 공간에 들어선 A는 두 사람의 눈치를 보는 수밖에 없었다. 창 너머로, 풍선은 여전히 바람에 아른거리고 있었다.

스노우화이트가 돌아보았다. A는 레오폴트의 어깨 너머로나마 그녀를 처음으로 대면한 셈이었다. 고작해야 극단에서 아동을 위한 인형극 조금 한다는 그가 이 도시를 지킨다는 영주를 이만큼 가까이서 볼 일이 있을 리 없었다. 그는 그녀와 레오폴트 그리폰이 구면임을 그들의 대화와 오고 가는 눈빛을 통해 알았다.

"중앙 정부에 구태여 불경죄로 그대들을 고발하진 않겠습니다."
"저는 당신을 고발하러 왔는데, 이것 참 마음이 통하지 않아 아쉽습니다."
"돌아가세요. 황야를 구할 수 있는 마법 같은 건 가지고 있지 않으니."
"없으리라는 걸 예감하고 왔습니다. 당신의 기후 조작 마법엔 사람 목숨이 대가로 들어갈 테고, 아무리 인간과 무관한 이종족이라고 해도 지키기로 약속한 백성을 불에 태워서 마법을 유지할 만큼 도리를 모르진 않아서요."

소리를 내도 좋을 상황이 아니라는 사실을 알았음에도 A의 입술 사이로 숨이 턱, 막힌 것 같은 의아함이 어린 목소리가 튀어나왔다. 붙들고 있던 레오폴트의 옷자락을 더 세게 그러쥐고 흔들었다.

"이게 다 무슨 소리예요?"

잇새로 간신히 성량을 잔뜩 죽여 묻자, 레오폴트는 제 뒤에 숨은 A를 반쯤 돌아다보았다. 그 얼굴에 그만큼 쓴맛이 배어나는 미소가 일렁이는 것은 A로서는 처음 보았다. 별로 어울리는 표정이 아니라는 감상이 불쑥 머릿속에 떠올랐다.

"슈니플로케는 원래도 실종 사건이 많았다고 했었죠. 기후가 추워서 식량 사정이 좋지 않고, 가난을 이유로 아이를 버리러 가거나 다른 지역에 팔아치우는 일이 잦다고."
 "…그게 이거랑 무슨 상관이에요?"
 "당신은 오늘 있었던 실종 사건도 몰려든 사람들은 웬만큼 전부 외지인이고, 정작 당신 같은 슈니플로케 출신들은 놀랄 일이 아니라고도 했어요. 그렇지만 아델, 그건 앞뒤가 맞지 않아요. 스노우화이트가 집권하고 기온이 따뜻해진 이래 몇 년이 지났는데, 어째서 아직까지도 슈니플로케에서 실종이 빈발하죠? 연극이 활성화 할 만큼 경제 사정이 좋아졌는데도, 아이를 버리고 팔아치우는 사람들이, 예전과 다를 바 없이 그토록 많다고요?"
 레오폴트는 A의 손을 한 번 더 떼어내었다.
 "당신이 공범이라고는 생각 안 해요. 처음부터 그렇게 생각하진 않았어요. 그렇게 생각했다면 이틀이나 데리고 다니진 않았죠. 당신은 쉬는 날에도 좀처럼 극단 밖에 나가지 않는 사람이고 이런 일에 연루되기엔 지나치게 어리고 여려요. 스노우화이트와 공모한 건 당신을 제외한 슈니플로케의 모든 어른입니다. 당신 말대로 팔아치울 수 있는 아이가 있다면 전부 팔아치운 거죠. 리사 스노우화이트에게…."
 마치 신호처럼 투박한 소리가, 인간의 생살을 먹이로 삼은 불길이 타오르는 소리를 한 번 크게 가로질렀다. 레오폴트가 반사적으로 A를 밀었다. 그들 사이에 딱 한 보(步)만큼의 거리가 벌어졌다. 레오폴트의 뺨에 붉고 가는 선이 새겨졌다. 얕은 생채기에서 조금씩 피가 배어났다. A는 다치지 않았다. 그의 뺨에 상처를 새기고 날아든 얼음 조각은 레오폴트가 A를 밀어낸 덕택에 A의 구두코 앞에 떨어져 박혔다. A는 눈 깜짝할 새에 녹아 형태를 잃은 얼음 조각과 레오폴트, 그 너머의 리사 스노우화이트를 번갈아 쳐다보았다. 결계 공식을 뒤집을 때보다도 더 한 과부하가 올 것 같았다. 레오폴트의 말이 채 끝나기도 전에 리사 스노우화이트의 마법이 날아들었다는 것이 무슨 의미인지, 이틀 전까지만 해도 극단 숙소에서 아무 걱정 없이 봄을 누리던 A라도 알 것 같았다.

"⋯살벌도 하셔라."

레오폴트는 제 뒤에 숨기듯이 A의 앞을 가로막고 섰고, 자연스럽게 스노우화이트와 대면했다.

"웬만하면 교전 없이 수도까지 가주셨으면 하는데요. 알아서 중앙정부에 자수해주시지 않으면 많은 사람이 곤란해집니다. 아마 당신도 곤란해질 거예요."

그녀가 등지고 선 창 너머로 빛이 쏟아져 들어왔다. 하얀 머리칼에서 떨어지는 그림자는 그녀의 표정과 눈빛에 담긴 감정의 톤을 죽였다. A는 긴 속눈썹 아래로 가린 리사 스노우화이트의 눈동자와 그녀의 뒤로 그림처럼 번진 석양을 번갈아 쳐다보았다. 그녀가 시선을 들자 창문과 평행한 방향으로 날카로운 형태의 얼음이 얼었다.

"가장 곤란해지는 건 이 땅의 백성들입니다. 우리에겐 봄이 필요해요. 부모가 없는 아이들, 혹은 부모가 버린 아이들을 대가로 삼는 한이 있어도. 당신들은 모르는 고통이 이 땅에는 수백 년 반복됐어요."

"⋯당신에겐 미안합니다. 30년 동안 우리가 당신에게 지나친 것을 요구했다는 걸 이제야 알았으니까. 아무리 당신 스스로가 자청한 일이었다고 쳐도 지나친 세월이었어요. 책 몇 권에 달하는 공식에 매달려가며 '백성의 구원자'라는 자아상에 취해있기에는."

"당신들은 황야를 구할 생각이 없고, 난 얼어붙은 이 땅을 구할 의사가 있습니다. 우리의 길은, 거기서 갈라졌어요. 당신들이 내게 많은 투자를 했음은 인정하지만, 당신이 말했듯이 내가 이 마법을, 연구 지원 당시 약속했던 대로 루카스 그리폰에게 가져다 바쳤다 해도 당신들은 마법을 활용하지 못했을 거예요. 난 백성을 구하고 싶어서 이 마법에 30년을 투자했고, 쓰이지 않은 채로 사장되는 것만큼은 보고 싶지 않았습니다. 고작 그리폰들의 그 같잖은 위선 때문에."

"그래서 프림데 시에서 도망쳤고, 구원자 놀이를 할 무대를 고향인 슈니플로케로 바꾸셨다? 하하, 이런. 이러고 있으니 누가 이종족이고 누가 인간인지 모르겠네…."

얼음은 날선 소리를 내며 허공을 가로질렀고, A를 숨기고 있던 그림자는 단번에 몸집을 불렸다. 본능적으로 몸이 움츠러들고 눈이 꾹 감겼다. 아델. 그의 앞을 가로막은 짐승의 날개는 그가 종탑을 부수기 위해 날았을 때보다 훨씬 거대한 크기로 뻗어있었다.

결코 사람의 형태라고 할 수 없을 커다란 덩치의 이종족은 그가 익히 아는 목소리로 다만 그의 가명을 두 자 새겨 불렀을 뿐이다. 박힌 얼음을 털어내기 위해 날갯죽지는 꽤 요란한 소리를 내며 움직였고, 그것이야 말로 일종의 신호처럼 느껴졌다. A는 그리폰의 날개가 드리우는 짙은 그림자를 틈 타 그가 움직일 수 있는 최선의 속도로 내달렸다. 목표는 리사 스노우화이트가 곁에서 지키고 선 마지막 나선 계단이었다.

화로를 꺼야 한다. 저게 있는 한 슈니플로케는 계속해서 사람을 잡아먹는 땅일 터다.

스노우화이트의 반사 신경은 가히 무시할 만한 수준이 못 되었다. A가 그림자 아래에서 모습을 드러내자 그녀의 눈동자가 무섭게 A의 움직임을 쫓았다. 얼음이 어는 것은 눈을 두 번 깜빡일 정도의 찰나였다. 다만 얼음의 날카로운 끝이 A를 향하는 데에 찰나보다 조금 더 긴 시간이 걸렸다. 이 넓은 공간의 약 3분의 1을 차지하는 크기의 그리폰은 그 틈을 놓치지 않고 재빠르게 스노우화이트에게 접근하여 그녀의 중심을 무너트렸다. 아델이 계단의 첫머리에 간신히 이르고, 그녀의 어깻죽지가 딱딱한 발굽 아래 짓이겨지는 데까지 걸린 시간을 합해도 몇 분이 채 걸리지 않았다. 그리폰이 움직인 동선을 따라 짙은 색의 핏자국이 상당한 두께의 선으로 남았다.

"올라가서 불길 잡아요. 방법은 결계 푸는 방식과 똑같습니다."

A는 창백한 얼굴로 그리폰의 찢긴 날개를 쳐다보다가 딱딱하게 굳은 목 관절을 이용하여 간신히 고개를 끄덕였다. 할 수 있는 모든 체력을 들이부어 계단을 뛰어 올라가기 시작했다.

\* \* \*

"미친 새끼가, 이거 안 놔? 이젠 머리가 너무 멍청해져서 꺼지라는 말도 이해가 안 돼?"

"아, 헌터 양. 너무 그러지 마시고. 가엾고 무능한 사람 하나 구한다 치시고 한 번만 부탁합시다."

탑으로 통하는 입구까지도 보초병 하나 서 있지 않은 적은 난생처음이었다. 와이엇 윈프리드는 왼손으로 꾹 붙들고 있던 타인의 손을 놓고 남은 손에 들고 있던 등불을 껐다. 도시 외곽 방향을 한 번 크게 둘러보았다. 하기야 오밤중에 느닷없이 교회가 박살이 났다고 하니, 이 자그마한 도시가 가지고 있는 거의 모든 병력이 교회로 몰려가도 이상할 건 하나 없었다.

"애새끼 하나 없어졌다고 내가 여기까지 와야 해?"

"그럼 애가 없어졌는데 편히 발 뻗고 자냐?"

"누가 보면 아주 네 새끼인 줄 알겠어."

그의 뒤를 두 세 보 떨어져 따라붙었던 여자 또한 제 손에 들린 등불을 불어 끈 후, 엉망으로 흐트러진 머리를 한 번 쓸어 넘겼다.

Snow White

영원의 불길이 딱 광장의 공간만큼만 드리우는 진득한 석양을 머리부터 뒤집어쓰니, 그녀의 머리칼은 한층 더 그녀의 이름과 어우러졌다. 로즈 헌터. 극단엔 마법은 쓸 줄 몰라도 마력 코어는 선천적으로 타고난 사람들이 더러 있었고, 그녀 또한 그런 부류였다.

 그녀는 등불을 탑의 입구 옆에 내려둔 후 오렌지색의 눈동자를 그 풍성한 속눈썹 아래로 반쯤 가렸다. 성난 시선은 손에 달랑거리며 들고 온 종이 몇 장을 넘겨보았다. 미간 사이엔 가는 주름이 잡혔다. 일부러 들으라는 듯이 혀를 차고 로즈는 종이를 든 손을 도로 떨어트렸다.

 "지키는 놈도 없는데 그냥 뛰어 올라가지? 순간이동은 무슨. 알아먹지도 못하겠는데."

 "뭐야, A는 뭐 보니까 금방 이해하고 그러던데. 마법사들은 다 그런 거 아니었어?"

 "그럼 그 새끼 머리에는 뭐, 뇌 대신 주판이라도 들어있나 보지."

 로즈는 습관적으로 입고 있는 면 원피스에 달린 주머니를 찾았으나 주머니는 텅 비어있었다. 이 요란스러운 사내 때문에 자다가 잠옷도 채 못 갈아입고 나왔으니 담배라고 챙겨 나올 겨를이 있었을 리 없었다.

 와이엇 윈프리드는 요란스럽게 큰일이 났다며 자는 사람 억지로 깨워 끌고 나오더니, 그녀로서는 흥미가 떨어져도 몇 달 전에 뚝 떨어진 어린애 하나가 없어졌다며 부산을 떨었다. 성질을 부리며 타박을 해봐야 와이엇은 꿈쩍도 하지 않았다. 그는 로즈가 성을 내건 말건, 잠에서 깬 김에 웬 계산이나 좀 해달라고 지저분한 종이 몇 장을 그녀의 얼굴 앞에 쑥 내밀었다.

 "이게 뭔데? 아닌 밤중에 무슨 계산을 하란 말이야?"

 "아, 그러지 말고 자세히 좀 봐봐. 못 알아보겠어?"

a를 쓰는 방법이 독특해 금세 그놈의 사라졌다는 '애새끼'가 쓴 문서임을 알 수 있었다. 처음엔 무슨 유서라도 되는 줄 알고 로즈의 시선 또한 그녀 나름대로 급하게 움직였다. 물론 종이의 첫머리에 달린 단어를 읽는 순간 아주 조금이나마 일었던 조급한 마음은 차갑게 식었다. 기초 마법, 순간이동. 그다음부터는 공간 좌표를 계산하는 공식과 포함할 범위를 계산하는 공식을 적합하게 붙여놓은 공식 몇 줄이 반복적으로 적혀있었다. 다음, 마법 카피. 한 번밖에 카피하지 못하지만, 괜찮은 방법임. 그런 식으로 마법에 대한 설명이 첫머리에 붙고, 공식을 반복하여 적고 계산하며 연습한 흔적이 전부였다. 도대체 얘는 하라는 연극 전향은 안 하고 대체 뭘 하는 거람, 로즈 헌터는 오랜만에 A를 생각하며 지극히 사적인 감정을 담아 그렇게 투덜거렸다.

"너도 마법사잖아. 이거 계산하면 쓸 수 있는 거 아냐?"

그녀의 면전에 종이를 들이민 장본인은 눈을 연신 깜빡여대며 그렇게 물었다.

"네가 대본 외우는 것 외엔 잘하는 게 없는 놈인 건 알았지만 머리가 이렇게 안 돌아가는 놈인 줄은 몰랐는데."

공식은 하자면 할 수 있을 만큼 간단했지만—그녀는 도대체 눈앞의 와이엇 윈프리드가 이런 애들도 이해할 공식을 독해조차 하지 못한다는 사실을 이해할 수 없었다.— 순순히 해주고 싶다는 마음은 들지 않았다. 누구라도 자는 것을 억지로 깨우면 없던 심술까지도 깨어나는 법이다.

그러나 추진력에 있어 그녀는 와이엇을 이길 수 없었다. 그녀가 꺼지라고 하는 소리는 전혀 듣지 못했다는 듯이 그녀의 오른손에 종이와 등불을 들렸다. 그 후 로즈의 남은 왼손을 붙들고 탑을 향해 내

달리기 시작했다. 이 미친놈이 어린애 하나 실종됐다고 영주님한테 읍소라도 하러 갈 생각인가? 시내를 가로지르며 머릿속에 가득 찬 비뚤어진 생각은 여전히 로즈의 안에서 유효했다. 로즈는 기어이 탑의 입구까지 도착한 지금까지도 사라진 아이를 찾겠다면서 영원의 탑으로 대뜸 내달린 와이엇 윈프리드의 행동을 이해할 수 없었다.

"걸어 올라가면 오래 걸리잖아. 탑 안엔 보초병 있을 수도 있고."

"아니, 그것보다도 걔가 왜 여기 있을 거라고 짐작하는데? 근거가 뭐야, 근거가."

"어젯밤에 스노우화이트 남작의 마법에 대해 신의 영역이니 대단하니 원리가 궁금하니 어쩌고 떠들어댔는데 혹시나 겁도 없이 남작님 계신 데까지 물어보러 쳐들어갔다가 잡혔나 싶어서."

"…A가 그럴 만큼 겁을 상실한 놈은 아니었던 것 같은데."

"그럼 어떡해. 여기 말곤 짚이는 데가 없는데. 조금만 찾아보고 가자. 아, 너도 여기까지 와서 돌아가면 마음 불편할 거 아냐."

탑의 입구 앞에 서서 고개만 빠끔히 넣어 나선 계단의 인기척을 살피던 와이엇이 로즈를 돌아보며 보챘다. 하여간 좀처럼 정신연령이 성장하질 않는 남자다.

"귀찮으니 한 번에 꼭대기까지 올라갈 테니까 그렇게 알아. 걸리면 나도 모르고."

한숨이 절로 나왔으나 도리는 없었다. 그의 말대로, 결국 그녀는 여기까지 왔다. 험악한 말씨와 불친절한 태도로 무장했더라도, 그녀라고 와이엇과 A에게 일말의 정조차 없던 건 아니었다.

로즈는 한 번 더 공식이 적힌 종이를 눈으로 가볍게 훑어내었다. 더듬더듬 머릿속으로 공식을 따라 계산을 엮어가며, 와이엇 윈프리드의 손을 낚아채어 쥐었다.

\*\*\*

나선 계단의 끝까지 단번에 내달리자 숨이 턱 끝까지 찼다. 심호흡으로도 숨을 쉬는 것이 녹록하지가 않았다. 사람 키보다 더 큰 높이로 불길이 치솟고 있었다. 그만큼 휘몰아치는 연기의 양도 무시할 수 없었다. 들숨이 들어올 때마다 폐부에서 숨이 컥, 막혀 날숨이 아닌 기침이 터져 나왔다. A는 팔을 들어 눈가를 가렸다. 별반 소용이 없는 행동이었다. 매캐한 연기로 인해 속눈썹 아래로 눈물이 고여 금방이라도 후둑 떨어질 것 같았다. 시야가 흐려지는 건 곤란했다. 지금부터는 혼자서 많은 작업을 해내야 했다. 불길을 작동시키는 장치를 찾아 부수고, 이 시야를 방해하는 연기를 없애려면 우선 잠시라도 불길을 멈추도록 공식을….

그는 주변에서 최대한 눈에 띄는 오브젝트를 찾다가 문득 눈동자를 굴리는 것을 멈추었다.

그는 영원의 불길을 작동시키는 공식을 몰랐다. 모르면 뒤집을 수 없다. 그보다, 안다고 쳐도 30년에 걸쳐 만들었다는 공식을 그가 단 몇 분 안에 뒤집을 수 있을 리가 없었다. 앞에 유사가 붙어야 할 만큼 리스크가 비인도적이긴 해도, 기후 조절 마법은 180년 인생을 전부 바쳐도 이를 수 없다는 신의 영역에 가까운 마법이었다.

자신도 모르게 입술을 소리가 날 만큼 세게 깨물었다. 피가 꽤 배어났다. 그래도 어쨌든 할 수 있는 건 다 해보는 수밖에 없었다. 레오폴트 그리폰이 산 채로 날개를 찢어먹어 가며 만들어준 기회를 공으로 날릴 순 없었다.

무엇보다도 버려졌다는 이유만으로 산 채로 태워지는 아이들이 더 없어야 한다고 A는 생각했다. 그게 사실은 괜찮지 않은 상처임을 그 누구보다도 잘 아는 사람이었기에.

\* \* \*

와이엇 윈프리드에게는 웬만하면 약점을 잡혀서 좋을 게 없다는 말이 극단에 꽤 오랫동안 떠다녔다. 말을 만든 게 누구인진 몰라도 로즈 헌터는 재작년 말부터 그 말이 신빙성이 있음을 체감하고 있었다. 딱 한 번 무대에서 선배의 드레스 자락을 밟고 넘어졌을 뿐인데 그는 그 사소한 실수를 지금까지 들먹이며 놀려대기 바빴다. 그 이후 로즈는 이를 바득바득 갈며 그의 앞에선 절대 실수하는 일 없으리라, 몇 날 며칠을 다짐했더랬다.

그러나 그러한 결심은 하기는 쉽고 이루기는 어렵다. 아무리 처음이었다고는 해도 그토록 호언장담했는데, 예상과 다른 곳에 떨어지다니 이는 또 몇 년 와이엇이 그녀를 놀리며 괴롭힐 만한 사안이었다. 공식 대입은 꽤 잘됐으나 암산이 틀렸다. 물론 다행히 거하게 엇나가지는 않았지만 말이다.

탑에 올라오니 창은 깨졌고 핏자국은 만연했다. 불길이 타는 소리가 더없이 가깝게 들려왔다. 마치 천장 하나 사이에 두고 화로가 타오르고 있는 것 같았다.

"난 교회가 박살 났다고 들었지, 영원의 탑이 박살 났다는 소린 못 들었는데. 대체 무슨 일이래, 이게."

로즈는 깨진 창가에 서서 바깥을 내다보았다. 발목까지 오는 긴 치마가 바람의 방향을 그려내듯이 흩날렸다. 머리칼을 한 손으로 눌러 쓸어 넘기고, 탑 안으로 걸음을 물렸다. 신발 밑창에 아직 덜 마른 핏자국과 함께 커다란 깃털이 달라붙었다. 으. 그녀가 신발에서 깃털을 떼어내어 깨친 창문 밖으로 내던졌을 때, 와이엇이 그녀의 이름을 길게 소리 내어 불렀다.

"로즈, 너 이 정도 되는 건 이해 못 하지?"

와이엇은 한 손으로 붉은 표지로 장식한 책의 첫 머리를 펼쳐 들고 있었다. 거리가 멀어 글씨까지는 읽을 수 없었기 때문에 로즈는 문가에서 가장 가까운 책장을 향해 사뿐한 발걸음을 옮겼다. 와이엇과 반 걸음 정도의 거리를 두고 책을 향해 고개를 가득 숙였다. 책에는 그녀의 손에 들린 종이와 같은 종류의 공식이 적혀 있었다. 그녀의 미간 사이에 종이를 읽을 때보다 더 깊은 주름이 올라왔다. 영원의 불길을 계산하는 공식임은 틀림없었다. 첫머리 제목 정도는 이해할 만했다. 문제는, 그 이상은 배움이 짧은 사람이 이해할 여지가 없다는 점이었다.

"뭐야, 이게."

그에게서 빼앗다시피 책을 건네받고 책장을 훑듯이 빠르게 넘겼다. 처음부터 끝까지 수식이 적혀있었다. 그러나 마지막 장에도 온점은 찍혀있지 않았다.

"공식이 안 끝나는데. …설마 이 책장들이 전부 한 가지 공식이라고? 눈 돌아가네. 난 마법사 하래도 못 하겠다."

"야, 아냐. 저기부터는 책 등표지 색이 다른데. 저기부터는 다른 거 아니야?"

와이엇의 손가락이 가리킨 끝부터 푸르스름한 등표지의 책이 책장을 채워나가고 있었다. 로즈 헌터는 그가 가리킨 방향을 따라 똑바로 걸었다. 푸르스름한 표지의 책을 뽑아 들었다. 제목은 적혀 있지 않았다. 그녀로서는 책장을 넘겨도 알아들을 수 없는 수식들이 나열되어 있었다. 그러나 첫머리 정도만 이해해도 공식의 사용 용도는 대충 알아차릴 법했다. 공식은 처음부터 정확하게 불길을 계산하는 공식을 뒤집어 놓았다. 본 공식과 정확히 똑같이 책장 세 개 분량의 공식이었다. 온점은 찍혀 있지 않았다.

"뭐가 어떻게 돌아가는 건지 전혀 모르겠네. 애초에 스노우화이트는 어디에 있는 거야? 있어야 할 양반은 없고, 마법만 덩그러니 남아있고, 애는 없어졌고, 여긴 온통 피바다고."

로즈가 요란스럽게 소리를 내어 책을 덮으려 하자 와이엇이 손을 뻗어 그녀의 행동을 제지했다.

"혹시 모르니까 너 그거 좀 계산해 보면 안 되냐? 그, 뭐야. 대입만 하면 되는 거 아니야? 수학 같은 거지?"

"사칙연산 밖에 할 줄 모르는 사람한테 뭘 시키려는 거야? 무엇보다 영원의 불길을 멈춰서 뭘 어쩌게."

"되면 좋고 안 되면 어쩔 수 없고, 뭐 그런 건데."

와이엇은 천장을 한 번 눈짓으로 가리켰다.

"혹시나 얘가 저기 있으면 불이 타고 있으면 안 되는 거 아닌가 싶어서. 위가 어떤 구조인진 몰라도 밖에서 봤을 때도 엄청 밝았잖아. 위에서 큰 불길이 타고 있는 거 아냐? 그런 불길이 코앞에 있으면 사람은커녕 앞뒤 분간도 안 갈걸. 그냥 한 몇십 초라도 끌 수 있으면, 애만 찾고 후다닥 나오기에 좋을 것 같지 않아?"

"아주 시급도 안 주시고 알차게도 부려 먹으시네요, 윈프리드 씨. 극단 오너한테 배울 게 없어서 그딴 걸 배워왔냐?"

"안 되면 말고, 되면 좋고, 라고 했잖아! 뭐, 과장 좀 보태서 A도 하루아침에 하는 걸 천하의 로즈 헌터 씨가 못 한다면야…."

"이게 말이면 다인 줄 아나…."

말다툼은 더 이어지지 못했다. 창가 근처에 얼추 아치형을 그리며 흐트러져 있던 유리 조각을 육중한 무언가가 밟는 소리가 들려왔기 때문에 둘 모두 발화(發話)를 멈추고 창가를 돌아본 탓이었다. 그들은 어디까지나 침입한 것이었고, 혹시나 스노우화이트 남작이라도 돌아왔다간 고스란히 감옥에 끌려간대도 할 말이 없었다.

창가로 드는 불을 온통 가릴 만큼 커다란 그림자는 금세 사람 정도의 크기로 줄었다. 이종족? 목소리가 먼저 터져 나온 것은 로즈 헌터 쪽이었고 얼었던 몸이 먼저 풀린 것은 와이엇 윈프리드였다.

그는 앞으로 쓰러지는 레오폴트 그리폰을 깜짝 놀라 튀어나가 받아냈고, 덕택에 그가 깨진 유리 조각 위로 엎어지는 사고를 미연에 방지할 수가 있었다.

"아는 사람이야?"

"아니, 모르는 사람인데. 근데 이종족이 이런 차림새면 그, 뭐야. 오너가 말하던 그 사람 아니야? 극단 후원 귀족? 이종족이랬잖아?"

"아니, 그 사람이 왜 여기서 이런 꼴로 나와?"

로즈는 발끝을 들어 와이엇의 품 안으로 쓰러진 레오폴트를 건드려보았다.

한 번 툭, 건드렸을 뿐임에도 신발코에 피가 배어나는 것이 영 심상치가 않았다.

"죽은 거 아냐?"

그가 들을 수 있는 상태인지 듣지 못할 상태인지조차 가늠이 되지 않아 예의도 잊고 말씨는 쉽게 폭주했다. 피를 이만치 흘리면, 일단 사람은 보통 죽었다. 남부 숲에 산다는 이종족은 인간과 다를지도 모를 일이나···.

아가씨. 로즈가 그를 가까이서 살피기 위해 몸을 숙이자 그녀의 입에서 짧고 가벼운 비명이 새었다. 피에 젖은 손길이 그녀의 손목을 낚아챘기 때문이었다.

"혹시 괜찮으시다면 입 좀 빌려주실 수 있으실지."
 레오폴트의 눈동자는 똑바로 로즈 헌터의 오렌지 빛깔의 눈동자를 직시하고 있었다.

* * *

 화로 근처엔 더욱이나 눈에 띌 만한 오브젝트가 없었다. A는 길지 않은 시간 동안 할 수 있는 한 최대한 팔을 휘적이며 공간 안에 걸리는 물체는 없는지를 확인했다. 손등에 무언가 부딪히고 걸렸다 싶으면 대다수 화로였다. 설마 화로 자체가 마법을 구동시키는 장치는 아닐 텐데. 공간을 한 바퀴 다 돌도록 아무것도 걸리지 않으니 없던 조바심이 나기 시작했다. 심지어 아래층이 어떻게 돌아가고 있는지 가늠할 길조차 없었다. 레오폴트 그리폰은 교전 시작부터 꽤 큰 부상을 안고 시작했다. 그건 온전히 A를 지키기 위한 행동이었으므로 A에게 책임이 있었다. 그 부상으로 인해 그가 리사 스노우화이트에게 패배했다면 A의 안전 또한 보장받을 길이 없었다. 바라는 것 외엔 할 수 있는 게 없다는 건 상당한 절박함을 몰고 왔다.

 그때, 그의 손목을 가볍게 잡아채는 손길이 있었다. 지나치게 놀라 있는 힘껏 뿌리친 후 한 걸음 물리려는데, 발이 허공을 굴렀다. 아. 연기를 빼야 하니 당연하게 이곳은 하늘과 탑을 가르는 벽이라고 할 만한 것이 없었다. 그 손길이 그의 허리를 가볍게 붙들어 안지 않았더라면 고작 열일곱의 나이로 하마터면 세상을 하직할 뻔했다.
 "정신 똑바로 안 차리지. 앞도 안 보이는 마당에 무슨 배짱으로 돌아다니고 있어?"

"…왜 형이 거기서 나와?! 놀랐잖아!"

"이건 찾으러 와도 난리야."

와이엇 윈프리드 또한 그를 붙들어 안아놓고도 상당히 놀란 것이 분명해 보였다. 연기로 인하여 연이어 기침이 터져 나오는 것과는 별개로, 와이엇의 손은 식은땀이 배어나고 가늘게 떨리고 있었다.

"불길 곧 멈출 거야."

"어떻게 멈춰? 공식은?"

"어이고, 이틀 사이에 마법사 다 되셨네. 계산은 그 이종족 도련님이 하시고 마법은 로즈가 쓸 거야. 그 사람이 계산한 공식을 로즈가 고스란히 읊는 방식으로. 일단 본인이 마법을 쓰실 상태가 아니라서."

"로즈 누나는 또 어쩌다…."

"아, 나중에 설명해. 불길이 멈추는 건 고작 해봐야 3분이라는데. 뭐, 그사이에 부숴야 한다며. 그건 찾았어?"

"찾았으면 돌아다녔겠어?"

"아이고, 무능해라. 뭐, 엄청 눈에 띄게 표시를 해뒀다는데 그걸 못 찾아?"

"보여야 찾지, 젠장. 눈으로 봐야 아는 표시면 이 상황에 내가 어떻게 찾겠냐고."

"아, 그러네. 총체적 난국이로군. 불길 꺼질 때까지 기다리는 수밖에 없겠다."

연기는 바람의 결을 따라 휘몰아쳤다. 불길의 크기가 줄어들고 있음은 육안으로 보기에도 명확했다. A는 눈물을 손바닥으로 꾹꾹 훔치며 와이엇이 전한 레오폴트의 전언을 말없이 되짚었다. 눈에 띄게 표시했다는 말이 가시처럼 턱 걸려 가시질 않았다. 레오폴트는 이곳에 올라오지 않았다. 와이엇의 말을 토대로 생각해보면 부상으로

Snow White

인해 올라오지 못했다는 표현이 더 정확할지도 모르겠지만, 어느 쪽이든 결과는 같았다. 올라오지 않은 곳에 대체 무슨 수로 표시를 해 두었다는 말인가?

*"궁금하시거든 저와 풍선이라도 찾으러 갈까요?"*

불길이 잡히자, 그때에서야 화로 주변의 구조가 한눈에 들어왔다. 뾰족한 지붕 모양으로 솟은 유리 천장 위로 밤하늘이 함빡 배었고, 유리가 모이는 가운데 부근이 딱딱한 무언가로 가려져 있었다. 분명 어떤 커다란 장식의 밑면이었다. A는 와이엇의 손을 붙들고 탑의 외곽까지 거의 날듯이 뛰었다. 와이엇이 짚이는 구석이라도 있느냐며 희망에 차 묻는 질문은 가볍게 묵살했다. 탑 바깥을 내다보자, 눈꽃 모양의 풍선은 여전히 뾰족한 탑의 처마에 걸려있었다. 고개를 들어 유리 지붕을 확인하는 것에는 한계가 있어 아예 탑의 바닥에 등을 대고 누워 지붕의 경사면을 따라 시선을 쭉 위로 들어 올렸다. 높은 탑의 구조상 광장에서 올려다 볼 땐 보이지 않았던 오브젝트가 저 높이 솟은 뾰족한 지붕 끝에 서 있었다. 커다란 십자가의 형태를 한 오브젝트 끝에 눈꽃 모양의 풍선의 실이 엉켜 하늘거렸다.

시간은 많지 않았다. 평생 할 도박을 몰아서 한다는 생각을 안 할 수가 없었다.

"형, 잠깐 화로 안에 좀 올라가게 엎드려 봐."

"뭐?"

"아예 위를 부술 거야. 나 올려주고 바로 계단 내려가. 혹시라도 다치면 진짜 미안."

"무슨 수로 부수게?"

"스노우화이트의 마법을 카피할 거야. 마법 카피는 기초 마법이지만, 그래도 그 정도 되는 마법사가 주력으로 삼는 마법이니 저걸 부술 정도는 되겠지."

오브젝트의 밑면은 정확하게 이 공간의 대다수를 차지하고 있는 화로의 중앙을 향하고 있었다.

"제발 한 발에 끝나라."

계산할 수 있는 공식도 카피 한 줄 뿐, 할 수 있는 기도 또한 다만 그 한 마디뿐이었다.

* * *

그리하여, 시간은 다시 현재로 돌아온다. 날카롭게 벼린 얼음은 오브젝트를 파괴하기 충분했다. 화로는 꺼졌으며 탑을 휘몰아치는 바람의 온도는 눈 깜짝할 사이에 바닥보다 더 깊은 바닥으로 추락했다. 한 가지 계산하지 못 한 게 있다면 도시의 사람들이 대부분 깨어 있었다는 사실이었다. 레오폴트 그리폰이 교회 종탑을 파괴한 바람에 모두가 잠옷 바람으로 골목에 쏟아져 나온 상황이었다. 레오폴트와의 교전 당시 시가지에 추락했던 리사 스노우화이트가 발견될 가능성은 물론 컸다. 레오폴트 그리폰이야 어차피 전투에 임한 당사자이니 다음날이 되면 수사망이 좁혀 들어오는 건 뾰족한 수가 없다고 쳐도, 고작 A를 찾기 위해 버선발로 뛰어나왔던 두 사람이나 A까지 침입자에 교회 종탑을 파괴한 불경죄로 몰리는 건 그들 중 그 누구도 원치 않는 상황이었다. 초심자인 마법사가 여러 명을 한 번에 이동시키는 것은 계산 실수가 터질 가능성이 높으니 로즈 헌터가 와이엇 윈프리드를 데리고 극단으로 복귀하고 A가 레오폴트를 데리고 우선 가까운 병원으로 피신한다는 것이 그들이 세울 수 있는 최선의 시나리오였다.

로즈와 와이엇의 복귀는 제법 성공적이라 할만했다. 성공적이지 못 한 것은, A의 순간이동이었다. 평생 안 쓰던 코어를 무리하게 사용한 게 문제였는지 혹은 체력이 바닥을 드러낸 바람에 머리가 돌아가지 않았던 게 문제였는지 가까운 허공으로 좌표가 잘못 계산되는 바람에 하마터면 고스란히 추락사할 뻔했던 것이다. 다행히 급하게 한 번 더 공식을 암산한 덕택에 A 본인은 탑 위로 짧은 순간이동을 해낼 수 있었으나 문제는 레오폴트가 허공에 남겨졌다는 데에 있었다. 놀랄 틈도 없이 할 수 있는 한 체력을 다 쏟아 부어 레오폴트를 붙들었고, 현재에 이르렀다. 본 모습이 사람의 몇 배는 되는 덩치인 탓에 보기보다 레오폴트는 무거웠고 A는 그를 온전히 끌어올릴 체력이 없었다.

"돌아버리겠네!"
욕지거리 한 마디 지르고 나니 입천장까지 바짝 말라왔다. 레오폴트 또한 꽤나 말라붙은 목소리로 끊어지듯이 웃었다.
"아델. 제가 과다출혈로 죽는 게 빠를까요, 추락사하는 게 빠를까요?"
"제기랄, 불길한 소리 하지 말아요!"
"언제는 저랑 같이 죽기 싫다고 하셨으면서."
"그렇다고 죽는 꼴 보고 싶다는 뜻은 아니거든요, 알만한 양반이 진짜."
"아델, 그냥 뛰어내릴래요?"
"미쳤어요?"

"좀 너덜너덜하긴 해도 아델을 태우고 활강은 할 수 있을지도 몰라요."

 처음부터 이 풍선 찾기는 모 아니면 도였잖아요. 레오폴트의 형태가 조금씩 흐려지기 시작했다.

"그냥 포기해요. 내가 아델을 선택한 순간부터 곱게 죽기는 글렀으니까."

"진짜 지옥 갈 거예요, 당신."

"아델이 안 무겁기를 바랄게요."

 오랜만에 찾아든 광장의 밤하늘 속에 새까만 날개 한 쌍이 탑을 감싸며 돋아났다.

* * *

 그로부터 한 달이 흘렀다. 신분이 높아 나쁠 것 없다는 사실을 어린 A가 체감하기에 충분한 시간이었다. 그는 레오폴트가 그에게 한 거짓말이 몇 가지인가를 가늠하다가 때려치우기로 했다. 근본적으로 모든 게 거짓말이었던 사람이다. 공연을 보러 왔다는 소리부터 프림데 시를 구할 마법을 알아내고 싶어서 왔다고 했던 본 목적, 잘못하면 과다출혈로 죽겠다는 소리까지 무엇 하나 제대로 된 사실이 없었다.

 슈니플로케 시에 하얀 여왕이 직접 행차한 건 유사 이래 처음 있는 일이었다. A로서는 이해하고 싶지도 않고 이해하기도 어려운 정치가 끼어있는 모양이었다.

 리사 스노우화이트를 슈니플로케의 영주로 앉힌 건 붉은 여왕이다. 두 명의 여왕은 5년을 번갈아 가며 정권을 유지하고 있었다. 하얀 여왕, 브라이어 로즈는 붉은 여왕이 남긴 선정의 상징인 리사 스노우화이트를 남작 자리에 계속 앉혀주고 싶은 마음이 없었다.

Snow White

할 수 있다면 실각시키고 싶었고 그것을 통해 붉은 여왕의 정치적 이미지에 타격을 가해 정권을 오롯이 차지하고 싶었다. 그녀와 이해관계가 맞물린 것이 루카스 그리폰 남작이다.

그는 리사 스노우화이트에게 지원을 하여 '영원한 불길'을 완성한 후원자였고, 해당 마법에 커다란 하자가 있어서 그녀가 잠적했으리라는 심증을 가지고 있었다. 그런 와중에 스노우화이트가 그에게 꾸준히 연구 논문을 제출했던 기후 조절 마법을 발전시킨 형태의 마법을 통해 작위를 받고 유명세를 얻었다. 그리폰 남작은 그리폰 남작대로 어쩌면 스스로가 키워낸 괴물인지도 모를 스노우화이트를 조사하고 싶었고, 하얀 여왕은 하얀 여왕대로 제 정치적 라이벌이 남긴 스노우화이트의 하자를 찾고 싶었다. 그리하여 레오폴트 그리폰이 슈니플로케에 파견되었다. 그리폰 가의 후계자까지는 아니면서, 평소부터 예술에 관심이 많기로 정평이 나있는 인물이었기 때문에 '극단 후원' 같은 부족한 구실을 가져다대도 그 어떤 정치 세력들의 의심을 사지 않았다.

이러한 목적을 가지고 슈니플로케를 방문한 사내이니 중앙 정부와 직접 연결되는 연락 수단 없이 슈니플로케를 방문했을 리는 만무했다. 리사 스노우화이트의 실정은 곧바로 수도에 알려졌다. 약 2주 만에 이 얼어붙은 도시에 현 여왕 폐하께서 직접 발길을 했다. 이유는 물론 이전 부패 정권의 상징으로 전락한 스노우화이트를 직접 연행하기 위함이었다.

"기행도 꾸준히 하고 볼 일이죠? 무슨 부실한 변명으로 둘러대도 평소 기행이 알아서 부실함을 채워주거든. 그래도 아델이니까 말해주는 거예요. 워낙 고생하셨으니까."

원래대로라면 현 여왕 폐하와 함께 남하해 그대로 귀향을 할 예정이었던 레오폴트 그리폰은 구태여 정말로 연극 공연을 보고가겠다는 의사를 밝혔다. 그는 하얀 여왕보다 정확히 2주를 더 슈니플로케에 머물렀다. 그러는 동안 극단에 올라오고 있는 메인 공연들은 전부 관람했다고 해도 과언은 아니었다.

레오폴트의 부상 회복은 A의 예상을 뛰어넘을 만큼 빨랐다. 인형극은 공연도 많지 않고 레퍼토리도 손에 꼽을 정도이건만 매 공연마다 꼬박꼬박 얼굴을 비추더니 A의 퇴근길엔 반드시라고 해도 좋을 만큼 그를 가까운 카페로 끌고 가 평소에 먹어볼 기회도 없었던 간식들을 먹여가며 온갖 이야기를 쏟아냈다. 이번 사건과 연루된 정치 이야기부터 이종족에 관한 이야기까지, 주된 공통점은 프림데 시에 관한 이야기였다. 창조신 요르문간드가 재버워키와 그리폰이라는 '커다란 흐름'에 위배되는 존재를 창조한 바람에 타 창조신들로부터 제재를 받아 영원한 잠에 빠졌다거나, 그밖에 그리폰의 역사 까지 심심찮게 들어야 했다. 그리폰의 부상 회복이 빠른 이유도 그러한 이유라는 모양이다. A는 케익에 올라간 딸기를 포크로 찍으며 피조물에게 치사하게 그 정도 능력을 부여했으면 제재를 받을 만하다고 생각했다.

레오폴트가 돌아가기 하루 전날, 마지막으로 잡혀 카페에 끌려왔을 때 A는 이젠 프림데 시에 사는 개미의 이야기를 들려준다고 해도 놀랍지 않을 거라는 생각을 했다. 마지막은 그의 예상을 깨고 별다른 대화가 오가지 않았다. A가 롤 케이크를 먹는 모습만 유심히 관찰하다가—사실 그것도 퍽 불편했다.— 자리를 파할 즈음이 되어서야 레오폴트가 두 번 접은 메모 조각을 그의 손에 쥐여주었다.
 "뭐예요?"

"이제 돌아가니까 약속했던 것. 후원 학생 시험 주선해주겠다고 했잖아요. 슈니플로케에서 일하면서 공부를 하고 시험을 치는 건 무리니까 극단 일 정리 하고, 그 도시에서 그 사람 찾아가요. 엄청 좋은 사람이라 사정 말하면 시험 접수부터 공부까지 많은 도움이 되어줄 거예요. 귀족이니까 누구를 붙들고 물어도 사는 데야 훤할 테고."

"아, 그 귀족…. 시험 준비부터 후원해주고, 시험에서 떨어지면 후원이 끊어지는 식이예요? 그간 받아 간 돈은 갚게 하고?"

"그런 셈이죠. 떨어지면 가차 없지만, 아델은 사전 지식도 없이 공간 결계 공식을 뒤집는 괴물이니까 걱정 없을 거예요."

"어떤 사람인진 몰라도 어디 사는 남작 가문 도련님과 달리 굉장히 건실하신 분이시네요. 가난한 학생들 후원까지 해주시고."

"너무 그렇게 기대하진 마시고요, 귀족은 다 어디 한 구석 정도는 괴짜인 법이니까."

레오폴트의 미소는 매번 미묘했고 자신의 농담에 만족하여 웃는 간결한 웃음조차도 의미심장하게 느껴지기까지 했다. 그리폰의 특성인지, 그의 특성인지는 알 길이 없었다. 앞으로 영영 알 수 없을 것이다.

이제 정말로 마지막이었다. 레오폴트가 먼저 카페의 자리에서 일어났다. A에게 이런 카페의 간식 값을 지불할 돈이 있을 리 없으니, 계산이 늘 그의 몫이었던 탓이다.

그러고 보면 귀족 가 도련님치고는 수행도 없이 혼자 잘도 돌아다닌단 말이야. 과연 그들 사회에서 기인 소리 나올 만해.

A는 그렇게 생각하며 레오폴트가 쥐어준 메모를 펼쳐보았다. F로 시작하는 그 도시의 이름은 종이가 접힌 자국을 따라 네등분으로 금

이 가 있었다. 발음해볼 필요도 없이, 메모에 적힌 귀족의 이름은 A의 입에서 욕지거리가 나올 만큼 익숙했다.

*프림데 시, 루카스 그리폰 남작 귀하.*

 시선을 메모에 내리꽂은 채 꼼짝을 못 하고 있자, 계산을 마치고 테이블로 돌아온 레오폴트가 그 손을 거두어 투박한 손끝에 짧게 입을 맞추어주곤 웃었다.
 "황야에 오게 되면 연락해요, 달링."
 이제 A는 그의 이런 기행이 그리폰 일족을 대표하는 특성이 아니기를 바라야 하는 입장이 되었다.

# 2.
# Witch of the West

# 2. Witch of the West

가히 기이한 풍경이었다. 황야가 넓게 뻗었고, 지평선 너머 어느 선(線)을 경계로 뚝 잘라낸 것처럼 흐릿한 초목이 뻗어나갔다. 하늘 위로 구름의 부재(不在)를 메우려는 것처럼 자욱한 연기가 올랐다. 하늘을 오롯이 뒤덮는 그 색은 프림데 시를 비롯하여 국경지대를 살아가는 모든 사람이 간절히 바라는 먹구름 색이었다.

마른 나무는 사람의 키 두 배는 되도록 쌓였고, 불길은 나무를 양분 삼아 하늘 높은 줄 모르고 치솟았다. 연기가 풍기는 냄새가 역했다. 거대한 불길을 둘러싼 인파는 모두 상복을 입었다. 불길과 가장 가깝게 앞줄에 선 사람들은 소매로 입과 코를 가렸다. 사람들 사이로는 아무런 표정이 흐르지 않았다. 다만 저 먼 브릿 사막에서 뻗어오는 사막의 건조한 바람이 황야를 쓸고, 그들이 뒤집어쓴 검은 베일을 흩뜨렸다.

베일 하나가 하늘로 솟는 연기 속에 파묻혔다. 바람을 견디지 못하고 날아간 것이다. 검은 물결 속에서 뚜렷한 얼굴 하나가 떠올랐다. 날아간 베일의 주인이었다. 그녀의 붉은 머리칼은 상당히 짧아서 바람에 흩날려도 좀처럼 티가 나지 않았다. 베일의 주인은 베일이 날아간 방향을 한 번, 자신의 뒤로 길게 늘어선 사람들의 얼굴을 한 번 돌아보았다. 금빛의 눈동자가 황야의 날카로운 햇살 아래에서 쨍하게 빛났다. 슬퍼할 기력도 없는 것 같은 인파 속에서 몇몇 사람들이 고개를 들어 그녀를 똑바로 마주보았다. 베일에 가려 흐릿한 시선 몇 개가 이사벨에게 꽂혔다. 잘 벼려진 악의가 느껴졌다. 이사벨은 도로 고개를 불길로 돌렸다. 역병에 걸린 시신을 한 번에 태워내는 불길은 좀처럼 사그라질 줄 몰랐다.

*＊＊＊*

로헤드는 프림데 시 인근에 있는 시골이다. 그 일대는 황야로 생산력이 좋다고 할 만한 땅은 아니었다. 로헤드가 성립할 수 있었던 것은 프림데 시와 맺은 공생 관계 덕택이었다. 프림데 시는 중앙 정부에 필요한 마법 및 마법사를 공급함으로써 자생했고, 로헤드는 프림데 시에서 미처 다 수용하지 못하는 마법사들의 숙식을 해결해주며 살아남았다. 비가 잘 내리지 않는 땅이니만큼 상시 식수 문제가 불거졌지만, 마법이 발달한 대도시에 기생한 덕택에 다른 마을이 다 스러져가는 동안 로헤드는 문제없이 연명했다. 식수관은 프림데 시의 중심부 리히트 대학에서 시작하여 로헤드까지 뻗어나갔고, 수많은 이를 먹여 살렸다. 덕택에 로헤드의 거리는 작은 프림데 시를 연상시킨다는 말이 더러 돌았다. 시내마다 마법사들이 걸어다니고 장사도 심심찮게 벌였다. 프림데 시로 통학하는 리히트 대학의 마법사들이 더러 거주하니 자연스러운 현상이었다.

이사벨 그리폰은 프림데 시를 영지로 가지고 있는 귀족 가문의 후계자다. 직접 인근 로헤드를 방문한 것은 이번이 처음이었으나, 마을의 초입부터 무엇 하나 문화 충격이 아닌 것이 없었다. 그녀는 신분이 신분인 만큼, 마을로 들어가면서부터 신원 조사를 하루하고도 반나절이나 받아본 일이 없었다. 아무리 수행을 대동하지 않았다고 한들, 인근 도시의 차기 영주를 하루 반나절이나 자경단 천막에 감금해 두다니 그의 상식으로는 도무지 이해하기 어려운 행태였다. 중앙 귀족 혹은 다른 영주들이었더라면 크게 경을 치고도 남았을 일이다.

그러나 다행스럽게도 이사벨은 귀족치고는 잠자리를 가리지 않았다. 이 일에 대해 현 그리폰 남작에게 시시콜콜 보고를 올릴 성격도 못되었다. 조사를 받는 동안엔 기분이 좋진 않았지만, 끝나고 나오니 또 금세 기분이 풀렸다. 지리적으로 가깝다고 해도 서로 문화 차이가 있는 건 별수 없다. 더군다나 시골은 보통 폐쇄적이지 않던가. 그녀는 스스로를 그렇게 납득시켰고, 크게 기지개를 켜며 짐을 들쳐 멨다. 그러고 보면 이렇게 직접 두 다리로 걸어 다니고, 가방을 직접 이고 지고 다니는 차기 영주라니 의심스러울 만도 한가, 실없는 생각이나 하면서.

햇살은 프림데 시와 마찬가지로 따갑고, 살갗을 스치는 바람도 익숙하도록 건조했다. 불쾌했던 일은 어서 털어버리자. 숙소를 잡고, 무사히 도착했다는 편지를 여왕 폐하와 루카스 그리폰 남작께 보내야 했다. 그런 다음, 시내를 한번 걷고 싶었다. 그토록 가까움에도 직접 행차해본 적은 없었던 조그마한 마을의 구조를 조금이라도 미리 익혀두고 싶었던 까닭이다.

오후 세 시를 알리는 종이 울리자, 다 낡은 시계탑 위에 앉아있던 흰 비둘기들이 일제히 날았다. 석벽(石壁)을 세워 만든 집마다 상복을 입은 사람들이 쏟아졌다. 이사벨 또한 몇 발자국 떼지 못하고 시계탑의 꼭대기에 걸린 커다란 시계의 시침과 분침을 확인했다.

장례식이다. 그러고 보면 살아남은 자의 안전을 위해 그간 역병에 걸렸던 시신을 모두 모아 한꺼번에 태우라는 여왕의 명령이 있었다고 했다. 가능하다면 역병에 걸린 시신들이 모두 불길 속으로 빨려 들어가기 전에, 시신의 상태를 확인해두고 싶었다. 이사벨은 가방끈을 입에 물었다. 그녀의 몸집만큼 딱 알맞게 바닥에 늘어졌던 그림자가 금세 두 배 이상 면적을 키웠다. 사람들의 이목이 한 데 꽂혔으나, 이사벨은 개의치 않았다. 거짓으로도 인간의 형상이라고는 말할 수 없을 그리폰은 커다란 부리에 가방끈을 문 채 낮은 건물 위로 날았다.

* * *

하늘을 날면, 로헤드 정도로 작은 시골 마을 정도는 한 번에 돌아보는 데에 채 몇 분 걸리지 않았다. 적당한 숙소를 찾아 상륙한 후 방을 잡아 짐을 푼 후, 그대로 나오는 것은 예의가 아닌 것 같아 챙겨온 검은 정장을 차려입은 것까진 좋았다. 장례식을 한다는 황야까지 날아가는 데에도 오랜 시간이 걸리진 않았다. 그야, 마차를 이용하거나 텔레포트를 이용할 수 있는 인간은 한정이 되어있었다. 보통은 두 다리로 걸어가야 하니, 아무리 시가지에서 멀리 떨어진 황야에서 태우라는 명령이 왔다고 해도 시신을 태우기 위한 나무더미가 인간이 걸어서 갈 수 없는 거리에 쌓일 순 없는 법이다.

급하게 준비하여 나온 것치고 이사벨은 식이 시작되기 30분 전에 올바른 장소에 내릴 수 있었고, 태우기 직전의 시신이 나무더미 위로 올라가는 것 또한 목격할 수 있었다. 인간의 모습으로 재빨리 돌아와 사다리를 이용하여 시신을 나무더미 위로 올리는 인부들에게 손을 크게 흔들었다.
"어이!"
그들의 이름을 모르니 부를 수 있는 호칭에도 한계가 있었다. 투박하게 나무더미 위로 시신을 내던지던 인부 하나가 이사벨을 내려다보았다. 너무 멀어서 표정은 보이지 않았으나, 한껏 돋운 목소리에 불만스러움이 배어났기에 보지 않아도 인부가 무슨 표정을 짓고 있는지 알 것 같았다.
시신을 확인하게 해달라는 이사벨의 요구를 사다리 가장 위에 올라선 인부는 딱 잘라 거절했다. 하얀 여왕의 이름을 들먹여도 요지부동이었다. 그들은 이사벨이 서 있다는 사실조차도 무시하고 해야 할 일을 속행했고, 시신은 남김없이 나무더미 위로 던져졌다. 이렇게 비협조적이니 별수 없이 억지로라도 봐야겠다는 생각이 들었다. 이사벨은 모습을 도로 그리폰으로 바꾸었다. 기름을 들이붓던 다른 인부 하나가 그 모습을 거들떠보지도 않고 말했다.

"소용없는 짓 하지 마쇼. 별로 보기 좋은 꼴을 한 시신도 아닐뿐더러, 여왕이고 나발이고 높으신 분들이면 고인 모독을 해도 괜찮다고 누가 그럽디까? 그러다 잠자리에 귀신들만 우글우글 붙어요."

"모독이 아닐 수도 있지 않습니까. 그저 저는 역병의 원인을 알아내는 데에 도움이 될까 싶어서…".

"댁이 의사요?"

"그렇진 않습니다만, 자문을 구할 사람들이라면 프림데 시에 많이 두고 왔죠."

"왜 그들이 직접 오지 않고?"

"로헤드의 의사들도 두 손 두 발 다 들었다면서요. 인간이 풀 수 없는 미스터리가 있다면, 그럴 때 나서야 하는 게 저나, 리히트를 지키는 수많은 마법사죠."

"그럼 그 훌륭하신 프림데의 마법사들을 대동하셨어야지. 듣자 하니 현 그리폰 남작의 자제분들께선 별반 마법에 재능이 없다고들 하던데. 아가씨께서 보신다고 뭘들 알겠어요?"

대화는 그것으로 끝이었다. 인부들은 마지막 기름 한 통을 모두 쏟아부은 후 사다리를 내려왔고, 긴 사다리를 여럿이서 힘을 합쳐 치웠다. 장례식에 참가하기 위해 약 20분을 걸어온 사람들이 차츰 나무더미를 중심으로 둥글게 원을 형성했다. 사람들은 모두 이사벨을 보고 있었다. 그토록 덩치 큰 생물이 나무더미 앞에서 인부들과 소리를 질러가며 대화하는 모습이 이질적으로 다가온 모양이었다. 이사벨은 어쩔 수 없이 인간의 형상으로 돌아와야 했다.

 몇 분 지나지 않아 사람들 속에서 마법사 몇 명이 비집고 나왔다. 사람들 속으로 조금 파묻히는 길을 택한 이사벨과는 진행 방향이 엎어놓은 것처럼 반대였다. 나무더미에 불을 붙이기 위해 고용된 마법사들임에 틀림없었다. 그들 모두 이사벨의 눈에 익은 학생들로, 리히트 대학에 재학 중이었다. 그들은 이사벨을 발견하자 짧게 목례를 하고 스쳐 지나갔고, 이사벨 또한 주머니에서 검은 베일을 꺼내 머리 위에 드리우며 그들에게 눈짓으로 인사를 건넸다.

 불길이 치솟았다. 가장 먼저 확인하고 싶었던 증거가 자욱한 연기 속에서 한 줌 재로 부피를 줄여갔다. 이사벨은 사람들의 반응을 살폈고, 그들은 놀랄 만큼 담담했다. 이미 한 달을 역병에 시달린 탓에 슬퍼할 기력도 다 잃어버린 것 같았다.

* * *

 그리폰 가문과 하얀 여왕 정권은 일종의 공생 관계다. 흔히 '하얀 여왕'이라는 별칭으로 유명한 브라이어 로즈는 언니인 붉은 여왕과 정무를 5년에 한 번 번갈아 보고 있었고, 언니를 완전히 정계에서 밀어내기 위해 그 나름대로 세력을 모았다. 그는 마법사를 독점하는 방법을 선택했다. 이 시대, 가장 선진 기술이 마법임은 길거리의 누구를 붙들고 물어도 다 아는 자명한 사실이었다. 그는 마법사에게 자신의 정권 아래에 있는 편이 훨씬 편한 미래를 보장받는 일임을 깨닫게 하고 그들이 언니의 편에 서지 못 하도록 하는 데에 힘썼다.

 그리폰 가문이 가지고 있던 사립대학—리히트—는 그리폰 가와 더불어 그러한 하얀 여왕 정권의 전폭적 지지를 얻어 마법학과를 신설했다. 한 번의 붉은 여왕 정권을 거치며 위기를 겪기도 했으나, 그리폰 가가 왕가와 중앙 귀족에게 공급하는 마법의 혜택을 붉은 여왕—카멜리아 로즈—라고 쉽게 쳐낼 수 있을 리 없었다. 간신히 숙청의 위기를 넘기고 5년 만에 돌아온 브라이어 정권이었다. 루카스 그리폰은 브라이어 로즈 정권의 위험 요소를 줄이는 데에 협조하기로 했고, 더 길게 보자면 그의 장기 집권을 위해 할 수 있는 궂은일은 웬만큼 도맡았다.

이사벨 그리폰이 로헤드의 역병 사태를 사전 조사하기 위해 파견된 것도 그러한 이유에서였다. 하얀 여왕 정권은 로헤드 단위에서 역병 사태를 해결할 수 있다면 그러고 싶었다. 지금이야 로헤드 같은 작은 시골 마을에 국한되어 있지만, 역병이 대도시 프림데까지 퍼져도 문제였다. 이 기이한 역병은 마력 코어를 타고난 사람만 골라 잡아먹고 있었던 까닭이다.

프림데 시는 로헤드보다도 더욱 마법사의 인구 비율이 높은 도시였다. 프림데 시에서 하얀 여왕 정권의 전폭적 지지를 통하여 양성한 마법사를 중앙 정부에서 이용한다는 장기적 계획을 고려했을 때, 로헤드의 역병이 프림데까지 퍼지는 것만은 막아야 했다. 그나마 다행인 것은 이 이름도 붙지 않은 병이 마법사만을 골라 잡아먹는다는 것이며, 이종족이 역병으로 사망했다는 보고는 한 줄도 올라오지 않았다는 점이다. 비교적 프림데 출신이라면 마음이 넉넉해진다는 로헤드였지만, 프림데 시 이외엔 인근 마을 없이 황야에 둘러싸인 환경인 만큼, 외지인에 대한 경계심은 결코 낮은 축이 아니었다. 얼굴도 모르는 외지인을 파견해봐야 마을 사람들이 조사에 협조적일 리가 없었다. 그리하여 스케일 크게도 하얀 여왕 정권은 이사벨 그리폰을 로헤드로 파견하라는 명령을 루카스 그리폰에게 하달했다. 이종족인 그리폰은 역병으로부터 안전하며, 로헤드 주민들에게 낯설기만 한 외지인은 아니었기 때문이다.

따라서 이사벨 그리폰은 여왕 폐하의 명령을 받들어 로헤드에 당도했으나, 얼굴이 익숙하더라도 이 도시에서 조사를 진행하기란 쉽지 않을 것 같았다. 장례식이 끝난 후, 로헤드의 손바닥만 한 시내 곳곳을 돌며 탐문 조사하는 내내 이사벨은 녹록지 않을 미래를 예감하며 때로 헛헛하게 웃었다. 그렇지 않을까 하는 걱정은 했지만, 요르문간드의 숲—인류는 그 숲을 때로, 이종족의 숲이라 불렀다.—을 지척에 둔 위치인 만큼 들르는 가게마다 기본적으로 이종족에 대한 시선이 곱지만은 않았다. 그나마 프림데 시 출신이라는 꼬리표가 없었더라면, 더불어 그리폰이 인류로부터 작위를 받은 귀족이 아니었더라면 기본적인 말조차 섞어주지 않았을지도 모를 일이다.

 이사벨은 탐문 조사를 진행한 가게에서 들었던 말을 단 한마디로 요약할 수 있었다. 잘 모르겠다. 한 달 전쯤부터 스멀스멀 퍼지기 시작했다는 사실은 알지만, 정확히 어디서 시작한 병인지조차 파악이 안 됐다는 것이다. 아침에 눈을 뜨면 마법사, 혹은 마법을 배우지 않았더라도 우연히 마력코어를 타고난 사람들이 몇이고 열병으로 사망했다는 소식이 신문에 대문짝만하게 실려 나왔다는 게 그들의 증언이었다.

 리히트 대학 학생들과 친분이 깊은 헌책방 주인 정도가 그나마 협조적인 대답을 내놓았다.

 "솔직히 나야 헌책방에서 잘 나가지 않으니 말할 것도 없고, 바깥사람들도 조사할 겨를도 없었지. 다른 데야 안 그렇겠지만, 여긴 마법사가 없으면 돌아가질 않는 시골 바닥이라고. 몇 없는 의사들은 하루 20시간을 마을 곳곳을 불려 다녀, 자경단은 시체 실어 나르느라 급급하고. 그렇잖아도 사람 적은 시골 마을인데 사후 처리에 사람들 대다수가 움직이고 있어. 조사할 인력 같은 게 있었겠나? 그러는 한 달 동안 자네 집안은 명색이 영주라면서 중앙 정부의 명령이 어쩌고 하면서 미적댔잖아."

 "리히트 대학 학생들을 움직여 나름대로 조사해 보려고 했습니다."

"그리고 그 학생들이 다 죽었지? 전부 마법사잖나. 그 학교 학생들은. 마법사와 인간은 기본적으로 신체 구조가 똑같으니 혹시 몰라 인간을 파견하기도 마음에 걸렸겠고, 이종족을 파견하는 건 더 어려웠겠고. 인구에서 이종족이 차지하는 비율 자체가 많지 않을 테니까, 이종족은 특히나 이종족 동포 형제를 팔지 않지…. 그렇군, 그래서 직접 왔구먼. 그리폰 가문에서."

노인은 이사벨을 거들떠보지 않고 책을 분류법에 맞추어 정리하는 작업에 몰두하고 있었으나, 말투에 날을 세우진 않았다. 헌책방은 한 복층 건물의 지하에 있었고, 척 보기엔 도무지 무슨 책이 어떻게 정리되어있는 것인지 알기 어려울 만큼 책이 무더기로 쌓여있었다. 잘못 책을 빼다간 책더미에 깔리기 딱 좋은 구조였다. 계단에서 내려오다 보면 헌책방에 들어가는 것이 아니라 토끼 굴로 걸어 들어가는 착각마저 드는 공간이었다.

노인은 책더미 한가운데에서 책을 분류했다. 아마도 분류일 것이다. 제 앞에 쌓아둔 책더미에서 책을 하나 집어내 상태를 살피고 책장을 훑어본 후 다른 책더미로 옮기는 작업을 하고 있었으니, 다소 기괴하게 보이기는 해도 이사벨은 그것을 분류 이외의 행위로 도무지 규정할 수가 없었다.

이사벨은 노인의 맞은편에 앉았다. 몸을 잔뜩 숙이고 앉아야 할 만큼 낮고 작은 의자였다.

"그리폰을 파견한다는 결정을 내리기까지 오래 걸린 점은 굉장히 죄송하게 생각합니다. 레오폴트가 오래 자리를 비운 상황이어서, 차기 영주인 제가 직접 움직이는 게 정말로 조사에 도움이 될지 따지다 보니 시간이 오래 지체됐습니다. 저 같아도 지나치게 높은 사람이 한 박자 늦게 현장 조사한답시고 내려오면 미심쩍을 것 같기는 하더군요. 물론, 저의 예상보다 마을 사람들이 더욱 비협조적이라 곤란하게 됐습니다마는."

Witch of the West

"뭐…. 무엇을 했더라도 자네가 의심받을 상황이긴 하지. 사람들이 지쳤어. 누굴 믿는 것도 다 체력에서 비롯하는 일이거든."

미끄러진 안경을 손끝으로 살짝 올린 후, 노인이 고개를 들었다.

"그래도 할일은 해야지 어쩌겠나. 이 땅에 살아가는 모든 것을 지키겠다고 창조신께 맹세한 건 자네들이니, 맹세를 지키게."

"역시 무리를 해서라도 웨스트 교수를 데려왔어야 했을까요."

"틸다 웨스트 교수? 뭐, 마법과 의학의 접목에서 날리는 사람이긴 하지만 어디 역병이 의사는 피해간다던가. 그 사람이 마법사인 이상 애먼 피해자 늘리는 짓이 됐을지도 모르니 편지라도 부단히 부치게. 상황 알리고 자문 구하고."

이 열병은 집요하게도 마력코어만 잡아먹고 있거든. 노인은 손에 들고 있던 책을 소리가 나도록 덮었다.

"역병에 의지가 있는 것처럼 말씀하시는군요."

"듣자 하니 그리폰들의 심장도 마력코어라지?"

"모르는 게 없으시네요. 완전히 같지는 않지만, 비슷합니다."

등불 아래에서 먼지가 희미하게 일었다가 가라앉았다.

"자네도 혹시 모르니 잡아먹히지 않게 조심하게."

노인의 협조가 그날, 로헤드가 이사벨에게 제공한 마지막 협조였다고 해도 과언은 아니었다. 노인을 뒤로하고 헌책방을 나서자 해가 저물어 있었다. 별빛이 선명하게 석조 건물들의 머리 위로 내렸다. 안식일도 아니건만 저녁부터 시내는 문을 닫은 가게가 많았다. 가스등 불빛은 밝았으나 인적은 드물었다. 헌책방과 꼭 붙어있는 건물은 부부가 가게를 정리하느라 분주했다. 건조한 바람이 거리를 한 번 쓸었다. 어스름한 빛 아래로 희미한 흙먼지가 안개처럼 일었다.

이사벨은 천천히 숙소 방향을 향해 걸음을 옮겼다. 노인이 다소 협조적이었다곤 해도 얻은 정보를 요약하면 이사벨 그리폰이 환대받지 못한 이유에 대한 설명 정도에 불과했다. 노인은 지하 헌책방에서 좀처럼 밖으로 나가지 않는다고 했으니, 그가 제공할 수 있는 최선의 정보였으리라는 짐작은 할 수 있었다.

신분상 마냥 시간을 뺄 수도 없는 상황에, 이틀이 다 되도록 수확이 없다. 프림데 시와 중앙 정부로 보낼 편지를 쓸 생각을 하면, 벌써 눈앞이 막막해졌다. 그렇더라도 써야 했다. 쓰지 않으면 그것이야말로 직무 유기였으니까.

그는 숙소로 돌아가는 길에 가까스로 문을 닫기 직전인 가게에서 편지지 몇 장을 구매했다. 숙소 근처까지 걸어오면서도 첫 문장조차 생각나지 않아 큰일이 났다는 위기감이 들었다. 숙소 건너편 카페가 아직 영업 중인지 불빛을 비춰두었기에 그곳에서 보고서를 쓰기로 마음먹었다. 숙소로 들어갔다간 고스란히 침대로 뛰어들 것 같은 기분이 들었다. 프림데 시에서도 웬만하면 침실에선 일하지 않는다는 게 이사벨의 지론이었다.

들어선 카페는 넓지 않았다. 시골 마을치곤 불빛을 아끼지 않고 제법 환하게 켜두었는데, 초를 사용한 것이 아니라 마법장치를 이용한 것이었다. 벽을 따라 밝게 빛나는 구형의 물체가 설치되어 있었다. 리히트 대학 학생들로부터 공간에 불빛을 밝히는 마법장치를 구매한 것인지, 직원이나 카페의 마스터가 마법사라 직접 개발한 것인지는 이사벨로선 알 길이 없었다. 어느 쪽이든 이사벨로선 감사한 일이었다. 편지를 쓸 수 있을 만큼은 실내는 밝고, 카운터에 기대어 앉아 책장을 넘기던 직원이 이사벨이 들어오는 모습을 목격하자마자 책을 덮고 몸을 일으킨 것을 보아 영업이 끝나 정리를 하던 도중이었던 것 같지도 않았다.

그녀는 카운터 자리에 앉았고, 자릿세 대신 따뜻한 허브티 한 잔을 시켰다. 직원은 모래시계를 이용하여 정확한 시간 동안 차를 우려내었다. 이사벨은 우선 그에게 차를 우리는 솜씨가 섬세하다는 칭찬을 건넨 후, 직원이 내미는 찻잔을 받으며 혹시 깃펜과 잉크를 빌려 쓸 수 있겠느냐고 물었다. 직원은 눈을 크게 한 번 깜빡이더니 부드럽게도 웃었다.

"안 될 것도 없죠."

그가 손을 내뻗어 이사벨의 찻잔 옆에 끝이 뭉툭해진 낡은 깃펜과 잉크를 두는 동안, 이사벨은 그의 얼굴을 깊게 살펴보았다. 마법사다. 정확히는 마력코어. 오렌지색이나 보라색, 연분홍색과 같은 몇몇 눈동자 색은 마력코어의 상징이었고 남자는 머리칼 사이로 드러난 오렌지빛 눈망울이 선명했다. 마법을 수학했다기에는 어려 보이니, '마법사'라는 단어는 과분할지도 모르겠으나.

곱상한 얼굴을 살펴보고 있자니 그밖에는, 그에게 그런 열없는 미소가 어울리지 않는다는 인상만이 남았다. 실없는 평가일까. 이사벨은 괜히 한 번 입을 가리고 헛기침을 몇 번 했다.

"제 얼굴에 뭔가 묻었나요?"

직원이 묻자, 이사벨은 고개를 저었다.

"아니, 아닙니다. 그렇진 않아요. 그저 목이 칼칼해서."

"저런. 밖에 돌아다니실 땐 조심하셔야 합니다. 요즘의 로헤드는 워낙 위험하니까요."

목을 축이려 한 모금 입 안을 적셔본 허브티의 맛은 특별히 좋진 않았다. 그다지 비싼 허브를 사용하지 않을 것을 생각하면, 귀족인 이사벨의 입맛에 크게 튀지 않는 것만으로도 합격점이라고 할 만은 했다. 직원은 도로 카운터에 비치된 높이가 높은 의자에 앉아 덮어두었던 책을 펼쳤다. 이런 카페는 손님과 나누는 대화가 꽃인 장사라지만, 밤이 깊었고 그를 감시하는 카페의 마스터는 없으니—그는 카페의 주인이라고 짐작하기엔 넉넉잡아도 10대 후반에 불과해 보였다.— 구태여 손님에게 감정을 낭비하지 않겠다는 의사 표현처럼 느껴졌다.

이사벨 또한 찻잔을 내려둔 후, 직원이 내어준 낡은 깃펜을 손에 쥐었다. 우선 세 장의 편지 첫머리에 서로 다른 수령인의 이름을 적었다.

세 줄 정도는 문안 인사를 적었으나, 그다음이 문제였다. 하루는 자경단에 조사차 잡혀있었고, 하루는 공으로 날렸다는 소식을 적어야 한다니 염치가 없어 좀처럼 문장이 나아가질 않았다. 아, 모르겠다. 속마음은 쉽게 한탄처럼 녹아 입 밖으로 튀어나왔다. 괜히 머리칼을 한 번 뒤로 가볍게 쓸어넘긴 후 깃펜을 소리가 나도록 책상 위에 두었다. 카운터와 마주 보도록 설치한 일자형 테이블의 의자엔 등받이가 없다는 사실이 못내 아쉽게 느껴졌다. 기분 같아선 푹신한 등받이가 있는 의자에 푹 몸을 맡긴 후, 아무런 생각조차 하고 싶지 않았다.

"별로 보고 싶지 않은 사람에게 편지를 쓰시나 봅니다."

청년이라기 보단 소년이라는 단어가 아직 좀 더 어울리는 것 같던 카페 직원은, 여상한 손길로 책장을 넘길 따름이었다.

"뭐, 실적 없이 보고서를 쓰려니 막막하기는 합니다."

"그리폰 가문의 아가씨이시죠? 오시자마자 온 동네에 소문이 나셨으니, 조사에 진척이 없으실 수밖에요."

직원은 시선을 똑바로 책에 꽂았으나, 이사벨의 기척을 신경 쓰고 있기는 했던 모양이었다. 카운터를 건너온 말을 듣고, 이사벨은 차 몇 모금으로 입천장을 적셔가며 직원을 한 번 더 흘끔 쳐다보았다. 또 한 번, 책장이 넘어갔다. 그 또한 로헤드 사람이기에 이사벨 그리폰에게 협조할 마음이 없어서 '관심이 없는 척'을 하려고 책 읽는 시늉을 하는 줄 알았는데, 그건 아닌 모양이었다.

"그럼 그쪽이라도 내 보고서 작성 좀 도와주시죠. 아는 게 없어서 무슨 정보를 제공해주셔도 새로운 정보일 겁니다."

"카페에 앉아서 일하다 보면 확실히 남들보다 조금 아는 게 많아지죠. 로헤드를 오가는 말들은 전부 여기로 모이니까요."

책장이 한 장 더 넘어갔다. 역시 읽고 있는 척을 하는 게 아닐까 싶을 법한 속도였다. 이사벨은 찻잔을 입술에서 떼어내며, 직원이 읽는 책의 제목이 무엇인지 확인하기 위해 고개를 조금 낮게 숙였다. 빛이 직원의 머리 위에서 쏟아지는 바람에, 책 표지는 그림자 속에 잠겨 표지가 무슨 색깔인지도 분간이 가지 않았다. 글자는 간신히 읽을 만했다. 직원이 갑작스럽게 책을 덮어 이사벨의 위치에선 보이지 않는 카운터 서랍 안으로 넣어버리지 않았더라면 무슨 책인지 정확한 확인마저 가능했을지도 몰랐다.

"그렇지만 역병에 관한 한 오가는 이야기는 다들 비슷해요. 비전문가니까. 갑자기 열이 끓고, 12시간 안에 사망한다는 얘기만 다들 하더군요."

"시신에 이상 같은 건 없고요?"

"별로…. 죽은 직후의 시신에 무언가 이상이 있다는 말이 돌진 않았습니다. 제 기억이 맞다면요."

"죽은 직후?"

이사벨의 잔이 비자, 직원은 잠시 대화의 흐름을 끊고 차를 한 잔 더 마시겠냐는 질문을 건넸다. 이사벨이 그러마고 대답하자, 직원은 우리고 남은 차를 마저 이사벨의 찻잔에 채워주며 대답을 이어갔다.

"장례식은 가보셨나요?"

"자경단에서 풀어주자마자 날아갔습니다. 시신 확인은 유감스럽게도…."

"안 시켜줬죠?"

"전부터 그랬습니까?"

직원은 말없이 어깨를 한 번 으쓱인 다음, 찻주전자를 제 앞에 내려두었다.

"현 여왕 폐하께서 시신을 전부 태우라고 명령하신 이후부터는 쭉 그랬습니다. 인부들끼리 그런 얘기를 나누더군요. 마력코어가 없는 시신이, 더러 섞여있다고. 누군가가 장기를 거래하는 것 같다고들 했습니다. 인부들한테 돈 좀 쥐여주고, 사는 거죠. 어차피 역병으로 죽은 시신이라 접근하는 사람도 없고, 날이 밝으면 태울 테니 증거도 알아서 사라질 테니까. 인부들 입막음도 돈이면 웬만큼 해결되고요."

"…로헤드 사람들은 많이들 아는 사실인가요?"

"글쎄요. 거기까지는 잘 모르겠지만, 알 사람들은 알겠죠. 서로 눈감아 주고 모르는 척해주는 걸지도 모르겠네요."

"사는 사람에 대한 목격 정보는?"

"유감스럽게도 아는 바가 없습니다. 뭐, 누가 되었든…".

직원은 서늘한 눈빛으로 이사벨을 바라보았다.

"당신의 백성이지 않겠어요? 인근 시골의 역병 사태를 이용해 마법사의 심장을 대량으로 사들여서 뭔가를 한다면, 범인은 보나마나 프림데시의 마법사일 것 같은데."

직원은 놀라울 만큼 아무런 억양이 없는 말씨를 사용했다. 위에서 떨어지는 조명 탓에 그의 도드라지는 속눈썹 아래로 약간의 그늘이 드리웠다. 이사벨 그리폰이 느끼기에, 그의 태도는 대단히 기이한 축에 속했다. 이사벨은 의자를 카운터 테이블에 최대한 가깝게 끌어당겨 앉은 후 그와 거의 숨결이 닿을 정도의 거리에서 그와 눈을 맞추었다. 약간의 그늘에 잠긴 오렌지색 눈동자는 기세가 꺾이는 일 없이, 이사벨의 금빛 눈동자를 탐색했다.

"… 네가 그렇게 평온할 일은 아닌 것 같은데, 꼬마야. 애초에 넌 나와서 일해도 좋을 입장이 아니잖아. 그 눈을 보아, 너도 마력코어를 타고났으니까."

이사벨이 톤을 죽여 지적하자, 직원은 웃지 않았다.

"생계를 위해서는 죽을 각오 무릅쓰고 나와야죠. 남작 가문의 아가씨께서는 이해하지 못하시겠지만, 저 같은 사람들은 다 그렇게 삽니다."

"어쩌면 너 같은 사람이 역병으로 죽으면, 그 심장을 로헤드 주민이 단체로 팔아치우고 있는 걸지도 몰라. 마을 공동체가 가장 약자인 너흴 시신까지 팔아먹고 있는 걸지도 모른다고. 보통은 당장 내가 무사하더라도, 이런 이야기를 할 때 너처럼 담담할 수 있을 리가 없는데. 내일의 피해자는 너일 수도 있어."

"그럴지도 모르죠."

그는 이사벨을 가볍게 밀어내었다. 거리는 쉽게 벌어졌고, 이사벨은 조금 더 떨어져 앉아 마지막으로 직원의 얼굴을 살폈다. 기묘했다. 별로 로헤드와 어울리는 사고방식을 하는 사람은 아니라는 생각이 들었다.

표정이 살아있었다. 장례식에서부터 시내를 돌아볼 때까지 역병이 로헤드의 감정까지 좀먹었다 싶을 만큼이나 무미건조했건만, 이런 자그마한 카페에 들어앉은 소년 하나만 그렇게 똑바로 살아있는 표정을 하고 있었다.

"기분 나쁘고, 속이 뒤집어지는 것 같아도, 뭘 어쩔 수가 없으니까 눈 감고 사는 거예요. 이런 상황에 밤늦게까지 일하겠다고 여기 앉아있는 것과 똑같은 이치입니다. 선택지가 없어요. 내 동생 굶겨 죽이기는 싫고, 나도 살고 싶으니까 모르는 척하는 거죠. 나와 똑같은 옆집 사람이 어제 죽어 오늘 심장이 팔려나가도 괜찮은 척을 하고, 최대한 담담한 척을 하고…. 약점 잡히지 않도록. 나는 아직 다수를 이길 수 없으니까."

대화는 끊어졌다. 그는 울진 않았으나 목소리는 상당히 떨리고 있었고, 표정 또한 이사벨이 보기에 가히 엉망진창이라고 할 만했다. 이사벨은 답답함에 자신의 머리를 한 손으로 마구잡이로 흐트러뜨렸고, 또 그 손으로 직원의 머리 또한 흐트러트리듯이 쓰다듬었다.

"젠장, 꼬마는 그런 소리 하는 거 아니야!"

그는 어린 직원에게 자신이 사태를 어떤 방향으로든 해결하겠노라 호언장담을 했다. 그가 총 세 사람에게 부친 편지는 현재 역병의 진행 상태와 더불어 누군가가 시신의 일부를 구매하는 행위를 하고 있는 것 같으니 프림데 시내를 조사해달라는 요청, 더불어 자신은 이 사태를 해결할 때까지 프림데 시로 복귀하지 않을 것이라는 담대한 결심까지 담아 새벽 다섯 시 경 로헤드를 빠져나갔다.

*** 

……는 해가 떨어지고 나서야 편지를 받아보았다. 연구실에 복귀하니 문 밑 틈새로 밀어 넣은 편지 수십 통이 문가 바닥에 아무렇게나 널브러져 있었다. 익숙하다는 듯이 편지를 그러모았고, 외투를 벗어 소파에 던져두었다.

연구실은 넓지 않았다. 가로로 긴 테이블이 하나 중앙에 들어가고, 테이블을 둥글게 둘러싼 형태로 소파를 두니 책상 하나 간신히 둘 공간만이 남았다. 서적 및 자료를 보관하려면 벽을 파서 붙박이장을 만드는 수밖에 없었을 정도였다. 그는 공간 가장 안쪽에 위치한 책상 의자에 앉아 편지를 걸러내었다. 편지 봉투에 적힌 발신인의 이름을 통하여 중요한 편지와 중요하지 않은 편지를 분류하는 작업이었다.

그는 가장 마지막 편지의 봉인을 먼저 뜯었다. 편지는 예상보다 장수가 적었다. 보낸 이는 이사벨 그리폰이며 내용은 뻔한 이야기였다. 새로울 것 하나 없는 정보가 담긴 편지가 편지지 한 바닥 끝까지 적혀있었다. 그는 편지를 내려두고, 책상 위에 두 팔꿈치를 대고 이마를 짚었다.

두 번째 편지에 손길을 뻗은 것은, 그로부터 몇십 분은 지난 다음이었다. 편지를 보낸 이의 이름은, 그가 받은 최초의 고유명사만큼이나 이국적이었다.

***

 카페는 아침부터 부지런히 문을 열지는 않았다. 야간 영업을 하는 대신, 아침 영업을 과감히 포기한 눈치였다. 이사벨은 숙소 건너편 카페에 바람 아닌 바람을 맞은 후, 숙소로 돌아와 주인에게 농담처럼 이 같은 사실에 대한 불만을 토로했다. 여관 입구 왼편 카운터에 앉아 안경을 앞치마에 문질러 닦던 노파는 끌끌 웃었다.
 "아침이 빨라도 정도껏이지, 새벽 다섯 시에 영업하는 가게는 어디에도 없어요. 아침잠 없는 노인들이나 일찍 일어나서 식탁 머리에 앉는 시간인데."
 "그럼 아침 식사를 하려면 한참 기다려야겠군요."
 "바쁘시면 여기서 드시고 가셔도 괜찮고. 토스트 정도는 서비스로 해드려요."
 "해주시면 감사하죠."
 노파는 이제 막 동이 튼 푸르스름한 햇살에 안경을 비춰본 후, 안경을 콧잔등에 도로 걸치고 카운터의 높은 의자에서 내려왔다. 그 후 토스트를 금방 내오겠다는 말을 남기고 카운터 테이블과 평행하게 뻗은 안쪽 벽면에 난 문을 통해 모습을 감추었다.
 라운지라고 해도 시골의 고만고만한 여관이었다. 커다랗고 낡은 원목 식탁이 중앙을 차지하고, 저 먼 구석에 트럼프 카드를 가지고 놀도록 2인용 테이블이 설치되어 있는 것이 인테리어의 전부였다. 벽을 따라 불을 밝힐 수 있도록 등불이 설치되어 있었는데, 마법을 이용하여 공간을 밝혔던 건너편 카페와 달리 초를 밝혀 사용하는 식이었다.
 테이블 한 편에 신문과 페이지가 다 떨어진 낡은 책이 몇 권 쌓여있었다. 음식을 기다리는 동안, 손님들의 무료함을 달래기 위해 일부러 비치한 것으로 보였다. 이사벨은 신문더미 가까이에 앉아, 가장 위에 있는 신문을 하나 펼쳤다. 지역신문이라 전부 펼쳐도 두 팔을 힘껏 내뻗을 필요가 없을 정도로 지면이 작았다. 날짜를 보아하니 이사벨이 로헤드에 도착하기 며칠 전에 발행된 조보(朝報)인 모양인데, 자경단에 잡혀있는 동안 읽은 내용과 별반 다를 것 없는 기사들이 1면을 가득 채우고 있었다. 눈에 띄는 헤드라인은 물론 역병에 관한 소식이었다. 어디 사는 누가 죽었고, 역병의 피해자가 몇 명이고…. 과거로 거슬러 올라간 신문인 만큼 숫자는 자경단에서 읽은 것보다 당연히 적었고, 이름 중엔 눈에 익은 이름들도 제법 있었다. 이대로 가다간 대도시에서 방을 못 얻는 학생들은 전부 로헤드에서 타죽게 생겼군. 이사벨은 눈살을 찌푸리고 혼잣말을 웅얼거렸다.

사망자 명단을 반 정도 읽어 내려갔을 때, 노파가 잘 구운 토스트와 우유 한 잔을 들고 돌아왔다. 이사벨이 읽던 신문을 내리고 감사 인사를 건네자, 노파는 유난스러운 귀족이라며 유쾌하게 웃었다.

"물론 이런 곳에서 묵겠다고 나왔을 때부터 아가씨가 별종인 줄은 알았지만요."

노파는 연신 웃음소리를 우물거리며 카운터 자리로 돌아가 앉았다.

이사벨은 토스트를 씹으며 신문을 마저 읽었다. 사망자 명단의 이름은 나이가 많은 사람에서 시작하여 점차 나이가 어린 사람으로 흘렀다. 고작 열세 살 먹은 어린애까지 세상을 하직한 사람의 명단에 끼어있다는 것이 썩 유쾌하지 않았다.

신문을 2면으로 넘기자, 이사벨 그리폰 본인의 이름이 튀어나와 하마터면 들고 있던 토스트를 떨어트릴 뻔했다. 이미 그가 로헤드로 조사를 나오리라는 사실을 이 자그마한 지역 사회는 알고 있었고, 조보를 통해 서로 공유까지 하고 있었던 것이다. 그런 마당에 신원을 확인하겠다고 사람을 자경단에 하루 반나절을 묶어놨다니, 다분히 악의적으로까지 느껴졌다.

신문 기사의 논조 또한 이사벨에게 유리한 내용이라곤 한 톨도 찾아보기 어려웠으나 눈길을 잡아끄는 대목이 한 구석 있었다.
　…해당 귀족을 비롯한 프림데 시의 마법사 측이 최근 역병과 관계없이 연이어 벌어진 실종 사건을 사주했을 가능성….

　헌책방이라는 작은 우주에 갇혀 사는 노인으로서는 제공할 수 없었을 정보가 잘 구운 토스트와 함께 튀어나온 아침이었다.

* * *

　이사벨은 로헤드의 기록물을 모두 보관하고 있다는 지역 신문사를 들러 최근에 발행한 지역신문을 발행일 순서에 맞추어 확인했다. 신문사의 직원들은 그의 방문을 반기지 않는 눈치였으나, 중앙 정부의 이름까지 들먹이며 강경하게 나가니 기록물 조사를 방해할 만한 근거를 찾아 내밀진 못했다. 이사벨이 좋아하는 방식은 아니었으나 비협조적인 태도 앞에 매번 굽히고 들어갈 수도 없는 노릇이었다. 직원들은 못마땅한 표정으로 지하 보관소를 열어주었고, 사무실로 돌아가면서 이사벨의 뒷말을 들으라는 듯이 주고받기도 했다. 이사벨은 크게 개의치 않았다.
　그들이 의자조차 내어주지 않았기 때문에 이사벨은 보관소의 문간에서 사무실까지 뻗은 계단 언저리에 겉옷을 깔고 앉은 후 앉은 자리 곁에 신문을 쌓아두었다. 역병이 터진 이후 약 한 달간의 신문이었다. 이사벨은 그 속에서도 특히 역병 관련 기사가 실린 1면이 아닌 여타 다른 지역 소식을 담은 면들을 세심히 살펴 가며 오전 시간을 보냈다.

　로헤드 사람들은 이사벨의 파견이 중앙 정부에서 논의되고 있다는 사실을 약 열흘 전부터 알았던 모양이었다. 별로 크게 기사가 난 정도는 아니었으나, 요 열흘 동안 이사벨의 이름은 작은 기사나마 매일 올라왔고 어쩌면 내일도 올라올지 몰랐다. 기사의 논조는 호의적으로 시작하여 악의적으로 흘러갔는데, 그때마다 이사벨 본인만 모르도록 불거진 혐의는 역시나 지역 주민의 살인―실종을 가장한―을 사주했을지도 모른다는 의혹이었다.

얼굴이 신분증이라고 해도 과언이 아닐 이사벨이건만 하루 반나절을 자경단에 잡혀 시시콜콜한 질문을 받아야 했던 이유도 다름 아닌 그것이었다. 신분이 높은 사람을 심증만으로 함부로 의심했다가는 경을 칠지도 모르니 마을 단위에서 은밀하게 이 같은 사실을 덮어둔 채, 신원을 확인한다는 명분을 내세워 본인도 모를 조사를 진행한 셈이다.

여태까지 벌어진 실종은 총 다섯 건이었다. 격일로 발생했으니, 총 열흘에 걸쳐 벌어진 살인인 셈이다. 직업은 각기 달랐다. 인부, 자치 경찰, 장의사, 기자, 의사…. 대충 어느 정도 그림이 그려지는 인선이었다.

역병이 진행된 한 달여간, 신문 그 어디에서도 역병으로 사망한 자들의 심장을 사들이는 자에 관한 기사라고는 한 줄도 실리지 않았다. 심장을 적출하려면 의사의 손이 필요했을 터다. 목격 정보 없이 마을 외곽에 천막을 치고 상주하는 자경단을 지나 로헤드를 드나들려면 매수한 자경단원이 있어야 했겠고, 시신을 마지막까지 돌보는 이와 시신을 들고 나르는 일을 했을 인부 또한 그 커다란 장기 밀매 조직의 한 축을 담당했다.

짐작은 어렵지 않았다. 인부들은 장례식만 해도 그토록 시신 확인에 비협조적이었다. 자신들이 밀매를 굴리는 톱니 중 하나라는 사실을 이사벨 그리폰에게 들키고 싶지 않았기 때문이었으리라.

이사벨 그리폰이 로헤드로 향한다는 소식을 미리 접한 구매자 측에서, 정보가 샐 것을 두려워한 나머지 하나하나 밀매와 관여한 인물들을 치우기 시작했다. 거래처에 들키지 않도록 거래를 조금씩 티가 나지 않도록 줄여가면서, 손을 끊을 준비를 하는 것으로 보였다.

다만 하나, 살인 사건과 무방한 사실 하나가 이사벨의 짐작을 상상조차 하고 싶지 않은 방향으로 끌어갔다. 이사벨은 활자를 오래 들여다보아 시큰거리는 눈두덩을 투박하게 주물렀다.

우선 자경단 천막을 한 번 더 들러, 새벽에 로헤드를 오간 사람이 없는지 기록 확인을 해야 했다. 제대로 된 정보를 얻을 수 있을지는 미지수였으나, 동료 중 하나가 소리소문없이 사라졌으니 이 점을 짚으면 어쩌면 어제보단 좀 더 협조적인 태도를 보여줄지도 몰랐다. 그렇게 가느다란 희망을 품어보는 수밖에 없었다. 이사벨은 자신의 불길한 짐작을 깨고 차라리 이 사태가 역병과 장기 밀매 단계에서 끝나는 일이었으면 좋겠다고만 생각했다.

*  *  *

"거짓말을 하는 것 같던가요?"

"전혀. 동료의 실종 사건을 들먹이니 꽤나 동요하는 눈치더군요. 저녁부터 새벽까지 마을 입구를 지키며 교대 근무를 했던 자치 경찰을 모두 불러다 탐문하게 해주었으니 그들로선 할 수 있는 협력은 다 한 셈입니다. 그래도 목격 정보가 안 나왔다면, 적어도 육로로 로헤드로 들어온 건 아닐 겁니다. 순간이동을 이용했을 수는 있겠네요."

자경단을 비롯하여 실종 피해자의 가족을 모두 만나보고 오니 아니나 다를까 황야의 하늘에는 금세 별이 내렸다. 이사벨은 카페의 카운터 테이블에 앉아 보고 및 프림데 시의 순간이동 기록을 요청하는 글을 적어 세 가지 편지 봉투에 담아 봉했다. 장기 매수자가 육로로 빠져나와 로헤드에 도착했다면 자경단을 거치지 않았다는 것은 말이 되지 않으니,

프림데 시의 순간이동 기록—그 도시는 마법사의 유실을 통제하기 위해 순간이동을 사용할 시 리히트 대학에 설치된 커다란 마법장치에 기록이 남는 결계를 사용하고 있었다.—만 확인하면 새벽에 프림데 시를 빠져나간 마법사를 얼추 추려낼 수 있다. 매수자는 높은 확률로 그들 중 한 사람이다, 범위가 상당히 좁아지는 셈이었다.

 그날 카페 카운터를 지키고 있는 것은 직원이 아닌 카페의 마스터로, 키가 제법 큰 중년 여성이었다. 옅은 분홍색의 눈동자를 보아 마력코어를 가졌으며, 어쩌다 듣게 된 이름이 상당히 이국적이었던 덕에 그가 인접국 오즈에서 온 난민 출신이라는 사실까지 알 수 있었다. 그는 어제 이름조차 묻지 못했던 직원과는 달리 손님과 대화를 나누는 것을 퍽 즐기고 또 손님의 말을 이끌어내는 데에 탁월한 재주가 있는 것으로 보였다. 이사벨 또한 정신을 차리니 어느새 그에게 하루 있었던 일을 모두 털어놓고 있었을 정도였다.
 그녀는 이사벨이 편지 봉투에 봉인을 모두 찍는 동안, 빈 찻잔을 다시 채워주었다.
 "역병의 원인은 좀 알아낸 게 있으시고요?"
 "…실종 사건의 피해자들을 조사하면서, 마침 진료소 방문할 일도 있어 그쪽에 탐문을 진행하긴 했습니다. 의사가 실종되었기에 겸사겸사. 그쪽 말로는 감염 경로도 확실하지 않다고 하더군요."
 더불어 장기 매수자에 대한 정보 또한 엉망이었기에, 이사벨로서는 석연찮은 탐문 조사였다. 매수자를 보았다는 목격자들의 증언이 엇갈렸다. 성격, 말투, 습관 같은 부분은 주관이 개입하니 말이 갈라질 수 있다고 해도 겉으로 드러나는 시각적 정보에 대한 목격 증언이 서로 다른 것은 이사벨로서는 상당히 곤란했다. 매수자가 하나가 아니라면, 너무 스케일이 커진다. 대체 마력코어를 그토록 대량으로 구매해 무슨 짓을 획책하고 있단 말인가? 이사벨은 그 구체적 목적을 알아낼 만큼 마법에 해박하 진 않았으나, 예감은 좋지 않았다. 인체를 이용한 마법 실험이란 대체로 도덕적이지 않은 법이다.

 "어서 뭐라도 실마리가 잡혔으면 하는데 말이에요…. 조심하고 싶어도 뭘 조심해야 좋을지 몰라서 아주 답답하거든요. 먹을 걸 조심해야 하는 건지, 마실 걸 살펴야 하는 건지."

 이사벨은 찻잔을 입술 가까이로 가져갔다.

 "마스터께서도 걱정이 이만저만이 아니시겠습니다. 마력코어를 타고 나신 것 같은데."

 "물론 제 걱정도 하죠. 그렇지만, 샬레 군 걱정도 안 할 수는 없으니까 요. 같은 곳에서 일하는 식구끼리 그러면 너무 정 없죠."

 차로 입 안을 적신 후 찻잔을 내려놓으려다 마스터의 입에서 나온 한 마디에 고개를 바짝 들지 않을 수 없었다. 누구인지 설명을 덧붙이지 않 아도, 따라 나온 말을 통하여 '샬레'라는 이름이 어제 그와 이곳에서 마주 보고 대화를 나누었던 직원의 이름임을 짐작할 수 있었다. 마스터와 비 슷하게 이국적인 발음을 사용하는 그 이름을 이사벨 그리폰은 들어본 적 이 있었다. 정확하게는 읽어본 적이 있다고 표현해야 옳을지도 몰랐다. 이사벨은 찻잔을 내려두고 목을 바짝 세워 마스터를 똑바로 쳐다보았다.

 "그 사람 이름, 샬레라고 합니까? 여기서 일하는, 그. 벚꽃 비슷한 색깔 의 머리칼. 10대 후반 정도 되어 보이던…."

 "어머, 어제도 오셨었나 봐요. 이름 들으실 기회가 없으셨나보죠? 그 아 이 이름, 소뵈르 샬레라고 해요. 오즈 출신이죠. 루비 시. 이름만 들어도 오즈가 고향인 티가 너무 나죠? 저와 동향이라 두고 볼 수가 없어서 거둬 준 지 몇 년 됐어요."

 "…이 망할 놈의 꼬마가."

 이사벨도 모르게 입술 사이로 욕지거리가 한 마디 새어 나오자, 마스터의 하얀 얼굴에 금세 어리둥절한 표정이 떠올랐다. 소뵈르 샬레가 혹시 손님인 이사벨에게 어떤 실례를 저지르기라도 했느냐는 질문에, 이사벨은 손사래를 쳤다.

"아뇨, 아닙니다. 정말 별일 아니에요."

그 후 이사벨은 한참 동안 찻잔의 수면 위로 비치는 말간 조명 불빛에 시선을 고정했다.

도대체 영문을 모를 거짓말이다. 그는 오늘 아침, 숙소에서 아침 식사를 하며 오래된 신문을 읽었다. 사망자 명단은 나이가 많은 사람으로 시작하여 가장 나이가 어린 사람으로 끝이 났고, 그날의 명단은 열세 살 어린아이의 이름을 마지막으로 끝이 났다.

*토마 샬레.* 오즈 난민의 수가 제아무리 늘어나고 있다고 해도, 샬레라는 성을 가진 사람이 넷이고 다섯이고 날아왔을 리는 없으니 사망자 명단에 있었던 열세 살 소년의 이름은 분명, 소뵈르 샬레가 살아있는 것처럼 굴었던 그의 동생을 가리키는 고유명사일 터다.

"동생이 죽은 지 길어야 일주일 정도 지난 셈인데도 나와서 일을 하는군요, 그 꼬마는."

"나오지 말라고 해도 나와서 앉아있으니 별수 없죠. 본인이 괜찮다는데 억지로 앉아서 쉬게 하는 것도 좋지 않으니까요. 게다가 그럴 때 혼자 있으면 애먼 생각만 많아지니 차라리 일이라도 하는 게 좋을지도 몰라요."

"장례식은?"

"며칠 전에 치렀어요. 시신을 태우는 데엔 안 나간 것 같았지만요. 뭐, 개중엔 난민이 병을 가져왔다고 생각하는 사람들도 더러 있는 모양이니까, 그렇게 사람 많이 모이는 장소는 웬만하면 나가지 말라고 저도 권유야 했는데…. 아가씨께서 그토록 이목을 끌어주실 줄 알았더라면 나가라고 할 걸 그랬네요. 상대적으로 샬레 군에게 쏠리는 시선도 덜했을 테고, 토마의 마지막 배웅도 해줄 수 있었을지도 모르잖아요."

찬장에서 찻잔을 하나 꺼내 마른 헝겊으로 훔쳐내던 마스터가 담담한 투로 말하자, 이사벨은 헛헛하게나마 웃었다.

"…'샬레 군'은 그럼 평소에도 일할 때 아니면 밖에 잘 안 나갑니까?"

"그것까지는 잘…. 세 명이 돌아가면서 가게를 보는데, 교대할 때나 얼굴 잠깐 보는 정도거든요. 같이 살진 않아요. 헌책방에 물어보는 게 좀 더 확실할 거예요."

"왜 하필 헌책방이죠?"

"아가씨께서 무슨 의심을 하고 계신 건진 모르겠지만, 제 생각에 마을 사람들은 아가씨께 협조적이지 않을 것 같거든요. 말한들 제대로 된 정보일 것 같지도 않아요. 난민이랍시고 덮어놓고 샬레 군을 싫어하는 사람들도 워낙 많아서 무슨 불리한 증언이 나올지도 모르고…. 그나마 샬레 군이 자주 드나들던 가게 중에서 샬레 군이나 아가씨께 호의적일 사람이 헌책방 할아버지 정도거든요. 그래서."

이사벨의 손가락이 테이블을 가볍게 두드렸다. 프림데에서 순간이동 조회 기록이 오려면, 못 해도 만 하루가 걸린다. 시간이 생각보다 붕 떴다. 당장은 오지랖 같아도, 어차피 하루를 날리게 생겼다면 뭐라도 가슴 속에 든 의심은 해소하는 것이 좋지 않을까.

그녀는 남은 차를 크게 한 모금 마셨다. 우선 숙소에 돌아가 틸다 웨스트로부터 도착했을 편지를 읽고, 내일 일정에 대해 생각하기로 마음먹었다.

\*\*\*

친애하는 이사벨, 이토록 격식 없이 간결한 편지를 보내는 점, 양해해 주시기를. 로헤드의 역병 사태로 인하여 리히트 대학 또한 학생 보호를 위한 비상시국에 들어간 상태이고, 의학 마법을 연구하는 사람으로서 제가 이곳저곳 바쁘게 불려 다니고 있음은 당신께서도 이해해주시리라 믿습니다. 각설(却說), 편지를 읽고 한 가지 가능성에 사로잡혀 이 말을 전하지 않을 수가 없습니다. (중략) 따라서 이러한 증세가 마력코어를 가진 이들을 중심으로 퍼지고 있다면 이는 누군가가 명백한 음모를 통해 진행하고 있는 독살이며, 마법을 이용한 교묘한 학살입니다. 더불어, 이는 현 메르헨의 마법으로는 불가능한 수준의 마법입니다. 따라서 범인은 리히트 대학 출신이 아닌 마법사, 즉 오즈 난민일 가능성이 큽니다. 역병을 가장하여 마력코어를 사냥하고 있는 가해자에 대한 수사를 진행한다면 오즈 난민 출신의 마법사를 중점적으로 조사하실 필요가 있습니다. 만약 이 가설이 타당하다고 판단하신다면 답변에 적어주시기를 희망합니다. 가까운 시일 내에 로헤드를 방문하여 가해자의 축출을 돕겠습니다. 틸다 웨스트로부터.

\*\*\*

날이 바뀌고 다시 찾은 헌책방은 그날 그대로 시간이 얼어붙은 것처럼 여전했다. 어쩌면 이사벨이 눈썰미가 그다지 좋지 않은 사람이기에 그렇게 느껴지는 것일지도 몰랐고, 정말로 변한 게 없을 가능성도 있었다. 헌책방의 주된 고객은 리히트 대학 학생들이고 현재 그들이 역병으로 많이 운명했으니 헌책방에 쌓인 책이 줄거나 늘어날 일이 이전만큼 많을 수는 없을 테니까.

노인은 가게를 열기 위해 헌책방으로 내려오는 계단 입구를 가로막은 천막을 걷으러 나왔다가 노인을 기다리느라 30분은 꼬박 서 있었다는 이사벨을 마주했고, 그의 재방문을 거절할 생각이 없었다. 이사벨은 헌책방 안으로 들어서 걸음을 옮길 때마다 책더미를 차지 않도록 주의했다. 노인은 도로 낮게 설치한 카운터에 앉았고 이사벨은 낮고 등받이가 없는 나무 의자에 앉아 노인을 마주 보았다. 마치 체구가 작은 노인이 책이라는 덩치 큰 동물을 길들여 그 몸집에 기대어 앉아있는 것 같은 광경이라고, 이사벨은 새삼스러운 감상을 떠올렸다.

 헌책방을 재방문한 용건으로써 소뵈르 샬레라는 독특한 이름을 입에 올리자, 먼지 묻은 안경을 손수건으로 훔쳐내던 노인이 의문스럽다는 듯이 길게 소리를 내었다. 그는 아는 걸 숨길 생각까진 없지만, 이사벨이 로헤드를 방문한 이유가 역병의 대략적인 원인이나마 조사하기 위함이었음을 이미 알고 있는 노인으로서는 이 대목에서 그의 이름이 튀어나오는 이유를 좀처럼 모르겠다고 했다.
 "프림데 시에서 필요한 자료를 받는 데까지 시간이 좀 떠서, 좀 걸리는 걸 조사할까 해서요."
 동생인 레오폴트였더라면 좀 더 그럴듯한 변명을 쥐어짤 수 있었을지도 몰랐으나 이사벨에겐 무리였다.
 노인의 눈이 눈에 띄게 가늘어졌다. 동그란 안경을 다시 걸치고, 테이블 위로 두 팔꿈치를 대고 상체를 숙여 이사벨과의 거리를 좁혔다. 노인은 무언가 말을 하고 싶은 눈치였으나, 결국 입만 샐쭉하게 한 번 우물거렸다. 그는 그녀의 얼굴을 한참 응시하다가, 도로 이사벨과의 거리를 벌렸다. 그가 앉은 의자 등받이 방향으로 체중을 실으며 제 두 손을 모아 손깍지를 꼈다.
 "무엇이 궁금한지나 말해보게. 난 책을 파는 사람이지 정보를 파는 사람은 아니라 제대로 답해줄 수 있을지는 모르겠지마는."
 "요즘 샬레 군은 집에서 잘 안 나옵니까?"

"외출 빈도는 잘 모르겠지만, 여기라면 꽤 꾸준하게 다니고 있네. 이틀에 한번 꼴로. 토마가 죽은 이후로도 자주 왔어."

"대화는 좀 나누셨나요?"

"그다지. 토마가 죽은 이후로 말수가 많이 줄었지."

노인은 느릿하게 눈을 깜빡였다.

"아마도 의심을 하는 것 같았어."

"죄송합니다, 말의 의중이 잡히지 않아서 여쭙습니다. 의심이라면…?"

"여길 자주 찾는 사람들은 학생들이고, 샬레 군처럼 학생이 아닌 친구가 마법학 서적을 찾아다 읽는 경우는 많지 않아. 그래서, 그 아이가 가져간 책의 제목을 전부 기억해."

환기를 위해 밖으로 통하는 문을 열어두었음에도 헌책방을 장악한 먼지는 좀처럼 빠져나갈 줄을 몰랐다. 노인은 뼈마디가 도드라지는 손가락으로 눈꺼풀 아래를 훔쳤다.

"토마가 죽은 후로도, 그 애는 마법의학 도서를 적지 않게 사 갔어. 그건 굉장히…, 이상한 일이지. 살릴 사람이 이미 없는데, 그걸 뭐 하러 찾나? 물론 독학으로 며칠 한다고 될 만큼 호락호락한 학문도 아니지만…. 물론 난 샬레 군을 높게 치네. 높게 치지만, 이 땅에서 오즈 난민 출신의 마력코어가 타인을 덮어놓고 신뢰하기란 쉽지 않거든. 차별이 가해지니까. 샬레 군도 그런 편견에 시달려온 통에 꽤 신중한 성격이었고, 동생을 빼면 심지어 거둬준 카페 주인하고도 사생활에 관한 이야기는 일절 안 하던 사람이야. 그런 친구가 토마가 죽은 지 일주일은 된 지금까지도 마법의학 공식을 뜯어보고 있다고. …그건 과연 로헤드의 역병 사태를 구원하기 위함일까? 의심하고 있는 건 아닐까? 이 역병을 누군가가 의도적으로 퍼뜨리고 있다거나, 뭐, 그런 의심."

노인의 우려는, 한숨과 뒤섞였다.

"누군가의 음모라면 반드시 마법의학이 악용되었을 테니까 말이야."

Witch of the West

***

C1114년 1월 20일, 틸다 웨스트 교수 귀하. 새벽 안으로 로헤드 방문 요청. 당신의 이사벨.

***

무리한 내용을 담은 편지임을 알았으나, 이사벨로서는 이것이 인재(人災)라면 시간을 더 지체하고 싶진 않았다. 다행이라고 할 만한 사실은, 오늘 오후 로헤드를 빠져나가야 했던 편지들이 출발 직전이었다는 것이었다. 이사벨의 편지는 아슬아슬하게 프림데 시로 향하는 오후 우편 마차를 얻어 탈 수 있었다. 중간에 마차가 큰 사고를 겪지 않는다면, 편지는 웨스트 교수의 연구실로 오늘 밤에 도착할 예정이었다.

가장 합리적인 추론은, 장기 밀매 매수자가 타국 출신의 마법사이며 금기를 연구하고 있으리라는 추론이었다. 마력코어를 이용한 실험이라니 이사벨로서는 듣도 보도 못한 실험이고, 도대체 그가 연구하는 마법이 무엇인지는 알 길이 없었으나 그 외의 추론을 할 수가 없었다. 로헤드는 조그마한 시골이다. 식자층이라고 해봐야 인근 프림데 시에서 마법을 공부하는 어린 학생들이 전부인 지역 사회였다. 이런 좁은 커뮤니티를 가진 마을에서 밀매 사이클을 함께 굴릴 사람들을 은밀히 모아 조직하여, 역병을 가장해 마력코어를 살해한 후—수단이 무엇인지는 알 수 없으나 역병의 증상을 고려하면 마법의학을 통한 독살일 가능성이 크다.— 원하는 장기를 구하고, 함께 일해 준 사람들에게 괜찮은 보수를 쥐여주며 입막음을 하는 식으로 운영이 되어왔을 것이다.

그러나 그들은 중앙 정부가 이사벨 그리폰의 파견을 타진하고 있음을 열흘 전에 알게 되었다. 꼬리를 잘라야 하는 시기가 도래한 것이다. 역병의 불씨가 이사벨의 파견과 발맞추어 찬물 끼얹듯이 가라앉는 것은 도리어 의심을 살 테니 독살은 이어가되, 천천히 수족부터 정리하기 시작했다. 장기 매수자에 대한 목격 정보가 갈리는 것을 보아 머릿수는 하나가 아닐 수도 있고, 최악의 경우 타국의 마법사 수준이 아니라 수도에서 극성을 부린다는 이종족 마피아 집단의 소행일지도 몰랐다.―물론, 별로 그렇게 믿고 싶진 않았다. 논리적이지도 않았고. 그들 일족은 모종의 사정으로 인하여 프림데 시와 로헤드가 위치한 수도 이남 지역으로 내려오는 걸 극도로 꺼리는 습성이 있었다.―

그리고 이 사실을 짐작한 역병의 유가족이 있다. 그는 오즈 난민 출신으로 마력코어를 타고났으며, 헌책방의 증언에 따르면 독학으로 마법을 익힌 사람이다. 물론 마법이란 수학 단계가 높아질수록 사사하는 스승이 없이 도약할 수 있는 학문이 아니었으나, 도리어 그 점이 위험했다. 동생을 독살로 잃은 그가 수준 낮은 마법만을 가지고 애꿎은 곳을 찔러보고 다니다 크게 다칠 가능성을 배제할 수 없었던 까닭이다.

소뵈르는 이렇게 미쳐 돌아가는 마을 구석에서, 하는 말과 달리 표정과 태도만 보아도 그 어떤 현실과도 타협하지 못한 꼬마였다. 이사벨은 그런 어린아이들에게 약했다. 제대로 울지 못하고 자란 사람은 보는 것만으로도 가슴 아픈 구석이 있었으니까.

참, 이 지독한 오지랖부터 어떻게 해야 하는데. 이사벨은 헌책방 주인으로부터 샬레 형제가 산다는 집의 주소를 알아낼 수 있었다. 지원을 요청한 웨스트 교수가 로헤드에 도착하려면 시간이 좀 걸릴 것이 분명했다. 보고도 써야 하고, 프림데 시의 순간이동 기록도 도착해 있을 테니 숙소로 돌아가 확인해야 했으나 그전에 종일 그림자나마 쫓아다닌 '샬레 군'을 어떻게든 설득해두고 싶었다. 무슨 생각을 하고 있든, 어떤 부정적 감정에 휩쓸려있든 그만두라고. 적(敵)은 이사벨 그리폰이 상대하기에도 지나치게 실체가 없고 어쩌면 개인 아닌 집단일지도 몰랐다. 아직 다수를 이길 수 없는 소뵈르가 나서서 좋을 일이 없었다. 어쩌면 그저 잡아먹히고 끝날지도 모를 일이다.

샬레 형제가 산다는 집은 상당히 마을 외곽으로 빠져있었다. 고개를 왼편으로 돌리면 요르문간드의 숲이 지평과 하늘을 구분 짓는 진한 선처럼 뻗었고, 오른편을 쳐다보면 좁은 골목이 로헤드의 시내로 연결되었다. 2층 높이의 폭이 좁은 건물로, 집주인은 시내에 좀 더 번듯한 건물에서 지내는 모양이었다. 1층은 세 들어 살던 사람이 빠진 지 오래된 것 같았고, 골목 안쪽을 바라보도록 난 유리창이 깨져있었다. 이사벨은 깨진 창문 안쪽을 들여다보았다. 유리 파편 위로 두터운 먼지가 쌓인 것을 보아 유리창이 깨진 것도 상당히 오래 전의 일인 모양이었다.

샬레 형제가 산다는 집은 2층으로, 1층 방으로 들어가는 문이 아닌 건물 바깥쪽을 도는 좁은 계단을 이용해야 올라갈 수 있었다. 난민이 산다는 이유로 남의 집 유리창을 돌을 던져 깨고 노는 지독한 어린애들을 상대하지 않아도 된다는 점에서 그들이 2층에 세를 들어 산다는 것은 꽤 영리한 선택인 것처럼 느껴졌다.

철제 계단은 지나치게 낡아 군데군데 계단 바닥이 빠져있었다. 그렇지 않아도 폭이 좁은 데다 딛고 선 바닥까지 취약하니, 고소공포증이 없어도 벽을 따라 설치된 손잡이를 짚지 않을 수가 없었다. 문 또한 성인 남성 하나가 간신히 드나들 수 있을 정도의 높이였다. 건물의 외관을 생각하면, 2층 천장이 이토록 낮을 리가 없었다. 이사벨이 짐작하기에, 지붕

위에서 건물을 내려다보면 다락으로 통하는 창문이 있을 수 있겠다는 짐작이 들었다.

문을 두드리고 한참을 기다렸다. 반응은 한참 돌아오지 않았다. 이사벨이 말릴 새도 없이 소뵈르는 이미 어딘가를 부지런히 돌아다니고 있는 것일지도 몰랐다. 카페는 직원 셋이서 돌아가며 하루씩 본다고 했고 그는 이틀 전에 일했으니, 분명 오늘도 휴무일 터다. 하기야, 장기 매수자도 바보는 아니겠지. 아직 해가 창창한 이 시간에 별다른 일은 벌이지 않을 테지만, 소년의 부재가 탐탁잖은 건 사실이었다.

요르문간드의 숲으로부터, 황야와 별로 어울리지 않을 만큼 청량하고 시원한 바람이 불어왔다. 이사벨은 시야를 방해하는 머리칼을 살짝 넘기며 긴가민가한 기분으로 문고리를 쥐고 틀었다.

아, 역시 열릴 리가 없었다. 그러고 보면, 헌책방 노인은 소년을 두고 신중하다고 평가했었지. 처음부터 그가 문단속에 느슨할 리가 없었던 것이다.

이사벨은 마법이 좀처럼 특기가 아니었지만, 별 도리가 없었다. 언제 돌아올지 모르는 사람을 마냥 기다릴 만큼 시간이 낙낙하진 않았다. 재능은 별로라지만, 그나마 레오폴트처럼 마법을 익히기 위한 일말의 노력이라도 했어야 했던 걸지도 모른다는 생각이 들었다. 공식이 맞는지도 모르겠고, 대입과 계산이 맞았을지도 가늠이 안 됐다. 잠긴 문을 여는 마법이라면 물론 웬만큼 결계 마법이 걸려있는 게 아니고서야 조금만 배우면 애들도 하는 기초 마법이었지만, 그녀는 숫자와 좀처럼 친하지 않았다….

아니나 다를까 문은 열리지 않았다. 결국 이사벨은 최후의 수단을 선택하기로 마음먹었다. 마법과 달리 그녀가 잘하는 일이며, 곁에 동생 레오폴트가 있었더라면 '그리폰으로 태어난 보람이 없는 사람'이라며 한껏 놀리고도 남았을 법한 방법이었다.

다행스러운 것은, 난민이 밀집한 지역인 만큼 이런 대낮엔 인근 주민이 모두 생업에 종사하느라 인적이 드물다는 사실이었다. 이사벨은 철제 계단 난간에서 가볍게 뛰어내렸고, 허공에서 그리폰의 모습으로 돌아갔다. 날갯짓 몇 번이면 금세 지붕에 닿았고, 다락에서 지붕을 뚫어서 만든 유리창은 하늘을 향해 열려있었다.

***

이사벨의 짤막한 편지는 전날보다는 좀 더 빠르게 틸다 웨스트의 손에 들어갔다. 일은 일사천리로 진행되었다. 무슨 이유를 어떻게 들먹여도 저명한 마법의학자인 틸다 웨스트를 로헤드로 파견할 의사가 없음을 강고히 내비쳤던 루카스 그리폰 또한 현장에 나가 있는 딸의 판단을 무시할 만큼 고압적인 아버지는 아니었다. 그녀는 어렵지 않게 이틀 정도 리히트 대학을 비워도 좋다는 허가를 받았고, 그 길로 연구실에 돌아와 단출한 짐을 꾸렸다.

***

이사벨은 수많은 천재를 보며 성장했다. 마법 불모지라고 해도 과언이 아닐 나라, 메르헨에서 마법의 명맥이 유지되고, 또 인접국 오즈 못지않은 마법사들을 배출하고 있는 것은 전적으로 그리폰 가문의 공헌 덕이었다. 가문의 저택은 리히트 대학과 가까이 붙어있었고, 어딜 가나 다양하고 독특한 마법을 구하나는 학생들을 쉽게 볼 수 있었다.

더불어 그들 남매의 어머니 율리아 그리폰이 병약했던 탓에, 이사벨은 특히나 마법의학의 창시자라는 틸다 웨스트를 상시 곁에서 지켜볼 수밖에 없었다. 리히트 대학에서 다시 나오지 않으리라는 찬사까지 들은 천재 마법사가 이사벨 그리폰의 지척에 있었던 셈이다. 흔히 눈에 보이지 않는 것으로 인식되는 천재성이라는 관념을 이사벨은 가까이에서 보고 듣고 느끼며 성장했다.

　그럼에도 이런 광경은 이사벨로써도 듣도 보도 못했다. 헌책방 노인이 천 권이 넘어가는 책더미, 그 덩치 큰 짐승을 길들인 사람이었다면 이 다락방의 주인은 그 짐승을 정복한 사람이라고 표현해야 올바를 것 같았다.

　이사벨은 다락방의 벽이 원래 무슨 색이었는지를 확인할 수 없었다. 책은 다락방 한구석에 아무렇게나 쌓여있고, 노트는 표지만 남아 바닥을 메울 것처럼 뒹굴고 있었다. 노트의 속지가 전부 다락방 벽에 열을 맞추어 붙어있었다. 언뜻 보기엔 일정한 선을 그어놓은 것처럼 보였으나 가까이 다가가 확인하니, 섬세한 글씨체로 계산한 공식들이었다. 단순히 연습한 흔적이 아니다. 자리가 부족해 몇 장 씩 겹쳐 붙여두기도 했으나, 이는 명백히 연구다. 새로운 공식을 고안하기 위한 시행착오들을 정리하여 붙여두었다. 도대체 어디가 머리고 어디가 꼬리인지 모를 만큼 복잡한 수식이었다. 종이 한 뭉치를 떼어내자, 그때에야 회갈색 벽지가 드러났다. 낱장을 팔랑이며 내용을 확인해보았으나 이사벨 또한 자신이 공식을 알아볼 수 있으리라 자신을 가지고 공식을 떼어낸 것은 아니었다.

　알아볼 수 있는 것은 처음 몇 줄이 다였다.
　*마력코어 탐지, 체온 조작, 마법을 액체에 반영하여…*.

　만일 이 벽을 가득 메우고 있는 종이들이 전부 공식 하나를 도출하기 위한 연구라면, 가히 괴물이다. 대단한 오만이며 또 좌절의 기록이다. 이 정도의 계산을 하루 이틀 내에 해냈을 리가 없다. 토마 샬레가 생존해 있을 때부터 소뵈르 샬레는 역병 사태에 의심을 품고 독살에 사용한 마법 공식을 도출해내기 시작했으며, 그 목적은 공식을 뒤집는 데에 있었다. 마법이라곤 헌책방에서 구한 낡은 서적을 통해 접했을 10대 후반의 꼬마가, 틸다 웨스트조차도 '이 땅의 마법으로는 불가능하다'고 평했던 마법의 공식을 도출하여 뒤집을 생각까지 한 것이다. 그것이 오로지 동생을 역병으로부터 지키기 위해 시작한 일이라면 가히 대단한 사랑과 열망이다.

그녀의 얄팍한 지식만으로는 확인할 길이 없겠으나, 만일 이 공식이 토마 샬레의 사후에 이르러 뒤집혔다면 더욱이나 가련한 일이라고 이사벨은 생각했다.

* * *

틸다 웨스트는 주군인 율리아 그리폰에게 했던 수많은 거짓말 중, 가장 서글픈 거짓말을 하나 꼽으라면 황야의 달이 아름답다는 말이었다고 자신 있게 대답할 수 있었다. 로헤드와 프림데는 풍경을 공유했다. 위도가 비슷한 두 도시는 공생 관계답게 지리적으로 가까웠고, 수많은 문명을 잡아먹은 황야에서 살아남은 몇 되지 않는 공동체였다. 구름은 달을 감히 좀먹지 못했다. 달은 말갛고 완벽하게 저 먼 로헤드의 시계탑 위로 떠올랐다. 틸다 웨스트는 그 광경을 사랑할 수 없는 사람이었다. 이 메마른 땅과 언어, 문화 무엇 하나 사랑해본 일이 없었다.

시외로 나가는 것에 대한 허가만 떨어지면, 프림데에서 로헤드로 이동하는 것은 눈 깜짝할 사이에도 가능했다. 비록 프림데 시를 지키는 몇 가지 결계 중 순간이동 기록을 잡아내는 종류가 있기는 하지만, 이미 루카스 그리폰으로부터 시외 방문 허가를 받은 틸다 웨스트로서는 걸릴 것이 없었다. 좌표는 정확했고, 시간은 남았다. 이제 저 어둑한 골목에서 약속한 사람만 나와주면 되었다.

\*\*\*

다락에서 2층 거실로 내려가는 나무 사다리는 건물 외벽을 타고 올라오는 철제 계단보다는 튼튼했다. 마루에 간신히 발을 딛고 서자 이사벨의 몸집보다 훨씬 긴 그림자가 반대편 벽을 타고 솟구쳤다. 유리창에 노을이 진하게 배어났다. 벽에 걸린 둥그런 시계가 일몰 시간을 가리키고 있었다. 대략 두 시간 가량을 다락방에서 보낸 셈이었다. 마법을 조금이라도 안다면 누구라도 그 다락에서 벗어나기가 쉽지 않을 것이라고 이사벨은 생각했다. 이 자리에 틸다 웨스트라도 있었더라면, 이 정도 인재를 로헤드에 썩힌다는 것은 나라에 대단한 손실이라며 눈을 빛냈을지도 모를 일이다. 대개 천재는 고독하다고들 하고, 더군다나 틸다 웨스트는 교육자이니 사사하는 스승 없이 홀로 그만한 공식을 도출할 수 있는 원석에 흥미를 느끼지 않을 리가 없었다. 다음에 보면 소년에게 꼭 후원 시험 이야기를 하고 싶다. 이사벨조차도 그렇게 느낄 정도였다.

불을 밝히지 않아도 아직 공간이 밝아 육안으로 사물을 확인할 수 있는 것은 이사벨에게 감사한 일이었다. 그는 마법에 취약했고, 남의 집 서랍을 뒤적거려가며 초를 찾는 것 또한 번거로운 작업이었다. 어디에 있는지도 모를 초 하나를 찾기 위해 집안을 뒤집어엎는다니, 도중에 집주인이 돌아오기라도 하면 도둑으로 오인하기 딱 좋은 모양새가 아닌가.

형제 둘이 살았다는 것이 믿기지 않을 만큼 비좁은 공간이었다. 취사가 가능하도록 화로가 설치된 공간이 문에서 가장 먼 벽면에 붙었고, 이층 침대와 사람 둘이 간신히 마주앉을 테이블 하나, 2단짜리 서랍장 하나 두니 더 무엇을 둘 공간조차 없었다. 사람이 간신히 움직이며 돌아다닐 수 있을 만한 틈이 남아있는 정도였다. 소뵈르의 다음 행선지를 유추해 볼 수 있을 만한 단서를 찾는 것이 우선이었으나, 무엇에도 섣불리 손이 가지 않았다. 보통 행선지를 유추할 때 사용하는 단서가 무엇인지조차 감이 잡히지 않았던 탓이다. 역시 레오폴트를 대동할 수 있었더라면 좋았으리라는 아쉬움이 진하게 남았다. 이사벨은 가구 사이로 거리낌 없는 발걸음을 옮기며 우선 벽을 훑었다. 마을 상가에서 배포한 달력이 서랍장 위에 붙어있었다. 걸음을 멈추고 달력에 코를 박듯이 얼굴을 가까이 가져가자 빳빳한 새 종이 냄새가 났다.

  지금으로부터 약 일주일 전, 즉 토마 샬레의 사후부터는 거의 매일 글자가 적혀있었다. 달력에 일정을 적어둔 글씨체는 일정했다. 다락방의 공식을 적던 글씨체와 흡사한 것을 보아 소뵈르 샬레의 손글씨임이 틀림없었다. 일정하게 적혀있는 정보는 카페의 근무일이었다. 집주인 본인의 근무일뿐만 아니라 교대로 일을 하는 카페의 마스터와 다른 직원의 근무일까지 계산하여 적어두었다. 보통 사람이라면 확실히 적어둬야 할 만큼 근무 시프트가 엉망이었다. 분명 카페 마스터의 말로는 셋이서 하루씩 돌아가며 근무를 한다고 들었는데, 역병 사태와 더불어 토마 샬레의 장례까지 겹쳐 대체 근무가 많아진 바람에 최근으로 올수록 근무 일정이 많이 엉킨 눈치였다. 일할 사람이 없어 카페의 문을 닫았던 날에도 더러 표시가 되어있었다.
  근무 표시를 빼고 다른 정보가 두 세 개 더 적혀있는 날도 있었다. 이사벨 그리폰의 로헤드 방문일, 실종 사건이 벌어진 날, 이사벨도 상가에서 본 일이 있는 음식을 파는 가게들의 상호, 달력 귀퉁이에 적힌 역병의 사망자 수….

이사벨은 눈살을 찌푸렸다. 정보는 서로 무관한 것들도 많았으나, 두 가지 사실이 잘 물린 톱니바퀴처럼 맞물려 돌아가고 있었던 까닭이다.

카페 마스터의 휴일과 실종 사건이 일어난 날짜가 겹쳤다. 우연이라 가장할 수 없을 만큼이나, 완벽하도록.

이사벨은 달력을 고스란히 뜯어내어 두 번 접었다.

* * *

편지를 받았다. 사막을 건널 방법이 발견되었으니, 가게를 닫고 지정한 위치로 시간에 맞추어 나와 달라는 내용이 전부였다. 가지 않는다는 선택지가 없었다.

구름이 달을 이지러뜨리진 못해도, 달이 알아서 기울 수는 있었다. 오즈 난민들은 로헤드의 외곽을 둘러쳐 살았고, 외곽으로 빠질수록 인적이 드물어지고 치안이 불안하게 흔들렸다. 빈 건물들의 틈새를 파고들며 탄생한 골목은 무엇이든 숨어들기가 좋았다. 어린아이들의 담력시험장이 되어 실존하지 않는 귀신이 숨어들기에도 좋았고, 밀수업자가 숨어들기에도 부족하지 않을 만큼 넉넉한 그늘이 로헤드와 황야의 경계를 만들며 얇은 층을 이루었다. 그는 겉옷의 단추를 여몄다. 해가 떨어지면 온도가 금세 곤두박질쳤다. 그의 고향보다 훨씬 북부에 있는 이 땅은 사람이 살 만한 데가 못되었다. 사막을 건너면 펼쳐지는 또 다른 세계가 이토록 척박한 줄 알았더라면 사막 이남 지역의 사람들이 그런 헛된 상상력에 부풀어 이 나라를 무대로 한 거짓말 같은 문학을 양산하지도 않았을 것이다.

황야에서 보낸 몇 년은 몇 십 년이라도 되는 것 같았건만, 요 한 달은 꿈처럼 흘렀다. 이제 조금만 하면 완성이 된다고 했다. 조금만 협력하면 되었다. 고향으로 돌아가, 가족을 만날 생각만 하면 도무지 손대지 못할 일이 없었다. 악마는 그런 순간에 탄생했다. 탄탈로스의 비극이 인류의 심금에 가시처럼 박혀 수천 년이 지나도록 빠지지 않는 이유 또한 그것이다. 까마득한 꿈에는 손을 뻗지 못해도, 닿을 것 같은 희망은 지나치게 유혹적이다. 어쩔 수 없다는 듯이 손을 뻗고야 만다. 누구라도 그럴 터였다. 어쩌면 그리하여 오즈 난민은 괴물이라는 풍문이 태어났을지도 몰랐다. 그들도 인간인 한, 가족의 품으로 돌아갈 수 있다면 무슨 짓이라도 할 수 있다. 이종족의 숲과 브릿 사막이라는 불모지를 건너갈 방법만 손에 넣을 수 있다면.

"어디로 가십니까? 이종족의 숲? 아니면, 브릿 사막?"
 그러나 탄탈로스의 사과에 인류의 손가락이 닿는 일은 벌어지지 않는 법이다. 골목 모퉁이를 돌며 뒤를 한 번 확인하다가 바람을 타고 넘어오는 목소리를 듣고, 그는 어깨를 가늘게 떨었다. 도로 고개를 앞으로 돌리자, 마치 불시에 튀어나오기라도 한 것처럼 세 걸음 앞에 사람의 형체가 서 있었다. 고작 목 관절을 한 번 움직인, 그 눈 깜짝할 사이에 벌어진 일이었다.
 달빛은 그를 마주하고 선 소년의 얼굴을 말갛게 씻어내었다.
"안녕, 샬레 군."
 마지못해 인사를 건네면, 소년은 답했다.
"그런 상투적인 인사를 하자고 온 건 아닙니다, 마스터."
 반갑진 않았으나, 다행인 사람이었다.
"이런 시간에 이런 골목을 어린애 혼자 산책하는 건 별로 좋은 습관이 아니란다."

"…이사벨 그리폰이 로헤드에 와 있는 상황에 그런 소리를 할 여유가 있으시다니 그건 조금 놀랍습니다. 아니면 제가 그토록 만만하게 보였던 걸까요. 당신에게."

"무슨 소리를 하는 건지 전혀 모르겠어. 설명은 제대로 해야지. 카페 문 닫고 산책 좀 한다고 내가 너에게 추궁당해야 할 이유가 어디에 있다는 거니? 난 도무지 이해가 안 가는구나."

겉옷의 단추를 풀고, 안주머니에서 담배를 한 대 꺼내어 물었다. 라이터는 1cm 조금 안 되는 높이의 불을 토해냈다가 사그라졌고, 가느다란 연기 한 줄이 달빛 사이로 흩어졌다. 소뵈르는 그의 숨을 타고 부서지는 담배 연기를 묵묵히 쳐다보았다. 시선에 힘이 있다면 연기를 그토록 잘게 헤쳐놓은 것이 그의 시선이라고 해도 믿을 만큼, 속눈썹 아래로 깊이 내리깔았지만 분명하게 열을 띤 눈빛이었다.

"당신의 실체를 잡느라 너무 오랜 시간이 걸렸습니다. 역병을 퍼뜨린 게 당신이라는 걸 알고 왔어요. 마법은 누가 제공했는지 모르겠지만."

"왜 그렇게 생각하는지 근거를 들어야 얄팍한 오해라도 이해를 좀 하지 않겠니. 애초에 이런 단순한 역병 사태에 범인이 있을 거라고 짐작했다는 사실부터가 놀랍구나. 토마를 죽인 사람이 필요했던 거라면 심정은 이해하지만, 현실 도피도 정도껏 해야지."

"마법의학이라는 학문이 프림데에서 유행한다는 모양입니다. 당신께서 틸다 웨스트라는 이름을 알고 계셨는지, 그것까진 잘 모르겠지만."

"오즈 난민 출신의 천재 마법사. 마법의학의 창시자. 오즈의 기적…. 뭐, 명성은 들어 안단다. 그를 추종하는 학생들이 로헤드에 널렸고 로헤드를 떠도는 말은 모두 카페로 모여드니 모를 수가 없는 이름이지."

담배 끝을 물고 깊게 들이마시자, 떨리는 들숨을 타고 담배 연기가 폐부 깊이 들어찼다.

"틸다 웨스트의 연구에 따르면 마력코어와 인간의 신체 구조는 심장과

노화 체계를 제외하면 전부 똑같습니다. 면역 체계까지. 그게 마력코어를 이종족이 아닌 인간의 돌연변이로 규정하는 이유라더군요."

"그래서?"

"심장에 무리가 오는 병이 아닌 체온에 이상이 오는 병이 마력코어만 잡아먹는다는 건 논리적으로 말이 안 된다는 소리입니다. 정말로 역병이라면 인간도 함께 잡아먹었어야 말이 되죠. 역병에 의지가 있지 않은 이상."

티끌처럼 작고 붉은 불씨가 떨어졌다. 담배 끝은 바짝 짧아졌다. 그녀는 담배를 골목 바닥에 던져 밟은 후, 코트 주머니에서 회중시계를 꺼냈다.

"백 보 양보해서 그렇다고 치자."

매끄러운 시계 표면 위로 달빛이 반짝이며 흘렀다.

"내가 역병을 퍼뜨렸다는 근거를 말해보렴. 억측 아닌 논리를 들려줘."

"병을 일으키는 마법은 전례가 없으니, 높은 확률로 독살이라고 생각했습니다. 연구해보니 체온 조작 마법을 사람들의 식수에 반영시키는 공식이 가능하겠더군요."

"하하, 안일하네. 그러니까 사람들이 먹는 음식에 직접 손을 대는 사람들을 위주로 의심했다? 그런 가게가 비단 카페뿐만은 아닌데."

"당신으로 범위가 좁아진 건, 실종 사건 덕분이었습니다."

"실종이라. 대체 어째서?"

"이사벨 그리폰이 로헤드에 올 거라는 소식이 지역신문에 실리자마자, 당신이 카페에 나오지 않는 날에는 반드시, 사람이 사라졌으니까."

회중시계의 철제 뚜껑이 닫히는 소리가 대화의 허리를 잘랐다. 달빛은 카페 마스터의 어깨너머에서 들었다. 달은 어제보다 조금 더 기울었으나 아직 만월에 가깝다고 말해야 할 만큼 둥글었다. 조금 모자란 만월은 가스등조차 설치되지 않은 후미진 골목에도 하얗고 얇다란 빛을 드리웠다.

그녀는 회중시계를 주머니에 넣으며, 역광이 빚은 그림자를 빛 대신 뒤집어쓰고 미미하게 웃었다.

"소뵈르, 너는 나 못지않게 널 의심하고 있구나."

다정한 목소리는 날카롭게 소년의 가장 나약한 부분을 도려내어 화두에 올렸고, 소뵈르는 그것에 흔들릴 만큼은 어렸다.

"논리적으로는 부합한다고 생각하는데, 내가 마력코어를 대량으로 살해해야 하는 동기가 짚이지 않으니까 네 논리를 의심하고 있어. 그렇지?"

"……."

"설령 모든 게 사실이라고 해도 내가 토마를 죽였다는 건 너무 앞뒤가 안 맞아. 다른 사람은 몰라도, 갈 데 없는 너희 형제를 그 나이 때까지 키워놓은 내가 토마 샬레에게까지 손길을 뻗었다니 너무 이상해. 너도 그렇게 생각하니까 네 추론을 이사벨 그리폰에게 직접 고하기 전에 내게 먼저 확인을 하러 온 거잖아. 동기가 무엇인지? 사실인지? 그렇지만 말이야, 소뵈르. 논리적인 추론을 떠나서 너와 나의 관계를 두고 생각해 보지 않으련."

눈을 한 번 깜빡이자, 두 사람 사이의 거리가 눈 깜짝할 사이에 좁아졌다. 순간이동을 사용한 것은 카페의 마스터 쪽이었다. 소뵈르의 팔을 잡아채어 꾹 쥐고 잡아당기자 소년은 꽤 쉽게 품 안까지 끌려 들어왔.

붙잡힌 손목이 시큰했다. 아무런 방비를 하지 않고 온 건 아니었다. 어쩌면 소뵈르만 몰랐다 뿐이지 상대는 상당 수준의 마법사일 수도 있었고, 동기를 추궁하다가 싸움이 벌어질지도 모른다는 예상을 안 할 수가 없었다. 방어용으로나마 써먹을 수 있을 공식을 몇 가지 외워왔고 계산이라면 남들이 따라오지 못 할 만큼 해낼 수 있었다. 지금이라도 숨만 조금 고르면 준비해 온 마법을 무엇이든 사용할 수 있었다. 마음만 먹으면 얼마든지.

"내가 과연 널 배신할 사람일까?"

다만 마스터가 힘을 주어 강조한 너와 나의 관계라는 단어가 목이 턱 걸렸다. 그의 모든 지적은 날카롭게 벼린 나이프처럼 소뵈르 샬레의 논리에 박혀 빠질 줄을 몰랐다. 아무리 모든 정황이 하나의 길을 가리킨다고 한들, 중요한 건 다름 아닌 그와 마스터의 관계성이었다. 믿고 싶지 않았다. 이 땅에서 그나마 유일하게 그들 형제에게 있어도 좋을 자리를 내어주었던 사람이 그의 심장과도 같은 혈육을 도려내어 가져갔다는 사실을, 도무지 받아들일 수가 없었다.

"…넌 좋은 사람은 해도, 좋은 마법사는 될 수 없을 것 같구나."

망설임이 길어진 것이 화근이었다. 마력코어를 상대로 계산을 할 만한 시간을 내어주는 것이 얼마나 어리석은 짓인가.

소뵈르 샬레가 대답을 망설이는 동안 소환 마법을 통해 마스터의 손아귀에 떨어진 가느다란 날붙이는 그의 하얀 목덜미를 꿰뚫었다. 선혈은 목을 타고 흘렀다. 상대가 뒤로 밀어 넘기려 가한 약간의 힘에도 저항하여 설 수 없을 만큼 급격히 힘이 전신에서 빠져나갔다. 칼날의 핏자국을 손끝으로 살짝 훑어내는 상대의 모습에 시선을 진득하게 꽂는 것만으로도 힘에 부쳤다. 모든 건 그것으로 명확해졌다. 동기는 여전히 달그림자 속에 가려져 있어도 혐의만큼은 명확했다.

처음부터 감정을 통해 이성을 의심해선 안 됐다. 이성을 통해 타인의 진심은 의심할지라도.

가슴 언저리에서 하고 싶은 말은 잔뜩 밀려 올라오는데, 핏물에 가로막혀 제대로 소리가 되어 나오진 못했다. 정신이 아득하여 그 몸이 어디에 쓰러져 있는지조차 알 길이 없었다. 흙먼지가 일지 않았다. 피를 가장한 영혼이 빠져나가는 게 피부로 느껴졌다. 등에 맞닿은 말캉한 무언가 위로 부드러운 천이 덮여있는 것 같다. 누군가가 쓰러지는 그를 받아준 것일지도 몰랐다. 자신의 목에서부터 새는 핏물이 그를 붙들어 안은 사람의 옷자락을 따뜻하게 적셔가며 범위를 확장해 나가는 것이 여실히 느껴졌다.

시선을 간신히 치켜들었다. 시야가 반투명한 막이 낀 것처럼 흐렸다. 후드를 뒤집어쓴 여성이다. 아마 그의 허리까지 내려오리라 짐작되는 검은 머리칼이 불규칙적으로 물결치며 그의 이마에 닿았다. 코끝까지 진하게 드리운 그림자 속에서 여인의 눈동자 위로 달빛이 미끄러졌다. 중력을 따라 순하게 쳐진 눈매와 포도 빛깔의 눈동자…. 마력코어. 그의 손길이 부드럽게 소년의 상처 부위를 향했다. 반사적으로 쳐내었다. 그는 그 누구에게도 행선지를 알리지 않았다. 그가 마스터를 미행하리라는 사실을 짐작할 수 있을 만한, 더불어 이런 절체절명의 순간에 마치 짠 것처럼 순간이동을 사용하여 나타날 마법사 어른 같은 것은 논리적으로 없었다.

정신이 끊어지기 직전, 익숙한 목소리는 소뵈르의 사각에서 날아들었다. 후드를 쓴 여인의 머리 위로 똑바로 선을 그리듯이, 육중한 몸집을 가진 그리폰이 날아 카페 주인을 습격했다.

"틸다 웨스트! 그 꼬마 못 살려내면 경위서 이천 장은 써야 할 거야!"

이사벨 그리폰의 목소리가 하늘에 굳건히 걸린 달이라도 흔들 것처럼 울렸다. 인간의 턱뼈가 박살 나는 소리가 적나라하게 텅 빈 골목 위를 굴렀다. 그만한 무게를 가진 이종족이 체중을 실어 목과 턱 부근을 함께 밟았으니, 뼈가 박살이 나는 소리가 적나라하게 울리는 건 당연한 일일는지도 몰랐다.

소뵈르는 그 목소리를 듣고서야 이토록 타이밍 좋게, 그가 칼에 찔린 순간 나타난 여자의 이름이 로헤드를 망령처럼 떠돌던 마법의학의 창시자와 같다는 사실을 알았다.

"경위서를 작성해야 하는 이유, 설마 지각인가요. 이사벨, 당신께서 요청하신 시간보다 훨씬 일찍 로헤드로 날아왔는데 부당하네요."
"이유야 만들면 그만이지. 논문 이천 장도 아니고 경위서 이천 장은 당신이라도 힘들잖아."
"전공 걸고 살려낼 테니, 이사벨도 앞을 보세요. 상대는 '오즈의 마법사'입니다. 저는 아이를 살려야 하니 다른 안전한 곳으로 이동해야 하고, 당신께선 타국의 마법을 뒤집으실 만큼 계산에 능하지 않으시니."
 손길은 얇은 달빛 속을 헤치고, 소년의 눈꺼풀을 덮었다.
"죽지 않으려면 죽여야 할지도 몰라요."
 틸다 웨스트의 손이 내린 어둠 속에 소뵈르의 정신이 잠겼다.

*** * ***

 소뵈르 샬레가 역병 사태에 대한 진술 이후, 사적인 목적으로 입을 여는 데까지 3주가 걸렸다. 상처가 회복하는 데에도 시간이 필요했으나 현실을 받아들이는 데에도 상당한 시간이 필요했다.

 리히트 대학 본관 건물 3층, 병동은 한 층을 넓게 비워낸 형태로 사용했다. 교내 의무실에 가까운 개념이었기 때문에, 두껍고 하얀 천으로 침대마다 칸을 간신히 나눠놓은 것이 다였다. 소뵈르가 3주를 보낸 칸막이 속 조그마한 개인 공간은 건물 외벽과 붙어있었다. 깔끔하게 닦인 창문이 침대와 반걸음을 떨어진 벽에 나 있었다. 상체를 일으켜 앉으면, 턱 근처까지 바짝 창틀이 올라왔기 때문에 창밖을 보기 아주 녹록하진 않았다.
 그저 만족스러운 것이 하나 있다면, 침대 밖으로 나가지 않고도 리히트 대학의 교정(校庭)을 내려다볼 수 있다는 사실 하나였다. 창문이 있다는 건 좋았다. 창밖에 적당히 시선을 던져두고 있으면, 문병을 온 사람을 지척에 두고도 말을 하지 않아도 되었다. 무언가를 보고 있고 골몰하고 있다는, 그럴듯한 위장이 되어주었다.

"너무 많은 것을 생각하지 말아요. 범인은 목숨으로 죗값을 치렀으니, 당신으로선 할 일을 다 한 거예요."

진술을 받으러 온 것은 틸다 웨스트였다. 그날 과다출혈로 죽을 위기였던 그를 프림데 시로 이동시켜 살려둔 사람이었고, 그리폰 가문에서 가장 신뢰한다는 천재 마법사….

로헤드의 마력코어를 전부 잡아먹어야 멈출 것 같았던 역병의 불길은 찬물을 끼얹은 것처럼 진화(鎭火)되었다. 소뵈르는 역병 사태에 대한 진술이 아닌 사적인 말은 한마디도 하지 않았다. 하고 싶은 말은 많았으나 딱 떨어지는 문장으로서 정리가 되지 않았다. 역병의 가해자에 대한 정보를 커다란 노트에 휘갈겨 적어가며 정리하는 틸다 웨스트를 한 번 쳐다보고 시선을 슬그머니 피했다.

전투는 이사벨 그리폰이 승리했으나, 목숨을 내걸어야 했을 만큼 접전이었던 탓에 상대를 생포하지는 못했다. 카페 마스터의 시신이 어떻게 처리되었는지 소뵈르로써는 알 길이 없었다. 물어볼 겨를도 용기도 없었다. 자신의 목숨을 억지로 붙여놓은 틸다 웨스트나, 한발 늦게나마 자신을 구하러 날아왔던 이사벨 그리폰조차도 믿어도 좋은 사람인지 판단을 내릴 수가 없었다. 그나마 가지고 있었던 얄팍한 기준조차도 가해자였던 마스터와 함께 녹아 사라진 까닭이다.

토마 샬레의 죽음을 실감하기 시작한 것은, 근래에 들어서였다. 추론하고 추적하여 축출해야 할 상대가 책장을 한 장 북 찢어 쓰레기통에 구겨

던져버린 것처럼 쉽게 시야에서 사라지니 어린 동생은 그때에서야 자신의 오롯한 존재감을 드러내었다. 토마는 그의 밤을 갉았고, 꿈을 빼앗았다. 꿈속에서 토마 샬레가 살아있든 죽었든, 현실에 남겨진 소뵈르에게는 다를 게 없었다. 그 어떤 꿈에 시달려도 눈을 뜨면, 그 아이는 부재했다. 그것만이 현실이었다.

그가 꾸는 모든 꿈은, 안정을 향한 갈망이다. 믿을 수 있고, 사랑해도 괜찮은 사람에 대한 욕망이다. 이제 더는 그럴 수 없으리라는 것을 알았기에 더욱 간절한 갈증이다.
끌어안고 오늘도 사랑했다고 말할 수 있는 존재는 토마 샬레와 함께 멸종했다. 그러한 따뜻하고 안온한 감정은 핏물과 섞여, 곧 흔적도 남지 않을 거라는 목의 상처를 통해 빠져나갔다.

이사벨 그리폰이 찾아온 것은, 그가 리히트 대학의 병동을 퇴실하기 이틀 전이었다. 소뵈르가 타인 앞에서 좀처럼 입을 열지 않으므로, 이사벨 또한 그의 침대 곁에 보호자용 간이 의자를 바짝 끌어 앉은 채 실없는 소리를 농담처럼 늘어놓기만 했다. 소뵈르는 리히트 교정 중심부터 뻗어나가는 수로를 깊게 쳐다보다가, 간헐적으로 한 번 이사벨을 쳐다보는 것이 전부였다. 이사벨 또한 제대로 된 대화가 성립하리라는 예상을 하고 찾아온 것 같진 않았다. 이야기는 대화의 수면 위를 겉돌았지만, 결국 참지 못하고 점점 본론으로 깊이 잠수해 들어갔다.

그는 소뵈르 샬레가 로헤드로 돌아가지 않았으면 한다는 의사를 밝혔다. 더는 역병의 우려가 없지만, 그가 토마 샬레에게 잡혀 살지는 말았으면 한다는 의견이었다. 그는 살았고, 토마 샬레는 사망했다. 그것으로 끝난 일이라고 이사벨은 말했다.

"로헤드는 앞으로 차차 예전의 모습을 되찾을 거야. 이젠 네 삶도 복구해야지. 넌 지금도 살아있으니까."

소뵈르는 시선을 내리깔고 한참이나, 하얀 침대보를 내려다보았다.

"복구가 가능할까요."

이사벨이 눈을 빠르게 깜빡거렸다. 근 21일 만에 목소리를 낸 탓인지, 그의 벌어진 입술 사이로 미끄러져 나온 목소리는 조금 갈라져 있었다.

"넌 아직 어리잖아. 당연히 가능하지. 마력코어의 수명을 생각하면 넌 못해도 150년은 살 거야, 길게 살면 더 살 수도 있고. 뭘 하든 그만한 시간만 있으면 해내고도 남아."

"이사벨."

그의 시선이 이사벨이 병동에 들어선 이래 처음으로, 이사벨의 금빛 눈동자와 깊이 맞물렸다.

"리히트 대학의 후원 시험. 아직 접수하고 있다면 이름을 올리고 싶은데요."

무엇을 하든 그만한 시간만 있으면, 복구할 수 있을지도 몰랐다. 하다못해 빼앗긴 토마 샬레의 시신만이라도.

\*\*\*

크지 않은 불은 그래도 제법 길게 타올랐다. 불길은 내던져진 먹이만큼은 착실히 갉아먹었다. 편지는 한 통 씩 느릿하게 벽난로에 내던져졌다. 넓지 않은 공간에, 빛이라곤 그것뿐이었다. 황야에 또 한 번 밤이 내리고 달은 어제보다 또 한층 기울었다. 하얀 손길이 불길로 내던지는 편지들은 수가 제법 많았다. 발신인은 일정했다. 3주 전에 사망한 역병의 가해자, 오즈 루비 시 특유의 독특한 억양이 배어나는 이름을 가진 사람이 그의 앞으로 꾸준하게 보내온 보고이자 고향을 향한 연서(戀書)였다.

리히트 대학 학생 B 양에게 당신의 이름을 대니 큰 설득까지는 필요 없이 움직여주었습니다. B 양이 통학할 때 B 양의 편으로 입수한 마력코어를 보낼 테니 부디 연구에 힘써주시기를.

특정 학생을 지나치게 이용하면 얼굴이 알려지거나 정보가 샐 가능성이 커 보여, 밀수를 진행할 인형을 바꾸기로 했습니다. B 양의 이름은 지역신문의 사망자 명단에서 확인하실 수 있으실 겁니다. 신문을 동봉합니다.

저 또한 마법사이나, 신의 영역을 넘보기에는 부족함을 압니다. 우리가 오즈로 돌아가기 위해서는 키아라 반 헬싱의 폭주 마법처럼 창조신 루이스의 결계를 녹여야 하고, 그만한 마법에 닿을 수 있는 건 분명 제가 아닌 당신일 것입니다. 협력에 거리낌이 없으니, 사상을 의심하지는 마십시오.

존경하는 — 귀하.
사자(死者)의 손길이 적어낸 그의 이름, 마지막 편지가 불길에 삼켜져 붉은 덩어리로 빛을 발하다 검은 재가 되어 부스러졌다.

인간 마법사의 심장으로는 오래 유지되는 인공 마력코어를 만들기가 녹록지 않았다. 작동은 해도, 시체는 반드시 부패했다. 코어의 부패를 막기 위해 너무 많은 공식을 욱여넣을 수도 없었다. 그렇게 되면, 인공 마력코어의 스위치를 올리는 데에만도 너무 많은 마력이 들어갔다. 인형을 가동시키자마자 인형사의 마력코어가 지나치게 과열되어 심정지하면 의미가 없었다. 적어도 인간의 시신보다는 부패가 느린 마력코어를 입수할 필요가 있었다.

그리폰의 심장이라도 이용해야 하는 것은 아닐까. 회복력이 좋다는 그들이니, 시신의 부패가 느릴 가능성도 배제하기 어렵다.

고향으로 돌아가겠다는 사람의 절박함은 이용하기가 쉽고, 사람은 자신과 나란히 서 있다고 느껴지는 타인에게 쉽게 마음을 열게 마련이었다. 오즈 난민, 마력코어, 그런 몇 가지 공통점과 절박함을 들먹이면 괴물을 만들어내는 건 손쉬웠다. 신의 영역을 넘어 고향으로 돌려 보내주겠다고 빈말 몇 마디 하는 건 별로 어렵지도 않으니.

애초에 이 땅에서 오즈의 기적이라고까지 불리는 틸다 웨스트의 연구를 직접 목격한들 누구인들 무엇인지 짐작하겠는가. 그가 쓰는 기숙사, 연구실, 개인 공간에 흩어놓은 공식들을 한데 모아놓는다고 해도 공식의 내용을 이해할 수 있는 사람이 리히트 대학에 있을 리 없었다.

인공 마력코어로 움직이는 인형, 잭 웨스트가 제대로 완성된다면 그의 이름이 창조신의 반열에 오른다고 해도 가히 과언이 아닐 터다.

3.
연극이 끝나고 난 후

# 3. 연극이 끝나고 난 후

평온한 일주일을 보냈다. 적어도 그는 그렇게 자부했다. 두 달 간을 몰아치듯이 공식과 책에 빠져서 지냈다. 후원 시험이 끝난 후, 아침에 일어나 책을 들여다볼 의무가 잠시 사라졌다는 사실만으로도 숨통이 트이는 것 같았다. 예감은 나쁘지 않았다. 짧은 기간 내에 들여다볼 수 있는 책이라면 전부 구해다 읽었다. 하루 대부분을 시험 준비해 투자했고, 마지막엔 잠까지 아꼈던 터다. 할 수 있는 노력은 웬만큼 한 셈이었다.

마법의 기본 공식을 외우고 연습하는 것보다 기초 상식 시험을 준비하느라 더 애를 먹었다. 다른 사람들은 약 20년에 걸쳐 차근차근 쌓아온 상식을 고작 두 달 만에 평균 수준까지 끌어올리려니 힘에 부치지 않을 수가 없었다. 그러나 스스로 작성한 답안을 검토하던 순간, 고생한 보람을 여실히 느꼈다. 이해하지 못할 문제가 없었던 까닭이다. 기초 상식 분야는 웬만큼 답을 적어낼 수 있는 수준의 문제였고, 당락(當落)이 결정된다는 기초 마법 분야는 더 말할 것도 없었다. 스스로가 생각하기에도 기초 마법 정석을 그대로 베껴냈다고 해도 믿을 만큼 완벽한 공식을 적었다. 만일 성적에 등수를 매긴다면, 적어도 세 손가락 안에 들어가는 것 아닐까 하는 생각마저 들었다.

그리하여 과거 한때, A라고 불렸던 소년인 헤르만 아델하이트는 17년 인생 들어 처음으로 아무런 불안 요소가 없는 일주일을 보냈다. 그것도 정해진 기상 시간조차 없는, 하루 24시간이 오롯이 그의 손아귀 위에 떨어진 일주일이었다.

처음 이틀 정도는 그가 해치워야 할 의무가 하나도 없는 스물네 시간에 가슴 깊은 해방감을 느꼈다. 그러나, 해방감은 오래가지 못했다. 습관은 무서웠다. 그는 그 자유롭던 일주일 동안에도 정해진 시간이면 자동으로 몸을 일으켰고, 일정한 시각에 잠이 들었다. 할 일도 없는데 아침 일찍부터 눈이 떠진다는 건 생각보다 성가신 일이었다. 프림데 시내를 돌아 다녀보아도 어딜 들어가 어떻게 시간을 보내면 좋을지 알 길이 없었다. 노는 것도 놀아본 사람이 잘한다는 말을, '아델'은 단 나흘 만에 실감했다.

그는 결국 리히트 대학에서 지급한 생활비가 조금 남아있음에도 불구하고 묵고 있는 하숙집 거실—정확하게는, 거실에서 2층으로 올라가는 계단 근처에 1인용 테이블과 의자를 두고—에 앉아 소일거리를 하기 시작했다. 하숙집 주인에게 부탁하여 건너편 모자 가게에서 모자를 받아 기초 장식을 달아주는 일을 받은 것이었다. 하루 일당은 많지 않았다. 다만, 시간을 허투루 보내느니 푼돈이라도 버는 게 이득이라는 마음으로 일감을 받아다 바지런히 바늘을 놀릴 뿐이었다.

하숙집 주인은 마흔은 족히 넘어 보이는 비(非)마법사 여성으로, 아델을 유독 귀여워했다. 숱한 학생들이 하숙집을 거쳐 가지만, 그처럼 어리고 부지런한 학생은 좀처럼 보기 어렵다고 했다. 거기다가 아델처럼 손끝까지 야무진 학생은 더 본 일이 없다며, 어느 날인가는 모자를 한 손에 들고 장식이 올바른 위치에 달렸는지 확인하던 아델—레오폴트 그리폰은 그의 의사를 묻지 않고 그의 이름을 헤르만 아델하이트로 만들어 놓았다. 그가 부모 없이 자라 호적조차 없었던 탓에, 나라의 장부에 이름부터 올려야 했던 것이다. 그 또한 극단에서 내내 사용하던 A라는 성의 없는 이름을 계속 안고 살아갈 생각은 없었기 때문에, 귀족 출신에 학식도 있는 레오폴트에게 작명을 일임했다. 그게 화근이었다. 그 재수 없는 그리폰이, 그에게 그토록 부담스러울 만큼 거창한 이름을 뒤집어씌울 줄은 몰랐다. 그는 어쩔 수 없이 어디를 가든 '아델'이라는 호칭을 고수하기로 마음먹었다. 헤르만 아델하이트라니, 짊어지고 살기엔 지나치게 무겁고 낯간지러우니까.―의 머리칼을 마구잡이로 쓰다듬어주며 지나간 일도 있었다.

하숙집의 편지는 수신인이 뒤죽박죽 섞여 일괄 배달되었다. 오전 10시부터 바느질을 시작해 모자가 스무 개쯤 쌓일 때면, 우편배달부가 하숙집의 문을 경쾌하게 두드렸다. 그 시간이면 늘 거실을 청소하느라 바쁜 하숙집 주인은 소리를 듣자마자 물걸레를 테이블에 내려둔 후, 젖은 손을 앞치마에 쓱 닦아내었다. 군데군데 굳은살 박인 손이 문을 벌컥 열었다.
"어서 와요! 오늘은 편지가 좀 빨리 왔네요."
다락을 포함하여 3층짜리 복층 건물인 만큼, 하숙으로 들어와 있는 학생들도 많아 편지는 매일, 적어도 두, 세 통은 도착했다. 아델과 나이가 비슷한 우편배달부는 하숙집 주소가 적힌 편지를 늘 붉은 노끈으로 편지가 묶어 주인의 손에 들려주고는 인사도 없이 떠났다.
"저 친구도 살갑지가 않아서 큰일이라니까."
우편배달부가 골목 저편으로 멀어지면, 하숙집 주인이 혀를 끌끌 차는 소리가 들렸다.
그녀는 문을 닫고 노끈의 왼쪽 끝을 잡아당겼다. 그렇게 당기면 풀리도록 묶은 매듭이었다. 현관과 직각으로 부딪히는 벽면엔 하숙생들의 이름이 적힌 종이봉투가 열을 맞추어 붙어있었다. 우체통 대신이었다. 이 집의 기본 규칙은 다른 사람의 편지를 함부로 개봉하지 않는다는 것이었다. 편지를 받은 사람은 봉투에 적힌 이름을 확인하여 각자 이름에 맞게 분류하여 넣어야 한다는 의무도 규정에 박혀있었다. 그날 도착한 편지는 총 다섯 통으로, 세 통은 주인을 찾아 봉투에 들어갔고 한 통은 주인의 앞치마 주머니로 쏙 들어갔다. 남은 한 통은 누렇고 튼튼한 봉투에 담긴 것이었는데, 바구니에서 새 모자를 꺼내기 위해 허리를 굽힌 아델의 앞에 떨어졌다.
"아델, 리히트 대학에서 온 편지야. 합격 통지 같은데."
아델은 바구니에서 건진 밋밋한 모자를 도로 바구니에 두고, 주인이 둥그런 테이블 위에 올려둔 납작한 편지를 잡아챘다. 봉투의 겉면에 적힌 자신의 이름과 보낸 이의 이름을 확인한 후, 고개를 바짝 치켜들어 2층으로 올라가는 계단 벽면에 걸린 일력을 확인했다. 모자에 장식을 달면서 일주일을 꼬박 보낸 줄도 몰랐다. 일상이 단조로우니 시간의 흐름이 느릿느릿 느껴졌는데, 거북이 같은 속도나마 꾸준히 시간은 흐르고 있었던 모양이었다.

주인으로부터 편지를 뜯는 칼을 빌렸다. 종이봉투의 봉인을 조심스럽게 뜯어내자, 총 세 장의 편지가 들어있었다. 설명서가 한 장, 성적이 한 장, 합격자 명단이 한 장이었다. 아델이 가장 먼저 확인해야 하는 편지는 물론 합격자 명단이었다. 입학 설명서를 읽으며 가슴만 잔뜩 부풀었다가 명단에 이름이 없어 실망하게 되는 일은 사양하고 싶었기 때문이다.
합격에 대단한 자신이 있다고 생각했건만, 막상 직접 두 눈으로 결과를 확인하려니 긴장감이 밀려왔다. 아델의 손이 덜덜 떨리는 통에, 종이마저 떨려 가늘게 소리가 났다.

충격의 파도는 세 번에 나누어 밀려왔다. 첫 번째는 성적순으로 작성한 명단에서 그의 이름이 두 번째로 실렸다는 점이었고, 두 번째는 차석(次席)이라는 좋은 성적에도 불구하고 자신의 답안이 누군가에게 밀렸다는 사실이었다. 그는 한참이 지나서야 정신을 다잡고 종이를 넘겨 성적 확인서를 확인했다. 완벽했다고 생각했지만, 사람은 누구나 실수를 한다. 어쩌면 실수로 철자를 틀렸거나, 놀랍게도 암산 한 줄이 틀려서 완벽한 답안이 아니었을지도 몰랐다.

 마지막 충격은 성적 확인서에 적힌 숫자를 보고 몰아치듯이 몰려왔다. 단 한 분야도 감점을 먹지 않았다. 그렇다면, 공동 수석이 되어야 올바르지 않은가. 전 분야 만점이 둘인 가운데, 한 사람에게만 추가 점수가 붙은 사유는 대체 무엇이란 말이냐.

 정답이 정해져 있는 시험에서 그것이 가능한 일인지 가늠이 되지 않았다. 아델은 서면 시험을 처음 치러보았지만, 백 점 만점에 추가 점수가 붙어 수석과 차석이 갈리는 경우가 많지 않다는 상식 정도는 알았다. 후원 입학시험은 귀족 혹은 자산가 출신인 마법사가 치르는 입학시험과 따로 치러지기 때문에, 어떤 배후가 작용했을 가능성도 크지 않아 보였다. 미심쩍은 손길로 종이를 도로 앞으로 넘겨, 한 번 더 명단을 확인해 보았다. 자신의 이름보다 한 줄 위에 적힌 이름을 제대로 확인하기 위해서였다.

Sauveur Apollinaire Chalet

 어떻게 읽어야 좋을지조차 모를 이름 세 토막을 마주하고, 아델은 아연실색했다. 낯선 철자법으로 이루어진 이름을 미루어 보아, 추가 점수로 아델을 누르고 수석에 선 자는 난민 출신임이 분명했다. 그렇다면 의심할 여지가 없었다. 오즈 난민이라면 덮어놓고 감점을 줄 사람은 이 땅에 널렸어도, 추가 점수를 더 얹어줄 사람은 없었으니까. 물론 그 유명한 틸다 웨스트가 리히트 대학 교수진 중 유일하게 오즈 출신이라고는 들었지만, 함께 하숙집에서 생활하는 리히트 학생들에게 얻어듣기로 그녀는 후원 시험엔 일절 관여하지 않는다고 했다.

도대체 어떻게 가능했는지 몰라도, 수석이라는 자는 평가하는 교수조차도 추가 점수 이외로는 표현할 길이 없을 만큼 터무니없는 답안을 제출한 게 분명했다. 그것이 무엇인지, 아델로써는 모를 일이었으나.

"충격받았어요?"
머리 위에서 내려오는 귀에 익은 목소리는 몇 번을 들어도 아델을 깜짝 놀라게 했다. 그는 매번 그런 식으로 나타났다. 찾아오겠다는 언질도 없이 순간이동을 사용하여 침입해 와서는, 아델이 예상치도 못한 방향에서 말을 걸어오는 것이다.

아델은 너무 놀라 떨어트리고 만 편지를 줍고 괜히 한층 더 사납게 뒤를 휙 돌아보았다. 아델이 의자를 두고 앉은 뒤편에서부터 2층으로 뻗어 올라가는 계단 중간에 레오폴트 그리폰이 서 있었다. 그는 계단 중턱에 서서 난간에 반쯤 몸을 기대고 아델을 내려다보고 있었는데, 편지에 적혀있는 글자까지 훤히 보이진 않아도 그 손에 들린 종이 몇 장이 합격 통지일 것이라는 사실은 쉽게 짐작한 모양새였다.
"무슨 충격이요?"
아델은 샐쭉한 목소리로 말했다.
"그보다 말 좀 하고 와요, 아니면 멀쩡히 문으로 들어오던지."
"만점을 받고도 수석이 아니잖아요. 놀라지 않았어요?"
"문으로 들어오라는 소리는 가볍게 무시하는 거예요?"
"그리폰은 인간의 열 배에 달하는 코어를 가졌는데, 마법을 쓰지 않고 걸어다니는 것도 좀 우습잖아요."
레오폴트는 숨을 죽여 웃었다.
"그래도 아델이 매번 놀라니까, 오늘은 좀 우스운 짓을 좀 할게요."
그가 걸어서 계단을 내려오는 동안, 아델은 의자를 맞은편으로 옮긴 후 레오폴트가 앉을 만한 의자를 찾아 주변을 두리번거렸다. 마지막 계단에서 가뿐히 내려온 레오폴트는 손을 들어 부산스럽게 주변을 살피는 그를 만류했다. 아델은 영문을 모르겠다는 표정을 짓고 의자 앞에 멀뚱히 섰다. 레오폴트는 그의 어리둥절한 표정을 가볍게 무시하고, 편지를 쥐고 있는 아델의 손을 가볍게 잡아챘다. 아델은 눈살을 찌푸렸다.
"우리 어디 가요?"
두 달 정도 지내니, 그가 손을 잡을 적마다 그렇게 묻는 습관이 붙었다. 두 눈이 가늘어졌다. 레오폴트의 기행에는 두 달 만에 이골이 난 참이었다.
"급한 일이 좀 생겨서요."
"급한 일? 뭔데요?"
"아주 급한 일이에요. 아델이 필요할 만큼. 도와줄래요?"
어제의 아델이라면 순순히 돕겠다고 나서지 않았을 것이다. 어제까지 가지 않고, 바로 몇 분 전의 아델만 해도 그랬다. 그만큼 레오폴트의 신용이 바닥이었던 까닭이다.

스노우화이트 사건 때부터, 레오폴트의 태도는 늘 한결같았다. 이 그리폰은 거짓말을 하지 않고 무언가를 덮는 데에 능했다. 분한 점은 진상을 알고 나서도, 그가 거짓말만은 하지 않았다는 사실을 인정할 수밖에 없다는 사실이었다.
이러한 태도가 두 달 동안 아델의 안에서 차곡차곡 불신의 탑을 쌓았다. 급한 일이라는 말도 거짓말만 아닌 수준이지, 스노우화이트 사건처럼 그를 고생길로 밀어 넣는 일일지도 몰랐다. 크든 작든 말이다. 아델이 이를 받아들인 것은 레오폴트가 특별히 진지해 보였기 때문이 아닌, 이미 손을 잡혔기 때문이었다. 이 재수 없는 그리폰 도련님은, 거절한들 순간이동을 쓰지 않을 인사가 아니었으니까. 마음먹은 건 끝까지 해야 직성이 풀린다. 적어도 아델이 본 레오폴트 그리폰은 그랬다.
 "안 도와준다는 선택지나 만들어주고 물어볼래요?"
 아델이 입술을 삐죽이면, 레오폴트는 한 번 더 소리를 죽여 웃었다.
 "너무 야박하게 그러지 말아요. 덕분에 살았어요, 달링."

* * *

 극단 출신이라는 사실을 밝히면 자주 듣게 되는 말이 몇 가지 있다. 어떤 배우가 실제로 예쁘냐는 뻔한 질문부터 무대 연습, 대기실의 소소한 풍경에 이르기까지. 관객은 알 수 없는 커튼 뒤의 세계에 관심을 보이는 이들은 어디에나 적지 않게 있었다.

 그 중엔 아델에 관한 질문도 있었다. 극단에서 일했다는 과거를 털어놓으면 열에 아홉은 그가 배우로 일했으리라 넘겨짚었다. 한 번은 이제야 간신히 말을 트기 시작한 건넛방 사람으로부터 무대 의상에 관한 질문을 받은 일이 있었다. 희곡의 주인공들은 귀족 계층을 주인공으로 내세우는 경우가 많던데, 실제로 귀족들이 입는 옷을 배우들에게 입히느냐는 질문이었다. 그는 희곡을 간신히 읽어보았을 뿐, 상연되는 연극을 본 적은 없다고 했다. 구태여 덮어놓을 정보도 아니었기 때문에 아델은 순순히 고개를 저었다.
 "내가 알기로 겉은 비슷해도 재질이나, 구조는 조금 달라요. 진짜 귀족들이 쓰는 천을 떼어다 사용했다간 공연 예산에 안 맞는걸요."
 연극도 결국 장사니까요, 하는 대목에까지 이르니 상대는 스스럼없이 웃었다.
 "현실은 역시 낭만이 없어."
 그 말에 아델도 동의하며 따라 웃었다.

"마법도 문학 속에서 더 낭만적이잖아요. 실제로는 멋없이 공식을 짜고 암산하는 작업에 불과한데 말이죠."

헤르만 아델하이트는 그처럼 연극 사정에 대해 잘 알았다. 극단에서 나고 자랐다고 해도 과언이 아닌 유년 시절을 보냈으니 당연한 일이었다. 배우는 아니었지만, 조금 더 어렸을 적에 그들이 옷을 입는 걸 돕는 일을 도맡아 한 적도 있었다. 인형극을 시작하기 전, 짧게 거쳤던 업무였다. 재질은 달라도 옷의 구조는 제법 귀족들이 입는 구조와 비슷하게 만들었기 때문에, 무대 의상은 대개 혼자서 입기 어려운 경우가 많았다. 드레스는 말할 것도 없고 정장도 마찬가지였다.

좋아하는 일도 직업이 되면 지겨워진다는 속설이 있지 않던가. 몇 개월을 공연 때마다 정신없이 불려 다니며 일을 하니, 아델은 조명 아래서 반짝거린다는 이유만으로 막연히 보기에 아름답다고 느꼈던 그 모든 옷에 신물이 나고야 말았다. 단추가 많고 장식이 많은 옷이라면 학을 뗄 수준이 되어버린 것이다. 사회적으로 성공하더라도 절대 연극 속 등장인물처럼 입지는 않으리라 굳게 다짐했던 게 고작 2년 전의 일이었다.

연극은 삶을 모방할 수 있어도, 도통 삶은 연극적이지 못한 법이다. 연극은 무대에 선 모두가 앞으로 도래할 미래를 알고 있다. 관객 앞에서 주어진 운명을 모르는 척 시치미를 떼고, 약속한대로 움직이기 때문에 가슴 깊이 아연실색할 일이 없었다. 그러나 우습게도 무대가 모방하는 삶은 그와 대척에 서 있었다. 만약 그가 연극 대본을 읽듯이 스스로의 미래를 알았더라면, 레오폴트에게 잡히기 전에 하숙집 건너편 가게로라도 도망쳤을 것이다.

곁눈질로 쳐다본 거울 속의 자신이 그토록 한심할 수가 없었다. 태생은 어쩔 수 없다는 것처럼, 그가 보기에는 도무지 거울에 비친 낯선 차림새와 자신이 어울리는 것처럼 느껴지지 않았다. 재질이 좀 부드럽기는 해도 셔츠야 늘 입는 것이니 그렇다고 너른 마음으로 봐줄 수 있었다. 칼라가 단정히 맞물린 베스트, 타이, 모닝코트…. 이토록 겹겹이 입어본 것이 처음이라 척추 끝까지 바짝 힘이 들어갔다.

그의 옷매무새를 마지막으로 점검해주던 레오폴트의 얼굴 만면에 만족스러운 표정이 진하게 배어났다.

"역시 예쁘네요. 붉은색이 어울려요, 아델."

"…하도 급한 일이라고 몰아쳐서 입긴 입었는데, 대체 무슨 급한 일이에요? 옷까지 꼭 이렇게 입어야 해요?"

"전에 옷 사주겠다고 했는데, 못 사줬잖아요. 그거예요. 사이즈 맞아서 다행이네요."

아델로서는 맥이 빠지는 소리가 아닐 수 없었다.

"급한 일이 설마 그거예요? 옷 사주기? 난 당연히 빈말이라고 생각하고 있었는데요."

"설마. 용건은 따로 있어요. 그저 이왕 일이 이렇게 됐고 전에 약속도 했으니 생각난 김에 옷도 사주자, 하는 생각이 들었을 뿐이죠."

"대체 뭔데요?"

"별건 아니에요, 차기 남작님을 만나는 일이거든요."

"…네?"

아델은 아연한 표정으로 얼어붙었다.

"이사벨 아가씨를 제가 왜 만나요?"

"아, 좋은 질문이네요. 거슬러 올라가자면, 제가 프림데 시로 돌아왔던 두 달 전까지 돌아가야 하는데요."

아델의 머리칼이 눈을 찌르지 않도록 손끝으로 살짝 넘겨주고 나서야 레오폴트가 반걸음 물러났다.

"로헤드에서 대단한 인재를 발견했다고 누님께서 자랑하시지 뭡니까. 저는 살면서 누님께 이겨보겠다고 생각한 적도 없고 실제로 많은 부분에서 누님께서 저보다 훨씬 뛰어나시지만, 사람 보는 눈만큼은 누님보다 좋다고 자부해왔거든요. 그래서 그런가, 자랑을 듣고 나니 없었던 승부욕에 조금 불이 붙더라고요. …나도 모르게 아델 자랑을 해버렸지 뭐예요."

"거, 거기서 제 자랑이 왜 나와요?"

"사전 지식도 없이, 공간 결계 공식을 뒤집는 인재잖아요?"

아델의 입술 사이로 헛기침이 절로 나왔다.

"그건 그렇지만요…."

"겸손하시기는. 뭐, 하여튼간 그렇게 된 거예요."

"뭐가 그렇게 됐다는 거예요?"

"괜한 승부욕에 아델 자랑으로 맞불을 놨더니, 누님께서 그럼 아델을 한 번 보겠다고 하시더라고요. 자기는 천재에 관심이 많으시다나…."

아델은 제 뺨에 조금 차가운 손등을 가져다 대었다. 거울을 보지 않아도 자신의 얼굴이 붉게 달아올랐으리라는 사실을 알 것 같았다. 가슴께부터 열기가 올라오고 뺨이 홧홧했던 탓이다.

"그래봤자 수석까진 아니었는데."

쑥스러움에 괜한 겸손을 떨었다. 등수야 조금 떨어졌어도 답은 전부 맞추었고, 내심 그 사실에 대한 자부심 정도는 있었지만 떠벌릴 만큼의 배짱이 없었던 까닭이다.

레오폴트는 그의 손이 새빨간 뺨에서 좀처럼 내려오지 못 하는 모습을 지켜보다가 소리를 바스라트리며 웃었다.

"역시 충격을 좀 받았었나 봐요, 아델. 보아하니 말은 그렇게 해도, 수석을 자신하셨던 것 같은데?"

"어, 어쨌든 시험에 모르는 건 안 나왔는걸요. 나름대로 열심히 하기도 했고, 그, 게, 게다가 레오가 자꾸 띄워주니까…. 올 때마다 인재라느니 천재라느니 해주면 누구라도 좀, 그, 기대하게 된다고요."

"하하, 그렇게 말씀하시니 사과를 해야 할 것 같네요. 잘못 한 게 없으니 정말 사과하진 않겠지만요.."

레오폴트는 주머니에서 회중시계를 꺼내 달각, 뚜껑을 열었다.

"뭐, 사실 아델이 못 해서 등수가 떨어진 건 아니니 너무 마음 쓰진 마세요. 원래대로라면 당신이 수석이었을 겁니다. 크게 신경 쓰지 마세요. 수석인 학생이 말이 안 되는 수준이었을 뿐이거든요. 채점하던 교수 중엔 떨떠름한 반응도 더러 있었습니다. 이걸 답으로 쳐야 하는지부터 의견이 분분했어요."

"수석이라는 학생이 대체 뭘 적어냈길래 그래요? 그…. 오즈 출신이죠? 그 사람. 명단에서 이름을 봤는데, 어떻게 읽어야 좋을지도 모르겠던걸요."

"웨스트 교수 말로는 *소뵈르 아폴리네르 샬레*, 라고 읽어야 하는 이름이라고 하던데."

레오폴트가 회중시계를 도로 주머니에 넣는 동안, 아델은 그 이름을 몇 번인가 입안으로 되뇌었다. 이름부터 타지의 냄새가 난다는 건 꽤 색달랐다. 그의 고향, 슈니플로케엔 오즈 출신이 많지 않았기 때문이다.

오즈 난민이 메르헨 남부 황야에 출몰하기 시작한 시점은 수십 년 전이다. 오즈와 메르헨 국토를 가르는 사막에서부터, 인재(人災)인지 천재(天災)인지 모를 회오리가 불어닥쳤다.

그러고 나면, 사막 탓에 육로가 끊기고 해상 결계 때문에 해로가 끊어져 서로 소식조차 나눌 수 없게 된 지 오래된 사막 너머의 국가로부터 넘어온 사람들이 골목 군데군데에서 발견되었다. 그들은 모두 같은 이야기를 했다.

"허리케인에 휘말렸어요. 단지 그뿐인데, 눈을 뜨고 나니 모르는 황야였다고요."

메르헨의 마법사들은 오랜 시간을 들여 수많은 비자발적 난민을 발생시킨 이 해괴한 자연 현상에 관한 한 가지 답을 내놓았다. '반경 30m 가량의 인간을 무작위로 이동시키는 순간이동 장치', 그것도 인간이 도저히 따라잡을 수 없는 속도로 궤도를 그리며 이동하고 있는….

"서두른 덕택에 티타임까지 시간이 좀 떴는데. 샬레 군의 답안을 직접 확인해볼래요?"
레오폴트의 제안을 듣고, 상념에 잠겨 있던 아델이 고개를 똑바로 들었다.
"권한 남용 아니에요?"
"뭘, 어차피 조만간 학보에 공개가 될 거예요. 안 그러면 추가 점수에 대한 부정부패 의혹이 제기될 가능성이 있으니까요."
"그 사람, 이름만 들어도 오즈 출신인데, 교수들이 편의를 봐줬다고 생각하는 바보가 있을까요. 웨스트 교수가 시험에 관여하면 몰라도, 웨스트 교수를 빼고는 교수진부터가 전부 이 나라 출신이잖아요. 오즈 사람이라 감점을 당했다면 차라리 설득력이라도 있지, 추가 점수를 줄 리가…."
"전공을 잘한다고 모두 당신처럼 머리가 좋은 건 아니에요, 아델. 이성적 판단보다 믿고 싶은 걸 믿는 사람들이 적지 않답니다. 보이는 게 아니라, 보고 싶은 걸 보는 사람들 말이에요."
레오폴트는 가벼운 손짓 하나로 답안 사본을 소환하여 아델의 눈앞에 들이밀었다. 그러나 얼굴 가깝게 들이민 바람에 당장엔 글자가 눈에 들어오지 않았다. 읽히려고 한 행동이 아닌, 아델이 답안지를 받아 들게 할 요량으로 가깝게 들이민 모양이었다. 아델의 숨결 때문에 낱장으로 이루어진 종이가 느리고 미약하게 날렸.
아델은 마지못해 답안을 들었고, 적절한 거리에서 답안을 읽어나갔다.

공식 서술 문제의 마지막 문항에 대한 답만 적힌, 총 다섯 장으로 이루어졌을 답안지 중 가장 끄트머리에 해당하는 부분이었다. 아델의 시선은 길게 미끄러지지 않았다. 지면이 반 이상 남았고, 그 사실만으로도 머리를 한 대 세게 얻어맞은 것 같은 기분이었다.

 문제에서 요구한 답은 아니었다. 정석대로 하자면, 지면 한 장을 전부 써야 하는 공식이었다. 언뜻 보기에 답을 덜 썼다고 오해할 만한 분량이었으나, 공식을 처음부터 뜯어보기 시작하면 이야기가 달라졌다. 간결하게 고쳐놓았다. 선대 마법사들이 완벽하여 더는 손 볼 곳이 없다고 생각했던 공식을, 주어진 몇 시간 안에 수정하여 내놓은 것이다. 공식이 충돌하는 일도 없이, 매끄럽고 완벽한 공식을 단 몇 시간 안에.

 "제가 졌네요…."
 순수한 항복이었다. 아델은 반복하여 공식을 읽었고, 홀린 것처럼 내뱉은 '졌다'는 어휘를 다시 되짚어보았다. 고개를 털어내듯이 저었다. 패배감보다는 경외라는 표현이 좀 더 올바르겠다는 생각이 들었다. 이제 학문의 첫발을 뗀 단계에서 내민 답안이 이 정도라면, 재학 내내 이길 수 없으리라는 예감이 들었다.
 "답안을 보니 다음엔 이기고 싶다는 마음이 들어요?"
 레오폴트의 질문에, 아델은 간신히 답안에서 시선을 거두었다.
 "전혀요. 만나보고 싶다는 생각 정도는 들지만, 이길 수 있을 것 같지는 않네요."
 "하하, 달링의 그런 점을 좋아해요."
 "어떤 점이요?"
 "야망이 없는 점."
 "뭐예요, 그게."
 "말을 바꿔서 다정한 점이라고 할까요?"

아델로부터 답안을 건네받는 동안, 레오폴트의 입가에 미묘한 미소가 번졌다.
"샬레 군이 당신보다 더 한 천재라고 해도, 전 당신이 더 좋을 거예요."
그나저나, 요 몇 년 학교가 좀 시끄럽게 생겼군요. 레오폴트의 손으로 건너온 답안은 짧고 단호한 손짓 하나에 마치 없었던 것처럼 사라졌다.

\* \* \*

"아, 좀 천천히 걸어요."
"아델도 참, 아직 병아리 같아서 큰일이네요. 그거 알아요? 차석도 입학식 때 앞에 나가야 하는데. 너무 쑥스러움 타면 못 써요."
"진짜요? 젠장, 왜 그걸 이제야 말해주는 거예요?"
"하하, 돌아가면 입학 설명서 자세히 읽어봐요. 차석 입학도 할 일 많아요."
레오폴트의 옷자락을 잡고 한참을 걸었다. 아델은 여태껏 단 한 번도 이토록 큰 건물을 혼자 배회해 본 일이 없었다. 나고 자란 극장도 제법 넓었지만, 건물 구조는 단순한 편에 속했다. 큼직한 공간을 객석과 무대가 차지하니 길을 잃을 염려가 들 만큼 복도가 많을 수 없었던 까닭이다.
극장을 빼고 커다란 건물에 온 적이라곤, 두달 간 레오폴트의 기행으로 그리폰의 저택에 납치를 당했을 때가 전부였다. 그나마도 두, 세 번에 그쳤다. 보통 순간이동을 하는 데다가 레오폴트의 방이나 서재에서 나갈 일이 거의 없었기 때문에, 걸어서 성의 복도를 가로지르는 경험부터가 처음일 수밖에 없었다.
더군다나 오늘은 단순히 새로운 공간으로 이동하기 위해 걷고 있는 것마저 아니었다. 목적은 이동과 관광이 아닌 차기 영주를 만나는 일이다. 잘 보여서 나쁠 게 없다는 계산 정도는 되지만, 심장이 지나치게 뛰는 건 어쩔 수가 없었다. 이사벨 그리폰은 프림데 시내에 이름이 자자한 선군이라지만, 태어나 마주해 본 높은 사람이라곤 이 실없는 귀족 도련님과 극단 오너가 전부였던 아델로서는 어려운 대면일 수밖에 없었다.

티 타임을 갖기로 했다는 응접실 앞에 도착하자, 아델은 딱딱한 검지 끝으로 레오폴트의 등을 톡톡 두드렸다.
"내가 혹시 실수하면 알려줘야 해요."
긴장을 잔뜩 집어먹어 와들와들 떨리는 목소리였다. 레오폴트는 마냥 웃었다.
"그렇게 고지식한 사람 아니니까 너무 겁먹진 말아요. 직위만 대단하지, 결국 우리 누님이시거든요."
레오폴트가 아델의 머리를 짧게 쓰다듬어주는 동안, 문은 안에서 열렸다. 실내의 따뜻한 공기를 타고 미세한 차 향(香)이 밀려들었다. 레오폴트의 등에 바짝 붙어 간신히 실내로 들어서자, 문은 육중한 소리를 내며 닫혔다.

"레오폴트! 정확히 3분 늦었어. 네 몫의 과자는 내가 먼저 먹었다. 늦었으니 불평하지 마."
"이런, 사유가 지각인가요? 3분 정도이니 좀 너그럽게 봐주시지."
뒤따라 들어온 아델이 어지간히 긴장한 눈치였기에, 레오폴트는 우선 이사벨과 약간의 거리를 두고 멈추어 섰다. 찻잔과 컵받침이 부딪히는 소리가 짧게 찾아든 정적 사이를 가로지르며 굴러가더니, 레오폴트의 어깨 너머로 이사벨의 목소리가 한 번 더 들려왔다. 톤이 낮고 적당히 무게가 잡힌 목소리였으나, 분위기를 무섭게 휘어잡기보다는 시원시원한 음색이었다.
"그쪽이 '아델'인가? 얼굴 보자고 불렀는데 너무 숨어있네. 레오, 좀 비켜봐. 아니면 키를 조금 줄이던가."

"너무 놀리시면 안 됩니다. 수줍음이 많은 친구거든요."

"하하, 그건 보면 알겠다. 안 놀릴 테니까 나오라고 그래. 다소 무례해도 괜찮으니 겁먹지 말고."

레오폴트는 짧게 아델을 돌아보았다. 여기까지 끌고 와서 의중을 묻는 모양새였다. 괜히 뾰로통한 마음에 들었다. 이제는 그런 걱정하는 척에 속을 사이가 아니었다. 걱정했으면 처음부터 이사벨을 만나겠느냐며 아델의 의사를 물었어야 할 일이다.

아델은 레오폴트를 힐난하듯이 눈을 가늘게 뜨고 쳐다보았다. 레오폴트의 표정은 태연했다. 그 표정이 못 견디게 얄미울 만큼이나.

그는 걸음을 옮겼다. 레오폴트로부터 옆으로 한 걸음 정도의 거리를 두고 떨어지고 나서야 응접실의 구조가 시야에 오롯이 들어왔다. 전방 벽면 한가득 뚫린 유리창에서 눈부시게 햇살이 쏟아졌다. 반 정도는 커튼을 드리워놓았으나, 절반은 열어두었다. 그 앞을 가로로 긴 소파가 가로지르고 있고, 낮은 테이블에는 잔과 찻주전자, 차와 어울릴 법한 과자 몇 조각이 하얗고 매끈한 접시 위에 어지럽게 놓여있었다.

이사벨 그리폰을 알아보는 것은 어렵지 않았다. 레오폴트와 얼굴이 제법 닮은 여자가 긴 소파 하나를 오롯이 차지하고 앉아있었으니까. 말끔히 잘 차려입은 정장 차림에, 짧게 친 붉은 머리칼이 인상적이었다. 역광 속에서도 채도가 높은 금빛 눈동자는 제법 날카로웠다. 어딜 가든 이목을 살 것 같다는 생각이 들었다. 그만큼 기묘한 분위기가 감도는 사람이었다. 레오폴트도 어느 정도 갖추고 있는 그 이질감은 대체 어디서 비롯하는 것인지, 아델은 잘 모르겠다고만 생각했다.

시선은 자연스럽게 이사벨이 앉은 소파 뒤에 서 있는 다른 인영(人影)으로 흘렀다. 이사벨 그리폰과 티 타임을 갖는다는 말만 들었지, 다른 손님이 더 있다는 이야기는 미처 듣지 못했기 때문이었다. 겉옷은 걸치지 않고, 셔츠와 타이 그 위로 칼라가 없는 베스트를 차려입은 남자였다. 아델이 느끼기에 자신과 크게 나이 차이가 나지 않을 것 같은 생김새였다. 넉넉잡아 스무 살, 아직 성장이 멈추지 않았을 나이임은 분명했다.

오렌지색 눈동자는 역광이 그에게 억지로 뒤집어씌운 그림자 속에서도 선연했다. 도대체 뭘 하는 사람인지, 아델의 깜냥으로는 가늠이 안 됐다. 긴 속눈썹 하며, 균형이 잘 잡힌 얼굴 생김새 탓에 막연히 이사벨 그리폰이 취미 삼아 아끼는 애인일 수 있겠다는 짐작 정도가 들었다.

눈이 마주치자, 반사적으로 아델의 시선이 밑으로 떨어졌다. 표정이 무섭진 않았으나, 상대의 쨍한 눈매 탓에 만만하게 말을 붙일 만한 분위기까진 아니었다. 아델이 그에게 어떻게 인사말을 건네야 좋을지 몰라 우물쭈물하고만 있자, 이사벨은 정말 수줍음이 많아 큰일이라며 호탕하게 웃었다.

"그쪽은 로헤드의 인재인가요. 누님께서 발견하셨다던."

아델은 그때, 레오폴트가 나서준 것이 고마웠다. 이사벨은 눈을 한 번 크게 깜빡이고는 아델과 레오폴트를 번갈아 바라보았다.

"네가 자랑거리를 데리고 온다는데, 가만히 지고만 있기는 뭐해서."

웃음을 추스른 후, 그녀는 소파의 등받이에 조금 더 체중을 실었다.

"이쪽도 후원 시험이 막 끝난 참이라 한가하다기에 데리고 왔지. 넷이서 서로 멀뚱히 보고 서 있는 것도 웃기니까, 인사부터 나누자고. 나나 레오폴트야 이름을 모를 리 없을 테니 더 소개가 필요 없을 테고. 둘만 통성명하면 되겠는데."

말 한마디로 절벽에서 등을 떠밀린 기분이었다. 고개를 간신히 들어 소파 너머를 건너다보았다. 시선이 한 번 더 충돌했다. 눈높이는 비슷함에도, 상대가 시선을 내리깔고 있다는 느낌을 짙게 받았다. 침묵은 그다지 길지 않았다. 상대가 소파 뒤에서 나와 아델의 앞에 멈추었다.

그는 허리를 꼿꼿이 세운 채로 악수를 청했다. 그가 불쑥 내민 손을 보고서도 그것이 악수를 청하는 행동임을 알아채지 못할 만큼이나 바짝 긴장을 한 건 아델뿐이었다.

"소뵈르 아폴리네르 샬레입니다."

표정은 여전히 얼어 있었으나, 말투는 제법 예의를 갖추고 있었다. 아델은 그가 소개한 이름에 깜짝 놀라 고개를 바짝 쳐들었다. 그 괴물 같은 답안 작성자의 이름이다. 채점자를 당황하게 만들고, 만점자였던 아델을 차석으로 밀어낸 장본인이 이사벨이 로헤드에서 발견했다는 원석이었던 것이다.

답안에 적혀있던 공식이 사람의 형태를 하고 걸어 나온 것만 같다고, 아델은 생각했다. 그는 답안을 읽을 적에 '소뵈르 샬레'와 학교에서 만날 일은 있어도, 이렇게 직접 눈앞에서 서로 마주 보고 인사를 나눌 일은 없을지도 모르겠다고 짐작했다. 무엇보다 그런 답안을 제출하여 교수들조차 아연실색하게 만들었다는 사람이 이토록 어릴 줄은 몰랐다. 아델의 상상 속에서 그는 당연히 아델보다 열 살은 많은 연상이었다. 아니, 아델이 그렇게 믿고 싶었던 걸지도 몰랐다. 비슷한 세월을 살아온 사람보단 연장자에게 추월당했다고 생각하는 편이 스스로의 자존심을 지키기에 좋았으니까.

아델은 소뵈르의 손을 붙잡고 가볍게 흔들었다. 손과 목소리에 동시에 힘이 들어갔다.

"…헤르만, 아델하이트입니다. 아델이라고 불러주시면 돼요."

연극은 삶을 모방하지만, 삶은 역시 연극적이지가 않았다. 무엇 하나 아델이 예상할 수 없었던 어떤 복선이, 약속되지 않은 무대 위로 올라온 순간이었다.

# 4.
# The Calm
# Before the Storm

# 4. The Calm Before the Storm

나른함으로 눅눅해진 공기가 좌중을 압도한다. 햇살은 교실을 메운 학생들의 고개를 책상으로 떨어지게 했다. 한차례 중요한 시험이 지나간 다음이었다. 피로는 역병처럼 돌았다. 계절은 어느덧 가을로 접어든 차였다.

열어둔 창문을 통해 바람이 교실 안으로 한 차례 휩쓸려 들어왔다. 창가에 바짝 책상을 붙여 앉은 아델의 머리칼이 금세 흐트러졌다.

그가 머리를 숙여 헝클어진 흰 머리칼을 손으로 조금 정리하자, 거리가 조금 떨어진 강단에선 교수가 그의 이름을 똑바로 발음했다. 그는 반 박자 늦게 고개를 들었다. 노교수와 눈이 마주쳤다. 교수의 눈빛은 지나간 봄처럼 나긋나긋했다. 주름진 눈가가 그려내는 따사로운 미소가 도리어 학생이 수업에 집중하지 않는다며 책망하는 것처럼 느껴졌다. 아델은 어색한 미소로 화답하며 머리칼에서 손끝을 거두었다.

학교생활을 약 반년 해내면서 의아한 게 하나 있다면, 그가 적어도 교수들의 반감을 사지는 않았다는 사실이었다. 성적이 좋아서인지, 그들의 권위에 도전하지 않고 가르친 정답만을 답습하는 앵무새 같은 학생이라 그런 건지 아델로서는 알 수 없었다. 다만, 그들이 아델에게 보이는 특별한 애정이 다른 학생들과 아델의 사이에 악영향을 끼치고 있다는 사실만큼은 분명했다. 사람들은 평균보다 뛰어난 타인에게 이질감을 느꼈다. 더군다나 아델처럼 생김새와 출신마저 유별나다면 더 그럴 수밖에 없었고.

아델은 마지못해 교수가 던진 질문에 답했다. 교수가 그가 졸고 있지는 않았는지 시험하기 위해 물어본 답은, 누구를 붙들고 물어도 술술 대답할 수 있을 만큼 간결한 기초 공식이었다. 그러나 아델은 또한 반년 동안 학우들 사이에 자리 잡은 자신의 이미지가 어떤지를 알았다.

교실의 책상은 강단을 보도록 설치되었다. 일부러 고개를 돌려 맨 뒤 창가 자리에 앉은 아델을 돌아보는 이는 없었다. 그럼에도 불구하고 공식을 읊는 동안 둥글게 말아 쥔 아델의 손바닥에 식은땀이 조금 배어났다. 그들이 자신을 쳐다보는가, 아닌가 하는 건 관계없었다. 그저 반년의 경험을 토대로 학우들이 내심 자신의 입에서 나오는 말이라면 간단한 공식조차도 탐탁잖게 생각하고 있음을 알게 되었을 뿐이다.

* * *

헤르만 아델하이트가 리히트 대학 마법학부에 입학한 지 반년이 지났다. 그는 이제 교내에 있는 개인 우편함 정도는 눈을 감고 찾아갈 수 있을 만큼 학교생활에 적응했다. 학업은 수월하고 생활이 어렵진 않았다. 딱 하나, 인간관계만 제외하고.

그는 수업을 마치고 교정(校庭)을 가로질러 기숙사 건물을 향해 걸을 때마다 끊임없이 문제의 원인을 탐색하기 위해 그간의 생활을 되짚었다. 그가 느끼기로는 지난 봄 학기는 특별히 다사다난하지 않았다. 누군가와 언성을 높여 싸웠다거나, 학생들 사이에서 평판이 뚝 떨어질 만큼 면학 분위기를 망치는 짓을 저질렀다면 차라리 덜 억울했을 텐데. 아델은 한숨을 내리쉬었다.

그렇게 생각을 거듭하다 보면 발치에 기숙사 현관으로 올라가는 계단 첫머리가 턱, 튀어나왔다. 아델은 계단을 올라, 현관 근처의 개인 우편함 앞에 멈추었다.

우편함은 똑같은 크기의 철제 상자들로, 각과 열을 맞추어 현관 양 벽면을 빼곡하게 채우고 있었다. 운이 나쁘면 사다리를 타고 올라가야 할 만큼 높은 위치의 우편함을 배정받기도 했는데, 아델은 그 점에선 운이 좋은 편이었다. 그가 배정받은 우편함은 딱 그의 눈높이 정도였으니까. 덕분에 상자에 큼직하게 새겨진 우편함 번호만 잘 확인하면 사다리를 타지 않고도 개인 우편함을 찾아낼 수 있었.

그는 우편함의 행렬과 평행하게 걷다가 278번 우편함 앞에 멈추고, 앞으로 열리는 우편함 뚜껑을 열었다. 경첩에 조금 녹이 슬어 우편함이 작고 사나운 소리를 내며 울었다.

우편함은 텅 비어있었다. 아델은 텅 빈 우편함을 오래 바라보다가 미간을 좁혔다.

프림데 시로 남하했을 적부터, 일주일에 한 번은 고향으로부터 편지가 날아오던 터였다. 편지를 쓰는 사람은 주로 그와 같은 극단에서 일했던 와이엇 윈프리드로, 특별한 근황을 적진 않았다. 그렇더라도 아델은 편지가 올 때마다 기분이 들떴다. 저 먼 고향 땅에 자신에게 각별한 애정을 쏟는 연장자가 하나라도 있다는 사실을 편지로 확인할 수 있다는 것이 좋았다. 그랬기 때문에 와이엇과 같이 생활할 적엔 하지도 못했던 간지러운 문장까지 모아 답장을 쓰는 것이 그의 몇 안 되는 인생의 낙으로 자리 잡았다.

"종이 값으로 생활비를 다 쓰겠어요, 아델."

한 달 전에 레오폴트가 그렇게 농담했을 정도였다.

이런 마당에, 이토록 오랫동안 와이엇으로부터 답장이 오지 않으면 신경이 온통 텅 빈 개인 우편함으로 기울 수밖에 없었다. 극단 쪽에 무슨 일이 생겨서 편지를 쓰지 못하고 있는 것인지, 누군가가 우편함을 착각하여 자꾸만 아델의 우편물을 가져가고 있는 것인지 알 길이 없어 더 그랬다.
 대학 내에서도 마법학부가 가장 규모가 큰 만큼, 리히트 대학의 학생은 대다수가 마력코어였다. 어린 학생이라도 잠긴 문을 풀어내는 마법은 기본으로 할 줄 알았다. 그렇다 보니 도리어 한 달 가깝게 우편물을 받아보지 못하자, 누군가 그의 우편물을 집어가고 있는 것일지도 모른다는 의심이 들었다. 그는 그렇지 않아도 학우들과의 관계에서 애를 먹고 있지 않았던가.

 아델은 개인 우편함이 열리지 않도록 단단한 마법을 걸어두고 나서야 배정받은 숙소로 올라갔다. 슈니플로케의 극단에 무슨 일이 생겼을지도 모른다는 가능성까지 고려하여, 와이엇 윈프리드와 더불어 로즈 헌터에게도 극단의 안부를 묻는 편지를 보내두어야겠다고 생각하면서.

* * *

 (전략) 나는 문제 없이 잘 지내고 있어. 인간관계만 빼놓자면 말이야. 로즈 누나는 내게 연극을 하라고 성화를 부렸지만, 역시 연극 무대에 직접 서지 않은 건 좋은 판단이었던 것 같아. 슈니플로케와 달리 대도시인 이곳에서조차도 사람들은 내 머리칼 색을 보고 나를 이종족이라고 생각하는 모양이던걸. 창조신이 정한 흐름에서 어긋난 존재라고 생각하나 봐.

물론, 이종족인 그리폰의 후원을 받아 학교에 다니고 있으니 나로서는 그들에게 유감이 없어. 다만 보통 사람들은 이종족을 덮어놓고 나쁘게 생각하고, 난 학교 애들에게 미움받을만한 짓을 한 게 없으니까 그들이 나를 이토록 배척하는 것에 이유가 있다면 나를 이종족이라고 생각하거나 이종족과 가까운 혼혈이라고 짐작하는 게 아닌가 싶어. 생긴 것으로 트집을 잡다니, 마력코어든 귀족이든 별 건 아니구나 싶더라.

어쨌든, 난 후원 학생이다 보니 문제를 일으켜도 좋을 입장까진 아니어서, 억울해도 얌전히 그들의 비위는 맞춰줄 생각이야. 여기까지 읽고 혹여나 화가 났다면 말이야, 와이 형. 나도 극단에서 나고 자란 만큼 보고 자란 게 연극이니 괜히 열 올리지는 마. 사근사근한 척 연기하는 거, 잘하는 거 알잖아. 물론, 그게 도리어 그들의 심기를 건드리지 않으면 좋겠다고는 생각해….

아마 그들 무리에 접근하지 않고 유한 사람인 척 지내다 보면 어느 순간 날 미워하는 데에도 지치지 않을까. 말은 이렇게 해도 정말 버틸 만하니까 걱정은 하지 마.

요즘엔 어쩌면 샬레 군처럼 지내는 게 정답일지도 모른다는 생각도 들더라. 전에 편지에 썼던 사람 말이야. 기억해? 형이 그 사람 이름을 어떻게 읽고 있는지 조금 궁금하네. 편지로 쓰면 발음을 알 수 없는 이름이잖아. 오즈 억양이 강해서―아, 그렇지만 오즈 말을 쓰진 않아. 남부 사람 억양이 강하긴 해도, 꽤 완벽한 우리나라 말을 써. 오즈 언어를 구사하는 모습도 한 번쯤 보고 싶기는 한데, 그걸 볼 날이 오지는 않을 것 같아.― 어떻게 읽는지 잘 감이 안 오지 않아? 다음에 갔을 때 들려줘. 뭐라고 읽는지.

The Calm Before the Storm

이야기가 너무 다른 데로 샜네. 아무튼 말이야. 샬레 군은 나보단 좀 더 영악하게 지내고 있어. 학생들과 거리가 있는 건 나하고 비슷하지만, 특정 교수들하고 거리를 상당히 좁혀뒀거든. 입학시험의 답안이 워낙 교수들의 권위에 도전하는 내용이었으니 입학 초기엔 교수들마다 반응이 천차만별이었는데, 생각보다 처세가 좋더라. 학생들 앞에선 잘 웃지도 않는데, 교수들한텐 용케도 살갑게 굴더라고.

 그러잖아도 샬레 군은 난민 출신이라 학생들 사이에서 말이 많았는데, 교수들하고 관계를 개선하니까 적어도 대놓고 비아냥대던 사람들은 슬금슬금 사라지더라. 뒷말은 여전하지만, 샬레 군 앞에서 시비를 거는 사람들은 사라졌어. 지켜보고 있자니 정말 부럽더라니까.
 물론 가장 결정타를 날린 건, 학생들이 공공연하게 교정을 돌아다니는 대낮에 이사벨 그리폰이 행차해서는 샬레 군을 찾았던 일이겠지. 정말 영리하게 움직이고 있는 사람이야. 자신에게 해를 가할 마음이 있는 학생들에게 대놓고 그렇게 보여준 셈이잖아. 나를 건드리면 너희에게도 상당한 타격이 갈 거라고 말이야.

 나도 그 사람을 본받고 싶기는 한데, 관찰하면서 분석하는 것과 달리 쉽지는 않더라. 샬레 군의 방법은 분명 영리한 방법이지만, 한편으로는 우군을 만들지 않는 전략이니까. 자기 가까이에는 사람을 두지 않고, 이사벨 그리폰을 비롯해 타인의 이름을 칼처럼 이용하는 방법이지. 평소에 샬레 군에게 아무 생각이 없던 사람에게까지도 반감을 사기 쉬워. 보통 그런 사람들에게 호감을 느끼진 않잖아. 도움이 될 만한 사람에게만 다정하게 구는 사람들 말이야. 지금의 샬레 군은 마치 그런 사람처럼 보이기도 하고….

보인다. 물론, 그건 내 주관이긴 해. 처음 만났을 땐 말이야, 무엇 하고도 타협을 안 할 사람이라고 생각했거든. 차기 남작 앞에서도 아부할 줄 모르고 꼿꼿하던 사람인데, 학교에선 왜 그런 전략을 쓰는 걸까? 살아남기 위함일까? 보기보다 고생을 많이 한 사람인지도 모르겠어. 무슨 조건 반사 같아. 사람들이 많이 모이면, 그 속에선 반드시 오즈 출신이 배척받는다고 생각하는 거지. 본능적으로 방어적인 전략을 취하는 거야. 살면서 그런 사람밖엔 만나본 일 없다는 것처럼….

어쩌다 보니 편지의 절반이 샬레 군 이야기가 되어버렸네. 좀 봐줘. 비슷한 처지라 그런지 내가 살면서 다시 못 만날 천재라는 생각이 들어서 그런지, 괜히 그 사람의 행동 하나하나가 신경이 쓰이거든. 그리폰 남매의 후원을 업었다는 점이 비슷하게 느껴지기도 하고—물론 샬레 군의 입지에 세심하게 신경 써주시는 이사벨 아가씨에 비해 그 망할 그리폰은 프림데 시에 없는 경우가 더 많아. 레오폴트의 기행에 대해서는 질릴 만큼 얘기했으니까 더 안 할게. 한 마디만 덧붙이자면, 2주 전엔 여왕 폐하와 크리켓을 치기로 했다면서 수도로 훌쩍 올라가버렸어, 내 생각엔 수도로 놀러가고 싶어서 적당히 둘러댄 거짓말 같아.—, 타지 출신이라 받는 눈총 같은 것도 그렇고. 친하게 지낼 수 있으면 좋을 텐데, 평소엔 말을 걸기 어려운 분위기라 조금 유감스러울 정도야.

편지 답장은 언제쯤 받을 수 있을지 모르겠어. 편지가 자꾸 사라지고 있거든. 어쩌면 형이 안 쓴 걸 수도 있겠지만…. 그건 서약의 날 연휴가 돼야 알 수 있겠다. 그래도 편지를 안 쓰면 형이 걱정할 것 같고, 보내는 편지는 무사히 도착할 수도 있으니까 적어 보낼게.

The Calm Before the Storm

별일없으면 연휴에는 슈니플로케로 돌아갈 예정이야. 정확한 일정은 좀 더 보고 알려줄게. 다음 공연 준비 잘 하고, 달리아 씨한테도 안부 전해줘.

\* \* \*

반년을 침대 위에서 날려버린 것만큼, 시빌 라몬트에게 허망한 일은 없었다. 자신이 가진 열과 성을 모두 쏟아부어 리히트 대학의 입학시험을 치른 것도 무색하게, 지병은 입학 직전에 그의 발목을 붙잡았다.

부모는 처음부터 그녀의 입학을 탐탁잖게 생각했다. 심장이 말썽을 부리고 있는 건 아니었지만, 어려서부터 꾸준하게 병을 앓고 있는 딸이 심장마저 혹사하는 직종에 종사하기를 원하지 않았던 까닭이다. 딸을 그런 도박에 내몰아야 할 만큼 가계가 불안정한 편도 아니었다. 그들은 웬만해선 시빌이 자신들의 울타리 안에서 조용한 여생을 보내기를 원했고, 마력코어—요컨대, 심장—에 무리를 줄 수 있는 마법 공부만 아니라면 모든 지원을 아낌없이 부을 준비가 되어 있었다.

덕분에 시빌은 입학시험조차 절친한 친구의 도움을 받아 비밀리에 치러야 했다. 부모를 설득하는 데만도 오랜 시간이 필요했다. 마력코어로 태어나, 죽기 전에 무엇이라도 좋으니 마법이라는 미지의 분야에 이름을 남기고 죽고 싶다는 말을 울면서 토해내야 했을 때의 기억을 시빌은 아직도 뼈아프게 가지고 있었다. 그녀의 양친도 울었고 그녀도 울었으며 그녀의 오빠 또한 울적한 표정이었다. 초상이 나도 집안 분위기가 그다지도 우울하진 않았을 거라고, 지금에야 생각했다.

결국 자식 이기는 부모 없는 법이다. 합격 후 오랜 실랑이 끝에 부모의 허가가 어렵사리 떨어졌다. 마찬가지로 학교에 합격했던 친구와 함께 입학식에 맞추어 프림데 시로 내려갈 모든 준비를 끝마쳤다. 모든 일이 순조롭게만 느껴졌다. 부모의 반대라는 거대한 폭풍이 지나고, 장판을 깐 것처럼 평탄한 미래만이 그녀의 눈앞에 펼쳐져 있는 것만 같았다.

바로 그 순간 지병이 도졌다. 시빌이 원하지 않아도 학교에 양해를 구하고, 한 학기를 고스란히 날려야 했다. 다시 익숙한 제 방 침대에 고스란히 갇혔고, 할 수 있는 일이라곤 입학을 준비하며 샀던 책을 읽고 문제를 풀면서 홀로 정답을 찾아보는 것이 고작이었다.

학교는 진도를 맞추기 위해서라도 다음 해 상순에 복학할 것을 권유해왔다. 지병이 조금 나아져 통학이 가능해졌다고 해도 바로 다음 학기에 복학하는 것은 시빌 라몬트가 수업을 따라가기에 적절하지 못하다는 논지였다. 그러나, 시빌이 거부했다. 그녀가 시간에 쫓기고 있지 않았더라면 한 학기 더 쉬는 길을 택했을 테지만 안타깝게도 그녀에게 주어진 시간은 너무도 불분명했다. 짧다는 것만이 확실했다. 건강 상태가 학교에 다녀도 좋을 만큼 좋아졌을 때 다녀두지 않으면, 리히트 대학이 있는 황야를 한 번도 밟아보지도 못하고 세상을 떠나게 될지도 몰랐다.

그렇기에 시빌은 무리해서라도 복학을 추진했고, 전기(前期) 시험 기간—이전 학기에 배운 내용을 복습시키기 위해 전교에서 대대로 치르는 시험이다. 시빌 라몬트는 이전 학기를 수강하지 못했으므로, 전기 시험을 칠 자격이 없었다—이 끝난 후부터 강의에 출석하기로 결정했다.

The Calm Before the Storm

그리하여 지금에 이른다. 시빌의 어머니는 딸의 무모함에 지나치게 상처를 받았는지 배웅조차 나오지 않았으나, 시빌은 아랑곳하지 않고 황야에 입성했다. 평생을 자산가 집안에서 자랐던 탓에 홀로 하숙집을 찾아가 짐을 풀고 스스로의 몸을 알아서 건사해야 한다는 사실에 적응하는 게 쉽지만은 않았다. 시빌은 첫날엔 찻잔을 깨먹었고, 걸레 하나를 만드는 데에도 두 시간을 소모했다. 울고 싶은 순간도 있었고, 집이 그리운 적도 많았다.

그러나 그녀는 짧은 시간 내에 원하는 일을 성취하려면 물불 가릴 처지가 아니었다. 시빌은 할 수 있는 만큼 예습하고 스스로를 건사하며 전기 시험 기간을 보냈다.

사흘에 걸친 시험이 끝나자, 첫 수업을 들으러 간다는 사실에 잔뜩 들뜨기까지 했다. 오후 수업임에도 아침 일찍 일어나 부산을 떨었다. 옷을 세심하게 고르고, 허리까지 내려오는 긴 머리칼을 땋는 데만도 상당한 공을 들였다. 교재를 한 번 더 들여다보고 새로 산 깃펜을 꺼내 괜히 햇살에 비춰 들여다보기도 했다. 그러다가 불쑥 충동이 들어 나가기로 마음먹었던 시간보다 30분은 일찍 하숙집을 나섰다. 새로 산 메리제인으로 갈아 신으니, 들뜨는 마음에 날개마저 돋았다. 발걸음마저 가벼워져 만일 리히트 대학 교사 내에서 길을 헤매지 않았더라면, 수업 시작보다 30분이나 일찍 텅 빈 강의실에 도착할 뻔했다. 약간 길을 헤맨 덕택에, 시빌은 강의 시작 10분 전이라는 적당한 시간에 강의실 문턱이 설 수 있었다.

그때, 학생 한 무리가 그의 곁을 스쳐 강의실을 빠져나갔다. 시빌은 그들과 부딪히지 않기 위해 얼른 작은 몸뚱이를 벽에 꼭 붙였으나 노력은 무산되었다. 가장 마지막에 걸어 나오던 사람과 시빌의 어깨가 부딪혀, 상대가 들고 있던 편지 봉투가 매끄러운 바닥에 나풀거리며 떨어지고야 만 것이다. 시빌은 깜짝 놀라 허리를 가득 숙여 편지 봉투를 주웠다.
"어머나, 죄송해요."
"아닙니다, 사람이 있는 줄 미처 못 봤어요."
그와 부딪힌 남학생은 편지 봉투를 도로 품에 안고 나서야 다시 무리에 섞여 복도 너머로 사라졌다.

이미 한 학기가 지났으니 '그룹'이 형성되고도 남았겠구나. 복도 너머로 홀연히 사라지는 남학생 무리의 뒷모습을 지긋이 쳐다보며 시빌은 생각했다. 물론 그녀와 함께 입학시험을 치렀던 친구, 요한나 파우스트 또한 리히트 대학을 다니고 있었다. 다만, 시빌의 기대와는 달리 그녀들의 수업은 겹치는 것이 거의 없었다. 그녀가 마법을 배우겠다고 결심한 결정적인 계기가 요한나였던 것을 고려하면 실망스럽기 그지없는 시간표였다.

어쩌면 요한나가 아닌 이외의 친구를 사귀는 것이 녹록하지 않을지도 모르겠다는 직감이 들었다. 시빌은 지병을 앓았던 만큼, 또래 집단과 교류를 하며 큰 기억이 없었다. 그저 이미 형성된 '그룹' 안에 뛰어드는 것이 생각보다 쉬운 일이 아니라는 사실 정도를 풍문으로 들어 알고 있는 정도였다.

심호흡 후 강의실 안으로 고개를 돌리자, 앞이 더 까마득해졌다. 저 멀리 강단이 있고, 책상은 강단과 평행하게 뻗어나갔다. 두 책상을 붙여 앉지는 않았으나 책상끼리 간격이 좁았다. 많은 학생이 둘 혹은 그 이상의 무리를 형성하여 자리를 잡고 앉았고, 그들만의 단단한 대화를 나누느라 바빴다.

강의실에 잔뜩 힘이 들어간 걸음으로 들어선 시빌 라몬트에게 제대로 눈길을 주는 학생은 없었다. 그저 그녀를 한 번 힐끔 쳐다보는 게 다였다. 그렇다고 교실에 있는 책상을 모두 일일이 들여다볼 수는 없었다. 교실 뒤편에 서서 넓찍한 시선으로 강의실 안을 한 번 휘 돌아보았다. 시선에 딱 걸려든 자리는, 창가와 붙어있는 책상 열(列)의 끄트머리였다. 강의 노트가 올라가 있고, 얇은 겉옷이 의자 등받이에 아무렇게나 개어 걸려있었다. 그 주변 자리는 앞, 뒤, 대각선까지 사람의 흔적이 없었다. 늘 혼자 앉는 사람이 잠시 자리를 비운 것일지도 모르겠다는 짐작이 들었다. 어쩌면 사람을 무척 싫어하거나, 교우 관계보다는 학업에 모든 것을 쏟겠다는 의지가 있는 사람일 수도 있었다. 그러나, 시빌에게는 선택권이 많지 않았다. 나름대로 할 수 있는 만큼은 공부를 지속해왔으나, 그녀는 지병으로 한 학기를 쉬고 온 참이었다. 그런 만큼 같은 수업을 들으며 진도를 옆에서 잡아줄 사람이 필요했다.

 시빌은 노트와 겉옷만 덩그러니 주인 대신 자리를 지키고 있는 그 자리 옆에 모자를 벗고 앉았다. 시선을 옮길 때 발걸음과 같이 명확한 소리가 난다면 분명, 군중들의 발소리가 파도처럼 밀려들었다가 또 한 차례 썰물처럼 빠졌을 것이 분명했다. 그 순간 모두가 시빌 라몬트를 주목했다가, 마치 못 볼 것을 보았다는 것처럼 시선을 도로 강단 혹은 자신의 주변 인물들에게로 돌렸다. 들고 온 가방을 내려놓으며, 정말 무례한 집단이라고, 그녀는 생각했다.

 이윽고, 인기척이 시빌의 뒤를 가로질렀다. 인영(人影)이 창가에서 시빌의 책상 위로 쏟아져 들어오던 햇살을 가렸다. 자리의 주인이 돌아온 것이다. 상대가 겉옷을 다시 정리하느라 서 있었던 바람에, 얼굴을 보려면 고개를 바짝 들 필요가 있었다.

포근한 가을 햇살 때문인지, 그의 하얀 머리칼에 지는 그림자 또한 포근한 색을 품었다. 자리의 주인은 시빌보다는 확연히 키가 큰 남자로 접근하기 쉬운 인상은 아니었다. 백발 곳곳에 섞인 붉은 머리칼, 도드라지는 속눈썹, 눈썹도 짙고, 이목구비도 진하다. 그 선명한 얼굴 생김새 무엇 하나 가시처럼 타인의 머릿속에 박혀서 쑥 잊히는 것이 없었다. 혹시 잘못 걸린 건 아닐까, 하는 생각이 들었다. 시빌의 어깨와 승모근에 힘이 바짝 들어갔다.

그는 겉옷을 잘 개어 가방에 넣고 나서야 자리에 앉았다. 시빌에게 눈길 한 번 주지 않았고, 시선을 강의 노트에 내리꽂은 채 입을 다물고 있었다. 아무리 생각해도 화가 난 것처럼 보였다. 용기를 내어 손가락으로 그의 팔뚝을 몇 번 찔러 주의를 끌었다. 이름을 몰라 저기요, 하고 부르니 도리어 남자 쪽에서 놀란 토끼 눈을 하고 시빌을 쳐다보았다.
"저요?"
"여기 그쪽 말고 누가 있어요?"
"…자, 자리는 못 비켜드리는데요…. 정해진 자리가 편해서요."
시빌의 동그란 눈이 커졌다.
"화난 건 아니죠?"
"아, 아닌데요. 일단은."
"인사해도 될까요? 그쪽 이름도 알고 싶은데."
"…네?"
남자는 기가 막힌다는 투로 되물었다. 시빌을 책망하는 투가 아닌, 이 상황이 너무 새로워서 말이 나오지 않는 것처럼 보였다. 시빌의 예상과는 상이한 반응이었다. 시빌은 이제 첫 학기였지만, 상대는 이미 한 학기를 보냈을 텐데 동기들과 통성명이야 지난 봄 학기에 끝이 났을 게 아닌가. 남자는 손가락으로 불안정하게 책상을 두드리며 쭈뼛거리다 수업이 시작할 때가 되어서야 입을 열었다.
 "헤르만 아델하이트라고 하는, 데요. 아델이라고 부르시면 돼요."
 "아델! 좋아요. 전 시빌 라몬트예요. 편하게 시빌이라고 부르세요."
 이름의 대가로 그 또한 자신의 이름을 내놓자, '아델'은 더욱 어색한 표정을 지었다. 그는 결국 시빌의 시선을 피했고, 고개만 간신히 끄덕였다.

* * *

 편지는 절반 이상이 특정 인물에 관한 관찰과 고찰로 이루어져 있었다. 이상한 편지였다. 주소가 적힌 편지 봉투는 찾지 못했지만, 북방 도시의 이름이 적혀있는 것을 보아 슈니플로케에서 온 학생이 고향으로 보낸 편지일 터다. 타향에서 학업에 뛰어든 학생들은, 고향으로 띄우는 편지엔 반드시 자신의 일상을 축약해 보고하기 마련이다. 타인에 관한 연구 기록을 지면 가득 적어내는 일은 드물 터였다.
 어지간히 샬레에게 관심이 많군. 교정을 가로질러 걷는 동안, 편지의 글자를 선명하게 비춰내는 건 오로지 머리 위에서 쏟아지는 햇살뿐이었다. 편지의 가장 끄트머리를 장식한 이름을 읽었다. A. 만일 편지를 흙바닥에서 주웠더라면, 결코 주인을 찾아줄 길이 없었을 이름이었다. 슈니플로케에서 온 학생 중 A라는 이니셜을 가진 학생은 적지 않았으니까.
 그러나 요한나 파우스트는 운이 좋게도 편지를 쓴 사람이 누구인지 정확히 알고 있었다. 아델하이트(Adelheid). 요한나와는 좀처럼 접점이 없는 동기(同期)다.

편지가 요한나 파우스트의 손에 떨어진 것은, 완전히 우연이었다.

그녀의 주변은 늘 부산스러웠다. 입학하기 전부터 그럴 수도 있겠다고 짐작해왔다. 중앙 귀족, 현 정권과 가장 가깝다는 공작 가문의 막내딸이 입학했으니 그가 어떤 성품을 지니고 신념을 가졌든 주목을 받을 수밖에 없었다.

이 땅의 마법사들은 귀족 가에 빌붙어 제대로 취직자리를 얻지 못하면, 먹고 살 길이 막막했다. 해가 바뀌어 마법사들에게 특히 녹록지 않은 카멜리아 로즈 정권이 돌아오기 전에, 파우스트 가문에라도 한 다리 걸쳐두고자 획책하는 학생들이 적지 않을 수밖에 없었다.

덕분에, 그녀는 입학 초기부터 사람에 시달려야 했다. 그녀가 사람을 부리는 데에서 즐거움을 얻는 사람이었더라면 차라리 좋았을 정도였다. 안타깝게도, 요한나는 그런 사람과는 거리가 멀었다. 그녀는 도리어 자기의 말 한마디에 집착하고 비위를 맞춰주려는 주변 학생들을 보고 있노라면 넌더리부터 나는 사람이었다. 공작 가문이라는 액면만 보고 달려든 그들은 타인 이상이 될 수 없었다. 만일 후견인인 언니의 입장을 고려하지 않았더라면, 요한나는 지난 봄 학기에 이미 성가신 학생들에게 주먹을 날리는 사고를 쳤을는지도 몰랐다. 물론 바람을 이루지는 못했다. 결국 아무 일도 없이 가을 학기가 돌아왔고, 학생들은 여전히 요한나의 곁을 배회하며 서로의 눈치를 살폈다.

편지는 요한나의 주변인들이 교정 벤치에 앉아 서로 돌려 읽으며 낄낄대던 것을 요한나가 반강제로 건네받은 것이었다. 물론 그녀는 그들이 어디서 무리를 지어 앉아있고, 무슨 대화를 나누며 웃고 장난을 치는지 전혀 관심이 없었다. 그저 그들이 교정을 가로질러

The Calm Before the Storm

시내로 나가려던 요한나를 불러 세웠을 따름이다.

 그들은 많은 말을 우물우물 늘어놓았으나 요점은 간결했다. 시빌 라몬트가 복학을 했다고 하던데, 당신과 친구 사이인 게 정말이냐. 요한나는 못마땅한 표정으로 긍정했고, 그들은 서로의 얼굴을 한 번 쳐다본 후 소리 높여 웃었다. 빈정거림에 가까웠다.

 "그래서 줄을 바꾸려던 건가. 생각보단 머리가 좀 돌아가네."

 그들 무리를 중심에서 이끄는 것으로 보이던 남학생의 입에서 무심코 흘러나온 소리를 요한나가 예리하게 잡아챘다. 말의 의미를 캐묻자, 학생은 요한나의 두 눈을 진득하게 들여다보았다. 요한나의 눈동자에서 무언가를 탐색하던 그 눈빛에 웃음기가 번졌다.

 "헤르만 아델하이트 말이에요."

 요한나도 이름은 들어본 적이 있었다.

 "요즘 라몬트 양과 친하게 굴더라고요. 늘 잘났다는 듯이 혼자 다니길래 곁에 사람 안 두는 스타일인 줄 알았는데, 그걸 보고 무슨 일인가 했다니까요. 보아하니 라몬트 양을 통해 당신에게 줄을 대보려는 모양이네요. 마침 당신과 라몬트 양이 친하시다니까."

 "근거가 있는 말입니까? 아델하이트는 그런 유치한 파벌에 관심이 없어 보이던데요."

 "나름대로는 처세 아니겠어요? 원래는 샬레에게 조금 기대어보려고 했던 모양인데, 뭐. 샬레도 워낙 사회성이 그 모양이니 못미더워졌나 보죠."

 남자는 한번 보시겠느냐며 그들끼리 돌려보던 편지를 요한나의 앞에 내밀었다. 그것이 개인 편지임을 알아차리기까지 오랜 시간이 필요하지도 않았다. 요한나는 편지를 낚아챘다. 두 장의 종이를 네등분하며 가져가겠다는 의사를 행동으로 명확히 보였다. 학생들 사이에 불안한 눈길이 오갔지만, 중심에 앉은 학생만큼은 태연히 눈을 깜빡이며 요한나의 행동을 지켜보았다.

"가져가시려면 가져가세요."

그가 말하자, 요한나도 꼿꼿하게 대답했다.

"그럴 생각입니다."

요한나는 그렇게 대답하면서도 개인이 고향에 보내는 편지를 가로채는 것만큼 유치한 짓은 없다고 생각했다. 편지를 두 번 접어 코트 안주머니에 넣고 그들이 둘러앉은 벤치에서 멀어지기 시작했을 때만 해도 편지를 읽을 작정은 아니었다. 생각이 꺾인 건, 성큼성큼 옮기는 걸음마다 시빌 라몬트에 대한 생각이 머릿속에 진하게 달라붙어 떨어질 줄을 몰랐기 때문이었다.

그녀는 시빌 라몬트와 오래된 친구다. 시빌의 복학 소식에 가장 가슴 뛰며 설렜던 건 우습게도 시빌 본인이 아닌 프림데 시에 먼저 내려와 있던 요한나 파우스트였을 정도였다. 그러나, 설렘도 순간이었다. 그들이 수강하는 수업이 많이 겹치지 않아, 어린 시절에 비해 함께하는 시간이 턱없이 모자랐다. 그녀는 시빌 라몬트를 독점할 수 없었다. 그렇게 손을 놓고 있는 동안, 시빌이 요한나가 모르는 관계를 갖는다. 요한나에겐 그것을 막을 권리가 없으니 말을 꺼낼 수도 없었다. 시빌이 요한나가 모르는 관계를 넓혀간다는 소식을 듣고 마음이 복잡해진 것은, 결국 또한 요한나 하나였다.

여태껏 아무래도 상관없을 타인이었건만, 아델하이트가 무슨 생각을 하는지 궁금해졌다. 성품은 어떻고, 어떤 목적의식을 가지고 시빌에게 접근했는지 가정이라도 세우고 싶었다.

개인 편지만큼 헤르만 아델하이트를 파악하기에 좋은 매체가 없었다. 더군다나 고향으로 보내는 편지라면, 문장마다 숨기는 것 없이 솔직할 테고 말이다.

요한나는 결국 압수했던 편지를 펼쳤다. 편지글은 절반 가까이 특정 인물에 대한 관찰이자 고찰로 이루어져 있었다. 해당 인물에 대한 단순한 호기심과 본능에 가까운 호감에 기초한 문장이었다. 소뵈르 아폴리네르 샬레. 시빌 다이애나 라몬트가 아닌. 그것만으로도 어찌나 안도가 되던지, 손에 힘이 풀릴 지경이었다.

헤르만 아델하이트는 시빌 라몬트에게 해를 끼칠 사람이 아님이 자명했다. 그의 관심사가 시빌에게 특별히 쏠려 있지도 않아 보였고, 요한나에게 위협이 될 만한 요소는 아무것도 없었다.
 그럼에도 유치한 질투는 가실 줄을 몰랐다. 헤르만 아델하이트와 시빌 라몬트의 수업은 대부분 겹쳤던 까닭이다. 몸이 멀어지면 마음이 멀어진다고, 한 학기가 지난 후엔 시빌의 마음이 떠날지도 모를 일이 아닌가. 적어도, 요한나에게 오롯한 호재가 아님은 분명했다.

* * *

레오폴트 그리폰의 예언이 하나 있었다. 소뵈르 샬레가 레오폴트의 입으로 직접 들은 건 아니었으나.
 후원 입학시험이 끝난 후, 소뵈르를 프림데 시로 데려왔던 장본인인 이사벨과 단둘이 차를 마실 일이 몇 번 있었다. 레오폴트의 예언은 이사벨에 의해 그들 사이에 돌연 화두로 올라왔다. 네가 학교에 파란을 일으킬 수도 있겠다고 얘기하더라는, 명료한 문장이었다.
 소뵈르로서도 이사벨이 남동생의 말을 구태여 당사자에게 전한 이유를 알 것 같았다. 그들 남매는 소뵈르 샬레가 후원 시험 때 제출했던 서술 답안이 지나쳤다고 경고하고 있는 것이다. 그들은 소뵈르의 천재성을 높이 치지만, 벌써 두각을 드러냈다간 적이 늘어날 것이 빤했다. 지나치게 뛰어난 제자를 반기는 선생은 많지 않고, 학우가 될 마법학도들은 사회에서 받는 차별과 억압에 대한 반동으로 자존심이 높은 경우가 많았다. 그들은 자신들이 감히 이해할 수 없고 또 따라잡을 수 없을 천재의 존재를 인정하기 어려워했다.

따라서, 그리폰 남매는 소뵈르에게 정치적으로 처신하라고 요구하고 있었다. 이사벨치곤 다소 돌려 말하는 길을 택했으나, 함의는 단순했다.

"한 번, 두 번 정도야 덮어주겠지만, 매번 덮어줄 순 없으니까. 사고는 적당히 쳐. 아닌 척도 할 줄 알아야 오래 간다."

"당신답지 않은 이야기를 하시네요. 당신이라면 부딪히라고 할 줄 알았는데. 정면에서 들이받는 것 말곤 할 줄 아는 게 없으시잖아요."

그렇게 말에 조금 날을 세워도 마음에 둘 사람이 아니라는 걸 파악했기에 가능한 대답이었다. 예상대로 이사벨은 깔끔히 비워낸 찻잔을 테이블 위에 내려두며 그저 호탕하게 웃었다.

"내가 지금 당장 남작이었으면, 너 하고 싶은 대로 다 엎으라고 했지. 아직 내 권한이 미치지 못하니까 조금만 사리고 지내라는 소리야."

"마치 제가 재학하는 동안 루카스 그리폰을 치우고 그 자리에 앉고야 말겠다는 소리처럼 들리는데."

"당장은 그럴 생각도 없고 그래야 할 이유도 없지만, 뭐. 너 하는 것 좀 보고 생각해보지. 남작 작위가 더 일찍 필요해지면 치우고, 아니면 느긋하게 기다리고."

"패륜을 이렇게 트인 공간에서 논하시면 되나요. 저보단 당신께서 조금 더 정치적으로 움직이실 필요가 있으신 것 같습니다."

"뭐, 어때. 넌 출세에 관심이 없고, 아버지를 뵐 일도 없을 텐데."

한참 비슷한 농담을 주고받았다. 대화는 차츰 가늘어지다가 끊어졌다. 열어둔 창문을 타고 메마른 바람이 불어오는 가운데, 이사벨이 자신의 목소리 한 줄기를 바람 속에 슬쩍 얹었다.
"부디 네가 오즈 출신인 게 문제가 안 돼야 할 텐데."
소뵈르는 찻잔의 바닥으로 시선을 미끄러트릴 뿐 대답은 하지 않았다.

그리폰 가문은 중앙 정권에 마법을 공급하고 불모지인 황야에 사는 백성들을 보호한다는 서약 아래 성립했다. 리히트 대학에서 가장 큰 영향력을 끼치는 세력임은 분명했으나, 그 대학이 오롯이 그리폰 가문의 것일 수는 없었다. 그들이 지나치게 대학을 휘두르려고 들면, 중앙 정권에서 묵과할 리 없었다. 이사벨 그리폰이 그 정도 지위를 가지고도 학내 소요(騷擾)에 과하게 간섭할 수 없는 데에는 그런 알력 관계가 끼어있었다. 소뵈르 또한 그리폰의 서약에 기대어 사는 인근 시골에 오래 살았던 만큼, 남매의 우려가 무엇인지를 알았다. 방법이 무엇이든, 행동 원인이 무엇이든 그들의 우려는 하나로 통했다. 소뵈르 샬레를 적어도 유치한 학내 정치로 잃고 싶지는 않은 것이다.

입학 이후 그는 행동 방침을 세웠다. 타인과 적당한 거리를 유지하되 그들이 겉으로 반감을 드러낼 수는 없도록 자신의 입지는 확고히 한다는 방침이었다.
물론 둥글게 행동하여 모두의 호감을 산다는 방침 또한 고려해보지 않은 것은 아니었다. 하자면 할 수도 있었다. 동생을 역병으로 잃고도 얼굴색 하나 변하는 일 없이 일상을 살아냈으니 모두에게 싹싹하게 구는 것 정도야 어렵지 않았다.

다만 그렇게 하면 반드시 그를 만만히 보고 어떻게든 이용해보려고 드는 사람들이 늘어날 것이다. 타인이란 원래 그러한 존재가 아닌가. 카페 마스터만 해도 그랬다. 10년 가까운 세월을 얼굴 보고 살아도, 목에 칼이 박힐 때까지 그녀에 대해 아무것도 알 수 없었다. 하물며 고작 6년 얼굴 마주할 타인 집단의 속마음을 속속들이 알 수 있을 리가 없었다.

그는 같은 실수를 되풀이할 생각이 없었다. 이용할 만한 힘이 있는 사람들의 호감은 적당히 사두고, 그에게 내어줄 것이라곤 하나도 없는 사람과의 거리는 함부로 좁히지 않았다.

그렇게 반년이 지났다. 학기 초엔 간간이 학교에 떠돌던 그의 국적 문제도 방학을 한차례 거치니 잦아들었다. 일부러 적당히 호감을 사둔 일부 교수들이 수업 시간에 오즈 국적에 대한 차별 문제를 언급한 것도 유리한 흐름을 만드는 데에 일조했다. 괴롭혀도 아무런 반응이 없고, 하물며 이사벨 그리폰을 비롯하여 일부 교수들까지 역성을 들고 나선 학생에 대한 괴롭힘은 금세 시들해졌다.

신분의 고하(高下)를 막론하고 마력코어들은 리히트 대학이 아니면 갈 만한 구석이 별로 없었다. 전국 각지에서 마력코어에 대한 본능적 반감이 뿌리 깊게 존재했고, 귀족 가문에서 태어난 학생조차도 리히트 대학에서 제대로 된 성적을 거두어 성과를 보이지 못하면 가문에서 어떤 식으로 자신을 내치려 들지 모른다는 불안감에 시달리고 있었다.

실제로 그들에게 불이익이 간다고 못 박아둔 적은 없지만, 오즈 출신의 학생이 마음에 들지 않는다는 이유로 몰아가기에는 소뵈르의 배후가 그들의 인생에 끼칠 영향력을 무시하기가 어려웠을 터다.

그들은 내키지 않아도 집단의 스트레스를 쏟아부을 적절한 희생양을 다시 찾을 필요가 있었다. 그들에게 남은 알량한 자존심 때문인지 여전히 소뵈르에게 먼저 살갑게 다가와 말을 걸진 않았지만, 소뵈르는 그것으로 한 학기 동안 벌인 쇼의 목적은 달성했다고 판단했다. 가까운 타인은 필요 없었다. 가만히 내버려두기만 해주면 그것으로 만족했다. 이루려는 목적에 시간을 몰아 쓸 수 있고, 타인에 대한 헛된 기대가 생기지도 않는다. 정적(靜寂) 속의 평화. 무관심 속에서 느끼는 안정감. 무엇 하나 나쁘지 않았다.

더군다나 그들이 소뵈르 대신 선택한 희생양은, 소뵈르로서는 아무래도 상관없을 남이었다. 헤르만 아델하이트. 입학하기 전, 그리폰 남매의 주선으로 간신히 이름만 나눴던 그 소년이었다.

그리폰 남매의 주선이 무색하게, 그들은 입학 이래 제대로 말을 섞어본 적조차 없었다. 간혹 신경이 쓰이는 건 헤르만의 단정한 생김새 정도로, 그나마도 힐끔거리며 단편적인 감상을 몇 줄 생각해본 게 다였다. 지정석처럼 골라 앉는 자리도 서로 떨어져 있었다. 헤르만은 처음 대면했을 때도 낯을 가리는 눈치였으니, 자신과 마찬가지로 타인과의 관계를 원하지 않는 것이리라 막연히 짐작했다.

그러다 헤르만의 이름이 거슬리기 시작한 것은, 학우들 사이에서 떠다니던 그에 대한 평가를 얻어듣게 되면서부터였다. 사실은 이종족이 아니냐는 추측은 소문을 타고 금세 확신으로 번졌다. 출신 지역에 대한 트집도 어김없이 나왔다. 슈니플로케 사람들이 스노우화이트와 공모하여 아이들을 태워 죽였다는 소식까지 소문의 도마에 오르자, 소문 속 헤르만 아델하이트의 모습은 손쉽게 악마적으로 변해갔다.

그러한 소문이 소뵈르의 귓가를 스칠 때마다, 그는 마법을 사용하면서까지 주변 소리를 차단했다. 이 정도로 속이 뒤집혀선 안 됐다.

그는 한 걸음 옮길 때마다, 스스로를 다독이는 것만으로도 벅찬 사람이었다.

우연히 북방 도시에서 태어났을 뿐인 헤르만 아델하이트가 악마라는 명백한 근거는 그 어디에도 없다.

너는 악마인가? 네가 악마가 아닐진대, 그는 악마이겠는가.

겹쳐보지 마라. 연민하지 마라. *너는 정치적일 필요가 있다.*

\* \* \*

아델이 받지 못한 편지만큼, 보내지 못한 편지가 늘었다. 이는 타향에서 사는 사람으로서 치명적이었다. 아델이 극단의 사람들, 특히 와이엇 윈프리드의 편지로 안정을 구가하고 있었다는 사실을 부정할 수 없었던 까닭이다.

우편함에 걸어두었던 잠금 마법은 아니나 다를까 제대로 작동하지 않았다. 리히트 대학은 마법을 사용할 줄 아는 마력코어가 수백 명 돌아다니는 특수한 장소였다. 그런 만큼, 잠금 마법과 같은 기초 마법 정도로는 도난을 막을 수 없을 것이 빤했다. 요컨대, 정해진 결말이었던 셈이다.

아델이 슈니플로케로 보내기 위해 쓴 편지마저 사라지기 시작한 지 한 달이 지났을 무렵엔, 범인을 잡아야 한다는 생각에 제대로 수업이 머리에 들어오지 않을 지경이었다. 짚이는 구석이 너무 많았다. 그를 탐탁잖게 생각하는 무리가 많았다. 그런 가운데 편지를 가져간다는 유치한 발상은 누구라도 쉽게 떠올릴 수 있을 만한 장난이지 않던가. 도저히 용의자를 특정할 수가 없었다.

"차라리 레오폴트 씨께 도움을 요청하는 건 어때요?"

시빌 라몬트는 그날 이후, 헤르만 아델하이트의 반경 다섯 걸음 안까지 걸어들어올 수 있는 유일한 사람이 되었다. 복학하면 꼭 친구를 사귀고 싶다고 생각했던 차에, 혼자 동떨어져 앉아있던 아델을 발견하고 딱 적임자라고 생각했다는 모양이었다.

그녀는 복도에서 오가다 눈길만 마주쳐도 반갑게 인사를 건네 왔다. 때때로 치맛자락을 두 손으로 단단히 붙들어 잡고 빠르게 다가와 아델의 팔을 덥석 잡아채기도 했다.

"간식 사줄게요, 수업 끝나고 먹으러 가요."

아델은 그때마다 시빌을 보며 타인과 친해지려면 어떠한 방법을 써야 하는지 비로소 배워가고 있다는 기분에 휩싸이곤 했다.

그날의 간식은 폭신한 빵을 포크로 가르면 따뜻하게 녹인 초콜릿이 살살 흘러나오는 케이크 한 조각이었다. 시빌이 디저트의 이름을 복잡하게 발음했던 것 같지만, 아델로서는 그 생소한 고유명사가 좀처럼 기억에 남질 않았다.

아델은 시빌에게 무심코 편지가 사라지는 일에 대한 고민을 토로했다. 시빌 라몬트의 답은 아델을 프림데까지 끌고 온 남자의 이름으로 딱 떨어졌다. 한 달 가량을 가깝게 지낸 덕에, 시빌 또한 아델과 레오폴트 그리폰의 인연에 대해 알 만큼은 알아서 나온 결론으로 보였다. 아델은 포크로 자른 케이크 조각을 찔렀다.

"그치만 편지가 사라진 정도로 투정 부리기도 뭐해서요. 오히려 학생들의 반감을 살 것 같기도 하고. 샬레 군만 봐도 그렇잖아요. 레오가 제 편지를 찾으러 오면, 그가 저를 위해 움직이는 것만으로도 제가 남작 가문을 등에 업고 있다는 걸 보여주는 셈이야 되겠죠. 하지만 그런 행동은 반감을 불러일으켜요. 샬레 군처럼 곁에 사람을 일절 안 둘 거면 몰라도, 좋은 전략은 아니에요. 전 솔직히 그럴 자신까진 없거든요…. 더군다나 레오에겐 미안한 소리지만, 제가 6년을 얼굴 보며 살아야 하는 건 레오가 아니라 학우들이라 그쪽 눈치를 더 볼 수밖에 없어요."

"그렇지만, 아델의 고향에서도 많이 걱정할 텐데…."

"와이 형이나 로즈 누나가 제 걱정을 하고 있는지까진 모르겠지만, 난관이긴 해요. 시험 성적도 신경을 써야 하는 마당에, 범인도 찾아야 하니까."

유리잔 안의 얼음이 스푼이 돌아가는 방향에 따라 회전했다. 시빌은 스푼의 끝을 잡고, 자신의 몫으로 주문한 음료를 휘저으며 한참을 생각에 잠겨있었다.

"있잖아요, 아델."

아델의 간식이 절반 사라졌을 때, 시빌이 스푼의 끝을 놓고 입을 열었다.

"제가 범인을 찾아드릴게요."

"네? 굳이 무리 안 해도 괜찮아요. 시빌, 공부가 하고 싶어서 여기 왔다고 했잖아요."

"물론 수업은 들어갈 거예요. 범인을 찾는다는 건, 수업이 끝나고 나서 찾겠다는 의미예요. 필요하다면 주말도 투자하고요."

"조건도 없이 절 도와주시겠다고요? …그건 아니죠? 뭔가를 바라니까 '투자'잖아요. 기부가 아니라."

"물론 조건이 있어요."

투명한 차(茶) 수면 위로, 테라스 유리창에서 쏟아진 노을이 번졌다.

The Calm Before the Storm

"아델이 제 공부를 봐주는 거예요. 그렇지 않아도 수업만으로는 진도 따라가기가 어려웠거든요, 한 학기 쉬었으니까."

"…고작 그거예요?"

"고작이라뇨! 아델은 후원 학생이라 성적이 떨어지면 곤란하고, 전 일반 시험 합격자라 성적이 아주 크게 떨어지는 게 아니라면 학업을 계속하는 데에 무리가 없어요. 이런 상황에서는 성적에 좀 더 여유로운 제가 움직이는 게 합리적이라고요. 게다가 졸업할 때까지 아델 같은 수재의 도움을 확보한다면 나로선 꽤 남는 장사라고 생각해요. 아델로서도 나쁠 거 없을 테고요. 아델이 직접 움직이지 않아도, 제 덕분에 사건은 해결될 테니까."

불투명한 노을이 찻물 위로 번졌다. 석양을 등지고 있으면, 시빌의 붉은 머리칼은 한껏 도드라졌다.

"빨리 범인을 찾아서, 아델의 편지가 꼭 슈니플로케에 도착할 수 있게 해줄게요. 약속해요!"

\* \* \*

리히트 대학 건물은 프림데 시의 중심부에 건립되었다. 그래야만 했던 이유는 교정 중심에서 뻗어나가는 수로에 있었다. 황야는 근래에 들어 특히나 심한 가뭄에 시달리고 있었지만, 그 전부터 사람이 살 만한 강수량을 확보하는 것이 가장 큰 난제였다. 창조신에게 이 땅의 마법 발전에 이바지하며 황야의 백성을 지키겠다는 서약을 바친 그리폰 가문이 가장 골몰하는 문제 또한 도시에 식수가 돌게 하는 일이었다.

무(無)에서 유(有)를 창조하는 마법은 없었다. 그들은 얼마 되지 않는 빗물을 리히트 대학 교정 지하에 모아 마법을 통해 증폭시키는 방법을 고안해냈다. 따라서 식수는 리히트 대학 교정 중심부에 있는 거대한 분수를 통해 뻗어나갔고, 대학은 반드시 도시 중심에 위치해야 했다.

 건물보다 정원과 광장이 더 넓은 공간을 차지하는 것 또한 그러한 이유에서였다. 건물 사이를 이동하려면 반드시 교정을 가로지르거나 가장자리를 따라 한참을 걸어야 하는 구조였다. 교정은 도시의 가장 큰 광장으로서 민간에 개방한 데다 학생들의 동선(動線)에 자주 걸리는 통에, 언제나 북적거리기 일쑤였다.

 "진짜 괜찮겠어요?"

 도서관 건물을 향해야 하는 아델도, 정문 밖으로 나갈 작정이었던 시빌도 수업이 끝나면 반드시 분수를 지나쳐 중앙 정원을 가로질러야만 했다. 도서관은 정문에서 학교 건물을 바라보고 한 걸음 들어와 서쪽 담장을 따라 걸으면 금방이었고, 강의를 듣는 건물은 캠퍼스 구조에서 가장 뒤편에 있었다. 건물 현관으로 통하는 계단 두 개를 큰 걸음으로 내려오며 아델은 걱정스러운 목소리로 그렇게 물었다.

 그녀가 편지를 훔친 범인을 잡아주겠다고 공언하고도 사흘이 지났다. 별다른 성과가 없었지만, 아델은 그것을 추궁하고 싶진 않았다.

 "괜찮고말고요! 절 너무 무시하시면 못 써요, 아델. 쪽지 시험 성적이 조금 안 좋다고 주눅들 제가 아니랍니다. 아델이라는 선생님만 확보하면 금방 오를 테니까요."

 "저, 가르치는 건 그다지 못 할 수도 있는데요…."

 "무슨 소리예요, 상위권 학생 중엔 아델이 가장 잘 가르칠걸요."

 "왜 그렇게 자신해요?"

 "음…. 어디까지나 사견이지만, 종합 성적 1위라고 해도 샬레 군은 범접할 수 없는 천재처럼 느껴지거든요. 제가 어떤 공식을 이해하지

The Calm Before the Storm

못한다고 쳤을 때 샬레 군은 제가 왜 '그 정도 공식'을 모르는지, 그걸 못 짚어줄 것 같아요."

 아델은 무심코 소뵈르가 강단에 선 모습을 머릿속으로 그려보았다. 시빌의 말을 듣고 보니 그는 뛰어난 연구자는 해도 훌륭한 교사를 할 수 있을 것 같진 않았다. 자신은 그 모든 지식을 한 번 보고 웬만큼 이해했을 테니까.

 "학보에 실린 샬레 군의 답안만 봐도 그런 사람인 게 조금 티가 나긴 하죠."

 아델의 대답을 듣고, 시빌은 고개를 한번 힘차게 끄덕였다.

 "그 사람, 아마 그걸 적을 때엔 그게 마법사 사회에선 특히 트집 잡히기 좋다는 생각을 못 했을 거예요. 이렇게 계산하면 더 쉬운데, 왜 이걸 여태까지 고안 못 했지? 그런 말이 서술 답안을 읽는 내내 들리는 기분이었어요."

 입학 직전, 레오폴트에게 들었던 말이 떠올랐다. 학교가 시끄러워질 것 같다던 그 말의 의미를 이제야 알 것 같았다. 소뵈르를 시기하는 사람들이 있을 것이다. 특히 사회적 구조 탓에 뛰어나지 않으면 도태되는 길밖에 없는 마력코어 집단이라면 더군다나 '특별히 뛰어난 사람'에 대한 시기와 질투가 남다를 수밖에 없었다.

 "시빌은 샬레 군이 천재성을 숨기는 게 좋았다고 생각해요?"

 "그렇진 않아요. 솔직히 전, 그러니까…."

 분수대 근처에 이르자, 시빌의 발걸음이 조금 느려졌다. 그것을 아델은 시빌보다 두 걸음 더 걷고 나서야 깨달았다. 걸음을 멈추고, 뒤에 남겨진 시빌을 돌아보았다.

 분수에서부터 뻗어나가는 수로와 수로 사이, 사람이 두 명 간신히 지나갈 정도의 폭으로 형성된 광장 내 수많은 길 위에 고개를 숙인 시빌의 모습이 가만히 맺혀있기만 했다.

"전 건강이 이래서 어차피 취직은 못 해요. 졸업도 못 할지도 몰라요. 그렇지만 다른 사람들은 그렇지 않잖아요. 귀족들의 마법 수요는 크지 않아요. 애초에 귀족 자체가 머릿수가 적으니까…. 다들 몇 개 안 되는 의자를 차지해야 하니까 샬레 군 같은 눈에 띄는 위험 요소를 두고 못 보는 거예요. 아델, 전 그저 샬레 군 정도 되는 사람이, 무언가 제대로 꽃피우기 전에 학내 정치와 차별 때문에 도태되는 건 슬픈 일이라고 생각해요."

노란 원피스 자락을 꾹 쥐고 있던 시빌의 손에 힘이 풀렸다. 둘 사이에 광장을 오가는 사람들의 인기척과 물소리만이 간신히 남았다. 한참 후, 아델이 입을 열었다.

"그럼 시빌이 저를 선택한 건, 소거법에 따른 거네요. 샬레 군은 누군가를 가르치기는 힘든 성격 같으니 빼고, 친구라고 하셨던 파우스트 양은 강의가 겹치지 않아서 제외. 나머지 사람들은 이미 무리가 형성되어 있고, 어울리기 어려워 보이니까 보류. 그래서 남은 게 저인 거죠?"

분위기를 풀어보기 위한 농담이었다. 일부러 눈가에 더 짓궂은 웃음을 그렸다. 시빌은 이내 치맛자락에서 손을 거두고, 마주 웃었다.

"서운해요?"

그녀가 농담 같은 말로 대꾸하자, 아델은 어깨만 가볍게 으쓱했다.

"아뇨, 별로요. 유명한 자산가 집안 따님이신데, 사실 저로써도 어떻게든 당신과 연줄이 생기면 좋죠."

"그럼 딱 좋네요. 서로 호의도 있고, 이해관계도 있으면 완벽하죠. 사람은 그래야 오래 가요."

우두커니 서 있는 아델을 따라잡는 데까지는 발을 부단히 움직일 필요까진 없었다. 시빌은 몇 걸음 만에 그를 따라잡고, 그의 팔을 가볍게 잡아채었다. 가느다란 팔이 잡아당기는 힘은 강하지 않았지만,

아델은 시빌이 당기는대로 아무런 저항 없이 걸었다. 그녀의 건강이 나쁘다는 얘기는 잊을 만하면 화두에 튀어 올라오곤 했지만, 역시 별로 실감이 나진 않았다. 복학한 이후 시빌은 무엇을 하든 아델보다 기운이 넘쳤다. 그의 팔을 붙들고, 잡아끌며 걸을 만큼은 되었다.
 "그러니까 아델도 얼른 생각해봐요. 누구한테 원한을 산 적은 없는지, 그런 거요."
 "이미 몇 번이나 말씀드렸지만, 원한 산 적은 없어요. 그럴 기회도 없었고. 그냥 덮어놓고 싫어하는 사람들은 지나치게 많아서 특정이 안 되고요."
 "덮어놓고 싫어하는 사람들도, 뭔가 시작은 이유가 있잖아요?"
 "생긴 것에 대한 말을 좀 많이 듣긴 했어요. 머리칼 색이 어떻다거나, 이종족이라고 오해하는 사람도 많았고. 아, 그러고 보니 최근엔 식당에서 슈니플로케 출신이라고 시비 걸린 적이…."
 두 사람의 걸음이 뚝 멈추었다. 아델의 의지와 관계없이 누군가가 아델의 남은 손목을 잡아당겼던 탓이었다.

 먼저 돌아본 시빌의 눈이 동그랗게 커졌다. 그녀의 시선은 아델의 어깨 너머, 그의 손목을 붙들어 잡아 세운 사람에게 달라붙어 떨어질 줄을 몰랐다.
 그녀는 아델의 이름을 숨을 잔뜩 죽여 부르고는, 아델의 뒤를 눈짓으로 몇 번이고 가리켰다. 시빌이 그의 팔을 슬그머니 놓아주자, 아델은 주저 없이 그때까지 자신의 남은 손목을 굳건히 쥐고 있던 사람을 돌아보았다. 아. 놀라지 않을 수가 없는 얼굴이었다. 반사적으로 튀어나올 뻔했던 누구냐는 질문조차 목에서 턱 걸려 떨어지질 않았다.
 "…아델하이트 군. 시간 좀 빌려주실 수 있을까요."

철자를 외울 만큼이나 적고 또 질리게 불러온 이름이 눈에 보이는 형상을 취해 나타난 기분이었다. 언제나 화두에 오르고 아델의 편지에 등장하던 소뵈르 샬레가 거기 서 있었다.

아델은 고개만 간신히 몇 번 끄덕였다. 그가 없는 자리에서 그에 관한 이야기를 자주 해왔던 만큼 그런 별것 아닌 부탁을 거절하는 건 도리가 아닌 것처럼 느껴졌다.

* * *

이 땅은 마법사가 살기에 녹록하진 못했다. 어쩌면 일부 비(非)마법사 귀족 계층을 들어내자면 모든 백성이 살기 좋은 땅은 아닐지도 몰랐으나, 오스틴 리즈는 자신이 처한 상황에 쉽게 함몰하는 경향을 가진 사람이었다.

그는 북방 항구 도시 리아나 출신으로, 리히트 대학에서 활로를 마련하기까지 많은 우여곡절을 겪어야 했다. 리아나는 최북단 슈니플로케보단 남단에 위치하여 여름엔 간신히 바다가 얼지 않았으나, 그나마도 겨울엔 바다가 얼어 빙하가 떠다녔다. 창조신 루이스가 국경 결계로 백성들의 출입국을 금지한 이후, 무역이 막혔다는 사실 또한 그 땅을 빈곤으로 몰아넣었다.

먹고 살기 어려워지면, 사람들의 마음은 바다보다 더 쉽게 얼었다. 그는 위로 형제만 일곱이었다. 부모는 그렇지 않아도 입에 풀칠이 어려운 형편에 아이를 여덟이나 키울 자신이 없었다. 죄책감과 먹을 입을 덜기 위해 아이들을 모아두고 마력코어를 타고난 아이 둘을 골라 마차에 태웠다. 아버지는 그와 여동생의 등에 옷가지가 든 납작한 가방을 메어주며 수도로 가면 고모가 마중 나와 있을 테니, 거기가서 잠시만 기다리라는 말을 했다. 오스틴은 그 말을 믿었다. 비록 고모의 존재마저 거짓말이었으나.

 머나먼 수도에 아이를 유기하면 눈에 보이지 않으니 죄책감도 덜고, 가계를 파먹는 벌레의 수를 줄일 수 있다는 것이 부모의 계산이었다. 먹고 살려니 고작 열넷의 나이에 일을 시작해야 했다. 아이들을 받아주는 곳은 보통 제대로 된 직장은 아니었다. 간신히 어느 식당에 입주 점원으로 들어갈 수가 있었다. 주로 하는 일은 아침부터 자정까지 식재료를 다듬는 일이었다. 노동 강도도 상당했으나, '불길하다'며 걷어차이는 일도 더러 있었다. 함께 버려진 여동생은 결국 오래 못 살다 죽었다. 오스틴도 밤이면 밤마다 자신 또한 머지않아 여동생처럼 죽을지도 모른다는 두려움에 시달렸다.

 이 땅에는 마력코어를 불행의 상징처럼 생각하는 사람들이 많았다. 이러한 기조는 창조신 루이스가 두 여왕 후보에게 대리청정을 맡기고 후방으로 물러나고 나서부터 짙어졌다. 권력자들은 마법을 두고 서로 다른 판단을 했다. 권력을 잡기 위한 칼로 인식하거나, 반역의 씨앗으로 보는 시선이 첨예하게 맞붙었다. 붉은 여왕, 카멜리아 로즈 정권에선 죄 없는 마력코어들이 더러 처형대로 끌려가기도 했다. 수도조차도 흉흉했다. 오스틴처럼 어린 마력코어는 살기 위해서 스스로에게 가해지는 폭력을 함구하는 수밖에 없었다. 다수의 비위라도 맞추면, 가해지는 폭력이 덜할 수도 있었으니까.

 그의 인생에 기적은 세 번에 걸쳐 찾아왔다. 그가 스물을 넘겨서까지 무사히 살아남은 것, 식당을 자주 오가던 손님으로부터 후원 시험 정보를 얻은 것, 또 한 해가 지나 후원 시험을 무사히 통과한 것이었다. 성적이 썩 대단하다고 말할 정도까진 아니었으나, 태어나서 지금까지 내리막을 굴러오던 인생에 전환점을 맞았다는 사실이 중요했다. 입학시험 성적이 반드시 졸업 성적으로 연결된다는 보장은 없었다. 또한 좋은 성적을 거둔 학생이 반드시 마법사로서 사회적인 성공을 이룩하는 것도 아니었다.

오스틴 리즈의 목적은 훌륭한 마법사가 되는 것이 아니었다. 그저 마법사로서 자립하고 싶었다. 더는 비(非)마법사에게 불행을 몰고 다닌다는 소리를 듣고 싶지 않았고, 가난 때문에 버려지고 차별에 시달리는 지옥으로 돌아가고 싶지 않았다. 보란 듯이 성공하여 살았는지 죽었는지도 모를 리아나의 가족에게 복수하고 싶다는 생각 또한 없지 않았다.

리히트 대학 학생들이 반드시 성공하는 게 아닌 만큼, 오스틴은 차근차근 발판을 마련할 필요가 있었다. 마법사는 많고 수요는 적다. 그 적은 수요를 차지하기 위해 필요한 건 실력보단 그를 앉혀줄 수 있는 인맥이었다. 붉은 여왕 정권보단, 마법에 우호적인 하얀 여왕 정권과 가까운 인물들을 포섭하여 그들이 둘러친 울타리 안에 들어가는 것이 중요했다. 이를테면 그리폰 남작, 혹은 현재 중앙에서 하얀 여왕의 참모로 움직이는 파우스트 공작. 루카스 그리폰 남작의 후계를 이을 남매는 리히트 대학을 졸업한 지 너무 오래되어 접근이 어려운 가운데, 하늘이 그를 도왔다. 비록 사생아라는 루머가 따라붙어 있기는 했으나, 파우스트 가문의 막내딸이 오스틴과 같은 해 리히트 대학에 입학한 것이다.

그는 요한나 파우스트를 손안의 패로 쥐고 싶었다. 방법은 여러 가지를 생각해 볼 수 있었다. 반년가량 주변을 집요하게 맴돌며 그녀의 성향을 가늠했다. 머지않아 마치 인생이 쉽지 않은 것처럼, 요한나를 움직일 열쇠를 쥐는 것 또한 녹록한 작업은 아니겠다는 직감이 왔다.

 귀족답지 않게 그녀는 파벌에 관심이 없었다. 인맥보단 학문에 공을 들이는 사람처럼 보였다. 이래서야 안면을 트는 이상의 돈독한 관계를 쌓기가 어려웠다.

 학내 파벌 형성으로 그녀의 관심을 끌어오고자, 요한나가 학문에 집착하는 만큼 한 번은 크게 부딪히게 될 소뵈르 아폴리네르 샬레를 요한나의 적으로 세워보려고 한 적도 있었다. 오스틴 또한 학보를 통해 유명한 샬레의 답안을 읽었던 까닭이었다. 첫 줄을 읽자마자 머리를 한 대 얻어맞은 기분에 휩싸였고, 체념은 해일보다 더 높이 밀려들었다. 그들 중 그 누구도 졸업할 때까지 학문적 성과로 샬레를 이기는 학생은 나오지 않을 것이 분명했다. 단 몇 시간 만에 학계의 정설을 뒤집어엎는 괴물에게 6년이라는 시간이 주어졌다. 말할 것도 없었다. 이 외국인 학생은 여태껏 웨스트 교수가 차지하고 있던 '리히트 대학에서 다시 나오지 않을 천재'의 자리를 갈아치울 것이며 요한나 파우스트처럼 학문적 성과에 집착하는 다른 학생들의 앞길을 막을 것이었다.

 사람은 이길 수 없는 라이벌이 등장하면, 보통은 그를 '다른 분야'에서라도 이겨보고자 하는 욕망에 사로잡히곤 한다. 소뵈르 샬레는 할 수 없으면서, 요한나 파우스트가 할 수 있는 것이라면 사실 명확했다. 인망을 키우는 방법이다. 오즈 출신인 샬레보다 중앙 귀족인 요한나가 인간관계를 통해 자신의 평가를 높이는 데에 유리한 건 자명했다. 그녀가 영악하게 굴 줄만 안다면, 인간관계를 이용해 오즈 출신인 샬레를 소리소문없이 학내에서 밀어내는 것 또한 불가능하지 않을 터였다. 그 과정에서 오스틴이 요한나에게 힘을 실어준다면, 관계가 가까워지는 건 순식간일 터였다.

 만일 '오즈의 기적'이라는 웨스트 교수가 은퇴했고, 샬레의 배후에 이사벨 그리폰이 없더라면 오스틴의 초기 계획은 꽤 순탄하게 굴러갔을지도 몰랐다. 그러나 계획에 차질이 생겼고, 오스틴은 작전을 바꿔야 했다. 비슷한 작전을 끌고 가더라도, 총부리를 샬레에게 들이미는 건 더는 요한나를 움직일 수 있는 기막힌 한 수가 아니었다.

 봄 학기 후기(後期) 시험 성적은 바꿀 만한 표적이 누구인지를 알려주는 지표였다. 요한나는 학문적 성과에 집착한다. 그의 앞길을 연신 가로막는 적인 소뵈르 샬레는 그리폰 가문의 베일 뒤로 도망쳤다. 그런 가운데, 요한나의 앞에 또 다른 변수가 끼어들었다. 그와 샬레의 사이를 가로지르는 걸림돌이 부상한 것이다.

 헤르만 아델하이트. 이종족이라는 구설수 때문에 주변에 별달리 무리를 형성하진 못했지만, 크게 평판이 나쁘지도 않은 학생이었다. 성품 자체가 샬레에 비해 원만해 특별히 친하게 지내는 사람까진 없어도 대놓고 그를 미워하는 사람도 없었다.
 그러나 프림데는 이종족의 숲을 지척에 둔 도시였다. 이종족은 루이스가 아닌 창조신의 관할 하에 있었고, 인간은 미지(未知)의 존재를 두려워하는 본능을 가지고 있었다. 헤르만이 이종족이거나 이종족 혼혈일 수 있다는 소문은 헤르만의 주변에 보이지 않는 벽처럼 우뚝 섰다. 밉진 않아도 접근하기는 꺼려지는 존재. 그것이 학우들 사이의 헤르만의 위치였다.

The Calm Before the Storm

이 땅의 마법사들이, 본능적으로 꺼림칙한 존재가 자신의 위에 군림하는 것을 두고 볼 리가 없었다. 오스틴은 마법사의 우수함을 믿었으나, 또 한편으로는 인간은 어느 집단이나 비슷한 성질을 가진다고도 생각했다. 그들이라고 비(非)마법사와 본성이 다를 리 없었다. 그들과 비(非)마법사의 차이는 심장이지 뇌와 정신이 아니었으니까.

인간은 특정 무리에서 스스로가 다수가 되는 순간, 반드시 희생양을 찾았다. 나와 다르며, 이해할 수 없는 어떤 요소를 갖춘 무언가가 자신이 속한 다수 집단보다 위에 서는 걸 그냥 두고 볼 줄을 몰랐다. 마법사도 다르지 않았다. 이종족이라는 구설수까지 나온 이상, 학생 대다수가 헤르만 아델하이트를 '이해할 수 없는 요소를 가진', '나와 다른 무언가'라고 인식하고 있는 것이 분명했다.

그들 가운데 헤르만 아델하이트가 성적으로 그들보다 앞서는 것을 인정할 사람이 몇이나 될까. 요한나 파우스트 또한 인간일진대, 과연 이종족에게 졌다는 패배에서 자유로울까. 오스틴은 가을 학기에 새로운 판을 짜며 헤르만 아델하이트를 타진해보기로 했다. 악역으로 세울 만한지, 요한나를 자극할 만할지. 개인적인 성품과 처한 상황을 알기 위해 가장 좋은 지표는 물론, 헤르만이 고향으로 보내는 편지일 수밖에 없었다.

* * *

소뵈르 샬레 또한 헤르만 아델하이트와 마주 선 현실을 이해할 수 없었다. 원인을 짚어낼 수가 없었다. 그는 스스로가 충동적인 사람은 아니라고 믿어왔다. 토마 샬레의 사후엔 더욱 이성적으로 살고자 애를 썼다. 두 번 다시는 타인을 울타리 안에 들이지 않겠다고 맹세한 밤이 몇 날 며칠이었는지 셀 수 없을 지경이었다.

더불어, 헤르만 아델하이트가 그에게 쏟아져야 할 화살까지 한 번에 받는 상황 자체가 소뵈르에게 불리한 것도 아니었다. 도리어 누군가가 대신 이목을 사면 소뵈르로선 편했다. 행동에 제약을 덜고, 발언을 좀 더 자유롭게 해도 덜 눈치가 보였다. 모두의 관심이 다른 포인트에 쏠려있으니, 관심 바깥으로 밀려난 소뵈르가 설령 기행을 벌인다고 할지라도 그들의 시야에 흐릿한 잔상만 남을 뿐 뚜렷한 기억으로 남지 않을 터였다.

요는, 이 유리한 판을, 구태여 엎을 것까진 없었더라는 것이다. 그에게 손목이 붙들린 채 도서관 건물 뒤편까지 끌려온 아델 또한 그렇게 판단한 모양이었다.

복층 건물이 드리우는 짙은 그림자 속은 인적이 드물었다. 걸음을 멈추고 돌아보자, 한 학기가 흘러가도록 한 번도 본 일이 없는 표정을 얼굴 가득 지은 아델이 한 걸음 떨어져 서 있었다. 소뵈르가 아는 한, 그는 수업에서 선생이 어떤 어려운 이론을 소개해도 그렇게까지 얼빠진 표정을 짓는 사람이 아니었다.

아델은 의아함에 푹 절은 목소리로 물었다.
"제가 샬레 군에게 뭔가 잘못했나요?"
우습게도 귀족인 레오폴트 그리폰 앞에서보다도 더욱 정중하게 다듬은 말투였다. 소뵈르는 그의 손목을 슬그머니 놓아주었다.
"별로 그런 건 아닙니다."
그 스스로도 자신의 행동을 이해할 수 없었기에 맥빠진 목소리가 흘러나왔다.

"…그저 아델하이트 군에게 묻고 싶은 게 있어서요."
"샬레 군이 저한테요?"
그를 진득하게 바라보던 두 보랏빛 눈동자에 진한 의구심이 배었다. 그렇겠지. 헤르만은 보기보다 사람을 제대로 가릴 줄 아는 것 같았다. 레오폴트 그리폰은 무례함에 화를 낼 인사가 아니다. 그러나 눈앞의 소뵈르 샬레는 조금 다르다. 그 점을 파악하고 말투를 가려 쓰는 것만 보아도 그가 어느 정도는 타인을 파악할 줄 아는 사람이라는 것을 알 것 같았다.

그가 의문을 품는 것은 아주 당연했다. 그만큼 감이 좋은 사람이니, 성적의 문제를 떠나 소뵈르 샬레가 모르는 것을 어쭙잖은 동급생에게 물어볼 리 없다고 확신한 것이다. 소뵈르의 시선이 알 수 없는 힘에 밀려 허공을 가볍게 헤집었다.
"스노우화이트 사건에 관해서 물어보고 싶은 게 생겼습니다. 다들 당신을 두고 그 사건 이야기를 시끄럽게 떠들던데."
소뵈르는 둘 곳 모르던 시선을 간신히, 커튼을 친 창가에 두었다. 커튼이 불투명하여 유리창 위로 두 사람의 모습이 고스란히 떠올랐다. 유리창에 비친 아델은 왼손을 들어 자신의 머리칼을 한번 가볍게 뒤로 쓸어 넘겼다. 표정엔 구김살이 없었으나, 말을 신중히 고르고 있음은 분명해 보였다.
"사건의 전말이 알고 싶은 거예요? 신문에서 떠들던 것 그대로인데. 진상이라고 해도 별거 없어요."
"슈니플로케 사람들이 스노우화이트에게 아이를 팔았다는 것까지, 한 치의 오차도 없이 사실입니까?"
"네, 뭐…. 그렇죠. 자랑스러운 일이 아니란 건 알지만요."
"당신은요?"

"네?"

그는 무거운 시선을 옮겨 헤르만 아델하이트를 똑바로 바라보았다.

"다른 슈니플로케 사람들처럼, 사건에 가담했습니까?"

헤르만의 눈은 느리게 몇 번 깜빡거렸다. 눈동자는 아래로 떨어졌다가, 눈꺼풀 뒤로 한 번 숨었다. 도로 눈을 뜨면 보랏빛 눈동자는 또 다른 어딘가로 방향을 바꾸어 움직여있었다. 짧지 않은 시간, 정적이 그들의 두 어깨를 짓눌렀다.

"그런 질문은 처음 받아보는데요."

아델이 비로소 입을 열었다. 적당히 청량하던 목소리는 물걸레를 사정없이 쥐어짠 것처럼 말라 있었다.

"샬레 군, 전 제가 괜찮다고 생각했는데, 별로 안 괜찮았나 봐요. 뒤에서 누가 제게 무슨 낙인을 찍고 수군대든 이미 당할 만큼 당해봐서 익숙하고, 정말 괜찮은 줄 알았는데…."

"그건 제 질문의 대답이 아니로군요, 아델하이트 군."

"잠깐만요. 그러니까, 음. 우선 제게 직접 물어봐서 고맙다고 말하고 싶었어요."

또 한 번, 아델의 손가락이 제 하얀 머리칼 속으로 숨었다가 부드러이 빠져나왔다. 표정은 큰 변화가 없었으나, 시선은 구두코에 박혀 떨어질 줄 몰랐다.

"직접 가담하지는 않았어요. 할 수가 없었다고 해야 올바를 거예요. 팔아치울 아이도 없고, 어른들은 그런 위험천만한 일에 나 같은 애들을 끼워주지 않아요. 물론, 알았어도 가담하지 않았겠지만요. 제가 고아 출신이라 그런지는 몰라도, 버려진 애들을 보면 늘 기분이 안 좋거든요. 나서서 도울만큼 정의롭진 못해도…."

"그래요. 다행입니다. 확실히 해두고 싶었어요. 당신이…."

소뵈르는 더 말을 잇지 못했다. 헤르만이 악마가 아니라고 확신하고 싶었다. 그렇게 증명받으면 어쩐지 오즈 출신인 자신이 악마나 불행의 상징, 배척해야 마땅한 무언가가 아니라는 사실마저도 함께 명확해지는 것만 같았다.

"어쨌든, 아니라면 됐습니다. 스노우화이트 사건 때문에 당신의 출신 지역을 걸고넘어지며 수군대는 사람들이 늘어서 신경 쓰였을 뿐입니다."

아델이 짧게 소리를 내어 웃었다.

"샬레 군은 남한테 관심이 없는 줄 알았는데, 의외네요."

"글쎄. 관심이 없는 건 사실입니다만…. 유독 당신 이야기에 신경이 쓰인 걸 보면, 제가 당신 얼굴이라도 마음에 들었던 걸지도 모르죠. 얼굴과 이름 외엔 아는 것도 없는 사이니까."

헛웃음이 나왔다. 그러나, 어울리지 않더라도 실없게 굴어야 했다. 그러지 않으면 오즈 출신으로서 겪어온 차별부터 시작하여 자신이 가진 나약함까지 구구절절 설명해야 할 것 같았다.

"농담 정말 못 하네요, 샬레 군."

웃음소리가 쿡쿡 새었다. 차라리 그렇게 웃어넘긴다면 다행이라고, 소뵈르는 생각했다. 쓸데없고 낯간지럽기까지 한 오지랖마저 가벼운 장난이었던 것 같은 착각에 취할 수라도 있었으니까.

\* \* \*

"그래서 말인데, 그 두 사람은 친구인 걸까?"

요한나는 대화의 흐름을 제대로 짚어내지 못하고 멀뚱히 눈만 끔뻑였다. 사람이 걷는 길을 따라 가스등이 빛을 흩뿌렸다. 하늘은 달이 없어 더욱 새카맸다. 그럴 때면 인공적인 빛은 도시에 창백한 빛으로 짠 안개를 깔았다.

밤이 제법 깊었다. 시빌의 하숙집 앞을 오가는 사람은 손에 꼽았다. 건너편 주택가엔 창문마다 어둠이 내려앉았다. 살갗에 닿는 공기가 차가워지는 시기였다.

하숙집의 마당은 넓지 않았다. 몇 발자국 걸으면 금방 건물에 닿고 담장에 이르렀다. 초목이라곤 담장에 심긴 아몬드나무와 카펫처럼 깔아둔 잡초가 전부였다. 건물 외벽에 등받이가 없는 의자 두 개가 나란하게 붙어있었다. 주인 할머니가 양지바른 날에 나와 뜨개질을 하거나, 하숙생들이 담배를 피울 적에 사용하는 의자였다.

리히트 대학에서 시빌의 하숙집까지 10분이면 충분했다. 고작 하루에 그 정도 시간만을 서로에게 줄 수 있음이 늘 아쉽다고, 시빌은 생각했다.

하숙집의 철창 같은 대문 앞에 도착했을 때, 시빌이 마당 안으로 요한나를 잡아끌었다. 앉아서 조금만 떠들다 가달라는 말에 요한나는 순순히 그러마고 대답했다. 그녀가 잡아끄는 대로 걸었고, 때마침 의자가 비어있기에 시빌을 앉혀두었다.

이렇다 할 대화거리가 있어서 시간을 끈 건 아니었는지, 시빌이 꺼내는 대화 주제는 중구난방이었다. 북부 항구 도시의 파도도 그만큼 변덕스럽진 않을 거라는 생각이 들 정도였다. 그러나 둘 중 누구도 그러한 사실에 불만을 내비치지 않았다. 그들에게는 함께 시간을 보내고 있다는 사실만이 중요했던 까닭이었다.

대화는 시빌의 일상까지 흘러갔다. 함께 듣는 수업이 많지 않아 공통분모가 부족한 만큼, 그렇게 대화가 흘러간 건 어쩔 수 없었다. 요한나가 외투를 벗어 시빌의 어깨 위에 덮어주었을 때, 이야기는 방과 후 대목까지 넘어가 있었다. 아델하이트와 샬레라는 이름에, 요한나의 말수가 부쩍 줄어들었다.

"글쎄. 난 그 두 사람이 같이 있는 걸 본 적이 없으니 친구인지 아닌지 모르겠는데."

요한나는 샬레와는 같은 수업을 몇 갠가 듣고 있었으나, 아델하이트와는 역사 강의 하나 간신히 겹치는 게 전부였다. 더구나 역사는 한 학년이 다 함께 듣는 대형 강의인 만큼 강의실에 앉아도 누가 누구인지 분간하기가 어려웠다.

요한나는 최근에야 수업 시간에 아델하이트를 집중하여 찾은 적이 몇 번 있었다. 시선을 사용하여 사람들 사이를 샅샅이 헤집었다. 그는 찾기 어려운 인상이 아니었다. 그때마다 늘 시야에 걸려들었다. 그럴 적마다 그의 곁은 텅 비어있었다. 헤르만이 고향으로 보내던 편지와 달리, 샬레와 유난스러운 친분이 있는 것처럼 보이진 않았다. 안 그래도, 요한나 또한 막연히 의아하게만 생각하던 차였다.

"그렇지만 오늘 샬레 군이 갑자기 아델을 데려갔는걸. 그 샬레 군이 말이야."

"공부하다 모르는 거라도 나왔나 보지."

"그걸 선생님도 아니고 같은 학생한테 물어볼 사람인가? 샬레 군이 모르는 건 다른 학생들도 모를 텐데."

"아델하이트도 할 만큼은 하잖아. 부득이하게 선생한테 물어볼 수 없었다면, 차선책은 아델하이트가 가장 적합해."

"우리 한나도 공부 잘하는데! 샬레 군 너무하다."

"2등을 건너뛰고 3등한테 찾아오는 바보가 어디 있어. 거기다 난 접근하기 편한 사람도 아니잖아. 공작 가문 출신에, 주변에는 사람도 우글거리니까."

시빌은 어깨의 둥근 선을 타고 흘러내린 요한나의 외투를 손끝으로 잡아당겨 추슬렀다.

"귀찮은 사람들은 얼른 물리치면 좋을걸. 한나답지 않네."

"주변 반대를 무릅쓰고 날 여기까지 보내준 언니와 형부 입장도 생각해야지."

건물 외벽에 기대어 서 있던 요한나는 무게의 중심을 앞으로 옮겨 똑바로 섰다. 몸의 방향을 조금 틀어, 낮은 의자에 앉은 시빌과 눈높이를 맞추어 몸을 숙였다. 외투가 흘러내리지 않도록 좀 더 단단히 외투를 추슬러주자, 시빌은 속 모를 표정으로 웃었다.

"시빌."

외투 옷자락을 붙든 요한나의 손에 가느다랗게 힘이 들어갔다.

"아델하이트하고 친해?"

어떻게 물어야 구차하지 않을지 고민하다 보니, 그런 모호한 말이 튀어나왔다.

"물론이지. 아델은 좋은 사람이야. 아, 그러고 보니 얼른 편지도 찾아줘야 하는데. 단서가 영 없어서 큰일이네."

"시빌."

"한나, 혹시 아델에게 유달리 반감이 큰 사람 하면 짚이는 데 없어? 한나 근처엔 사람이 많으니까 들은 건 없나 싶어서."

요한나의 눈동자는 시빌이 신은 메리제인 끝에 가 닿았다.

"나도 짐작 가는 바는 없어."

요한나는 느릿하게 고개를 들었다.

"난 아델하이트 하고 역사 심화 말곤 같이 듣는 게 없으니까. 모두가 수군거리는 건 많이 들었지만, 누가 특히 아델하이트에 대한 루머를 퍼뜨리고 다니는지 그런 것까진 잘 몰라. 관심도 없고."

"어딜 가야 알 수 있으려나. 정말 막막하네. 학생들 방을 일일이 잠입할 수도 없고."

"샬레한테 도움이라도 청해보든지 해. 네가 보기에는 아델하이트와 샬레가 친구 같아 보인다며. 주워들은 게 있어도 그쪽이 더 주워들은 게 있지 않겠어? 만에 하나 친구라면."
 마치 깊은 무의식까지 직접 잠수하여 손끝으로 밑바닥을 더듬고 있는 것 같은 기분이 들었다. 요한나는 스스로의 유치함과 비겁함이 어디까지인지를 매 순간 피부로 확인하고 있었다. 이 불편한 화제를 어서 벗어나지 않으면, 그 지독한 밑바닥을 시빌에게마저 고스란히 들킬까 덜컥 두려움이 들었다.
 요한나는 아델하이트와 샬레가 친구일 거라 짐작하진 않았다. 그 둘이 친구라니, 차라리 내일 당장 천지가 개벽하여 세계가 멸망할 확률이 훨씬 커 보였다. 그저 대화를 종결하기 위해 들먹인 이름들에 불과했다. 시빌 또한 요한나에게 마법 공식처럼 확실한 정답을 말하라 요구한 것은 아니었겠지만, 대화를 자연스럽게 다른 곳으로 돌리려면 적당히 얼버무린 답이라도 내놓아야만 했다. 이제 '그나저나' 같은 멋없는 접두사를 시작으로 다른 화제를 입에 올리기만 하면 화두가 돌아가겠지. 요한나는 그렇게 바랐다.
 "정말 그래볼까? 한나, 혹시 샬레 군하고 무슨 수업 같이 듣는지 알려줄 수 있어?"
 어려서부터 살날이 불투명했던 만큼, 시빌 라몬트는 행동력이 뛰어나야만 하는 처지에 놓여있었다. 요한나가 아무렇게나 내뱉은 어설픈 추리를 믿는 데에도 일말의 고민을 하지 않았다.


 샬레라고 뭘 알겠는가. 시간 낭비란 걸 알았으나, 이 문제에 한해선 차라리 시간 낭비를 조금 하는 편이 시빌에게 좋을 것 같았다. 요한나는 시빌이 아델하이트의 편지를 찾지 않았으면 했다. 적어도 자신과 있을 때 그의 이름이 화두에 오르는 일이 다시는 없었으면 좋겠다고 느꼈다. 귀족의 이름을 업고 접근해도 말조차 섞어주지 않는 샬레가 시빌에게라고 친절하겠는가. 샬레에게 헛걸음을 하고 나면 편지를 찾겠다는 열망마저 금세 식을 것이다.

편지 도난 사건에는 그만큼 뚜렷한 실마리가 없었다. 뛰어난 행동력으로 이곳저곳 쑤시고 다녀봤을 시빌조차도 거의 나흘을 공으로 날렸을 만큼이나. 따라서 요한나는 시빌을 만류하지 않았다.

\* \* \*

시빌은 다음 날 학교를 나가지 않기로 했다. 아침부터 호흡이 유달리 불안정했던 까닭이다. 그녀는 요한나를 통해 내키지 않는 결석계를 제출했다. 지병은 한동안 괜찮다 싶다가도 그런 식으로 돌연 존재감을 드러내곤 했다. 나는 네 폐부에 분명하게 존재한다, 그렇게 말하고 싶기라도 한 것처럼.

곧 주말이었다. 서약의 날 연휴도 코앞이었다. 서약의 날은 총 5일을 쉬었다. 프림데 시내에서 벌어지는 축제가 큰 명물이었기 때문에 고향으로 돌아가지 않는 학생들의 수가 좀 더 많았지만, 아델은 돌아간다고 했다. 시빌도 고향으로 돌아가야 했다. 편지를 숨긴 범인 또한 돌아가는 무리에 섞여 마차에 오를 수도 있었다. 다녀오는 동안 있을 만한 증거가 사라질지도 몰랐고, 연휴 동안 목격 정보가 망각의 숲에 묻힐지도 몰랐다.

시빌은 아홉 시가 되어 비장하게 잠이 들었다. 가슴께까지 푹 덮은 이불을 꾹 쥐었다. 내일 기침이 조금이라도 잦아든다면 우선 샬레가 머문다는 기숙사를 찾아가야겠다고 굳게 마음을 먹었다.

\* \* \*

주말 오후에도 기숙사엔 사람이 많진 않았다. 학문에 필사적인 학생들은 보통 도서관으로 빠졌고, 생활비가 넉넉하지 않은 학생들은 비는 시간을 이용하여 간단한 일거리를 하러 시내로 나가기도 했기 때문이다.

기침이 가라앉는 데에 시빌의 바람보다 하루가 더 걸렸다. 시빌은 그저, 며칠만에 다시 멀쩡하게 말하고 걸어 다닐 정도로 회복했다는 데에 의의를 두기로 했다.

발목까지 오는 치맛자락이 끌리지 않도록 양손으로 잡고 기숙사 현관 계단을 올랐다. 양 벽면에 매달린 개인 우편함이 장관이었다.

시빌은 건물 중앙에서부터 뻗어 올라가는 나선 계단을 향해 씩씩한 걸음을 옮겼다. 이제야 일어났는지 잠옷 바람으로 나와 자신의 우편함을 확인하는 학생부터 단정한 차림새를 갖춰 입고 기숙사를 나서는 학생에 이르기까지 곳곳에 적지 않은 인적이 있었다.

주변을 부지런히 살피던 시빌의 시선은 나선 계단 앞에 이르렀을 때, 오른쪽 벽면에서 멈추었다. 눈에 익은 색깔의 머리칼을 발견한 까닭이었다. 벽면과 평행하게 설치된 이동식 사다리 중간에 멈춰 우편함을 확인하고 있는 남학생이 하나 있었다. 시빌은 사다리와 벽면 사이에 벌어진 틈으로 이동하여 남학생의 얼굴을 말끄러미 올려다보았다. 우편함에서 막 꺼낸 봉투의 주소를 확인하던 상대가 한참 만에 시빌과 시선을 맞췄다.

"샬레 군이죠? 만나서 반가워요."

시빌이 눈을 한껏 가늘게 휘며 웃어도, 소뵈르는 미동도 없었다.

"그렇게 빤히 쳐다보시는 건 무례가 아닌가 싶습니다만, 라몬트 양."

그는 편지를 코트 안주머니에 대충 찔러 넣고 사다리를 내려왔다.

시빌은 벽에서 한 발자국 더 멀어지며 목소리까지 내어 웃었다.
"제 이름을 아시네요, 이거 진짜 영광인데."
"유명하시잖습니까. 선박 업체 라몬트."
"그건 제가 유명한 게 아니라 집안이 유명한 거죠."
"파우스트 양의 친우로도 유명하시고."
"그것도 제가 아니라 한나가 유명한 거고요. 음, 저 어쩐지 계속 남의 명성에 업혀 가네요. 아무래도 분발해야겠어요. 스스로 유명해지도록!"

일부러 힘을 내겠다는 것처럼 주먹까지 꼭 쥐어 보이며 농담을 던졌지만, 소뵈르의 반응은 담담하기 그지없었다. 무관심한 표정으로 그녀를 깊이 응시하고 있는 것이 전부였다. 마치 용건이 무엇이냐고 묻는 것마저 귀찮다는 태도였다. 농담에도 웃어주지 않는 사람이란 참 곤란하구나. 시빌은 어영부영 들었던 손을 내렸다.

"샬레 군, 혹시 오늘 일하세요? 아르바이트라든지."
"그렇지 않아도 시간이 남아돌진 않습니다."

시빌은 불만스럽게 입술을 삐죽였다. 아무리 용건이 빤히 보이는 질문이었다지만, 이토록 단칼에 거절할 줄은 몰랐다.

"당장 공부해야 할 쪽지 시험은 없다고 들었는데. 그럼 남아도는 것 아니에요?"

"단도직입으로 말씀드려야 알아듣는 분이시라면 마다하지 않고 말씀드리겠습니다. 남아돌아도 당신께 할애할 시간까진 없습니다. 무의미한 짓에 시간을 할애하고 싶진 않아서요."

"무의미하지 않아요! 아델 문제로 왔다고요. 그러니까, 헤르만 아델하이트 말이에요."

농담을 통해 유쾌하게 분위기를 풀어보려고 했으나, 시빌은 단 몇 분 만에 전략을 포기했다. 고개를 숙이고 괜히 애꿎은 구두코로 바닥을 한 번 콕 찼다. 상대가 저렇게 비협조적이어서야 시빌도 할 수 있는 것의 한계가 있었다. 그녀는 마법사지, 희극배우가 아니었다.

돌려 말해봐야 어차피 소뵈르에게 금방 의중을 들킬 게 뻔했다. 시빌의 판단으로는 무의미한 발버둥을 치느니 차라리 찾아온 목적부터 말하는 게 나을 것 같았다.

물론, 무모한 지원 요청이었을지도 모른다는 생각은 들었다. 고개를 들어 쳐다볼 것도 없었다. 농담에도 별 반응이 없을 사람일진대, 친구 좀 들먹인다고 무슨 반응이나 있겠는가. 시빌은 한 번 더 콕, 바닥을 찼다.

"여기서 그 사람 이름이 왜 나옵니까? 무슨 큰 문제라도 생겼습니까?"

귓전에 날아든 말은 시빌의 예상을 깼다. 시빌은 깜짝 놀라 고개를 바짝 쳐들었다. 아. 이런 식으로 조금 흔들릴 줄도 아는 사람이었구나. 시빌 라몬트도 덩달아 눈이 동그랗게 변했다.

"편지."

다급하게 본론을 꺼내려다 보니, 말이 제대로 나오질 않았다. 우선 툭 튀어나온 건 단어였다. 시빌은 치맛자락을 꾹 구겨 쥐었다.

"아델의 편지가 사라지고 있어서요."

"받는 것? 보내는 것? 아니면 둘 다입니까?"

"전부요. 우편배달부 측에 알아봤는데 아델이 보내는 편지도 근래 들어 우편배달부가 수거한 적이 없다더라고요. 받는 건 전부 사라진 지 오래됐다고 하고요. 그래서 혹시 샬레 군은 짚이는 게 없으실까 싶어서…."

소뵈르는 입술을 굳게 한 번 다물었다.

"저를 의심하셨습니까?"

누구라도 할 법한 질문이었다. 시빌 또한 헤르만 아델하이트와 그가 대단한 친분이 있을 거라고 짐작했던 건 아니었으니까. 다만 어느 정도 교류는 있었으리라 추측했다. 아델이 평소 소뵈르를 화두에 올린 일이 많았고, 또 주변에 사람 안 두기로 유명한 그가 아델을 데리고 사라졌던 일도 있었으니 친구 같은 거창한 사이는 아니더라도 서로 유심히 지켜보고 있는 사이일 것은 분명했다.

시빌은 고개를 저었다.

"샬레 군을 의심해서 온 건 아니에요. 아시다시피 전 한 학기를 쉬었고, 그래서 누가 무슨 이유로 아델을 싫어하는지 잘 모르지만, 샬레 군은 그렇지 않으시잖아요. 저보다 머리도 좋고 아델에게 관심도 없지 않으신 것 같으니, 분명 듣고 기억하고 계신 게 많으실 거라고 짐작했어요. 게다가 오즈 출신이시니까 이런…."

한참 말이 이어지지 않자, 보다 못한 소뵈르가 한마디 거들었다.

"유치한 따돌림에 예민할 것이다?"

"네, 조금 속물 같은 계산이죠. 미안해요. 그래도 어쩔 수 없어요. 이럴 땐 약자끼리 연대하는 수밖에 없으니까요."

"하고 싶으신 말은 잘 이해했으니 사과는 안 하셔도 됩니다. 이해(利害)가 확실한 건 좋죠."

소뵈르는 잠시 말이 없었다. 시빌은 돌연 입을 다물고 침묵을 지키는 그의 얼굴을 유심히 바라보았다.

"확실히 아델하이트 군에게 해악이 되는 사람이 제게 이익이 될 것 같진 않습니다. 지역주의를 들먹이는 사람들이 슈니플로케 사람 하나 치우고 나면, 또 어디다 그 칼을 들이밀겠습니까? 불 보듯 뻔하죠."

시빌은 그의 말이 어쩐지 자기변명 같다고 생각했다. 아델이 걱정되니 돕는다고 인정하고 싶지 않아서 갖다 붙인 구실처럼만 들렸다.

그렇지만 구태여 그의 말을 부정하진 않았다. 이유가 무엇이든, 그가 자신이 아델을 연민하고 있다는 사실을 부정하고 싶다면 적당히 덮어놓고 모른 척 해줄 만한 여유 정도는 있었다. 그편이 그녀에게 유리했음은 물론이다.

"맞아요. 샬레 군의 안위를 위해서라도 도와주세요. 분명 샬레 군의 남은 학교 생활에도 보탬이 될 테니까요."

"…조사는 어디까지 하셨습니까?"

"음, 제 나름대로 짚이는 구석이라고 생각했던 사람들한테 이것저것 캐묻고 다닌 게 다예요. 아니나 다를까 다들 모른다고 하더라고요."

"그럼 범인이 내가 했다고 대놓고 밝히겠습니까? 별로 유효한 탐문은 아니었겠네요. 편지가 사라지기 시작한 시기는 언제부터죠?"

시빌은 잠시 머릿속으로 셈을 해본 후 대답했다.

"봄 학기 후기(前期) 시험 직후부터 쭉 사라졌다고 들었어요. 방학 때 근처 헌책방에서 아침마다 일하느라 고향에 못 돌아갔는데 방학 내내 편지가 사라져서 곤란했다고 그러더라고요. 보내는 편지가 사라지기 시작한 건 이번 학기부터라고 하고요."

"그렇다면 높은 확률도 상대도 후원 학생이겠네요. 그것도 돌아갈 만한 연고가 없는 사람. 아델하이트 군이 아침에 일어나 일을 나갔다면 그때 우편함을 확인했을 테니, 상대는 새벽부터 움직였겠고…. 하숙이 아니라 기숙사에서 살아야 앞뒤가 맞겠습니다. 방학에 기숙사에 남았던 사람의 명단부터 확인하죠."

"교무처에 부탁하면 보여줄까요?"

그녀의 우려 섞인 목소리에, 소뵈르는 산뜻한 대답을 내놓았다.

"안 되면 교수 이름이라도 파는 수밖에요."

***

 요한나 파우스트는 나름대로 아델하이트에게 편지를 돌려줄 타이밍을 재고 있었다. 시빌에게 전해 들은 바로는, 사라진 편지는 여러 통이라고 하고 요한나의 손에 떨어진 편지는 고작 한 통뿐이었으나 그녀는 적어도 시빌의 앞에선 당당하고 싶었다. 한두 번이야 거짓말을 한다지만 앞으로도 시빌과 계속 교류를 이어나가고 싶었고, 아델하이트의 문제는 요한나가 바라지 않아도 당분간은 거론될 게 뻔했다. 그의 이름이 시빌의 입에 오르내릴 때마다 심장이 철렁하는 기분을 맛보느니, 차라리 어서 편지 사건에서 손을 터는 게 나을 것 같았다.

 문제는 생각처럼 쉽게 행동으로 옮길 수 없다는 것이었다. 거짓말을 하고 싶지 않은 만큼, 시빌에게 오해를 사고 싶지도 않았다. 그 오해받지 않을 만한 타이밍을 잡는다는 게 어려웠다.
 물론 시빌과 처음으로 아델하이트에 대한 대화를 하던 밤, 편지를 돌려준다는 선택지를 택할 수도 있었을 터다. 시빌의 손에 들어가면 반드시 편지는 주인을 찾아갔을 테니까. 그러나 편지를 꺼내는 순간 피해갈 수 없을 질문들까지 상상하자 행동이 뚝 막혔다. 편지를 어디서 얻었느냐는 질문부터 주동자를 아느냐는 탐문까지 줄줄이 이어질 것이 뻔했다.
 그저 지나가면서 툭, 편지를 찔러주고 가도 되는 일이건만 그게 이토록 어렵다니 스스로가 한심해 죽을 것 같았다. 이러지도 저러지도 못하고 며칠인가 흘렀다. 교내 카페 구석 자리에 앉아 편지를 거듭 다시 읽으며 추처럼 무거운 한숨을 토해낼 무렵, 누군가가 그의 어깨를 손끝으로 몇 번 두드려왔다.

"아. 역시 파우스트 양이셨네요. 뒷모습만 보고 긴가민가했습니다."

요한나 파우스트는 그가 누구인지 알았다. 이름은 머릿속에서 날아갔지만, 성씨라면 정확하게 기억하고 있었다. 리즈. 그의 이름을 일부러 느릿하게 발음하며 테이블 위에 어질러져 있던 편지를 아무렇게나 추슬렀다.

"항상 데리고 다니시던 사람들은 어쩌셨습니까?"

"데리고 다니다니, 남들이 들으면 오해하겠습니다. 파우스트 양께서도 라몬트 양을 데리고 다닌다는 표현을 듣고 싶진 않으실 텐데요."

"…제가 무례했습니다. 미안합니다. 좀 경황이 없어서."

"아델하이트의 편지 때문에요?"

오스틴 리즈는 요한나가 늘어둔 편지에 유심히 시선을 두진 않았지만, 요한나가 모아서 마법으로 치워버린 편지가 어떤 것인지 짐작하고 있던 눈치였다.

"벌써 아델하이트 군께 돌려주셨을 줄 알았는데. 기세등등하게 가져가신 것치곤 꽤 오래 보관하고 계시네요."

"아델하이트를…."

요한나는 버석한 입술을 조금 깨물었다.

"…좀처럼 만날 일이 없어서. 수업이 겹치질 않으니 돌려줄 타이밍도 잡기가 어렵더군요."

"라몬트 양께 전달하셔도 괜찮았을 텐데요. 그 아가씨야 아델하이트 군과 친한 걸로 소문이 자자하잖습니까. 사귀니 어쩌니 하는 소리도 조금씩 나오는 것 같고."

테이블을 아무 의미도 없이 두드려대던 요한나의 손가락이 뚝 멈추었다. 언젠가 그녀의 언니가 그녀를 두고 넌 배우는 못하겠다며 놀린 일이 있었다. 태연한 척을 잘하는 건 언니지 요한나가 아니었다. 아무리 일부러 비스듬하게 자세를 잡고 짐짓 여유로운 척을 해봐도 상대가 핵심을 찔러오면 사소한 구석에서 티가 났다.

"이제야 우리가 좀 친해질 수 있을 것 같네요."

오스틴 리즈가 요한나의 맞은편에 서서 양손으로 테이블을 짚고 살짝 상체를 숙였다. 연갈색의 머리칼이 몸을 숙인 방향을 타고 미세하게 흐트러졌다. 두 사람의 눈높이가 미묘하게 맞지 않았다.

요한나는 오스틴을 올려다봐야 했고, 오스틴이 요한나와 눈을 맞추려면 시선을 내리깔아야 했다.

"아델하이트가 마음에 안 드시죠?"

요한나는 대답하지 않았다. 침묵이 긍정임은 알았지만, 부정하고 싶은 기분까진 들지 않았다. 침묵만으로도 오스틴은 만족한 것 같았다.

"고지식하시기는."

오스틴의 눈가에 부드러운 눈웃음이 번졌다.

"눈만 감고 계세요. 가담하라고는 안 할 테니까요."

\* \* \*

시빌 라몬트는 처음으로, 학교가 사회의 축소판일 수 있다는 생각을 가졌다. 어쩌면 이미 교육학을 공부하는 학자들이 저술한 말일지도 몰랐지만, 적어도 그녀는 그때 처음으로 그런 가설에 이르렀다. 나라에 학교라곤 큰 도시로 나와야 한두 군데 있는 정도이니, 교육과 거리가 먼 사람들은 학교 내부 또한 사회와 별다를 것 없이 돌아간다고는 상상치도 못할 것이다.

사회에서는 평소에 자신에게 편의를 제공할 수 있을 법한 사람과의 관계를 좁혀놓으면, 여차할 때 자신의 신변을 부탁하기가 좋아진다. 학교도 마찬가지였다. 안 되면 교수의 이름을 팔자더니, 소뵈르가 웨스트 교수의 이름을 몇 번 들먹여가며 말을 조금 꾸며내기만 해도 교무처 사람들은 한치의 의심도 없이 방학 동안 기숙사를 사용했던 학생들의 명단을 내어주었다.

"생각보다 많지 않네요."

후원 학생들의 절반이 돌아갈 고향이 없다는 사유를 적어 제출했지만, 후원 학생 자체가 많지 않았다. 시험 응시자 수는 후원 시험이 압도했으나, 합격 정원은 일반 시험이 훨씬 많았던 탓이다.

"라몬트 양께서 익숙하신 이름을 짚어주시죠."

"저요?"

"보내는 편지까지 사라졌다면 같은 수업을 듣고 있는 사람일 가능성이 크니까요. 아델하이트 군의 동선을 익히 알고 있다는 의미일 테니…. 라몬트 양과 아델하이트 군은 수업이 거의 겹치지 않습니까."

"같은 수업 듣는 사람을 다 기억하진 못해요."

명단을 머리부터 차근차근 읽어나가며 난감한 표정을 짓자, 소뵈르 샬레가 짧게 혀를 차는 소리가 들려왔다.

"아는 데까지라도 짚어보세요. 저도 생각을 좀 해볼 테니까."

인간의 기억력엔 한계가 있는 법이니만큼 수사망이 촘촘하다고는 할 수 없었으나, 시빌은 기억해낼 수 있는 만큼의 이름을 기억해냈다. 짚어낸 이름을 소뵈르가 소환 마법으로 불러온 수첩에 받아 적었다. 수업 두 가지를 함께 듣는 그 또한 이름 몇 개를 추가해 적었다. '편지를 가져간 사람'이라는 막연한 호칭으로 불리던 형체 흐릿한 용의자가 열 명 안팎의 이름으로 축약되었다.

두 사람은 명단을 교무처에 반납하고 복도로 걸어 나왔다. 시빌은 그와 보조를 맞추기 위해 더욱 부지런히 속도를 높여 걸어야 했다. 구보를 하다시피 걸으며, 시빌은 소뵈르로부터 건네받은 수첩을 곱씹어 확인했다.

오스틴 리즈. 소뵈르가 추가한 이름이 조금 걸렸다.

"다른 사람들은 다 누군지 얼추 알겠는데, 이 사람은 누군지 잘 모르겠네요."

"리즈 군을 모르신다니 의외네요. 그 사람도 파우스트 양과 친분이 있는 것 같던데."

정확하게는 오스틴 리즈가 그 곁을 맴돈다고 표현해야 옳겠지만, 소뵈르는 무심코 덧붙였다.

"한나 친구들은, 그…."

시빌은 잠시 말을 잇지 못했다.

"한 번도 만나본 적이 없어요. 그래서 잘 몰라요. 좀처럼 소개해주지 않아서…."

제가 부끄러운가 봐요. 걸음이 천천히 느려지자, 소뵈르는 다섯 걸음을 더 가고 나서야 걸음을 멈추고 시빌을 돌아보았다. 불안하거나 기분이 가라앉으면 제 원피스 자락을 꾹 쥐는 습관이라도 있는지, 벌써 옷자락을 쥔 그녀의 손에 힘이 들어가 있었다.

"그냥 혹시나 해서 드리는 말씀인데, 울지는 마세요. 위로에 재주가 없어서 말입니다."

그렇게 말하자, 시빌의 가녀린 어깨에까지 힘이 들어가 바짝 솟았다. 소뵈르는 짧게 한숨을 끊어 쉬었다.

"당신이 처음 학교에 왔던 날. 강의실 문가에서 부딪힌 사람 있지 않습니까. 그 사람입니다. 오스틴 리즈."

"그, 그날 저 보고 계셨어요?"

"복도를 지나다가 우연히 목격한 것뿐이에요. 혼자 문을 차지하고 서 계셨잖습니까. 그것도 한참을."

확실히, 강의실을 둘러본답시고 문간에 조금 오래 서있기는 했었다. 뺨이 부끄러움으로 괜히 홧홧해졌다. 돌이켜보면 예법에 맞는 행동은 아니었던 것 같았다. 문지방을 떡하니 밟고 서서 타인을 관찰한다니.

그러니까 오스틴 리즈와도 부딪혔던 게 분명했다. 그때 떨어트린 편지라도 주워주지 않았더라면 말도 섞어보지 못한 학생에게 나쁜 첫인상만 심어줄 뻔했다.

"…편지."

문득 뇌리에 닿친 단어에 놀라 시빌은 고개를 바짝 들었다.

"샬레 군, 딱히 이렇다 할 근거가 있는 건 아닌데요…. 혹시 괜찮으시면 리즈 군부터 조사해도 괜찮을까요?"

소뵈르의 눈이 느릿하게 깜빡였다.

\* \* \*

편지가 도착했다. 아주 오랜만의 일이었다.

아델은 해가 저물고 나서야 도서관에서 기숙사로 돌아왔다. 돌아오는 길에, 비어있을 걸 알면서도 우편함을 한 번 확인했다. 습관이 그토록 무서웠다. 우편함의 철제 뚜껑을 손끝으로 살짝 들어 올리자, 우편함 벽과 바닥에 가느다란 빛줄기가 들었다. 열린 틈을 파고든 불빛 속에서 낯선 질감의 봉투가 드러났다.

그는 깜짝 놀라 뚜껑을 한 번 떨어트렸다. 요란한 소리가 복도를 쨍하니 울렸다. 우편함 앞을 서성이거나 나선 계단을 오르기 위해 현관을 가로지르던 학생들이 소리에 놀라 아델을 사납게 돌아보았다. 그들을 돌아보지 않아도 시선이 꽂히는 게 피부로 느껴졌다.

아델은 가느다랗게 숨을 골랐다. 다시 뚜껑을 열고 봉투를 꺼냈다. 벽에서 한 발자국 멀어지자, 손에 든 봉투가 불빛 속에서 좀 더 명확한 형태를 드러냈다.

봉투는 봉인이나 소인이 찍혀있지 않았다. 뒤집자, 주소도 없었다.

우편 시스템을 통해 도착한 편지가 아니라는 의미였다. 학교를 드나드는 누군가가 직접 편지를 써서 아델의 우편함에 집어넣은 것이었다.

봉투를 열자 카드가 나왔다. 내용은 간결했다. 보내는 이의 이름, 받는 이의 이름, 그리고 시간이 괜찮다면 차라도 한잔 하지 않겠느냐는 용건이 몇 줄. 그게 다였다.

왜 이 카드는 사라지지 않았을까. 편지를 부지런히 훔치던 도둑은 어디 가고? 의문이 고개를 들었다. 슈니플로케에서 온 편지만을 골라서 가져가는 범인이라니 기이하기 짝이 없었다. 물론 그에게 도착하는 편지는 대부분 슈니플로케에서 날아왔겠지만 구태여 그것만 골라 훔쳐 갈 이유가 어디에 있겠는가? 게다가 그에게 도착한 편지 '전부'가 슈니플로케에서 날아온 편지도 아니었다. 어쩌면 잠시 수도로 올라가 있는 레오폴트가 보내온 편지가 있었을지도 몰랐다.

포인트는 발신인 관계없이 편지가 모두 사라졌다는 데에 있었다. 아델과 외부와의 연결을 끊어 고립시키는 것이 이 유치한 괴롭힘의 목적이라면 편지의 발신지가 어디인지가 크게 관련이 있을 리가 없었다. 아무리 생각해도 이 카드는 편지 도둑의 각별한 가호를 받았다.

아델은 카드를 도로 봉투에 넣었다. 8시 정각을 알리는 종소리가 교내의 밤을 은은하게 밝혔다.

* * *

소뵈르 샬레는 그녀의 상상과 온전히 부합하지 않았다. 어쩌면 시빌이 상상했던 틀은 병상에서 읽었던 숱한 소설과 학보에 실렸던 '샬레의 답안'에 뿌리가 있었으니, 살아있는 인간을 짐작하기에는 기반이 빈약했던 것일지도 몰랐다.

시빌은 그에게 많은 걸 바라지 않았다. 도움을 청하자고 처음 마음먹었던 순간까지도 그랬다. 아델과 친분이 있다면 특히 아델에 대해 떠도는 뒷말을 많이 기억해두었을 테니, 실마리를 제공해줄지도 모른다고 짐작한 정도였다.
시빌의 머릿속에서 그는 얄미운 천재에 불과했다. 교수나 차기 그리폰 남작의 기분은 맞춰주지만, 자기보다 못한 사람들의 기분은 일절 헤아리지 않는 것 때문에 더 그렇게만 그려졌다.
오만하고 때론 얄밉고, 자신의 성과와 이득에만 관심이 있지 타인에겐 아무런 흥미를 느끼지 못하는, 소위 '얼굴만 반반한 오즈 출신 마법사'는 그림이 됐다. 소설에도 자주 등장하는 악역이었고 널리 사용되는 클리셰가 아니던가.

그러나 시빌은 그와 반나절을 함께하면서 마법보다 사람이 더 파악하기 어려운 미지(未知)라는 사실을 깨달았다. 그는 상상과 비슷하기도 했지만, 상상과 멀기도 했다. 시빌은 교수 앞에선 싹싹하게 굴 줄 알던 그가 이토록 교칙에 무관심할 줄은 몰랐다.

"이러다 들키면 어떡해요?"

오스틴 리즈를 조사하자고 한 건 시빌이었으나, 직접 만나서 물어 보자는 뜻이었지 남의 기숙사에 숨어 들어가자는 뜻은 아니었다. 분명 기초 마법으로는 열지 못하도록 설계된 문일 텐데 무슨 공식을 사용한 것인지 소뵈르는 간단히 문을 열었다. 누가 보면 도둑으로 오해하기 딱 좋은 행태였다.

그는 시빌의 걱정 어린 목소리엔 대꾸도 하지 않고 방 안에 들어섰다. 방 한가운데에 서서 원피스 치맛자락만을 꾹 붙들고 안절부절하는 시빌을 무심하게 돌아다보기만 했다. 시선엔 무게는 없으나 힘은 있었다. 언어도 조금 배어있을지도 몰랐다. 별말 하지 않았음에도 그의 시선은 시빌을 몰아붙이고 있는 것처럼 느껴졌다. 들어올 건지 말 건지 선택하라면서. 결국 시빌은 떠밀리듯이 주변을 한 번 살피고는 얼른 문지방을 넘었다. 문을 소리가 나지 않게 닫고도 불안해서 등을 대고 체중을 실어 문을 한 번 꾹 밀었다. 소뵈르는 그때에서야 시선을 거두었다.

"전 리즈 군에게 직접 물어보자는 말이었다고요. 징계 먹고 싶진 않은데!"

"라몬트 양. 누가 당신에게 리즈 군의 방에 침입했냐고 물으면 그랬다고 대답하실 겁니까?"

"…아뇨."

"그럼 리즈 군이라고 대답할까요? '편지를 훔쳤느냐'고 물었을 때."

소뵈르는 소맷부리를 팔꿈치 아래까지 걷은 후, 방을 크게 휘 돌아 보았다. 리히트 대학의 기숙사 구조는 모두 균일했다. 침대, 책상, 책장, 서랍장이 있고 벽면에 책상을 붙였다. 광장이 내다보이는 창이 벽 가득히 나 있었다.

"훔쳤든 훔치지 않았든 어차피 대답이 '아니오'라면 그런 질문은

The Calm Before the Storm

의미가 없습니다. 그러니 실마리가 안 잡히죠. 범인과 범인이 아닌 사람 모두 대답이 똑같을 수밖에 없으니까."

소뵈르의 손이 매끈한 책상을 한 번 훑었다.

"어쩌면 이런 식으로 아홉 군데는 돌아야 할지도 모릅니다. 교칙을 더 어겨야 할지도 모르는데, 무서우시면 지금 돌아가세요. 안 잡을 테니."

"아, 안 돌아가요! 친구하고 약속했으니까!"

친절하지 못한 건 얼추 상상했던 것과 맞아떨어졌지만 별로 기쁘진 않았다. 이왕이면 그런 짐작까지도 모두 엎어버리고 좋은 사람이었더라면 함께 행동하기 더 편했을 텐데.

시빌의 대답은 적당히 흘려버리고, 소뵈르는 우선 책상 서랍 앞에서 몸을 숙였다. 오스틴 리즈가 잠가두었겠지만, 기숙사 문도 쉽게 열어버린 사람이 책상 서랍이라고 열지 못할 리가 없었다.

깊이가 깊은 서랍 속엔 몇 권의 노트를 비롯하여 책, 서류, 필기구 종류가 각 잡혀 정리되어 있었다. 문에 기대어 서서 우물쭈물하던 시빌 또한 멀뚱히 서 있고 싶진 않았기에 소뵈르가 치워둔 의자를 책장 가까이 끌어왔다. 책장의 맨 윗줄부터 차근차근 확인해가며 편지 비슷한 것을 찾아볼 작정이었다.

"만약 리즈 군이 편지를 훔쳤다면 동기는 뭐라고 생각해요?"

십 분 넘게 책장 사이사이를 뒤적이다 보니, 분위기가 퍽 어색해져서 꺼낸 소리였다. 서랍에 들어있는 서류를 일일이 꺼내어 확인하던 소뵈르는 그녀에게 시선 한 번 주지 않고 대답했다.

"요한나 파우스트에게 빚을 만들어두려는 거겠죠. 뻔하지."

"한나에게요?"

"공작 가문에 연줄 대두면 편하잖습니까. 리즈 군 같은 연고 없는 후원 학생들은 더 그렇게 생각할 테고."

"아델과 한나가 무슨 관계가 있는데요?"

"당신이라는 관계가 있죠. 뭐, 전 사정은 잘 모르겠습니다만 만일 리즈가 범인이라면, 파우스트가 당신과 아델하이트의 친분을 탐탁잖게 생각한다는 소리 아니겠습니까. 그러니 '아델하이트를 치워주면 빚을 지울 수 있다'고 판단했겠죠."

종이가 넘어가는 소리가 크게 정적을 갈랐다. 시빌은 훑어본 책을 도로 있던 자리에 꽂아 넣었다. 등표지에 금실로 박힌 '마법 약학의 기본'이라는 글씨가 희미한 달빛 아래로 숨어들었다.

"한나는 그런 애 아니에요."

"어떻게 확신합니까?"

"10년도 더 알았다고요. 제가 한나에 대해 모르는 게 있을 리 없어요."

"파우스트도 파우스트를 모를 텐데?"

"무슨 뜻이에요?"

"별 뜻 없습니다. 사람이란 게 다 그렇지 않냐는 거죠."

시빌은 문득 소뵈르를 돌아보았다. 책상에 비스듬히 기대어 서류를 확인하는 그의 행동에는 미동이 없었다.

"나도 나를 모르는데, 제3자가 날 어떻게 알아."

소뵈르는 종이를 한 장 책상에 내려두며 무심코 말했다.

"인간이 서로를 이해한다는 건 판타지야. 미친 망상이지."

딱딱한 말투와 맞지 않을 만큼 나긋하던 목소리가 더없이 가라앉아 있었다. 다른 책을 뽑으려던 시빌의 손길이 뚝 멈추었다. 알다가도 모를 사람이다. 말은 그렇게 하면서도, 그는 아델의 입지를 이해하고 연민하고 있지 않은가. 시빌은 어쩌면 그가 아델을 연민하고 있다는 사실을 의도하고 덮은 것이 아니라 자신이 어떤 감정을 느끼고 있는지 스스로도 잘 몰랐기 때문에 논리적인 이유라도 덧씌우고

The Calm Before the Storm

싶었던 걸지도 모르겠다고 생각했다.

"…혹은 파우스트가 당신들의 관계를 거슬린다고 생각하지 않더라도, 주변에서 지레 그렇게 짐작하고 움직인 걸 수도 있겠죠."

소뵈르는 날을 세워 내뱉었던 독백 같은 것은 없었다는 것처럼, 태연한 투로 말을 이었다.

"더러 있는 얘기 아닙니까. 윗사람들 기분 맞춰주느라 알아서 해다가 바치는 사람들."

시빌은 깜짝 놀라 몸을 떨었다. 건드려도 모를 만큼 서류에 집중하고 있는 것처럼 보였건만 그의 사소한 움직임 하나까지 신경을 쓰고 있었던 것이다.

그녀는 서둘러 아무 책이나 꺼내 펼쳤다. 편지를 찾지는 않고 그를 빤히 쳐다보고 있었다는 사실을 들키면 또 한 소리 들을 것만 같았다. 그러나 당황한 나머지 문장이 제대로 눈에 들어오질 않았다. 시신경을 통해 들어온 단어가 토막이 난 채 머릿속을 어지럽게 돌아다녔다. 역병, 로헤드, 진상, 범인은 52세의 오즈 난민, 사용된 공식…. 시빌은 자신이 펼친 책이 로헤드 사건을 보도한 신문 기사를 스크랩한 노트라는 사실을 깨닫기까지 시간이 조금 걸렸다.

소뵈르는 살펴보던 서류 속에서 몇 장의 종이를 뽑아 시빌에게 건네었다.

"그리고 그런 사람인 모양이네요. 오스틴 리즈는."

소뵈르가 건넨 편지는 모두 발신인이 달랐다. 아델이 쓴 편지가 몇 장, '로즈 헌터'라는 사람이 쓴 편지가 또 몇 장. 또 마지막 몇 장은 오스틴 리즈가 쓰다 만 편지가 섞여 있었다.

\* \* \*

"너무 애매한 시간에 부른 건 아닌가 싶어 죄송하네요."

"하하, 아니에요. 제가 늦게 온걸요. 카드를 늦게 확인하는 바람에…. 뭐, 아무튼 너무 신경 쓰지 마세요."

 연극으로 전향하진 않았어도 말조차 연극을 보며 떈 사람이니만큼, 아델은 연기라면 보통 사람보다 잘했다. 그러나 오스틴 리즈도 만만찮은 삶을 살아온 건 확실해 보였다. 교내 카페, 테라스에 가까운 자리에 마주 앉아 대화를 시작한 지 몇 분 되지 않았지만 그런 확신이 들었다.

 편지가 도착하는 시간은 늘 일정했고 작정하고 훔치자면 얼마든지 우편함 주인보다 더 빠르게 채갈 수가 있었다. 한가한 일반 학생들이면 몰라도 후원 학생인 아델 입장에선 우편함 앞을 노상 지키고 있을 순 없었다. 용돈벌이는 용돈벌이대로 해야 했고, 성적 유지는 성적 유지대로 해야 했으니 우편마차가 서는 시간을 온통 비울 수야 없는 건 당연했다.

 아델은 오스틴이 편지를 훔쳐 간 장본인일 것이라 짐작하고 이 자리까지 나왔다. 이러한 요건들을 따져보면 다른 편지는 숱하게 사라졌는데 그가 보낸 카드만 살아남은 것을 설명할 수가 없었다.

 오스틴은 여태껏 아델과 이렇다 할 충돌은 없었던 사람이었다. 그러나 만에 하나 편지를 가져갔다면 '헤르만 아델하이트'에게 어떤 불만을 품고 있다는 의미였다. 그토록 얄미운 사람을 앞에 두고 태연자약하게 웃으며 차를 권할 줄 안다는 것부터가 오스틴의 삶을 방증했다. 감정을 드러내면 안 되는 삶을 살았던 것이다. 같은 후원 학생이니만큼 그게 어떤 환경이었을지 대강 짐작이 갔다. 이 땅에선 약자는 감정을 드러내어 좋을 게 없었다.

"차는 입에 좀 맞으십니까?"
"그렇게 곱게 자란 사람은 아니라 어차피 맛을 잘 몰라요."
"그렇더라도 맛은 괜찮으면 좋겠는데요. 물론 많이 드시면 안 좋겠지만요. 밤이 늦었으니까."
 그렇게 말할 작정이었으면 오밤중에 차 마시자고 부르질 말던가. 그런 가시 박힌 말이 혀 밑까지 차고 올라왔지만, 차 몇 모금과 함께 삼켜냈다. 그 정도도 삼켜내지 못하면 극단 출신이라는 꼬리표가 울었다.
"걱정은 감사합니다."
 아델은 울컥 치민 화를 간신히 가라앉히고 찻잔을 내려두었다. 최대한 여유롭게 웃었다. 레오폴트 그리폰이라는, 이렇게 여유로운 척을 해야 할 때 모사하기 좋은 모델이 있다는 사실이 처음으로 감사했다.
"그렇지만 리즈 군과는 이런 대화를 할 때가 아닌 것 같네요. 불러내신 이유부터 듣고 싶습니다. 드디어 편지를 돌려주실 마음이라도 드셨나요?"
"하하, 무슨 말씀이신지 전혀 모르겠는데요. 그저 같은 후원 학생끼리 안면 좀 트고 살자는 의미로 불렀습니다."
"한 학기나 지났는데 이제 와서요? 농담도."
"그동안은 늘 차가운 표정을 하고선 앉아계시기에 친구를 원하지 않으시는 줄 알았거든요. 그런데 요즘 보니 그건 아니신 모양이라 용기를 좀 내본 겁니다."
 대화가 끊어졌다. 아델로선 남들에게 벽을 세울 생각이 있었던 건 아니었지만, 시빌 라몬트와 처음 말을 섞었던 날에도 똑같은 말을 들었던 것이 떠올랐다.

오스틴의 말이 전부 거짓말이라는 심증은 있었으나 물증은 부족했다. 심증만으로 덮어놓고 의심하기도 어려웠다. 대화를 유리하게 끌어갈 방도가 불투명한 까닭에 아델은 초조해지기 시작했다.
 "더불어 당신의 편지가 없어지고 있는 줄은 전혀 몰랐습니다. 혹시 제가 보낸 카드만 사라지지 않아서 의심하신 거라면 그것 또한 지나친 넘겨짚기라고 말씀드리고 싶네요. 같은 기숙사를 사는데, 편지를 우편마차에 태워서 보낼 필요가 없잖습니까. 도둑이 24시간 우편함을 보고 있는 게 아닌 이상에야 우편마차가 오가는 시간에 맞추어 움직이고 있는 것일 텐데, 제가 아델하이트 군의 우편함에 편지를 넣은 건 우편마차가 가고 나서도 한참 후였어요. 그러니 도둑이 눈치 못 채도 이상할 게 없죠. 무엇보다 제게는 당신의 편지를 훔칠 동기도 없고요."
 자신을 덮어놓고 싫어하는 사람만 해도 셀 수 없을 지경이니 동기가 없다는 말만큼은 동의할 수가 없었으나, 논리에는 반박할 말이 없었다. 하기야 우편함에 편지가 올 적마다 어떤 신호가 오도록 마법을 걸어놓은 것이 아니라면 편지가 도착하는 족족 범인이 알 수 있을 리 없었다. 그래, 마법을 걸어놓은 게 아니라면….

 아델은 화급히 고개를 들었다. 이토록 간단한 가능성을 생각해보지도 못하고 놓쳤다는 게 놀라웠다. 이곳은 이 나라에서 가장 많은 마법사가 사는 곳이다. 장난을 치든 범죄를 저지르든 마법이 연루되었을 가능성이 컸다.
 아델은 남은 차를 급하게 비워내었다. 미지근하게 식은 차는 쉽게 넘어갔다.
 "죄송하지만, 리즈 군. 대화는 다음에 느긋하게 나누죠. 급한 일이 생겨서."

머릿속으로 알고 있는 공식들을 할 수 있는 만큼 조합하느라 똑바로 말하는 것조차 버거웠다. 오스틴 리즈는 화를 내지 않았고, 도리어 느긋하게 작별 인사를 받아주었다.
"그러세요. 무슨 일인지는 몰라도 급하시다니 가보셔야죠."
빈 찻잔 테두리를 따라 불빛이 미끄러졌다.

* * *

요한나 파우스트는 만 하루 동안 아델하이트를 생각했다. 정확하게는 여전히 제 손에 떨어져 있는 편지 한 통으로 고민했다. 오스틴 리즈가 어떤 방법으로 아델하이트를 시빌의 곁에서 떼놓을 작정인지까진 몰랐다. 짐작조차 가지 않았다. 그녀는 두 번의 시험에서 종합 성적 3위를 유지할 만큼은 했지만, 학습 성취가 좋다고 남의 머릿속까지 훤한 건 아니었기 때문이다.
아델하이트가 불편하다는 사실을 인정했을 때, 눈 감고 기다리라던 오스틴의 말을 요한나는 단호하게 거절하지 못했다. 어영부영 자리를 피하는 게 고작이었다.
그것이 허락 혹은 동조, 더 너른 마음으로 이해해도 방조에 가까운 행위였다는 사실을 요한나 또한 알았다. 그녀는 이러한 방조가 올바른 일인지를 따지느라 주말 하루를 꼬박 보냈다. 자신의 유치한 질투 때문에 그들의 사이를 의도적으로 벌리는 것은 바른 일인가? 만약 그녀가 방조한 바람에 아델하이트에게 해가 간다면 그녀는 과연 책임에서 자유로울 수 있을까.

그녀는 고민 끝에 자정이 다 되어서야 편지를 챙기고 외출 채비를 했다. 종일 침대에 누워있었던 탓에 몸이 녹진녹진했다. 이 시간이면, 일하고 공부하느라 바쁘게 산다는 아델하이트일지라도 기숙사에서 잠들 준비를 하고 있을 것이 분명했다.

 설령 알량한 양심이나 챙기는 행위에 불과할지라도 묵인은 못 하겠다. 편지를 도로 접어 주머니에 넣었다. 문을 닫고 나선 복도는 고요 속에 길게 뻗어있었다.

* * *

 최북단 출신으로서 하나 자랑할 만한 게 있다면 남부의 기후 정도로는 잔병치레할 일이 없다는 사실이었다. 후원 입학시험을 치르던 계절, 남부 출신의 레오폴트는 아델에게 그런 말을 하며 웃었던 적이 있었다.

 "눈꽃의 도시에서 겨울의 절반을 보내고 돌아오니 여기 추위는 추위 같지도 않네요."

 아델은 그 말에 놀랐다. 남부에 도착했을 때 그는 막연히 이 도시엔 겨울이 없다고 생각했던 까닭이다. 외투도 거리에 나다니는 사람들이 모두 입고 다니니 마지못해 얇은 것이나마 구해다 걸친 정도였다. 얼어 죽지 않으려면 밤에는 데이트도 자제해야 한다는 소리를 우스갯소리처럼 하던 고장에 비하면 프림데의 겨울은 슈니플로케에선 찰나의 꿈이었던 봄에 가까웠다. 덕분에 그는 비싼 약값으로 생활비를 날릴 일이 없었고, 용돈벌이까지 시작하니 그럭저럭 비상금까지 모을 수가 있었다.

 교내 카페와 기숙사 건물은 나란히 붙어있었다. 아델의 걸음 속도로 꼬박 10분이면 닿았다. 이상을 감지한 건 현관을 가로질러 나선 계단에 발을 올려두었을 때였다. 급하게 들이키면 물에도 체한다더니, 딱 그랬다. 속이 조금 울렁거렸다. 슈니플로케에서 나선 계단에 갇혀 고생한 기억이 있기는 해도, 그간은 계단을 잘만 오르내렸으니, 아마 없던 트라우마가 생긴 건 아닐 터였다.

 기숙사로 돌아가 우편함에 걸어둘 만한 마법 공식을 찾아볼 작정이었건만, 조금씩 정신이 아찔해지는 게 영 위험 신호였다. 이렇게 컨디션이 급격히 뚝 떨어진 건 태어나 처음이었다. 계단을 간신히 올라, 복도에 들어섰을 무렵엔 본능적으로 벽부터 더듬어 짚었다. 어쩌면 밤낮없이 바쁘게 지냈던 게 화근이었을지도 몰랐다. 이 땅의 겨울이 만만했던 탓에 너무 자만했던 것일지도 몰랐고.

 문은 벽을 따라 나란히 났다. 한마디라도 말을 떼면 토할 것 같아, 아델은 잠시 벽에 기대어 선 채 입을 틀어막았다. 실내가 더운 건지 몸이 빠르게 달아오르는 감각과 함께 정신이 점점 더 몽롱해졌다. 아. 열감기인가. 그럴 수도 있겠다. 이제 곧 가을에서 겨울로 접어들 계절이 아닌가.
 "아델?"
 똑같은 간격을 두고 늘어선 문 중 어느 것인가가 열렸다. 아델로서는 그 문이 얼마나 떨어져 있는지 또 언제 열렸는지 알 수 없었다. 숨을 고르는 데만도 벅차서 문이 열리는 소리조차 알아채지 못했던 탓이었다. 흐릿한 시야 속에 아는 얼굴 둘이 맺혔다.
 두 사람의 조합 자체가 낯설었다. 아델이 아는 한 그 둘은 말 한 번 섞어본 적이 없는 사이일 텐데….

 두 사람의 이름을 부를 참이었다. 그래야 할 것 같았다. 둘 다 아델로선 본 적도 없을 표정을 하고 있었다. 말이 제대로 떨어지지 않았다. 이 급성 열병은 제대로 몸을 지탱하고 설 힘까지 순식간에 잡아먹고 있었다.

아델은 자신을 받쳐주러 올 사람이 반드시 시빌 라몬트일 거라고 예상했다. 그러나, 예상은 빗나갔다. 중심을 잃고 미끄러진 제 몸을 받쳐 안으러 그 짧은 거리를 텔레포트로 이동해 온 사람의 얼굴은 시빌이 아니었다.

연분홍빛 머리칼 사이로 선명한 주홍빛 눈동자가 빛났다. 아델은 생각했다. 소뵈르가 그런 표정일 것까진 없지 않은가. 더군다나 이렇게 다급하게 자기를 받아주러 올 건 없을 터였다. 고작 열병이다. 몇 밤 자고 나면 나을 잔병이다. 무서워할 것도 없고 걱정할 것도 없다. 그들 사이엔 그럴 만한 의리도 없었다. 말 몇 번 섞어본 적이 없는 사이인 건 그와 아델도 마찬가지였다.

*  *  *

*C1114년 10월 1일, 친애하는 이사벨.*
*언젠가 하셨던 약속은 지켜주시기를. S.A.C.*

*  *  *

눈꺼풀이 달라붙어 눈을 뜨는 데 상당한 시간이 걸렸다. 하얀 천장이 물결처럼 어른거렸다. 알싸한 소독약 냄새가 났다. 누워는 있는 것 같은데, 어쩐지 공중에 떠 있는 것 같은 기분도 들었다. 꿈일지도 몰랐다. 어디서부터 꿈이었는지는 몰라도 어쩐지 현실감이 없는 풍경이었다.

하얗고 튼튼한 커튼이 그가 몸을 누인 침대 왼편에 드리워져 있었다. 새벽인지 사방이 어두컴컴했다. 한참 눈을 끔뻑이고 나서야 어둠이 눈에 익었다. 커튼 너머로 희미한 실루엣이 누워있었다. 아. 병동인지도 모르겠다. 그래서 소독약 냄새가 나는 모양이다. 창가가 가까운 자리인지, 부엉이가 우는 소리가 지척에서 들렸다.

"더 자요, 아델."
차가운 손이 그의 눈을 도로 감겨주었다. 얼굴을 보지 않아도 누군지 알 것 같은 목소리였다. 꿈이구나. 그런 소리가 저절로 잇새로 새어 나왔다. 그 남자는 단 한 번도 자신을 아델이라 부른 적이 없었다. 그 또한 그를 단 한 번도 이름으로 부른 일이 없으니 탓할 일은 아니었다.
"그래요, 꿈인 걸로 칩시다."
그가 손길을 거두어갔음에도, 아델은 눈을 뜨지 않았다.
"소뵈르. 몇 개만 물어봐도 돼요? 꿈이니까."
"물어봐요. 꿈이니까."
"그건 왜 물어봤어요? 스노우화이트 사건에 가담했느냐는 거."
"…당신이 그런 악마는 아니었으면 했어요."
"왜 그렇게 생각했어요?"
"당신이 악마가 아니라면, 나까지 면죄부가 생기는 것 같았거든요."
"…사실 자기 전에, 당신이 왜 그렇게까지 놀란 표정이었는지 엄청 궁금했어요."
"……."
"그리고 방금 기억해냈어요."
아델은 몸을 뒤척였다.
"이사벨이 로헤드에서 당신을 찾았다고 했었죠. …로헤드 역병 사태에서 누군가를 잃었나요? 그래서 열병이 무서웠던 거고요?"

"꿈이니까 그렇다고 할게요."

"누구였어요? 날 누구하고 겹쳐봤어요?"

"…꿈인데 그런 걸 묻는다니 당신도 어지간히 이상한 사람이네요. 이럴 때만 물어볼 수 있는 질문도 달리 얼마든지 있을 텐데."

소뵈르는 헛헛한 웃음소리만을 내려놓았다.

"화내도 됩니다. 난 가끔 당신에게 나를 덧씌웠고, 또 가끔은 토마 샬레를 덧씌웠거든요. 그리고 내멋대로 연민했습니다. 그러면 내가, 좀 덜 처량해지는 것 같았어요."

"상관없어요. 그렇게 해서 당신 기분이 나아진다면요."

"…착한 어린이로군요. 여기엔 그런다고 칭찬해 줄 어른이 없는데. 딱히 당신에게 떨어지는 것도 없을 테고."

아델 또한 눈을 감은 채, 숨죽여 웃었다.

"그러게요. 그냥 당신 얼굴이 취향인가 봐요. 내가."

\* \* \*

요한나 파우스트가 그에게 그간의 학보를 모아주었다. 그녀의 문병은 아델로서도 예상하지 못했던 바였다. 처음 왔을 땐 친구인 시빌 라몬트와 함께 왔는데, 사과해야 할 일이 있다고 했다.

그녀의 품에서 와이엇에게 갔어야 할 편지가 나왔을 땐 아델도 적잖이 놀랐다. 그녀는 자초지종을 설명하진 않았다. 구구절절 변명하고 싶진 않다고 했다. 다만 오스틴 리즈의 만행을 방조한 것은 미안하다고 했고, 할 수 있는 한 최선을 다해 속죄하겠다 했다.

"굳이 그럴 것 없어요."

아델이 말했다. 요한나는 국면이 바뀌어서 처세를 위해 사과하러 온 건 아닌 것 같았다. 아델이 회복하느라 잠에 빠져 사는 동안 몇 번인가 교대로 간호를 하러 들어오기도 했었다니, 그녀의 진실성을 의심할 필요까진 없어 보였다.

학보는 연일 시끄러웠는데, 원인의 반은 아델이었고 나머지 반은 소뵈르였다. 학생 칼럼은 날마다 대학 내에 만연한 파벌주의와 출세주의, 더불어 지역주의를 혁파해야 한다는 글이 실렸다. 주장의 근거는 오스틴 리즈가 아델에게 저질렀던 독살 미수였다.

그의 범행 동기가 파벌주의와 출세주의에 맞닿아 있었던 만큼 그러한 주장이 싹트기에 퍽 좋은 토대였다. 요한나의 이름 또한 한동안 칼럼과 학내 기사의 단골 소재로 오르락내리락했다. 오스틴 리즈를 뒤에서 조종했으나 발각되자 리즈를 퇴학시키고 그녀는 공작 가문의 베일 뒤로 도망쳤다는 풍문까지 돌았다.

"소문이 영 나쁘게 났던데, 괜찮겠어요?"

아델이 걱정하자, 요한나는 어깨만 으쓱하고 말았다. 방조한 것은 맞고, 이미 못 돌아올 강을 건너버렸으니 비판은 달게 받겠다고 했다.

"그러니까 너도 날 욕해도 돼. 난 잘한 거 없으니까."

"뭐, 굳이…. 신문에선 독살 미수니 어쩌니 떠들지만, 난 그냥 감기 좀 앓다 일어난 기분이라서요."

"…말 편하게 해도 돼. 요한나라고 불러도 괜찮고."

물론, 몇 달 전이었더라면 숱한 로헤드 역병 피해자들처럼 아델은 다음 날 아침이면 죽어있었을지도 몰랐다. 요한나는 대화가 그 대목에 이르면 질렸다는 표정으로 고개를 젓곤 했다. 아무도 마법임을 눈치채지 못할 만큼 교묘하고 복잡하게 만든 공식인데 그걸 마법을 제대로 배우기 전에 뒤집었다니, 졸업할 때까지 샬레를 한 번이라도 이길 날이 올지 잘 모르겠다는 모양이었다.

아델은 그때마다 마냥 웃어넘겼다.

"그 말은, 언젠가 이기고 말겠다는 말이지?"

그런 점이 요한나와 아델의 차이였다. 지금이야 자신이 앞서고 있어도 졸업할 무렵엔 요한나가 추월할지도 모르겠다는 생각마저 들었다.

그는 요한나와 달리 소뵈르에게 이기고 싶다고 바라본 적이 없다. 앞으로도 없을 것 같았다.

소뵈르는 마법을 사용하여 오스틴 리즈를 기어이 병원 신세를 지게 만든 바람에 최근 학보에 자주 이름이 올라왔다. 원래라면 퇴학당했을 일이었으나 몇몇 교수들과 더불어 이사벨 그리폰이 그의 역성을 들어주었다는 모양이었다. 덕분에 그는 근신 처분에 그쳤다. 이에 대한 학생들의 반응은 제각각이었다. 오즈 출신인 그가 지역을 들먹여가며 학생들 사이를 가르던 오스틴을 '공개처형'한 데에 동조하는 목소리를 내는 사람들이 있는 한편, 허울은 좋지만 결국 그 또한 파벌을 이용하여 사건을 무마하지 않았느냐는 비판도 따라붙었다.

모두가 두루 공감하는 의견은 소뵈르가 '예상했던 것보다 감정적인 사람'이라는 평가였다. 마땅한 평이었다. 이 사건으로 소뵈르가 얻을 수 있는 이득은 아무것도 없었다. 고작 해봐야 일부 오즈 출신 혹은 슈니플로케처럼 차별받는 일부 시골 출신들 사이에서 이미지가 반등하는 정도의 소소한 이익만이 있었을 뿐이다.

서약의 날 연휴가 이제 그야말로 코앞이었다. 연휴는 닷새나 되었다. 프림데에 남는 사람들이 반, 고향을 다녀오겠다는 사람들이 반이었다.

아델은 연휴가 시작되는 날 병동에서 퇴원해도 좋다는 진단을 받았다. 와이엇에게 편지로 약속한 대로 연휴엔 돌아가야 했다.

소뵈르 샬레는 근신이 풀린 날부터 하루에 한 번은 아델을 보러 병동을 찾았다. 주로 읽을거리를 가져다주곤 했다. 말로는 마법에 관해 비슷한 수준으로 논할 수 있는 학우가 없어서 온다고 했지만, 아델이 보기에 그것은 찾아오기 위한 핑계처럼 들렸다.

그는 가족이 열병에 시달렸던 과거 탓에 아델이 무사하다는 사실을 수시로 확인해야 안심이 되는 눈치였다. 그러는 동안, 두 사람은 눈에 띄게 가까워졌다. 비록 꿈이었는지 현실이었는지 모를 그 새벽처럼 이름을 부를 만한 사이까지는 못되었으나.

"샬레 군은 연휴에 학교에 남아서 뭐 해요?"

퇴원을 하루 앞둔 날이었다. 바깥은 벌써 서약의 날 축제 준비로 시끄러웠다. 아델이야 돌아갈 고향이라도 있다지만, 소뵈르는 돌아갈 구석이 없었다. 태어난 조국은 국경 결계로 가로막혀 갈 수 없었고 로헤드로는 더군다나 돌아갈 수가 없었다. 그의 말로는, 돌아갔다간 없던 병도 얻어서 돌아올 것 같다고 했다.

"공부하겠죠. 그거 말고 할 것도 없고."

아델이 죽지 않았다는 사실을 확인하면 그것으로 그만이라는 것처럼, 그는 매번 아델을 곁에 두고선 들고 온 책을 읽는 척하곤 했다. 적어도 아델은 그것이 읽는 척일 것이라고 짐작했다. 문장을 머릿속에 일일이 욱여넣으면서 대화를 할 수 있을 리가 없으니.

"괜찮으면 슈니플로케에 놀러 올래요? 좀 멀긴 하지만."

"추워서 싫어요."
"한번도 안 와봤잖아요. 너무 단칼에 거절하시는 거 아니에요?"
"난 프림데보다 따뜻한 데서 왔어요, 아델. 여기도 겨울이면 추운데 최북단을 버틸 수 있을 리가…."
"인형극 보여줄게요."
"…그건 조금 참작할 만하네요."
"어, 진짜요? 거절할 줄 알고 한 소리였는데."
"토마가 좋아했거든요. 인형극."

 '토마'라는 이름을 입에 올릴 적마다 아델은 눈앞의 소뵈르가 아득히 멀어지는 기분이 들었다. 가깝게는 꿈같던 새벽, 멀게는 아델이 모르는 과거에 이르기까지.
 "어련하시겠어요."
 과거에 파묻힌 그가 현실로 온전히 걸어 나오려면 반년으로는 모자란 것인지도 몰랐다.

* * *

*C1114년 10월 7일, 부고. 와이엇 윈프리드. Rose.*

# 5.
# Non_Mainstreamer

# 5. Non-Mainstreamer

 학기를 마치고 나면 교정은 금세 한산해졌다. 헤르만 아델하이트는 남부로 내려온 이래 세 번째 여름을 맞았다. 그러면서 나름대로 습관이라 할 만한 것들이 생겨났다. 자신만의 규칙이라고 해도 좋을지 몰랐다.
 그는 1학년 겨울, 슈니플로케에서 있었던 극장 화재 이후로 방학이든 명절이든 고향인 북방 도시로 돌아가지 않았다. 방학이 시작될 무렵이면 기숙사 연장 신청을 넣고 본관을 빠져나와 한동안 교정을 휘도는 물길을 따라 걷곤 했다. 물이 흐르는 소리를 타고 온갖 감상적인 생각이 밀려왔다. 학생들이 방학을 맞아 기숙사에 잔뜩 어질러두었던 짐을 도로 커다란 가방에 꾹꾹 눌러 넣고 친구들끼리 짧은 작별을 나누는 모습을 보고 있노라면, 큰일이 하나 끝난 것 같은 기분에 사로잡혔다.

 한 해가 절반이 지났다. 아델은 석 달이라는 텅 빈 시간을 덜컥 직면했다. 시빌과 요한나는 당연히 고향으로 돌아가야 할 처지였고, 레오폴트와는 일정이 맞는 날보단 맞지 않는 날이 많았다.

 처음엔 그럴 적마다 극장 화재로 사망한 와이엇 윈프리드의 빈자리가 크게 느껴졌지만, 죽음은 쉽게 퇴색하고 산 사람은 어떻게든 살 수 있었다. 방학을 어떻게 보내면 좋을지 몰라 우왕좌왕하던 신입생 헤르만 아델하이트의 모습은 사라진 지 좀 됐다. 그는 두 학기 전부터 방학이 되면 이렇게 한 번 교정을 돌아보며 마음을 다잡는다는 습관과 새 아르바이트를 잡는다는 자신과의 약속을 정해두었다.

그리폰 가에서 후원하는 생활비가 부족해서 그러는 것이 아니라 혹시 모를 사태에 대비하여 둔다는 의미가 더 짙었다.

여전히 일자리는 적고 마법사는 많았다. 마법학과를 무사히 졸업한들, 반드시 마법으로 먹고 살길이 열리리라는 보장은 없었다. 혹여 한 자리 차지하지 못 했을 때를 대비해 여기저기 현실적 인맥을 만들어두는 건 좋았다. 하다못해, 동네 카페 주인일지라도. 그를 써줄 만한 곳이라면 어디든 얼굴 도장을 찍어두자는 게 그의 방학 전략이었다.

그는 올해도 별다를 것 없이 습관에 따라 움직였다. 썰물 빠지듯이 사람이 한 차례 쑥 빠지고 나면, 학교는 고요해졌다. 선선한 바람 한 줄기에 나뭇잎이 부대끼는 소리가 저 먼 숲으로부터 길게 뻗어 왔다.

\*\*\*

상점가 게시판은 이맘때면 그나마 붙어있던 유인물들도 모두 뜯겨나갔다. 주 고객인 학생들이 대거 도시를 빠져나가기 때문에 그 기간만 문을 닫는 가게들도 수두룩했다. 이런 시기에 단기 일자리를 구한다는 건 여간 어려운 일이 아니었다. 가게를 운영하는 데에 들어가는 최소 인력마저 일을 관둬서 자리가 난 게 아니라면 보통 방학 동안 직원을 하나 더 추가로 채용하지는 않았다.

결국 일자리를 구하기 위한 승부수는 성실함일 수밖에 없었다. 방학이 시작하고 매일 상점가 게시판에 출석 도장을 찍는 것이다. 그러다 보면 운 좋게 지나다니는 상인의 눈에 들 수도 있었고, 또 남들이 공고를 채가기 전에 미리 새로 붙은 공고를 뜯어 주머니에 넣을 수도 있었다.

보통 못해도 2주는 걸리는 작업이었다. 운이 나쁘면 석 달 내내 아무 일자리도 구하지 못했다. 아델은 이번 방학은 그렇지 않기만을 바라며 게시판 앞에 섰다. 커다란 나무판을 톱으로 투박하게 잘라 지지대를 붙여 세운 게시판은 상점가에서 고객에게 알리고 싶은 광고 및 채용 공고를 적은 종이가 나붙는 공간이었다.

 보통 이 시기엔 학교 방학 동안엔 문을 닫는다는 해명이 가장 많이 붙어있었다. 상점가가 한산한 만큼 게시판 앞이라고 북적거릴 리가 없었다. 아델은 고개를 들어 게시판의 왼쪽 끝부터 오른쪽 아래까지 찬찬히 유인물을 뜯어보았다. 해명, 해명, 광고, 해명….

 그 똑같은 정보의 파도 속에서 튀는 유인물이 하나 있었다. 아델은 망설임 없이 종이를 뜯어냈다.
 그토록 놀라운 반사 신경을 발휘하여 잡아챈 유인물은 막상 세심히 들여다보니 수상하기 짝이 없었다. 정보를 붙인 목적도, 정보를 발송한 발신인도 알 수 없었다. 아델은 종이 위에 눌러쓴 글자들을 반복해 읽으며 다소 난감한 표정을 지었다.

 왜 이런 일에 이 정도나 되는 주급을 쳐준다는 것일까? 페러그린이 대체 누구지?

 그는 레오폴트 그리폰의 지인으로 2년을 살면서, 웬만한 귀족 혹은 자산가 집안의 성씨는 안다고 자부했다. 그러나 자신의 머릿속에 있는 이름들을 샅샅이 뒤져보아도 공고에 적힌 페러그린이라는 이름은 없었다.
 주급은 높고, 일은 쉽다. 언뜻 듣기엔 이보다 더 좋은 일자리는 없는 것처럼 들리지만, 헤르만 아델하이트는 그간의 삶과 경험을 통해 알고 있었다. 보통 그런 일자리는 합법적인 일이 아닌 경우가 많다는 것을.
 이렇게 가게가 아닌 개인이 사람을 고용하려고 드는 경우는 더욱 그러

Non_Mainstreamer 233

했다. 최악의 경우까지 타진하면 공고는 함정이고 사람을 잡아다 파는 인신매매 수법일지도 몰랐다….

 거기까지 생각이 미치자, 아델은 고개를 저었다. 프림데는 슈니플로케와는 사정이 달랐다. 아이를 버리거나 사람을 파는 게 일상적인 도시는 아니었고, 이제는 설령 잘못 걸렸다 한들 그리폰 가로 도망칠 수도 있었다.

 마법이 먹고 사는 데에 도움이 될지 안 될지는 아직 미지수지만, 역시 무엇이든 배워두어서 나쁠 건 없었다. 아델은 순간이동 공식 정도야 이제 눈 감고도 외울 수 있었다. 그에겐 이제 스스로를 지킬 수단으로써 마법이 존재했고, 그에 따라 선택의 폭은 넓어졌다.
 그는 종이를 아무 생각 없이 반으로 접었다. 지원을 요망하는 경우 지정된 카페에 지원하겠다는 의사를 적은 편지를 맡겨달라고 적혀 있었다. 혹여 함정이라면 골머리 아프겠지만, 만에 하나 함정이 아니라면 이만한 일자리도 없었다.
 편지를 써야겠다고 생각했다. 구구절절 긴 편지글일 필요는 없었다. 그저 채용 공고의 요구대로 메르헨시티에서 한 달 동안 '페러그린 씨'가 원하는 책을 사서 부쳐줄 수 있다는 사실만 간략히 기재하면, 그것으로 됐다.

＊＊＊

 회신은 사흘 후에 도착했다. 첫머리는 다음과 같았다.
 「헤르만 아델하이트 군께, 황야의 달 또한 여름 이파리에 이지러진 이곳의 달만큼 아름답길 바라며」

그날 하필 프림데 시내를 도는 우편마차의 바퀴가 거하게 망가지는 바람에, 편지는 드물게도 해가 떨어지고 나서야 아델의 손에 떨어졌다. 책상에 앉아 조명 불빛에 편지를 비춰보며, 아델은 막연히 페러그린 씨의 문장에서 극단의 희곡을 떠올렸다.

그는 이런 문장을 오랜만에 보았다. 리히트에 오고 나선 좀처럼 수식이 많은 문장을 접할 일이 없었다. 마법은 이를테면 수학이었다. 공식을 설명하는 책엔 문학적 비유가 필요 없는 법이다. 마법학 논문을 이런 문장으로 썼다간 분명 교수가 받아주지 않을 터였다.

수식을 덜어내면 막상 당신의 내용은 간결했다. 페러그린 씨는 이종족이다. 정확히 어떤 존재인지까지는 명시하지 않았지만, 그것만으로도 이 괴상한 일자리의 근간은 이해할 수 있었다.

이 나라는 북부로 올라갈수록 이종족과 난민, 마력코어에 대한 차별이 심했다. 그들의 머릿수가 그나마 많다는 남부 프림데-로헤드 지역마저 이럴진대 이곳보다 더 북부인 수도 메르헨시티는 더하면 더했지, 덜하지 않을 것이 분명했다. 어쩌면 '페러그린 씨'가 이종족이라는 사실만을 걸고넘어지며 얼마를 줘도 물건을 팔지 않겠다고 나오는 사람이 있을지도 몰랐다―사실 페러그린 씨만큼이나, 아델 또한 그러리라고 확신하고 있었다. 그는 최북단에서 왔고 슈니플로케 토박이로 자랐지만, 그 지역 토박이여도 '이종족처럼 생겼다', 혹은 '마력코어는 기분 나쁘다'면서 사탕조차 팔아주지 않는 사람들이 간혹 있었다. 도시 밖에서 온 외부인이라면 더 하면 더욱 심할 터였다―.

따라서 만에 하나를 대비해 '페러그린 씨'는 메르헨시티에서 함께 움직일 '인간 혹은 마력코어 동행'을 구하고 있었다. 이종족은 대표적 차별 계층 중에서도 가장 차별이 극심했고 마력코어는 그럼에도 생긴 것이 인간과 가깝다는 명목 아래 이종족보단 대우가 조금 나았던 까닭이다.

'페러그린 씨'는 아델을 채용할 의사가 있다고 했다. 구체적인 업무 내용은 다음과 같았다.

첫째, 사정상 '페러그린 씨'는 기차를 이용하기 어려우니 메르헨시티에서 만났으면 한다는 것. 원한다면 아델이 이용할 찻삯 또한 페러그린 씨가 지불할 의사가 있다는 말이 덧붙여 적혀 있었다. 둘째, 한 달가량 메르헨시티에 함께 머물면서 페러그린 씨가 지정한 책을 구해줬으면 한다는 것. 셋째, 만일 그가 이종족에 대한 큰 반감을 느끼고 있는 게 아니라면, 함께 메르헨시티를 돌아보면서 그를 대신해 인간과 대화를 진행해주면 좋겠다는 것.

아델은 답장을 몇 번인가 다시 고쳐 써야 했다. 묻고 싶은 게 많았다. 왜 자신을 그토록 미워하는 집단의 문화를 알고 싶어 하는지, 사람이 어떻게 그렇게 태연할 수 있는지, 상처받지 않는 방법을 알고 있는 것인지…. 의문은 단순히 출신 지역이 트집 잡혀 편지가 사라졌던 일을 비롯하여 몇 가지 과거의 경험을 타고 쉽게 역류했고, 펜을 통해 튀어나왔다. 다만 초면에 할 만한 질문은 아닌 것 같아 간신히 감정을 추스르고 나서야 그럴듯한 답장을 완성할 수 있었다.

「페러그린 씨께, 부디 그곳의 밤은 이토록 무덥진 않았으면 하는 마음을 담아 몇 자 적어 보냅니다. 다음 주 안으로 메르헨시티 역에서 뵐 수 있을 것 같습니다. 기차 시간을 알아본 후 다시 편지 드리겠습니다. 헤르만 아델하이트로부터.」

\*\*\*

소뵈르는 며칠을 먹지 않았는지 숫자마저 가물거렸다. 여름 방학이 되자, 리히트 대학은 시간 가는 줄 모르고 열중하기 좋아졌다. 얇은 벽을 타고 들리던 모든 소음이 삽시간에 가라앉았던 까닭이다.

특히나 소뵈르가 머무는 방은 방학이면 전후좌우 할 것 없이 모두 사람이 빠졌기 때문에 더욱 그랬다. 들리는 것이라곤 창가의 얇은 유리창에 맺히는 풀벌레 소리, 혹은 나뭇잎이 서로 부대끼는 소리, 펜촉이 종이 위를 미끄러지는 소리가 전부였다….

정신은 쉽게 공식 안으로 매몰되었다. 그는 공식에 간신히 온점을 찍고 나서야 일력(日曆)을 쳐다보았다. 치워야 하는 쓰레기가 몇 배는 나와서 일력은 좀처럼 각광받지 못 하는 물건임에도 그가 달력 아닌 일력을 벽에 걸어둔 것은, 이렇게 통째로 사라지는 시간을 정확히 재단하기 위함이었다.

그는 일력에 큼지막하게 적힌 숫자를 마주하고 나서야 자신이 이 장난 같은 공식에 닷새를 소비했음을 알았고, 그러는 동안 자신이 세 시간 이상 잠들지 못했으며, 끼니도 몇 끼 걸렀다는 사실을 알아차렸다. 안 죽고 살아있는 게 용하군, 스스로도 그런 소리가 절로 나왔다. 손만 간신히 뻗어 커튼을 젖히니 달빛이 책상 위로 유리알처럼 쏟아졌다.

간신히 온점은 찍었지만, 공식은 미완성이었다. 발상은 한 해 전 불쑥 떠오른 의문 하나, '신의 영역을 인간이 침범할 수 있는가'에서 시작했다. 우선 그것의 가능 여부부터 불투명하니, 장난삼아 당장 실험해 볼 수 있을 만한 신의 영역을 깨보자는 생각이 불현듯 고개를 들었다.

프림데는 국경 도시다. 가장 가까이에 피부로 와 닿는 신의 영역이라면 우선 창조신의 결계가 있었다. 말하자면 토마 샬레의 시신을 복구하기 이전에, 가능 여부를 검토하기 위해 시험 삼아 건드려본 곁다리 공식에 가까웠다. 신의 결계가 인간의 손으로 녹일 수 있는 무언가라면, 인체 복구, 시간 이동, 사자소생 등 신의 결계와 함께 '커다란 흐름'으로 묶이는 금기들도 노력 여하에 따라 침범 가능한 영역이라는 의미였다.

그것만으로도 소뵈르에게는 의미가 있었다. 자신을 평생토록 괴롭히는 꿈이 불가능한 영역에 있지 않다는 것을 확인하는 것만으로도, 장난 같은 결계 역산에 들인 시간이 아깝진 않았다.

공식은 두 학기를 들이고 나서야 간신히 가능 여부를 시험해볼 만한 뼈대를 갖추었다. 소뵈르는 공식이 적힌 노트를 덮었다. 일어나려니 현기증이 일어 가느다란 손으로 입을 약하게 틀어막고 한참을 앉아 있었다. 뭐라도 입에 대긴 해야겠는데, 일어났다간 고스란히 쓰러지리라는 확실한 예감이 피부를 스쳤다.

"샬레 군?"

노크 소리마저 아찔한 정신 속에 파묻혔던가, 아니면 그가 드디어 그토록 싫어하던 레오폴트 그리폰의 버릇을 배워왔는가. 눈을 한 번 깜빡한 것뿐인 것 같은데, 익숙한 목소리가 그의 정신을 심연에서 잡아챘다. 어느새 헤르만 아델하이트가 몸을 낮춰 앉은 채, 자신의 얼굴을 빤히 들여다보고 있었다.

자신이 그대로 꼼짝도 하지 않은 채 깜빡 잠들었던가? 창밖의 하늘에 여전히 별이 박혀있는 것을 보아 그래봐야 잠깐 정신을 놓았던 것에 가까웠을 것이다.

"언제 오셨습니까?"

가능한 건 그런 멍청한 질문이 다였다. 입천장이 말라붙어 목소리마저 평소보다 갈라져 있었다.

"문은 열려 있는데, 노크해도 반응이 없어서 들어왔어요. 그보다 괜찮아요? 후기 시험 끝난 지가 언젠데 왜 아직도 공식 붙들고 있어요, 걱정되잖아요."

"…모르겠어요. 습관이라도 들었나."

소뵈르는 책장을 가득 채우고도 공간이 부족해 책상 근처에 아무렇게나 쌓아둔 노트 위에 아무렇지도 않게 공식이 적힌 노트들을 몇 권 더 던졌다.

그 모습을 가만 지켜보던 아델이 물었다.

"밥은 먹은 거예요?"

소뵈르는 솔직하게 고개를 젓는 게 나을지, 이대로 시치미를 떼는 게 좋을지 모르겠다고 생각했다. 스스로가 시치미를 떼도 좋을 몰골인지조차 확신이 서지 않았다.

아델은 소뵈르의 야윈 뺨을 걱정스레 어루만졌다. 아델의 손은 늘 보기보단 단단했고, 펜을 잡던 자국을 빼도 오래 묵은 상처나 굳은살이 버티고 있었던 흔적들이 많았다. 살아있는 사람의 손이라는 것이 여실히 느껴졌다.

그런 삶의 흔적들을 막상 피부로 느끼고 나면, 그 손길을 거두어내야 한다는 사실이 때로 소뵈르의 기분을 가라앉게 했다.

"그런데, 여긴 어쩐 일입니까? 방학엔 일하느라 바빴던 걸로 기억하는데."

어렵사리 아델의 손을 떼어내며 화제를 돌리자, 아델은 곧바로 대답하지 않고 느릿하게 눈만 몇 번 깜빡였다. 아델의 손은 이럴 때 허공에서 어쩔 줄을 모르겠다는 것처럼 멈추곤 했다. 1, 2분 진득하게 모르는 척을 하면, 보통 알아서 아래로 툭 떨어지곤 했다.

"앞으로 한 달간은 샬레 군의 얼굴을 못 볼 것 같아서 왔어요. 인사…라도 해둘까 하고요. 방학 땐 사람도 없고, 저녁 정돈 늘 샬레 군하고 먹곤 했으니까 내가 갑자기 말도 없이 사라지면 놀랄 것 같았거든요."

"아델, 올해는 슈니플로케로 돌아갑니까?"

헤르만 아델하이트가 극장 화재 이후로 고향인 북부로 돌아간 적이 없음을, 소뵈르도 잘 알고 있었다. 소뵈르가 여태껏 보내온 방학의 절반을 공식 조합을 위해 사용했다면 나머지 절반은 아델과 별것 아닌 일상을 보내느라 사용했다고 해도 과언이 아닐 지경이었다. 적어도 이제는 소뵈르가 아델에 대해 모르는 건 거의 없다고 봐도 좋았다.

그렇기에 놀라운 소식이었다. 갈 데도 없는 걸 빤히 아는데 대체 한 달이나 어딜 간단 말인가.

"슈니플로케는 아니고, 수도에 다녀오려고요."

"수도는 왜요? 레오폴트 그리폰이 같이 가자고 하던가요?"

"레오 얘기만 하면 이상하게 눈빛이 사나워지네요, 샬레 군."

아델은 눈을 크게 깜빡였다.

"딱히 그런 건 아니에요. 일하러 가요, 아르바이트. 올해는 수도에서 일하게 돼서요. 한 달 일하고 돌아올 거예요."

역시나 일인가. 소뵈르는 손끝으로 꾹꾹 눈두덩을 눌러가며 마른세수를 했다.

"구체적으로 무슨 일인데 수도까지 갑니까?"

"책을 사주는 일이라고 하던데요."

"서점에서 일해요?"

"샬레 군, 책을 파는 게 아니라 사는 일이요."

"…미안한데요, 아델. 내가 지금 상태가 안 좋아서 말이 잘 안 들리는 걸지도 모르겠습니다. 방금 당신이 책을 사는 일이라고 한 것 같은데."

"맞게 들었어요, 서점에서 일하는 게 아니라, 어떤 아저씨 부탁으로 책 심부름 좀 하러 가는 거니까."

소뵈르는 한참을 제 이마에 손을 짚고 아델이 내뱉은 문장을 단어 단위로 토막 내어 해석했다. 그러고 나서야 말의 의미를 잡을 수 있었다.

"책 심부름이란 말이지."

사고를 굴리는 과정이 독백처럼 흘러나왔다. 대체 자초지종이 어떻게 된 건진 몰라도, 경종이 울린다는 것만큼은 똑같았다.

"이봐요, 아델. 그거 유괴나 납치면 어떡하려고 그래요? 모르는 남자 같은 건 쫓아가는 거 아닙니다."

"뭐, 혹시 이상한 사람이면 그리폰 가에라도 도망치죠. 수도에도 머무는 별장 정돈 있을걸요. 순간이동이야 눈 감고도 암산하고, 레오폴트의 이름을 좀 들먹이면 문전박대는 안 당할 것 같은데…. 아, 가기 전에 별장의 좌표는 확인하고 가려고요."

"…그럴 바엔 차라리 날 데려가요."

"…네?"

스스로 내뱉은 말이 부메랑처럼 돌아와 뒤통수를 한 대 세게 때린 것 같은 기분이 들어, 소뵈르는 잠시 입을 다물었다.

데려가 달라고 말할 생각은 아니었다. 굳이 그래야 할 필요까진 없었다. 기껏 뼈대를 세워놓은 공식이 있고, 프림데는 공식을 시험할 만한 국경 결계가 정말 말 그대로 엎어지면 코 닿을 곳에 있었다. 그가 움직여야 할 필요가 대체 어디에 있단 말인가. 구태여 헤르만 아델하이트와의 우정을 지키고 싶다면 떠나는 날에 기차역으로 배웅이나 한번 나가주면 될 일을. 레오폴트라는 이름에 민감하게 반응하는 것도 정도가 있지….

역시 잠이 부족한 탓이다. 소뵈르는 책상을 짚고서야 일어났다.

"데려가라니 무슨 의미예요?"

아델의 질문에, 그는 적당히 둘러댈 말을 찾지 못했다. 그런 게 바로 떠오를 만한 상태가 아니었다.

"그냥 말 그대로예요. 그래도 친구인데 위험할지도 모를 일에 혼자 보낼…생각까지도 들진 않고. 어차피 난 시빌 라몬트나 요한나 파우스트와 달리 함께 방학을 보내야 할 가족도 없는 사람이니까, 한가하거든요.

Non_Mainstreamer 241

시간이 많습니다. 당신이 없으면 더 남아돌 테고…."
 "친구…인가요, 우리?"
 "…우선 나 조금만 눈 좀 붙일게요. 내일 일정 알려줘. 메르헨시티 가는…."
 소뵈르는 공식과 달리 내뱉는 말에는 제대로 온점마저 찍지 못했다.
 그는 몇 걸음 더 걷지 못하고 앞으로 쓰러졌다. 만일 헤르만 아델하이트가 받아주지 않았더라면, 어쩌면 고스란히 바닥으로 고꾸라졌을지도 몰랐다.
 리히트 대학에 처음 입학했을 무렵엔 어딜 가든 걸어서 이동하고, 마법보단 몸부터 튀어 나갔던 아델조차 이젠 유사시에 몸이 나가는 것보다 순간이동 공식을 암산하는 속도가 빨랐다. 그대로 소뵈르 샬레를 받아 안고, 침대 위로 옮겨주는 데까지 오랜 시간이 걸리지도 않았다.
 "아니, 대체 며칠을 안 잔 거예요…?"
 간신히 침대에 뉘인 소뵈르를 내려다보고 있자니, 심장 언저리가 헛헛했다. 소뵈르의 이마를 단정히 덮는 앞머리를 손끝으로 정리해주며 묻자, 소뵈르는 아델이 앉은 침대 가장자리 방향으로 돌아누웠다.
 "잠은 잤습니다, 세 시간 정도…."
 "보통 그런 건 잤다고 하지 않아요."
 "아델."
 "네?"
 소뵈르의 정신은 이미 수마(睡魔)에 의해 무의식으로 반쯤 끌려간 상태였다. 아델이 손을 거두자, 소뵈르는 반사적으로 그 손을 도로 잡고 제 곁에 두었다.
 그리고 나서야 잠에 완전히 빠져들었다. 그게 다였다. 가지 말라는 말은 물론, 자고 가라는 말 한마디도 없이.
 "…뭘 하고 싶은 건지 정말 모르겠네."

아델은 그와 손가락을 엮어내며 중얼거렸다.
"다가가면 도망치고, 돌아서려니 잡고. 가라는 거야, 말라는 거야…."

\*\*\*

과장을 좀 더 보태어 말하자면, 그가 숲을 벗어난 것은 백만 년 만이었다.

젊어서 사고를 한 번 친 이후, 이십 년 근신을 받고 18년 만에 풀려났으니, 근래의 일이었다. 체감으로는 정말 백만 년은 흐른 것 같았다. 읽을거리라곤 그의 누나 부부의 서재에 있는 게 전부였으니 지루한 것은 별수도 없었다. 이미 그 집 책장에 꽂힌 책은 외울 만큼 읽었고, 그러고도 시간이 가질 않아서 스스로 집필한 책만도 책장 하나를 채울 정도였다. 그야말로 지긋지긋해서 죽을 뻔했다. 18년 근신을 표현할 수 있는 유일한 문장이었다.

최근에야 수장의 자리를 물려받은 그의 매형도 매형이었지만, '이전 수장'도 참 융통성 없고 앞뒤 꽉 막힌 노인네였다. 아무리 죄가 그에게 있을지언정, 이십 년 근신이라니!

결국, 노인이 건강에 이상이 생겨 일선에서 물러나고 나서야 그의 근신은 2년 먼저 풀렸다. 그는 노인네가 또 애먼 발목 잡기 전에 냅다 일을 저지르기로 마음먹었다. 18년 전과 같은 실수를 반복할 순 없었다. 그는 한때 일족의 수장이었던 노인이 귓가에 대고 늘어놓는 온갖 시답잖은 잔소리는 뒤로하고, 원대한 계획을 세웠다. 프림데에서 길잡이로 함께 할 인간 친구를 하나 구하고, 한 달 동안 저 먼 수도 메르헨시티로 뜨자!

노인네는 그들이 '인간'과 교류하는 것에 상당한 우려를 내비쳤지만,

그는 의견이 달랐다. 메르헨시티에서 인류가 구축한 놀랄 만한 문화를 가지고 돌아가면 노인네는 몰라도, 현재 수장 자리를 물려받은 매형의 마음 정도는 돌릴 수 있을 것 같았다. 그렇게만 되어도 성공이었다. 그는 인간이 세운 국가를 자유롭게 오갈 권리를 얻고, '그들 일족'은 새로운 문화를 수용하여 발전한다. 역사는 보통 그렇게 흘러가지 않던가! 그 또한 낡은 규율로부터 자유를 얻고, 동포들 또한 행복해진다. 손해 보는 사람은 아무도 없는 장사였다.

그리하여 그는 메르헨시티 역사 앞까지 날아왔다. 살면서 그토록 많은 사람을 마주한 건 처음이었다. 가장 멀리 나가본 것이 숲에서 가장 가까운 프림데-로헤드 황야 지역이었고, 따라서 그에게 대도시란 곧 프림데를 의미했다. 이른바, 황야의 도시만이 그가 알고 있었던 인류 사회였던 셈이다.

그러나 메르헨시티에 도착하고 나서야 그는 스스로 '대도시의 사전적 정의'라 믿어왔던 상식이 오산이었다는 사실을 인정할 수밖에 없었다. 수도 메르헨시티는 역사 건물부터 프림데와는 비교가 안 되는 규모였다. 까딱 잘못 하다간 길을 잃겠다 싶었고, 이런 데서 얼굴도 모르는 사람과 서로 알음알음 아는 척하며 만난다는 건 불가능에 가까워 보였다.

그는 역사 근처 벤치에 앉아 지나다니는 사람의 얼굴을 유심히 살폈다. 도대체 이 많은 사람은 어디에서 와서 어디로 가는 것일까. 날도 더운데 체력들도 좋지.

끝내 어지럼증을 이기지 못하고 걸치고 있던 후드 망토 안주머니에서 담배부터 찾아 꺼내 물었다. 불을 붙이면, 연기는 강렬한 여름 햇살 속에서 흐물거리다가 허공으로 사라졌다.

헤르만 아델하이트는 분명 마력코어라고 했다. 리히트 대학 마법학부에 재학 중인 학생으로 나이는 20대 초반. 눈에 띄는 생김새니까, 알아보기 어렵지 않을 거라는 말이 마지막으로 받은 편지에 정갈한 글씨로 적혀 있었다.

내가 과연 아델하이트 군을 알아볼 수 있을까…. 이럴 줄 알았으면 프림데에서 한번 보자고 할 걸 그랬다. 달뜬 담배 연기가 그의 날숨을 타고 곧게 선을 그리며 뻗어나갔다. 별수 없으니 지나다니는 사람을 눈으로 좇아가며 살피는 수밖에 없었다.

테오필 페러그린은 불현듯 망토의 후드 끝을 잡아당겼다. 누군가의 시선이 칼처럼 꽂히는 것 같아 바짝 소름이 돋았던 탓이다. 이럴 땐 그리폰 정도만 되었어도 편했겠다 싶은 신세 한탄이 목 끝까지 차올랐다.

*** 

이렇게 깊을 생각은 결코 아니었건만, 신은 여전히 헤르만 아델하이트의 편이 아닌 것만 같았다. 메르헨시티에 도착했을 즈음, 아델은 이미 기차 안의 무더위를 이기지 못하고 반쯤 녹아 있었다. 결국, 소뵈르에게 끌려 나오다시피 나와야 했다. 아델이 우는 소리 반, 말하는 소리 반에 가까운 소리로 그의 어깨에 얼굴 반을 묻곤 미안하다는 소리를 웅얼거리자, 소뵈르는 됐다는 대답을 내놨다.

"그보다 걸을 수는 있겠습니까? 무리라면 조금 쉬었다가 페러그린 씨를 찾도록 하죠."

"정말 미안해요, 샬레 군…."

"…사과는 괜찮다니까."

결국 플랫폼에 설치한 의자에 앉아 더위를 한 김 식히고 나서야 아델은 '페러그린 씨'를 찾아 움직일 기력이 생겼다. 의자와 딱 붙어있는 벽을 등받이 삼은 채 간신히 고개를 든 아델이 먼저 말을 꺼냈다.

"그나저나 우리 여기서 페러그린 씨는 찾을 수 있을까요? 메르헨시티가 이렇게 규모가 클 거라곤 예상 못 했는데 큰일이네요. 이렇게 보니까 프림데고 슈니플로케고 전부 촌이었네…."
"…그 사람 얼굴 모릅니까?"
"프림데 정도의 규모를 생각하고 있었으니까, 오면 대충 알아보겠거니 생각했거든요."
"대체 무슨 근거 없는 자신감이에요…."
"페러그린 씨가 이종족이라고 했으니 대충 눈에 띌 줄 알았죠…."
 체온이 낮은 손이 아델의 뺨에 닿았다. 눈을 느리게 깜빡이며 돌아보자, 제 옆에 앉은 소뵈르는 가만히 눈을 내리깐 채 손등을 뺨에 대고 아델의 체온을 재고 있을 따름이었다.
"열 있는 건 아니죠?"
 여름마다 받아 익숙한 질문이었다.
"그런 건 아니에요. 그냥 더운 것뿐이에요."
 그것이 로헤드 역병 사태 이후 소뵈르의 몸에 자연스럽게 밴 강박이란 것을 알았기 때문에 행동에 특별한 의미를 부여할 순 없었다.

"…실제로 이종족이 있다면 눈에 띌 것 같긴 하군요."
 손을 거두어들이며 소뵈르가 늦게나마 말을 받아주자, 아델 또한 역사 안을 한 번 크게 돌아보았다. 하기야 눈에 띄기는 할 터다. 프림데와 메르헨시티의 눈에 띄는 차이점은 규모뿐만이 아니었다. 오가는 사람 중 마력코어와 이종족의 비율이 확연히 떨어진다는 점 또한 달랐다. 획일적으로 생긴 사람들이 비슷한 방향으로 흘러 다녔다. 아델은 그 기묘한 통일감에 잠시 미간을 좁혔다.
 이런 곳에 마력코어나 이종족, 하물며 타국 출신의 난민은 낄 구석이 있을 리가 없었다. 첫인상부터 지독한 도시다. 어쩌면 촌사람인 만큼,

획일성을 미학으로 삼은 도시들이 아델의 성미에 안 맞는지도 몰랐다.

"차라리 역사 바깥으로 나갈까요, 샬레 군. 페러그린 씨가 밖에서 기다리고 있을지도 모르니까."

"나갈 수 있겠습니까? 이럴 줄 알았으면 양산을 가져올 걸 그랬네요."

"그 정도까진 아니에요. 좀 쉬었으니까 괜찮아요. …혹시 모르니까, 또 쓰러질 때를 대비해서 손만 잡아줘요."

능청스럽게 그렇게 말하며 손을 내뻗자, 소뵈르는 아델의 손을 가만 내려다보았다.

"아델, 어쩐지 갈수록 그리폰을 닮아가는 것 같습니다. 이건 좀 큰일인데."

"…제가 들은 막말 중에 제일 심한 막말인데요, 그거."

"…저기, 거 잠깐 말씀 좀 여쭙겠습니다."

소뵈르 샬레가 아델의 손을 쥐었을 때, 낯선 목소리가 그들의 대화를 잘랐다. 애써 맞잡은 손은 금세 떨어졌고, 먼저 경계 태세에 들어간 것은 소뵈르였다.

돌연 말을 걸어온 남자는 키가 도드라지게 컸다. 얼마나 오랫동안 담배 끝을 물고 있었던 것인지 더는 담배를 피우고 있지 않음에도 불구하고 매캐한 냄새가 그의 주변을 부유했다. 소뵈르는 눈살을 찌푸렸다. 아델이 더위를 먹고 쓰러질 만큼 올여름의 무더위는 기세등등했는데, 남자는 계절에 아랑곳하지 않고 새까맣고 두꺼운 망토를 걸치고 있었다. 남자의 금색 눈은 머리를 덮은 모자 아래서 피로감에 절어 있었다.

말투에 자연스럽게 날이 섰다.

"무슨 용건이십니까?"

짤막하지만 '다른 곁가지 대화는 할 의사가 없으니 용건만 말하고 사라지라'는 의사 전달만큼은 확실한 질문에 남자는 우는 건지 웃는 건지 모를 목소리로 대답했다.
 "아니, 저 그렇게 수상한 사람은 아닙니다. 지나가는데 두 분께서 그리폰에 관해 이야기 나누시기에 뭐 좀 물어보려고 했을 뿐이에요."
 남자는 무겁고 엷진 한숨을 내려놓았다.
 "제가 이거 참, 정말 한심한 소리라는 건 알고 여쭙습니다마는, 여기서 누굴 좀 만나기로 했는데 얼굴을 몰라서 말입니다. 프림데에서 오기로 한 사람이라는 것하고 마렉코어란 것밖에 아는 게 없어요. 내 생각보다 도시는 넓어 사람은 많아, 이러다 영영 못 만날 것 같다는 불길한 예감마저 들기 시작하더라니까요. 길을 물어도 제대로 대답해주는 사람도 없고, 물론 제가 이렇게 생겨 먹긴 했죠! 이렇게 생겨 먹긴 했는데! 거, 그렇다고 사람을 잡아먹진 않거든요…!"
 한탄은 끊어질 기미도 없이 남자의 낮은 목소리를 타고 줄줄이 흘러나왔다. 아델은 넋이 나간 것처럼 남자를 한참 바라보다가 소뵈르의 옆구리를 팔꿈치로 한 번 쿡 찔렀다. 아델이 고갯짓으로 남자의 얼굴을 가리키면, 소뵈르 또한 고개를 조금 더 들어 남자의 얼굴을 바라보았다.

 후드는 천막처럼 남자의 훤칠한 얼굴에 그림자를 드리우고 있었다. 그래, 마치 이마에서부터 솟은 무언가가 후드의 천을 받치고 있는 모양새였다.
 "각오는 하고 왔지만, 도시 사람들 이렇게 차가울 거 있답니까?"
 남자는 더위와 혼란에 지쳐 두 사람의 시선이 무엇을 주목하고 있는지 미처 알아차리지 못한 것 같았다.
 "내가 도를 아십니까, 그런 걸 물어본 것도 아니고, 사람 좀 찾게 도와달라는데 정말이지 억울하고 지쳐서…."
 이야기의 요지가 짚이지 않았다. 따라가는 것만으로도 벅찬 화법을 구사하던 남자는 두 사람의 말문이 막혔음을 아는지 모르는지, 급기야 온갖 신세 한탄을 늘어놓기 시작했다. 도시의 매정함, 숲에서 여기까지 오기까지의 과정, 오늘 그의 말에 대답도 하지 않고 도망쳤던 인간이 몇 명인가….

그 기나긴 한탄의 허리를 과감히 자른 것은 아델이었다.

"…저, 혹시 페러그린 씨세요?"

끝도 모르고 줄줄이 흘러나올 것 같던 한탄이 뚝 멈추었다. 후드가 드리운 그림자 속에서 남자의 날선 금빛 눈동자가 헤르만 아델을 한 번 훑었다. 그 눈빛에 왜 손가락 끝까지 소름이 돋았는지, 아델은 알 길이 없었다. 그저 본능적으로 제 곁에 앉은 소뵈르의 옷자락을 잡고, 조금 움츠러들었다.

"혹시 헤르만 아델하이트 군 되십니까?"

남자는 그제야 망토에 달린 모자를 벗었다. 정말 여러모로 기가 막힌다고, 소뵈르는 생각했다. 흑발과 금색 눈동자, 그리고 이마에서부터 허공으로 곧게 뻗은 뿔…. 다른 생김생김은 눈에 하나도 들어오지 않았다. 중요한 정보는 그거면 되었다.

남자는 이종족의 숲에서 단 한 발자국도 나오지 않는 것으로 유명한 숲의 괴물이다. 자신의 창조주를 심해에 처박았다는 전설과 함께 구전되던 존재가 인간의 모습을 빌려 그들의 눈앞에 서 있었던 것이다.

* * *

D, 같은 부탁을 하게 되어 미안해. 네가 아는지 모르는지 모르겠지만, 요즈음 수도엔 뒤늦은 연극 바람이 불고 있어. 북부 문화가 남부로 내려오는 경우는 흔치 않지. 우리 그이도 요즘 틈만 나면 나와 우리 애를 데리고 연극을 보러 가자며 성화야. 우리 애는 아직 연극을 이해할 나이도

아닌데, 하여간 뭐든 가족과 함께하지 않으면 직성이 안 풀려서 문제라니까.

아무튼 그래서 말인데, 혹시 희곡을 몇 편 더 보내줄 수 있을까. 북부 희곡은 이를테면 메르헨 연극사의 기원이니까, 그이의 수집벽에 불을 지핀 모양이야. 극장 화재 이후 거기도 남아있는 자료가 많이 없다는 걸 알지만, 그래도 혹시 모르니 알아만 봐줘. 있다면 값은 확실히 쳐줄게.

이럴 때만 연락하는 언니라고 너무 매정하다 생각하지는 말아줬으면 좋겠다. 슈니플로케와 달리 메르헨시티는 매일 너무 바빠. 편지 쓸 틈이 좀처럼 나지 않을 정도야. 우리 애도 한창 손이 많이 갈 때고 말이야. 애가 좀 더 크면 언제 한 번, 너하고 너희 아이도 한 번 보러 고향에 돌아갈게. 그럼 연락 기다린다.

L.러더퍼드로부터.

\*\*\*

책방에 앉아 있다 보면, 생각보다 많은 사람이 눈앞을 스쳐갔다. 벤자민 클레어는 책방에서 일을 시작한 지 이제 고작 3개월 차였다. 수도엔 사람이 많았고, 책방을 오가는 사람들의 얼굴은 자주 바뀌었다.

단골도 없진 않지만, 진득하게 출석하다가 돌연 자취를 감추는 사람도 더러 있었다. 또는, 한번 들렀다가 다시는 벤자민의 일터에 발길을 하지 않는 사람들도 없지 않았다. 나이, 성별, 직업에 통일성이 없는 사람들이 새 책 혹은 간혹 들어오는 헌책을 찾아 값을 치렀고, 벤자민은 그들이 책에 정당한 값을 치르도록 도와주면서 사람을 관찰했다. 그런 일에라도 재미를 붙이지 않으면 단순 업무를 반복하다가 지루해 죽어버릴지도 몰랐다.

　한낱 직원은 손님들의 이름을 알 길이 없으니, 오가는 손님들에겐 늘 벤자민이 멋대로 붙인 별칭이 나붙곤 했다. 늘 고양이에 관련한 서적만 골라서 사는 노부인을 속으로 '나비부인'이라 부른다거나, 역사 서적만 한 아름 안고 돌아가는 교복 차림의 학생을 '사학과 A'라고 부르는 식이었다. 일이 단순한 만큼, 3개월쯤 지나니 가게가 돌아가는 원리는 얼추 잡히기 시작했다. 일에 익숙해지는 만큼 마음속에 부유하는 별칭이 늘어났다.

　최근 그의 신경을 잡아끄는 별칭은 다음 세 가지였다. 눈꽃의 마법사, 황야의 마법사, 그리고 러더퍼드 경.

　그가 별칭을 붙인 두 마법사는 자주 오는 사람들은 아니었다. 두 사람 모두 연극 무대에 세워도 괜찮겠다 싶을 만큼 수려하게 생긴 데다 독특한 구석이 있었다. 덕분이 그들은 벤자민의 기억에 진한 인상을 남겼다.
　그들에게 붙인 별칭은 그들이 나누는 대화를 엿듣고 나서 결정했다. 한 사람은 북부 슈니플로케 억양이 강하게 밴 말씨를 쓰고, 다른 한 사람은 남부 프림데-로헤드 지역 억양이 강한 말씨를 썼다. 거리를 따져도 두 도시는 상당히 떨어져 있었다. 아마 어디 대학이라도 함께 다니고 있는 사이겠지, 벤자민은 짐작했다. 마법사 중 하나가 남부 억양이 센 걸 보아 리히트 대학을 재학하고 있는지도. 근 3개월 동안 늘어난 능력은 업무 능력보다는 손님의 사소한 행동과 특징을 잡아 상상을 넓히는 일이었다.─사실 업무에 관한 한, 더 늘어날 능력도 없었다. 어린아이도 잘만 가르쳐 앉혀 놓으면 쉽게 할 수 있을 만큼 단순 업무였던 탓이다.─
　두 수상한 마법사가 구매하는 책은 주로 문학과 인문학 서적이었고,

누군가의 심부름으로 온 것인지 사야 할 책의 목록을 들고 오는 경우가 많다. 간혹 책을 찾지 못하겠으면 주로 슈니플로케 억양이 강한 '눈꽃의 마법사' 쪽이 벤자민에게 말을 걸어왔는데, 그때마다 동행한 이의 눈길이 사납게 벤자민의 얼굴에 꽂혔다.

벤자민이 '황야의 마법사'라고 멋대로 명명한 그 남자가 무엇을 경계하는지는 알 것 같았다. 마력코어에게 유독 불친절한 사람이야 수도 거리마다 차고 넘치니까, 일종의 방어 본능이리라.

벤자민은 그들이 찾던 책을 찾아주고 값을 치러주었다.

"두 분은 어지간히 친하신가 보네요."

하고 넌지시 떠보니, 두 사람의 반응은 미묘했다.

"그렇게 보입니까? 그건 좀 의외인데…."

황야의 마법사는 잔돈을 거슬러 받으며 복잡한 표정을 지었다. 벤자민은 그 표정이 적어도 난감해 보인다고만 생각했다.

두 사람이 친하지 않다면 어째서 책방에 올 때마다 함께 오는 걸까? 어떤 연유로 서로에 대해 모르는 것 하나 없다는 투로 대화를 하며 벤자민이 한 마디 뗄 때마다 '황야의 마법사' 쪽이 동행이 상처받을까 잔뜩 날을 세우며 경계하는지 벤자민으로써는 짐작이 가지 않았다.

요 며칠 그들은 책방을 찾지 않았다, 만에 하나 다시 온다면, 벤자민은 또 그들을 유심히 관찰할 것만 같았다. 그들이 무슨 관계인지 쉽게 상상이 가지 않는다는 점이 벤자민의 흥미를 끌었던 까닭이다.

한편, 러더퍼드 경의 경우, 이곳을 오가는 손님 중 몇 되지 않게 별칭이 아닌 본명이 벤자민의 기억에 남았다. 물론 그를 잘 아는 것은 아니었다. 그저 그의 형제까지 참석한 자리에서 통성명한 적이 있었을 뿐이다.

그들 셋만 모인 자리는 아니었던 데다가, 그 당시 벤자민이 많이 어렸던 탓에 막상 러더퍼드 경은 벤자민을 알아보지 못했다. 벤자민 또한 책방에서 처음 그와 재회했을 때 구태여 아는 척을 하진 않았다. 상대가 어색해 할 것이 눈에 선했고, 무엇보다도 반듯한 큰형과 비교가 되고 싶진 않았던 탓이다.—벤자민은 집안의 반대를 무릅쓰고 멋대로 휴학계를 내고 법학 공부를 중단했다. 말하자면 거의 가출 상태였다. 그 때문에 그의 어머니 에블린 클레어를 아는 사람들은 벤자민의 얼굴만 발견했다 하면 냅다 달려와 모범적인 큰형과 그를 비교하며 잔소리를 늘어놓기 바빴다. 휴학 이후 이미 지겹게 당해본 일이라, 굳이 상대에게 아는 척을 해서 잔소리와 비교를 당하고 싶진 않았다.— 따라서 그는 진득하게 러더퍼드 경을 모르는 척했고, 러더퍼드 경 또한 개의치 않고 용무를 보고 책방을 나가곤 했다.

러더퍼드 경이 주로 책방을 찾는 이유는, 구매가 아닌 헌책을 내다 팔기 위해서였다. 그가 군인 가문의 사람이라는 걸 고려하면 뜻밖이었다. 기사 계층은 책방에서 헌책을 사주기도 한다는 사실 자체를 잘 모르는 경우가 많았다. 책을 팔아야 먹고 사는 입장이 아니기 때문에, 필요 없는 책을 서재에 욱여넣을지언정 알뜰히 팔아서 생활비를 마련하자는 데까진 생각이 미치지 않기 때문이다.

벤자민은 모르는 척 그가 늘 가져오는 희곡의 값을 감정했다. 그러면서도 중앙 정치판이 심상찮게 돌아가고 있는 것은 아닌지 우려했다. 러더퍼드 정도 되는 군인이 생계가 어려워서 책을 팔러 온다면, 군인에게 녹봉을 주지 못할 만큼 세수가 부족하다는 의미였다. 두 여왕 사이에서 오래 지속되고 있는 냉전에 무슨 이변이라도 생긴 것일까? 그는 어머니를 비롯해 손위 형제들이 모두 정치판에 연루되어 있었다. 그렇기에 러더퍼드 경의 출현은 '신경 쓰지 않고선 배기지 못할 만큼' 기억 속에서 도드라졌다.

러더퍼드 경이 팔러 오는 슈니플로케의 희곡은 메모가 지저분하게 적혀 있는 페이지가 좀 섞였음에도 불구하고, 팔리긴 매번 잘 팔려나갔다. 귀족 가에서 나온 사용인부터 성에서 일한다던 사람에 이르기까지, 구매층도 다양했다. 최근 메르헨시티에서 연극이 유행한 덕이다.

비록 이처럼 그의 일상은, 수상한 요소들을 품고 불안한 소리를 내며 삐걱거리고 있긴 했으나 벤자민이 입을 다물고 현실에 안주하면 별 탈 없이 굴러갔다. 그는 우선 두 수상한 마법사들에 대해서도, 러더퍼드 경에 대해서도 깊게는 생각하지 않으려 했다.

그러나 노력이 무색하게, 평온은 그의 섣부른 믿음을 배신하며 깨어졌다.

벤자민 클레어는 어제 러더퍼드 경 때문에 사실상 해고되었다. 사장으로부터 받은 통보의 골자는 따지자면 해고가 아니었지만, 실상 자르겠다는 말과 다를 바 없었다.

러더퍼드 경이 책방 주인에게, 그가 마지막으로 판매했던 '희곡'의 판매를 취소하고 회수하고 싶다고 요청했다는 모양이었다. 책을 팔러 오던 것이 벤자민의 예상과 달리 마냥 생계가 걸린 문제는 아니었던 건지, 희곡을 돌려받을 수만 있다면 값은 책방에서 쳐준 것보다 높게 쳐줄 수 있다고까지 나왔다고 했다. 대체 얼마를 주겠다고 나왔는지는 벤자민으로썬 알 수 없었다. 그저 책방 주인으로부터 '며칠 정도 출근하지 않아도 시급을 쳐줄 테니까 책을 사갔던 사람으로부터 희곡을 도로 사 오라'는 요구를 받았을 뿐이다.

벤자민은 러더퍼드 경이 마지막으로 팔았던 '희곡'을 샀던 사람이 누군지 기억하고 있었다. 왕실 서고에서 일하는 사서다. 즉 운이 좋다면 사서가 개인적으로 구매한 책일 터였다. 그렇다면 그 사서의 집을 찾아가 값이라면 얼마든지 치를 테니 책을 돌려달라고 말하기만 하면 깔끔히 해결될 일이다. 이 경우 벤자민이 받은 통보가 해고 통보로 변하지 않는 셈이 된다.

　문제는 운이 나쁜 경우다. 만약 왕실 서고의 사서가 '성에서 사는 어떤 높은 분'의 심부름으로 책을 사러 나왔던 거라면? 즉, 그 책이 아예 왕실 서고에 들어갔다면 얘기는 달라졌다. 왕실 사유지는 국경 결계와 똑같은 종류의 결계가 보호하고, 허가 없이 접근할 수 없었다. 몰래 숨어 들어가는 것조차 불가능했다. 신의 결계를 역산했다는 소식 같은 건, 비(非)마력코어인 벤자민 클레어조차 들어본 일이 없었다. 그가 알기로 그런 행위가 이론적으로 가능한 건 저 먼 남부, 이종족의 숲에 산다는 이종족, 재버워키 뿐이다.

　그는 책방을 나오면서 문제의 '희곡'이 왕실 도서관이 아닌 왕실 사서의 개인 책장에 꽂혀있기만을 간절히 바랐다. 수도는 넓고 사람은 많아 왕실 사서의 개인 주소를 알아내는 것만도 꽤 큰일이겠지만, 왕실 서고에 꽂혀있는 것보다야 사정이 나았다. 전자는 힘은 조금 들어도 인간이 가능한 영역이었고, 후자는 아무리 노력해도 인간이 침범할 수 없는 영역이었던 탓이다.

　해고 선고는, 일주일의 수소문 끝에 왕실 사서들이 왕실 사유지 안에 거주지를 배정받아 산다는 소식을 전해 들었을 때 완성되었다. 벤자민은 이제 책을 되찾으려면 반드시 창조신의 권위에 도전해야 하는 입장이 되고 만 것이다. 가출 상태이니만큼 법무장관 에블린 클레어의 막내아들이라는 입장이 무색하게 한 푼이 아쉬운 입장이었지만, 벤자민은 결심했다. 일을 관둬야겠다! 비록 수도의 왕립대학조차 방학이라 대학가에서 새로 일자리를 얻기 녹록하진 않겠지만, 노력해도 이루어지지 않을 일에 시간과 에너지를 낭비하느니 책방 주인 얼굴에 시원하게 사직서를 때리고 나오는 편이 차라리 현실성이 있었다.

벤자민은 간신히 얻어 살고 있었던 하숙방 한구석에서 사직서를 그럴 듯하게 적어 품속에 넣고, 거리로 나왔다. 자전거를 탄 아이들이 가스등마다 불을 붙이러 다닐 시간이었다. 패기 넘치게 걸어 나온 것까진 좋았지만, 시간이 너무 늦었다. 거리를 부단히 오가던 사람들 또한 부스러지듯이 흩어졌다. 밤하늘은 찬찬히 거리를 붉게 물들이던 노을을 잠식하며 밀려왔다.

열띤 한숨이 흘러나왔다. 책방도 문을 닫았을 시간이니, 할 수 있는 행동은 두 가지였다. 걸음을 물려 하숙방으로 돌아가 괜한 분노를 삭이며 잠이나 청하거나, 가까운 주점에서 스트레스나 풀 겸 한잔하거나. 앞으론 한 푼이 아니라 반 푼도 아까울 상황이니, 만일 그가 건물과 건물 그 비좁은 사이에 깃든 짙은 그늘 속에서 '괴상한 존재'를 발견하지 않았더라면 그는 고스란히 하숙방으로 돌아가 화풀이로 베개를 때리다 잠드는 밤을 보냈을 것이다.

벤자민의 뒤로 자전거 바퀴가 굴러가는 소리가 났다. 가스등에 불이 들어왔다. 그 어스름한 불빛을 희뿌연 담배 연기가 파먹었다. 주점 및 여관이 들어선 건물과 2층짜리 가정집 사이, 사람이 하나 간신히 오갈만한 건물 틈새에서 키가 큰 그림자 하나가 담배를 피우고 있었다. 가스등에 불이 들어오자, 그림자는 뒤늦게 하늘을 한 번 쳐다보고, 가스등을 또 한 번 흘끔 바라보았다. 그러다 벤자민 클레어와 눈이 마주쳤다. 연기 속에서도 선명히 빛나는 금색 눈동자는 벤자민을 유심히 바라보다가, 담배를 껐다. 망토에 달린 후드를 뒤집어 쓴 후 여관 건물로 난 샛문으로 들어갔다. 벤자민은 그 자리에 고스란히 얼어붙은 채 자신이 목격한 정보를 정리했다.

그림자는 얼추 인간의 형태를 하고 있었지만, 뿔이 도드라지게 뻗어 있었다. 분명 벤자민과 눈이 마주치기 전까진 손 또한 인간의 것이라기엔 괴이한 형태를 하고 있었던 데다, 흰자에 눈동자가 맺힌 일반적인 눈 모양새가 아니었다. 분명 새까만 안구 위로 금빛 눈동자가 얹힌 형태의 눈이었건만, 벤자민 클레어의 시선이 꽂히는 순간 좀 더 완연한 인간의 모양새로 변했다. 그는 협박이라도 하려는 것처럼 무표정으로 벤자민을 한동안 진득하게 응시하다, 고스란히 건물 안으로 자취를 감춰버렸다.

이종족이다…. 있다는 건 알지만, 단 한 번도 본 적 없었던 존재가 한 자락 담배 연기만을 남기고 사라진 것이다. 벤자민은 홀린 것처럼, 이젠 반 푼도 아쉬울 상황에 냉큼 그림자를 쫓아 주점과 여관 간판을 함께 내 걸고 있는 건물 안으로 들어섰다.

하숙방과 멀지 않아 간간이 들르던 가게였던 만큼, 여관의 주인은 벤자민 클레어를 얼른 알아보았다. 왜 오늘은 혼자냐는 장난기 넘치는 질문에 벤자민은 어색하게 웃었다.

"방학이라 친구들이 전부 고향으로 돌아갔거든요."

"그러고보니 자네, 휴학했다며? 어머니 속 썩이면 못써요."

"아이고, 휴학한지 아직 1년도 안 됐어요. 형이고 누나들이고 다 번듯해선 속 한 번 안 썩이시고 애 키우셨으니까, 어머니도 가끔은 저처럼 속 썩이는 자식 때문에 고민도 해보셔야죠. 그래야 어머니 인생도 재밌으실걸요."

논쟁을 오래 끌 생각까진 없었다. 스스로도 무슨 말을 하고 있는지 일일이 파악해가며 내뱉은 소린 아니었다. 카운터에 대고 대답은 하면서, 시선은 주점 및 객실로 올라가는 계단 부근을 살피느라 바빴다.

그새 객실로 올라갔나? 주점 안은 별나다 싶을 만큼 한산했다. 이 가운데 더욱 눈에 띌 수밖에 없을 '그'가 한눈에 보이질 않으니 텄구나, 하는 감상이 불쑥 입 밖으로 튀어나왔다.

"뭐가 텄어? 찾는 거라도 있나?"

카운터에서 벤자민에게 잔소리를 늘어놓고 있던 여관 주인이 그렇게 묻자, 벤자민은 태연하게 어깨를 한 번 으쓱였다.

"아니, 뭐…. 혹시나 아는 얼굴이 하나라도 있을까 싶어서요. 이런 데선 혼자 마시기 좀 그렇잖아요. 처량해 보이고."

"하하, 자네 친구들은 다 고향 갔다며?"

"아, 뭐, 친구만 아는 얼굴인가요? 선배들이나 조교라도 있으면 좀 한 자리 끼려고 했던 거지…."

벤자민은 말꼬리를 일부러 길게 늘이며 속으로 계산했다. 만일 '여기서 혹시 이종족이 묵고 있느냐'고 물으면 여관 주인이 순순히 있다고 대답해줄까? 애초에 그는 왜 여기까지 잠깐 목격한 그림자를 쫓아 들어오고 만 것일까. 생각해보면 무례한 행동이 아닌가. 입장을 바꾸어 만약 이곳이 남부 숲속이고, 알지도 못하는 웬 이종족이 '인간'이라 신기하다며 거주지까지 쫓아온다면 벤자민이라고 마냥 유쾌한 기분이 들 것 같진 않았다.

냉정히 돌이켜보면 이런 결론이 나올진대, 그가 그림자를 쫓아 주점에 들어서고 만 행위는 '홀렸다'는 단어 외엔 무어라 설명할 길이 없었다. 근 일주일 동안 왕실 사서를 찾느라 마음고생을 한 탓에 제대로 된 사고를 할 수 없는 상태일지도 몰랐다.

원인이 무엇이었든, 그렇다는 걸 깨달은 이상 문제의 '이종족'을 더 찾고 싶다는 마음은 싹 달아나고 말았다.

"오늘은 아는 얼굴도 없고 그냥 돌아가는 게 낫겠어요."

벤자민이 그런 말을 꺼냈을 무렵, 미처 벤자민의 말을 듣지 못한 여관 주인은 한숨 섞인 푸념을 줄줄이 늘어놓았다.

"뭐, 자네 아는 사람이 아무도 없는 게 당연하지. 지금 우리도 큰일이야. 다른 이종족이 단골이랍시고 드나들기만 해도 골머리 아플 마당에,

손님이랍시고 자꾸 재버워키가 드나들고 있거든. 그렇다는 게 암암리에 알려지고 나서부턴 이 시간에도 손님이 뚝 떨어졌다니까, 글쎄…."
 "…네?"
 벤자민은 하려던 말을 얼른 삼키고 되물었다.
 "뭐라고요?"
 "손님이 뚝 떨어져서 큰일이라고. 자네, 오늘따라 좀 넋이 나간 것 같은데? 얘기 제대로 듣고 있었던 거야?"
 "아니, 그거 말고요. 누가 드나든다고?"
 "재버워키. 몰라? 왜, 그 이종족의 숲에 산다는 괴물들 말이야."
 신의 결계를 역산할 수 있다는 이야긴 비(非)마력코어인 벤자민 클레어조차 들어본 일이 없었다. 그런 행위가 이론적으로 가능한 건 분명 저 먼 남부 숲속에 산다는 어떤 이종족—재버워키 뿐이다.
 벤자민은 다급하게 카운터 안으로 불쑥 몸을 내밀었다.
 "몇 호실에 묵어요, 그 사람?"
 "뭐, 따지자면 사람은 아니겠지만…."
 여관 주인은 그의 열성 어린 눈빛을 마주하고 어리둥절한 표정을 지었다.
 "그 재버워키가 여기서 묵는 건 아니고, 여기서 묵는 다른 손님 중에 아는 얼굴이 있다는 것 같았어. 그 사람들 보러 자주 오는 거야. 요즘은 거의 매일 오나?"
 "그럼 그 다른 손님들은 몇 혼데요?"
 "그건 왜? 아무리 자네라지만 그런 것까지 알려주긴 좀 그런데. 여기 묵고 있는 그 손님들은 이종족도 아니고, 이 바닥은 은근히 신용이 중요하거든."
 주인이 눈을 가느다랗게 뜨고 벤자민의 얼굴을 수상하다는듯이 바라보았다. 하기야 묵고 있는 손님에 대한 정보를 벤자민 클레어 같은 민간인에게 아무런 이유 없이 불어대는 여관의 경우, 신용이 떨어지는 것도 당연했다. 외부인이 카운터에서 쉽게 정보를 얻어 객실에서 중요한 물품을 훔쳐 갈 가능성이 그만큼 크다는 의미였으니까.

벤자민 또한 마땅한 변명이 생각나지 않아 몇 분간 말을 잇지 못했다. 결국 튀어나온 말은 터무니없는 거짓말이었다.

"그 재버워키, 아니, 그러니까, 그 사람한테 돈 빌려주고 못 받았어요!"

어설픈 거짓말을 하려니 몸짓은 커졌다. 벤자민은 과장하여 테이블을 한 번 쾅, 내리치고는 여관 주인을 똑바로 바라보았다.

"아저씨, 저하고 본 세월이 얼마예요? 이 정돈 좀 돕고 살아야죠! 제가 거의 가출 상태라 돈 한 푼이 아쉬운 거 아시면서!"

중요한 건 절박함이었다. 그는 작은누나의 별난 '연극 사랑' 탓에 슈니플로케 원정까지 몇 번이고 다녀와야 했던 사람이었다. 연극 무대를 단 한 번도 본 적 없는 사람보다야 없는 감정을 있는 것처럼 꾸며내는 데에 능했다.

"일단 진정 좀 해봐, 물론 자네 사정 알지. 그치만 아무리 그래도⋯."

"⋯하하, 누가 누구한테 뭘 빌렸다는 겁니까?"

톤이 낮고 단단한 목소리가 불처럼 번진 그들의 실랑이를 진화(鎭火)했다. 여관 주인은 일 났다는 것처럼 제 이마를 짚었다.

"자네가 시끄럽게 구니까 결국 내려왔잖아."

벤자민은 느릿하게 소리가 나는 쪽을 돌아보았다.

"그 얘기 좀 흥미롭네요. 이름 모를 사기꾼 양반."

골목에서 발견했던 눈동자가 똑바로 그를 응시하고 있었다.

남자는 상당한 장신이었다. 벤자민보다 머리 하나만큼은 큰 것 같았고, 그런 만큼 체격이 단단했다. 눈꼬리가 아래로 처져 인상이 서글서글했다. 얼굴엔 웃음기가 묻어났고, 이목구비 어디 하나 모난 구석 없이 훤칠한 생김새였다.

이마에 돋아난 뿔 두 개만 없었더라면, 다른 의미로 이목을 샀을 인물이라고 벤자민은 무심코 생각했다.

"무슨 일인지는 몰라도 저한테 할 말이 있으신가 봅니다. 뭐, 날 믿을 수 있으면 객실까지 올라오시겠어요?"

여관 주인은 사색이 된 표정으로 벤자민의 팔을 붙들었다. 가지 말라고 만류하는 것임이 분명했다.

잠시 말없이 재버워키와 벤자민 간에 시선 교환이 이루어졌다. 재버워키가 고갯짓으로 계단 위를 가리키자, 먼저 기가 찬다는 듯이 목소리를 낸 건 벤자민이었다.

"거참 대단한 자신감이시네요. 댁이 이종족이라고 누가 겁먹었을 것 같아요? 돈 떼인 인간의 무서움을 가르쳐주겠어. 올라가죠. 결판을 냅시다."

벤자민이 제 팔을 붙들었던 애처로운 손길을 가볍게 뿌리치고 뚜벅뚜벅 다가오자, 문제의 재버워키는 소리까지 내어 웃었다.

"재밌는 양반일세. 뭐, 그래요. 결판 좀 내봅시다. 무슨 결판을 내자는 건진 몰라도, 뭐, 부디 멍청하게 팔씨름 같은 걸 가져온 건 아니길 바라죠."

\*\*\*

L에게. 아무리 아버지가 돌아가셨고 우리 사이에 더 남은 유대가 없다 한들, 언니가 이러면 안 되지. 책 보낸 게 언젠데, 아직도 감감무소식이야? 정산은 확실히 해주길 바라. 나도 이런 일로 가족한테 돈 얘길 하고 싶진 않아. 그렇지만 내가 언니에게 팔기로 한 희곡은 내겐 남편이 남긴 몇 안 되는 유품이야. 그만큼 값은 제대로 치러줘야 하지 않겠어?

슈니플로케 같은 지독한 땅에서 혼자 아이를 키운다는 게 무슨 지옥인지 네가 정말 '언니'라면 좀 제대로 헤아려주면 좋겠다. 더는 독촉 편지 안 쓰게 해줘. 수도는 어떤지 몰라도, 여긴 종이 가격도 만만찮으니까.

D로부터.

추신. 조카에게 안부는 전해줘. 사이가 끝장난 건 우리 문제지 아이들하곤 관계없는 일이니까.

＊＊＊

메르헨시티의 밤은 황야와는 사뭇 달랐다. 약 2주째 먼지 낀 유리창 너머로 매일 마주 보았지만, 소뵈르 샬레에겐 미묘한 감정을 자극하는 풍경이었다.

이 도시는 그와 토마 샬레를 늘 유리창이 깨져 있는 난민 지구까지 몰아붙였던 국가의 심장부였다. 프림데와 달리 도시의 끝이 한눈에 보이는 규모가 아니었고, 도시 뒤에 굳건히 버티며 창조신을 잃었어도 우리는 살아있다고 부르짖는 것 같던 이종족의 숲 혹은 프림데-로헤드 난민 지구가 까마득했다. 온 도시가 마치 그들이 원래부터 없었던 것 같이 굴었다. 이런 심장부에서 숨을 쉬고 살아가는 중앙 귀족들이라고, 저 먼 남부 국경에 누가 살고 그보다 더 먼 최북단엔 누가 사는지 제대로 파악하고 있을 리가 없었다.

이해하고 싶진 않았지만, 그는 몇 년 만에 간신히 스노우화이트의 행보를 이해했다. 구원자의 이미지에 취하기 좋은 구조다. 변방 도시에선 무엇을 하든 중앙의 관심 밖이다. 아이들을 태우든, 역병을 가장해 인간을 실험체로 사용하든 발견이 늦을 수밖에 없었다.

하기야 어쩌면 소뵈르 또한 그 덕을 보고 있을지도 몰랐다. 만일 마법학부가 남부 프림데 리히트 대학이 아닌 수도의 왕립대학에 있었더라면, 신의 결계를 지우는 역산 공식을 노트 첫머리에 적는 순간 그 펜을 쥔 손목에 바로 수갑이 채워졌을지도 모를 일이다.

"샬레 군, 들어가도 괜찮을까요?"
턱이 높은 창가에 기대어 유리창 아래 도시를 내려다보고 있노라니 노크 소리가 두 번 울렸다. 헤르만 아델하이트의 목소리였다. 소뵈르는 손목에 걸린 시계를 한 번 확인했다.
"들어오세요." 대답하니, 문이 부드럽게 미끄러지며 열렸다.
창가에서 물러나던 소뵈르는 문가를 바라보았다가 눈살을 찌푸렸다. 아델 뒤로 자기가 묵는 곳으로 돌아가겠다던 페러그린이 도로 멀뚱히 서 있었던 데다가, 소뵈르로썬 얼굴 모르는 사람이 하나 더 아델의 뒤에 있었던 까닭이다.
상황을 설명하라 요구하기도 전에, 테오필 페러그린이 선수를 쳤다.
"아니, 별건 아니고…."
그는 고갯짓으로 제 옆에서 눈치를 살피고 있던 벤자민을 가리켰다.
"이 친구가 아무래도 나한테 용건이 있나 보더라고요. 근데 당신도 알다시피 절 받아주는 가게가 영 없잖습니까. 밑에 주점만 해도 보나 마나 나한테 술 팔아줄 것 같진 않고…. 그래서 말인데, 잠깐만 실례 좀 합시다."
메르헨시티의 야경과 더불어 2주를 겪어도 익숙해지지 않는 걸 하나 더 꼽으라면 테오필 페러그린의 막무가내였다. 테오필은 미안한 기색 하나 없이 성큼성큼 밀고 들어와 대뜸 침대 곁 바닥에 털썩 앉았다. 아델은 테오필과 눈빛이 가라앉은 소뵈르를 번갈아 바라보기만 했다. 뻔뻔하게 들어가자니 눈치가 보였던 까닭이었다.

구태여 아델을 앞세워서 찾아온 것을 미루어, 보나 마나 무슨 터무니없는 소리를 할 작정인 게 분명하다고 소뵈르는 짐작했다. 소뵈르의 시선이 아델에게 한 번 꽂히자, 문가에 우두커니 서 있던 아델은 떠밀리듯이 고개를 돌렸다.

"테, 테오가 엄청 급한 일이라고 호들갑 떠는 걸 어떡해요! 혹시나 정말로 예상 밖의 큰일이 난 거면 샬레 군도 알아야 하니까…."

"…당신한테 화난 건 아니니까 이리 와요, 아델."

"…진짜 화난 거 아니죠?"

"아니에요. 모르는 사람 경계를 좀 하는 게 어떠냐는 잔소리 정도는 하고 싶긴 합니다만."

객실 안은 리히트 대학의 기숙사와 비슷한 구조를 취하고 있었다. 책상 하나, 침대 하나, 겉옷을 걸어둘 만한 행거 하나가 다였다. 남자 넷이 앉아 떠들기엔 비좁아서, 우선 수상한 손님인 벤자민 클레어에게 책상 의자를 내주고 나니 남은 이들은 침대에 올라가 앉거나, 창턱에 걸터앉는 수밖에 도리가 없었다.

테오필은 침대 가장자리에 앉아 후드 망토를 벗었다.

"하여간 볼 때마다 청춘일세. 당신들하고 헤어지기 전에 청첩장 받을 주소 정돈 만들어놔야겠습니다. 숲까진 우편마차가 안 오거든요, 정말이지 불편해서 살 수가 없다니까."

"…헛소리하러 온 거면 그대로 망토 들고 나가주시면 될 것 같습니다, 페러그린 씨."

"너무 차가우시네, 테오필이라고 불러도 괜찮다니까."

"별로 친하지도 않은데 굳이 친한 척하고 싶진 않아서요, 우리 남이잖습니까? 저쪽도 남이고."

소뵈르의 시선이 벤자민에게로 향하자, 그는 어색하게 웃었다.

"그…렇게 남은 아니지 않나요? 저희 책방에 책 사러 오셨죠? 저기, '아델' 씨하고 같이."

"…아. 책방에서 봤던가요. 얼굴은 좀 낯익다 했습니다."

"기억하신다니 다행이네요. 그럼 남은 아닌 셈이니까. 어…."

벤자민은 녹색 눈동자를 굴려 비좁은 방에 옹기종기 모여앉은 이들의 면면을 살폈다.

"벤자민 클레어라고 합니다. 그쪽, 황야의 마법사 씨는?"

"……."

짧지만 가볍지 않은 침묵이 네 사람 사이의 분위기를 묵직하게 내리눌렀다. 벤자민 클레어로선 가장 당황스러울 수밖에 없었다. 그렇게 못 물을 걸 물었다곤 생각하지 않았다. 수상함을 덜어내려면 서로 통성명을 하고 신분을 알린다는 게 세간의 상식이 아니었던가.

상대는 한참 만에 입을 열었다. 소뵈르 샬레. 이국적인 발음으로 이루어진 두 토막 단어에 벤자민은 자신도 모르게 되묻고 말았다.

"네? 뭐라고요?"

딱히 날을 세울 생각은 아니었지만, 소뵈르는 그것을 시비라 받아들인 눈치였다.

"머리가 나빠 알아듣지 못하시겠거든, 그냥 적당히 샬레라고 부르세요. 그 정도는 이 빌어먹을 메르헨에서도 쓰는 발음 아닙니까?"

"아, 아아…. 그렇군요, 제가 말을 잘못했네요. 샬레 씨는 황야에서 온 마법사가 아니라, 오즈에서 온 마법사로군요."

벤자민은 더듬거리며 말을 이었다.

"보기론 티가 안 나니까 몰랐어요. 안다고 뭐 달라질 건 없지만…."

소뵈르의 입에선 짜증스러운 한숨이 새어나오는 마당에, 테오필은 뭐가 즐겁다는 것인지 마냥 웃기에 바빴다.

"아, 뭐, 우리 샬레 군이 보시다시피 좀 무뚝뚝합니다. 너무 마음에 두진 말아요. 소뵈르도, 그래도 이 친구 말 못 섞을 정도로 바보는 아닌 것 같으니까 너무 그렇게 모나게 굴지 말아요."

"…사적인 이야길 하고 웃고 떠들 만큼도 아닌 것 같습니다마는."

창가에 걸터앉아 있던 소뵈르의 못마땅한 눈빛은 좀처럼 누그러질 줄을 몰랐다.

"빨리 용건이나 말하고 나가주시죠. 대체 단체로 남의 방에 쳐들어와서는, 뭘 하러 온 겁니까?"

"뭐, 나한테 용건이 있는 건 아니고…."

테오필은 어깨를 한 번 으쓱였다.

"난 그냥, 이 친구가 흥미로워서 얘기나 들어줄까 하고 데리고 왔을 뿐이거든요. 그러니까 지금 그 질문에 대답해야 할 건 내가 아니라 벤자민 같군요."

세 사람의 시선이 일제히 벤자민 클레어에게 쏠렸다. 벤자민은 느릿하게 눈을 깜빡이더니, 한껏 더 어색한 미소를 그리며 목소리를 가다듬었다.

"초면에 이런 부탁 드리기 참 염치가 없다는 건 아는데요…."

그는 그렇게 서두를 열고 테오필 페러그린을 눈짓으로 한 번 가리켰다.

"저 사람 좀 빌려주시면 안 될까요?"

"엥, 저요?"

"테오 씨를요?"

아델과 테오필의 입에서 동시에 얼이 빠진 소리가 새었다. 메르헨에서 태어난 비(非)마법사, 명실공히 사회의 기득권이라 할 수 있을 벤자민이 이종족에게 관심을 보인다니 예사는 아닐 것이 뻔했기 때문이었다. 차라리 이종족 같은 건 본 적이 없어 '신기해서' 따라왔다는 대답이 덜 수상할 뻔했다.

"절 어디다 쓰려고 그럽니까? 재버워키는 잡아먹어도 맛이 없어요."
"아니, 당신을 잡아먹겠다는 소리가 아니에요. 재버워키의 종족적 특성이 필요하다는 뜻이었어요. 제…, 제 생계와 직장이 걸린 문제라…."

이야기의 서두는 연민을 자극할 만한 정보를 흘리며 시작하는 편이 좋을 것 같았다. 벤자민은 그렇게 슬쩍 말을 흘리며 남은 세 사람의 반응을 빠른 눈길로 훑어보았다. 나머지 둘은 몰라도, '샬레'라 부르라던 사람만큼은 벤자민의 이야기에 별 흥미가 있는 것 같진 않았다.

우선 둘이라도 공략하는 게 어디냐 싶어, 벤자민은 아랑곳하지 않고 자초지종을 설명하기 시작했다. 슈니플로케의 희곡을 팔러 오던 러더퍼드 경에 관한 이야기부터 시작하여, 책방 주인이 책을 찾아오라는 요구를 했던 것, 왕실 사서가 왕실 사유지 안에 기숙사를 얻어 생활하며 직장도 왕실 서고인 탓에 좀처럼 신의 결계 바깥으로 나오질 않더라는 얘기까지. 알려진 바에 의하면 재버워키는 신의 마법까지 원천 무효로 만드는 체질이라는 것 같아, 염치불고하고 초면에 결계 안으로 들어가는 것만이라도 동행해 주십사 부탁하려고 따라 올라왔다는 것이 최종 요점이었다.

그러한 이야기에 가장 반응이 빨랐던 건 '아델'이라 불리던 사람이었다. 그는 세상 모든 사장이란 놈들은 나쁜 놈이라는 말을 하며 한껏 연민에 젖은 눈으로 벤자민을 쳐다보고 있었다.

"그래도 어떻게, 기다리다 보면 한 번은 결계 밖으로 나오지 않을까요? 사람 사는 데니까, 식료품이나 생필품이 떨어지면 나와야 할 텐데."

아델의 추측에 벤자민은 고개를 저었다.

"성 안에서 보급품이 나와요. 정말 웬만한 일 아니면, 성 안에서 일하는 사람은 얼굴 볼 일이 없다는 소리가 나돌 지경이니까…. 책 사러 왔을 때도, 제복 입고 나왔으니 망정이지 아니었음 어디 소속인지도 몰랐을 거예요."

Non_Mainstreamer

이야기를 가만히 듣고 있던 테오필이 작게 하품을 하며 물었다.

"거, 뭐야, 바깥에서 그 사서를 아는 사람은 없습니까? 가족이라거나, 친구라거나. 있으면 인맥을 통해서 나오도록 연락하는 방법도 있을 것 같은데요. 그쪽이 왕성으로 쳐들어가는 것보단 단연 안전할 테고."

"알아보지 않은 건 아닌데, 그 사서가 요즘 연락이 끊어졌다더라고요. 홀어머니조차 이유를 몰라서 동동거리고 있던데…."

불현듯 일주일 동안 허탕을 쳤던 것이 생각나, 벤자민의 어깨가 아래로 축 처졌다.

"솔직히 이 나라 왕실 사서, 창조신의 개인 비서직 수준이라 마냥 사서라기엔 애매하잖아요. 말이 좋아 사서지, 왕실 서고 관리, 왕실 문서 관리, 창조신의 개인 기록물 관리 같은 걸 도맡아 하는데, 그런 사람이 바깥과 이만큼 단절이 됐다니까 도리어 정치적으로 뭔가 잘못 걸린 건 아닌가 싶거든요. 중앙 정치판이 요즘 대체 어떻게 돌아가고 있는 건지도 모르겠고, 또 안다고 한들 나 같은 한낱 왕립대학 학생이 어쩔 수 있을 리는 없긴 하지만…."

그는 자신의 붉은 머리칼을 투박하게 한 번 쓸어넘겼다.

"아무튼, 마침 저한테 똑같은 희곡이 한 권 있거든요. 저희 작은 누나가 슈니플로케 극단을 워낙 사랑하셨던지라, 아니나 다를까 소장품으로 가지고 계셨더라고요. 왕성 사유지에 들어갈 수만 있으면 살짝 들어가서 책만 바꿔치기하고 나오고 싶은데, 망할 놈의 결계 때문에 길부터 막혀서…."

"…흥미롭네요."

"네?"

벤자민은 곱슬거리는 머리칼 사이를 헤집던 손을 내리고 고개를 들었다. 목소리를 낸 사람은 다름 아닌 소뵈르였다. 그는 창가에 비스듬히 기대어 앉은 채, 무언가 골몰하는 듯이 시선을 내리깔고 있었다.

"그러고 보면 왕실 사유지도 신의 결계가 지키고 있었죠. 그것도 남부 국경 결계보다 훨씬 탄탄한 신의 결계가."

"…샬레 군?"

예상 범위를 한참 빗나간 소뵈르의 반응에 놀란 아델이 무심코 그를 호명했다. 그가 아는 한, 소뵈르는 이런 이야기에 흥미를 보일 사람이 아니었다. 그는 본인에게 별 이득이 없다면 애써 움직이지 않았다. 그 덕분에 몇 년 전, 아델의 편지가 사라졌던 사건에서조차 '이 사건을 해결하지 않으면 훗날 오즈 난민 출신인 본인에게도 악영향이 온다'고 시빌이 설득해야 했다고 들었다.

그렇기에 청천벽력처럼 복잡한 일에 휘말리게 생긴 벤자민 클레어는 물론 안됐지만, 소뵈르를 움직이긴 어려울 거라고 짐작했다. 아무런 메리트가 없었다. 왕실 사유지에 침입한들, 테오필 페러그린을 비롯해 소뵈르 샬레, 헤르만 아델하이트에 이르기까지 당장 손안에 떨어지는 이익은 한 톨 없었다. 벤자민 클레어도 그걸 알기 때문에 감정에 호소하고 있는 거였다.

"그렇지만 페러그린 씨께서 움직이시는 건 과하지 않겠습니까?"

소뵈르는 고개를 들어 세 사람을 번갈아 바라보았다.

"고작 애들 장난 하나에 역(逆)마력코어까지는…."

"…어, 뭐, 그건 그렇죠."

테오필은 느릿하게 눈을 깜빡였다.

"비효율적이긴 합니다. 재버워키의 역마력코어는 반경 10m 안의 모든 마법을 무(無)로 돌리는데, 그렇게 계산하면 상당한 범위에 이르는 결계가 통째로 사라지는 거거든요. 그 정도로 홀딱 결계가 없어지면, 아마 창조신한테 들키지 않겠어요? 일이 너무 커집니다. 사람 하나 간신히 들어갈 만큼 미세하게 결계를 녹이는 거면 몰라도 내가 신의 결계에 들이박으면 100% 성 안에 경보가 울려요."

이를테면 선전포고에 가까운 행위라고, 그는 덧붙여 설명했다.

"뭐, 살짝만 녹여도 안 들킨다는 보장이 없긴 한데, 가능성을 따지자면 내가 녹이는 것보다야 들킬 가능성이 적긴 하겠겠죠…. 애초에 이게 내가 조절할 수 있는 게 아니라서 말입니다, 역마력코어."

"…되든 안 되든 도박에 가깝지만 걸어볼 의향이 있으시다면, 제가 신의 결계를 역산해볼 수 있을 것 같습니다."

"네?"

반사적으로 가장 먼저 소리까지 내며 반응을 보인 것은 테오필이었으나, 거기서 가장 놀란 건 헤르만 아델하이트였다. 상황을 그의 이해력이 따라가지 못하는 것 같았다. 신의 결계를 녹여보겠다는 말은, 적어도 소뵈르가 신의 결계를 한 번 이상 역산해 본 적이 있다는 소리였다. 아직 가능한지 실험해 본 건 아니기 때문에 '해보겠다'는 표현을 사용한 것이겠지만, 적어도 아델은 소뵈르가 그런 공식을 조합하느라 시간을 투자했다는 이야기는 들어본 일이 없었다.

아니, 그전에 아델은 소뵈르가 방학마다 무슨 책을 얼마나 읽고, 무슨 공식을 조합하느라 때로 밤잠을 설치기까지 하는지 알지 못했다. 소뵈르는 아델이 곁에 서면 매번 제 앞에 있던 노트를 치우고 책을 있던 자리로 돌려놓곤 했다. 단지 무엇이든 쓰고 나면 정리하는 습관이 있어서 부단히 치운다고 생각했건만, 이제야 어쩌면 그게 아닐지도 모른다는 짐작이 들었다.

"어, 잠깐, 뭐예요? 소뵈르, 그런 것도 할 줄 압니까?"

테오필이 깜짝 놀라 넋이 나간 목소리로 묻자, 소뵈르는 대수롭지 않다는 듯이 대답했다.

"아직 할 줄 안다고 말할 정도까진 아닙니다. …취미로 역산해 본 적이 있는데, 시험해 볼 의향은 있다는 정도예요. 그쪽 클레어 군이 싫다면 굳이 강요할 생각도 없고요."

"…하하, 뭐야. 틸다 웨스트가 자리에서 내려올 때가 다 된 것 같은데. 그걸 뼈대라도 만들어 봤다는 게 어딥니까? 가히 오즈의 기적이신데."

"…앞서 말씀드렸듯이 어디까지나 애들 장난 같은 공식이고 결계가 녹을지 녹지 않을지조차 불투명하긴 합니다만."

소뵈르는 고개를 한 번 젓고, 서늘한 눈빛으로 벤자민을 돌아보았다.

"어쨌든 만에 하나라도 체포당하고 싶은 건 아니라 좀 확실히 해두고 싶군요. 클레어 군, 왕성 사유지 구조는 구해다 주실 수 있습니까?"

"네?"

벤자민은 얼이 빠진 목소리로 되물었다가, 서둘러 목소리를 가다듬었다.

"아! 그보다 더한 자료도 구할 수 있어요. 가족들이 큰누나 빼고 전부 성에서 일하거든요. 작은 매형도 성에서 일하고요. 작은누나한테 적당히 둘러대면 구조도나 이동에 필요한 자료 정돈 얻을 수 있을 거예요."

"그럼 됐습니다."

소뵈르는 창가에 실어두었던 무게중심을 앞으로 옮겨 똑바로 섰다.

"안 될 수도 있다는 건 감수하세요. 시간 늦었으니 자세한 건 구조도 가져오시면 논의해보죠."

아델. 부르는 소리에, 대화에 끼지 못하고 홀로 다른 생각과 감정에 빠져있었던 아델이 깜짝 놀라 고개를 바짝 들었다.

"얘기가 이렇게 됐는데, 아델은 어떻게 하시겠습니까? 관심 없다면 그 날은 아델 혼자 하고 싶은 일을 해도 괜찮을 것 같습니다만."

"아, 음, 죄송해요, 얘기 거의 못 들어서…."

"…그렇게까지 넋 놓고 있었어요? 그냥, 클레어 군을 돕자는 쪽으로 결론이 났다는 얘기였는데…. 피곤하면 내일 대답해줘도 괜찮아요."

"…네, 좀 생각을 해봐야 할 것 같아요. 클레어 군이 안쓰럽긴 하지만, 그러니까…. 위험이 없진 않을 것 같고…."

테오필은 곁에서 어깨를 움츠리고 앉아 있던 아델을 휘둥그레한 눈으로 쳐다보았다.

"엥, 왜요? 시급 쳐줄게! 헤르만도 같이 하죠? 재밌을 것 같잖아요."

"뭐가 그렇게 재밌어요, 까딱 잘못했다간 여왕 폐하나 창조신을 불명예스럽게 알현하게 생겼는데."

"그야, 뭐."

아델의 부루퉁한 타박을 듣고도, 테오필은 한번 어깨만 으쓱일 따름이었다.

"우리가 창조신이나 여왕 폐하를 엿 먹인다는 거, 글감이 되잖습니까? 넷이 모여 이종족, 오즈 출신, 마력코어, 가출 청년 조합이라고. 세상에 이런 아웃사이더 조합이 어디 있어요?"

활극 같은 거 쓰면 재미있겠네, 테오필은 웃었다.

"뭐, 말은 이렇게 해도 되면 좋고, 안 되면 말고 정도로 느슨한 장난이니까. 너무 진지하게 생각하진 말자고요."

* * *

벤자민에게, 잔소리를 담아.

야, 이런 편지를 쓸 시간이 있으면 웬만하면 이제 집에 좀 들어와라. 어머니 나이를 생각해, 언제까지고 정정하실 것 같니? 중간에 낀 내가 매번 너 대신 잔소리 듣느라 죽을 맛이야! 결혼하고 내 방에 고이 모셔둔 희곡이나 포스터들을 이제라도 가져오고 싶은데, 너 때문에 눈치 보여서 친정엘 돌아가질 못하겠다고. 다음에 길거리에서 마주치면 비 오는 날 먼지 나게 맞을 줄 알아!

p.s. 왕실 사유지 구조도와 네가 구해달라던 물건 같이 동봉해 보낸다. 맘 잡고 입성 시험 칠 준비를 하겠다니 그건 듣던 중 반가운 소리인데, 도대체 그런 물건은 왜 구해다 보내달라는 거니? 너 그런 수집벽이 있진 않았잖아. 배를 타니 바다에 나가니 어쩌니 하더니만, 알고 보니 무슨 해적선 같은 데 취직한 건 아니길 바란다. 일치지 말고 조만간 얼굴 한 번 비춰. 몽둥이를 세워놓고 기다릴 테니까!

정말 때리겠다는 의미는 아니야. 농담인 거 알고 있지? 신디 클레어.

\* \* \*

그들은 벤자민 클레어가 사유지 구조도를 가지고 오고 나서야 왕성 침입 계획을 정확히 세울 수 있었다. 계획의 요점은 간단했다. 신의 마법을 무로 돌리는 재버워키는 명분이 없다면 창조신으로서도 무리하여 잡아들일 도리가 없었다. 방법이 없는 건 아니었지만, 이유도 없이 재버워키 하나를 처형해 이종족의 숲을 건드리는 것은 창조신으로써도 현명한 처사가 결코 아니었다. 즉, 직접 사유지에 침범하는 게 아니라면 테오필 페러그린에게 죄를 물을 수 있는 존재가 그 성엔 없다는 소리였다.

따라서 테오필 페러그린은 사유지 외곽을 산책이란 명분으로 돌아다니며 결계를 녹인다. 20m가량의 결계가 사라질 테니, 당연히 경비 병력은 일제히 테오필 쪽으로 움직이게 되어 있었다. 그때 테오필이 그저 능청 한번 떨어주면 됐다. 산책하다가 역마력코어의 범위 안에 신의 결계가 '우연히' 걸렸다고. 허술하더라도 반박은 어려운 말 정도면 됐다.

더불어 혹시 모르니 성에 법무장관 에블린 클레어라는 혈육을 두고 있는 벤자민을 테오필 측에 붙여 이종족 혐오 감정으로 인해 상황이 과열되는 일을 방지하기로 했다. 헌병들 치고 클레어 장관을 모르는 사람이 있을 리 만무하니 벤자민이 어머니의 이름만 간간이 들먹이면, 웬만해선 싸움질까지 번질 일은 없을 터였다.

 그런 식으로 실랑이를 길게만 끌어줘도 다른 방면의 결계가 녹는 것까진 신경이 갈 리 없었다. 그 틈을 타, 헌병에게 목격되지 않을 만한 사각에서 소뵈르 샬레와 헤르만 아델하이트 조합이 움직인다. 결계를 녹일 수 있다면 녹이고, 침입한 후엔 수색 마법을 통해 책을 찾아 빠르게 바꿔치기만 하고 후퇴한다. 이를테면, 로헤드 난민 지구의 깨진 유리창 같은 것이다. 당장 눈앞에서 전면 유리를 깨고도 남을 돌이 날아오고 있는데, 다락에 난 쪽창이 깨지는 것까지 신경 쓸 집주인은 그리 많지 않다.
 이 단순한 작전을 세워온 것은 벤자민 클레어였지만, 가장 흥미로워 한 것은 소뵈르 샬레였다.
 "단순하지만 재미는 있겠네요."
 "오, 당신이 마음에 들어 할 줄은 몰랐는데. 어떤 점이요?"
 벤자민이 구조도를 둥글게 마는 동안, 테오필이 물었다.
 "로헤드 시절에도 사람을 무슨 오즈에서 온 역신(疫神) 취급할 때마다 메르헨 놈들 머리를 깨고 싶다고 생각했거든요. 설마 메르헨을 만든 창조신의 머리를 깰 기회가 생길 줄 미처 몰랐습니다. 마음에 들어요. 단순하고 시원시원한 방법도 나쁘지 않고요."
 "아니, 샬레 씨. 누가 들으면 오해하겠어요."
 벤자민이 말했다.
 "신을 죽이자고는 안 했어요. 책만 바꿔치기하는 거라고요."
 "하하, 뭐, 어때요. 틀린 말은 아니네."
 테오필은 벤자민이 둥글게 만 구조도를 책상 한구석에 밀어두었다.
 "인간이 창조신의 결계를 녹이는 데에 성공한다면 그것만도 어디예요? 창조신 루이스가 뒤통수 한 대 정돈 맞는 셈이지."

그런 가벼운 대화를 나누는 동안에도, 헤르만 아델하이트는 별나게 말이 없었다. 그는 벤자민이 구조도를 얻어오기를 기다리던 시기부터 지금까지 눈에 띄게 말수가 줄어들어 테오필조차 모른 척 넘어가기 어려울 지경이었다.

짚이는 구석이 없으니, 그나마 짐작해볼 만한 침묵의 원인은 건강이었다.

"헤르만, 어디 아프면 무리하지 말고 빠져도 괜찮은데요…."

테오필이 그의 안색을 살피면, 또 무슨 생각에 그리 잠겨 있던 것인지 아델은 고개를 저었다.

"괜찮아요, 너무 신경 쓰지 마세요. 그냥 요즘 잠을 좀 못 자서…."

그렇게 대답하면 테오필 혹은 벤자민 클레어는 미심쩍어도 넘어가는 수밖에 도리가 없었다.

　　　　　　　　＊＊＊

위험 요소를 조금이라도 줄여보기 위해 그들은 가능한 안전한 날을 고르기로 합의했다. 어디까지나 목표는 벤자민 클레어가 책방에서 해고되지 않게 하는 것이므로 데드라인은 책방 주인이 벤자민에게 시급을 지급하기로 한 마지막 날일 수밖에 없었다. 그 기한 안에서 성의 헌병 인력이 가장 적고 혹여나 일이 크게 번지지 않을 법한 날을 골라 감행하기로 했다.

그리하여 붕 뜬 기간 동안 아델이 할 수 있는 일은 전공대로 공식을 마주하는 일 정도였다. 왕성 사유지는 상당히 넓었다. 사서를 비롯한 성에서 일하는 사람들이 밀집한 거주지만 따져도 현존하는 수색 마법으로 한 번에 읽을 수 없는 면적이었다. 따라서 되든 안 되든, 좀 더 효율적으로 넓은 면적을 탐색할 수 있는 공식으로 개량할 수 있으면 좋을 터였다.

또 그렇게 공식을 조합하고 정리하다 보면, 쓸모없는 감정까지도 함께 정리할 수 있을 것 같았다. 이를테면, 특정인에게만큼은 자신이 좀 더 특별했으면 좋겠다는 과분한 감정 같은 게 그랬다.

그는 스스로가 무엇에 서운한지도 알았고, 왜 서운한지도 알았다. 다만 그 모든 것이 소뵈르의 입장에 서서 생각해보면 기분 나쁠 서운함일 거라는 생각이 들었다. 따라서 어떻게든 들키지 않도록 입을 다물고 덮어 두려 애썼다. 자기가 모르는 소뵈르가 존재한다는 사실이 섭섭하다니, 선을 넘어도 단단히 넘은 감정이다.

"…헤르만?"

공식 안으로 함몰했던 정신을 끌어올린 것은, 익숙한 듯 익숙하지 않은 호칭이었다. 주변이 안 보일 만큼 생각에 잠겨 있던 탓에, 아델은 호칭만 미루어 테오필 페러그린이 왔다고 짐작했다. 그러나 펜을 놓고 소리가 난 쪽을 돌아보자 심장이 철렁 내려앉았다. 숙소 창가 가득 배어나는 햇살에 한층 더 화사하게 살아난 연분홍빛 머리칼과 더불어 낯익은 생김 하나하나가 시야에 들어왔다.

"소뵈르."

결국 스스로를 통제하지 못하고, 그 또한 낯설고 어색한 호칭을 내뱉고야 말았다. 그러고 보면, 몇 주 전에 이런 비슷한 일이 있었다. 그땐 공식 조합에 정신이 팔린 게 소뵈르고 그를 흔들어 깨운 게 아델이었건만, 딱 몇 주 만에 입장이 뒤집힌 셈이었다.

"…어제부터 방에서 안 나오기에 무슨 일이 있나 했습니다. 멋대로 들어온 건 미안해요."

소보르는 아델이 말을 못할만큼 당황한 것이 그것 때문이라고 넘겨짚은 눈치였다. 아델은 필사적으로 고개를 저었다.

"그, 냥 놀란 거예요. 샬레 군은, 절 이름으로 안 부르시잖아요. 헤르만이라고는, 그게, 잘, 안 하시다 보니…."

"…아델이라고 부르는 버릇이 붙어서 그만. 그보다 식사는 제대로 했습니까?"

"간단히 먹어가면서 했어요. 샬레 군하곤 체질이 달라서 그런가, 전 먹지 않으면 머리가 안 돌아가더라고요. 그보다 샬레 군은, 여기 왜…?"

"아까 말했듯이 당신이 종일 안 보이기에 걱정도 됐고, 당신이 없으면 워낙 시간이 남아도는 사람이라서요."

소뵈르는 책상과 가깝게 붙어있는 침대 가장자리에 가볍게 앉았다. 그러고선 또 한참 말이 없었다. 평소에도 아델이 먼저 화두를 꺼내지 않으면 곧잘 그런 식으로 대화가 얼어붙곤 했다.

소뵈르는 대외적으로 보이는 모습과 달리, 가까이 다가갈수록 말주변이 없었다. 타산이 없는 대화를 어떻게 이끌어 가면 좋을지 잘 모르겠다는 투였다. 그 침묵에 떠밀려 마지못해 입을 열려는데, 뜻밖에 소뵈르의 목소리가 먼저 침묵을 갈랐다.

"미안하다고 해야 하나요?"

아델이 예상치 못한 질문이었다.

"딱히 샬레 군이 제게 사과할 일을 하진 않았잖아요. 왜 사과를 하려고 하는 거예요?"

"…당신이 날 피하는 것 같으니까. 이유는 모르겠지만 화났나 했습니다."

"…그런 거 아니에요. 화 안 났어요. 화낼 이유도 없고."

거짓말이었지만 그렇게 말하는 수밖에 없었다. 결국 명분이 부족했다. 헤르만 아델하이트는 소뵈르 샬레에 비해 결코 자존심이 강하진 않았지만, 그래도 지키고 싶은 마지막 자존심 정도는 가지고 있었다. 괜한 소릴 해서 미움받고 싶지도 않았고, 자신과 달리 소뵈르의 전부를 알고 있었을 토마 샬레를 질투했다고도 말할 용기가 나진 않았다. 그저 아무 변명이라도 덧붙이고 싶었기에, 아델은 괜히 피곤하다는 듯이 눈가를 주무르며 말을 슬그머니 이어나갔다.

"겁이 많아서 그런가, 이번 일이 좀 피곤할 뿐이에요. 자꾸 최악의 상황이 떠오르더라고요. 왕실 사유지 침범이라는 게 말이 쉽지, 어쨌든 걸리면 큰 죄잖아요."

"무리하지 말아요. 아무것도 강요하지 않으니까. 여차하면 페러그린 씨를 설득하는 일 정돈 도와줄 수 있습니다."

"아니에요…. 어차피 하겠다고 한 거니까, 끝까지 책임은 지려고요. 그래서 수색 마법 공식을 어떻게든 확장해 보려 한 거고…."

"…아델."

고개를 슬그머니 움직이자 눈이 마주쳤다. 아델이 시선을 피하고 있는 동안에도, 소뵈르는 그에게 시선을 꽂은 채 미동도 하지 않았던 모양이었다. 점점 더 모를 사람이 되어가고 있다는 생각마저 들었다. 그가 소뵈르 샬레를 안 이래, 소뵈르가 그런 표정을 짓고 있는 걸 적어도 현실에선 목격한 적 없었다.

"날 믿습니까?"

아델은 잠시 말이 없었다.

"…무슨 의미예요?"

"아델이 이번 일로 벌어질 후폭풍을 걱정한다면, 내가 신의 결계를 녹일 거라고 믿는다는 의미잖습니까. 어차피 안 될 거라고 예상한다면 긴장할 필요가 없으니까요."

"그걸 어떻게 의심해요?"

망설임 없이 나온 한 마디를 듣고 소뵈르는 느릿하게 눈을 깜빡였다.

"…다른 건 다 의심해도, 당신의 천재성은 의심하지 않아요. 그걸 의심하느니 차라리 내일 태양이 사라진단 소릴 믿겠어요."

아델은 간신히 손을 뻗어 소뵈르의 손끝을 쥐었다, 소뵈르는 그의 행동을 저지하지는 않았다.

"다른 건 의심해요?"

농담인지 진담인지 분간이 가지 않을 만큼 평온한 목소리로 묻자, 부스러질세라 그의 손끝을 쥐고 만지던 아델은 또 쓰게 웃었다.

"당신에 대해 아는 게 있어야 의심을 안 하죠."

침묵은 파도처럼 그들의 사이로 묵직하게 밀려들었다.

"이래서야 결계를 녹이지 못하면 면이 안 서겠습니다. 당신에게 있다는 마지막 신뢰까진 잃고 싶지 않아서요."

"……그렇다고 또 한 며칠 아무것도 안 먹고 그러진 말고요."

"그럼 아델이 지켜보러 와요. 내가 무리 안 하도록."

손끝에 짧게 입을 맞춰주고서야, 그는 아델의 손을 툭 놓았다.

"…나의 무엇을 의심하고 있는지 추궁하지는 않을 테니까, 날 피하진 말아요."

소뵈르가 놓은 손끝이 움츠러들었다.

*** 

작전을 감행하기로 한 날까지 넷이 다함께 모이는 짓은 명을 재촉하는 법이다. 테오필 페러그린은 그 밤, 벤자민 클레어와 만날 약속만을 확정했다.

자신이 재버워키임을 훤히 드러낼 필요가 있는 작전이었던 만큼, 테오필은 숲을 벗어난 이래 처음으로 후드 망토를 벗고 거리를 나섰다. 도시 내부에서 외부로 불어가는 바람은 제법 선선했다. 열대야가 아닌 건 그들에게 있어 제법 호재였다. 북부 출신인 헤르만 아델하이트가 유달리

더위를 탔던 데다가, 불안정한 인간화나마 오래 유지하려면 테오필로서도 기온이 안정적인 편이 좋았다.

테오필이 지나가면 마치 약속이라도 한 것처럼 창마다 드리웠던 불빛을 거두었다. 아무래도 상관은 없었다. 그는 그런 일에 익숙했다. 누구라도 익숙할 것이다. 저 먼 남부 숲에서 태어난 인간 아닌 것들이라면, 누구라도.

"가히 기적을 일으키고 다니시는군요, 페러그린 씨."

짤막한 휘파람 소리가 바람을 갈랐다. 돌아볼 것도 없었다. 이젠 제법 익숙해진 손길이 투박하게 테오필의 어깨를 두드렸다.

테오필 또한 웃음으로 화답했다.

"아, 어떻게 약속 장소 코앞에서 딱 마주친답니까?"

벤자민 클레어 또한 숨죽여 웃었다.

"뭐, 운명인가 보죠. 우리 처음 만났을 때도 별로 약속하고 만난 건 아니었잖아요?"

"그땐 당신이 나한테 홀려서 따라왔었죠. 크으, 내가 너무 멋져서 큰일이네. 마성의 재버워키야."

"하하, 뭐라는 거람. 미안하지만 저 얼굴 보거든요? 진짜 웃기는 사람이라니까."

"세상에, 또 날 사람이라고 해줬어! 클레어 군한테 연약한 내 마음을 빼앗겨버리면 어떡하지?"

"어떡하긴 뭘 어떡해요? 차이는 거지."

과장된 몸짓으로 슬퍼하는 척해도 벤자민 클레어는 산뜻하게 받아쳤다. 테오필 또한 농담이었기에 시원하게 웃어넘겼다.

도시는 하늘에서 내려다봐야 간신히 규모를 파악할 수 있을 정도였다.

중심가의 왕립대학—왕실 사유지의 정문이다. 그 널따란 캠퍼스를 똑바로 가로질러 한참을 걸어야 성에서 사는 사람들이 거주하는 작은 주택가와 상점가가 나왔다. 그들의 목표는 물론 그곳이지만, 작전상 테오필과 벤자민은 왕립대학 근교에서 헌병의 시선을 잡아두는 역할을 맡았다.—까지 가는 데에는 결코 짧지 않은 시간이 필요했다.

그러는 동안에도 테오필이 지나치는 창가엔 알아서 어두운 장막이 드리워졌다.

"남부는 이 정도로 차갑진 않죠?"

테오필과 나란히 걷던 벤자민이 불쑥 묻자, 테오필이 벤자민을 돌아보았다.

"거긴 지척에 요르문간드의 숲이 있고, 난민들도 많다고 들었는데. 여기보단 개방적이지 않아요?"

"많으면 많은 대로 유난이에요, 인간들이란."

테오필은 대수롭지 않은 투로 대답했다.

"이종족이나 난민이 일자리를 빼앗는다느니 역병을 퍼뜨린다느니, 심지어는 자연재해도 우리 탓이라고 하는 사람도 있다니까요. 뭐, 비교적 마력코어 차별은 여기보다 덜하죠. 우선 남부 주요 도시인 프림데부터가 그리폰이 영주고, 마법을 장려하니까."

"그것 참, 인류 문명의 손해네요."

"오, 흥미로운 의견인데. 무슨 의미죠?"

주변의 동태를 살피던 벤자민의 연갈색 눈동자가 테오필의 두 눈동자에 머물렀다.

"당신들처럼 창조신을 엿 먹이겠다는 간 큰 사람들을 데려다가 쓰진 않고 변방에 묵힌다는 건 국가적 손해잖아요."

마법이 아닌 가스로 밝힌 거리의 등불 아래, 테오필은 벤자민을 마주 바라보다가 이내 시선을 허공으로 가라앉혔다.

"에이, 뭐, 그 정돈 과하고. 오즈 출신은 어떤지 몰라도, 우리 동포들은 적어도 인간들에게 인정받고 싶다고 생각하지 않아요."

"그런 것치곤 길거리 나다닐 때마다 늘 후드로 뿔을 가리시잖아요. 요즘은 여름이라 날씨도 푹푹 찌는 마당에."

"강자의 배려죠."

테오필이 고개를 들었다.

"날 보고 겁먹는 인간들이 가엾으니까, 내가 숙여주는 겁니다."

밤바람이 그들의 머리 위를 쓸고 지나갔다. 먼 밤하늘 끝자락에서 슬슬 왕립대학 건물들의 윤곽이 도드라지기 시작했다.

"이를테면, 당신들이 작고 귀여운 고양이를 예뻐하는 감각 같은 거예요. 왜, 보통 고양이는 사람을 무시한다고 하지 않습니까. 그렇다는 걸 알아도 고양이에게 인정받고 싶어 하는 '인간'이 있겠어요?"

"아, 그 발언 좀 이종족다웠네요."

"물론, '이종족'답겠죠."

그는 고개를 한 번 끄덕였다.

"'이종족'이니까."

"아니, 문자 그대로 종족부터 다르구나, 하는 게 와 닿았다는 거예요. 이렇게 똑바로 대화하고 있으면 솔직히 그렇게 멀게 안 느껴지거든요. 인간과 고양이 정도의 차이라는 그 느낌이 잡히질 않는다고요."

"정말입니까? 그건 충격인데…. 어떻게 하면 알아차리시려나?"

"글쎄요."

벤자민은 앞을 바라보았다.

"뭘 안 해도 이제 곧 알게 될 것 같은데요."

밤바람에 엉망으로 헝클어진 그들의 머리칼을 크게 쓸어 넘겼.

눈에 줄자가 달리진 않았으니, 그들로부터 10미터 거리를 정확하게 가늠할 순 없었다. 학생들이 방학을 맞아 대학 캠퍼스를 비우는 이런 여름

밤엔 신의 결계가 왕립대학 정문까지 확장된다는 사실은, 메르헨시티에서 조금이라도 살아봤다 하는 사람들이라면 다 아는 사실이었다.
"그러네요, 내가 뭔가를 하지 않아도 알게 되겠어요."
테오필 또한 걸음 속도를 조금씩 늦추었다. 가느다란 눈웃음이 그의 금빛 눈동자를 더욱 날카롭게 벼렸다.
"그럼 우리 창조신의 단잠을 좀 깨워봅시다. 한 걸음 정도면 신의 결계가 녹을 테니까."

\*\*\*

(전략) 언니, 이것은 누가 옳고 그르냐의 싸움이 아닙니다. 우리는 누가 먼저 잡아먹히느냐의 싸움을 하고 있을 뿐입니다. 솔직하게 저는 그 어느 쪽에도 관심이 없습니다. 진실로 그러합니다. 어리석은 군주와 교활한 군주 중 누구를 선택하겠느냐고 묻는다면, 그 어느 쪽도 차악(次惡)이 아니기에 선택할 수 없다는 대답만을 할 수 있을 따름입니다.

그럼에도 불구하고 제가 파우스트 공작, 러더퍼드 경을 비롯한 브라이어 로즈 세력에 가담한 것은 다름 아니라 보모로서 헤일리 파우스트를 키웠던 언니를 지키기 위함임을 알아주세요.
이 편지를 마지막으로 당분간은 연락할 수 없을 것 같습니다. 본 편지는 읽으신 후 꼭 소각하실 것을 당부드립니다. 건강하시고 저의 다음 편지가 부디 저의 부고가 아니기만을 바랍니다. (후략)

\*\*\*

헤르만 아델하이트는 소뵈르 샬레가 마법 공식을 육성으로 읊는 것을 태어나 처음 보았다. 만난 지 이제 고작 2년이었지만, 그의 안에서 소뵈르는 늘 그런 이미지였다. 아주 쉬운 몇 가지 마법을 제외하곤, 보통 암산이 어려워 모두가 외운 공식을 찬찬히 읊으며 마법을 구사하던 재학 초기에도 그는 무엇이 어렵냐는 듯이 훌쩍 암산으로 마법을 구사했다. 수업에서 내보이는 그런 태도들이 그의 출신과 맞물려 쉽게 타인의 반감을 사곤 했다. 그림으로 그린 천재가 이런 것인가, 그런 악평인지 찬사인지 모를 소문이 그에게 늘 그림자처럼 붙어 다녔다.

그런 소뵈르 샬레가 지금 헤르만 아델하이트의 눈앞에서 공식을 소리까지 내가며 계산하고 있었다. 무엇부터 의심해야 좋을지, 인지가 상황을 따라가질 못했다. 그가 평생 안 할 것 같던 행위까지 하며 마법을 구사하고 있는 것에 놀라야 하는 것인지, 그의 입에서 새어 나오는 그 모든 공식 조합들이 창조신의 존재 가치를 박살 내고 있음에 놀라야 하는 것인지 알 길이 없었다. 그저 홀린 것처럼 소뵈르의 목소리를 듣고 서 있는 것만이 간신히 가능했다.

저 반대편, 왕립대학 정문 방향에서 아득한 경보음이 울렸다. 테오필 페레그린과 벤자민 클레어가 왕립대학 정문과 시가지를 가로지르는 신의 결계를 녹이고 헌병의 시선을 끌고 있다는 신호였다. 벤자민이 받아온 새 희곡을 든 아델의 손에 어렴풋하게 힘이 들어갔다.

이성적으로는 소뵈르가 결계를 녹이지 않았으면 좋겠다고 바랐다. 그야, 정말로 침입하게 되면 큰일이었다. 헤르만 아델하이트로선 감당할 수 없을 선임이 분명했다. 다른 세 사람은 어떤지 몰라도, 그에겐 그럴 만한 배짱이 없었고 몇 푼 안 되는 시급을 제하면 그럴 만한 동기도 없었다.

그러나 감정적으로는 어째서인지, 이 불온한 공식이 결계를 녹이고 흔들었으면 좋겠다고 바랐다. 그건 어쩌면 뒤늦게 온 반항기였을지도 몰랐고, 또 자신이 가지고 있는 넘지 못 할 벽으로써의 소뵈르의 이미지가 무너지지 않았으면 좋겠다는 바람인지도 모를 일이다.

 소뵈르의 서늘한 손이 얇고 투명하던 결계를 짚고 있다가, 미세하게 결계 안쪽으로 조금 더 밀고 들어갔다. 녹았다. 그의 손끝이 결계 너머를 미세하게 침범했다는 사실이, 그 1cm 안팎의 이동이 그토록 큰 울림을 주는 날이 올 줄은 몰랐다.
 소뵈르는 고스란히 두 발자국 정도 물러나, 아델과 나란히 섰다. 아델의 손을 잡고, 눈짓으로 결계 너머를 가리켰다.
 "저쪽이 시끄러울 때 들어가는 게 나을 것 같습니다. 텔레포트는 내가 쓸 테니, 아델은 그러는 동안 탐색 암산을 해요."
 "샬레 군만큼 잘할 자신까진 없는데요…."
 사실 그렇진 않았다. 어려운 마법도 아니고, 이미 개량도 마쳐놓은 판국에 고작 그 정도 암산에서 꼬일 리는 없었다. 단지 위축되었을 뿐이다. 신의 마법을 무로 돌린 마법사 앞이라고 생각하니 할 수 있다는 말조차 감히 해서는 안 될 말인 것처럼 느껴졌다.

 소뵈르는 아델의 손을 힘주어 쥐었다. 나뭇잎 사이로 떨어지는 달빛에 점점이 물든 소뵈르의 얼굴 위로, 쓴 눈빛이 번졌다.
 "그리폰 남매에게 듣자 하니 공간 결계를 단번에 뒤집었다면서요. 별난 걱정하지 말아요. …당신이라면 할 수 있으니까."

*** 

 창조신 루이스가 두 눈을 내리감고 있으면, 브라이어 로즈는 창조신의 방을 밝힌 촛불만큼이나 불안감에 흔들렸다.

루이스는 태초의 창조 이래, 직접 무에서 유를 창조하는 방식을 선택한 일이 거의 없었다. 모든 피조물은 부모가 아이를 낳는 간접적인 방식을 통해 창조되었고, 그는 그것을 자연스러운 방법이라 굳게 믿는 것 같았다. 그렇게 간접적인 방식으로 사람을 나게 하면, 창조신이 그의 운명에 직접 끼칠 수 있는 영향력 또한 감소했다.

신은 피조물의 운명에 직접 개입할 생각이 없었다. 그저 생존이 가능한 환경을 조성해주기만 하면 자신의 소임은 다했다고 여겼다.

그렇기에 유일하게 부모의 핏줄이 아닌 창조신 루이스가 직접 두 장미라는 매개체를 통해 '무'에서 '유'를 직접 창조하는 방식으로 탄생한 브라이어 로즈나 카멜리아 로즈의 고민을 이해할 수 있는 백성은 없었다. 그녀들의 사고 흐름은 창조신의 감시 아래에 있고, 그녀들의 운명을 직접적으로 쥐고 흔들고 있는 것 또한 창조신이었다. 백성들에게 루이스는 허울뿐인 신이겠지만, 브라이어에게는 달랐다. 그는 실재하고 만질 수 있어 도무지 실존을 의심할 수 없는 절대자였다.

그런 존재가 성에서 함께 지내며 그녀를 지켜보고 있었다. 언제든지 그녀의 존재를 도로 죽은 장미 한 송이로 되돌리고 없던 일로 만들 수 있는 존재가, 그녀의 행동과 사상을 감시하고 있었다.

따라서 창조신 루이스의 행동은 무엇이든 그녀에게 사슬처럼 작용했다. 별것 아닌 아침 인사부터, 지금처럼 제 방의 스테인드글라스를 등지고 앉아 자는 것인지 생각에 잠겨 있는 것인지 모르도록 오랫동안 눈을 감고 있는 행위에 이르기까지. 절대자가 지금 무엇을 보고 무엇을 알아내고 무슨 생각을 하고 있는지 모른다는 건 지독한 공포였고 불안감이었다.

그 무거운 눈꺼풀이 들리고 금빛 눈동자가 드러난 것은, 자정이 넘어서였다. 브라이어는 도착하고 두 시간은 앉아 기다린 셈이었다.
 "브라이어."
 "말씀하세요."
 새파란 머리칼을 대리석 바닥에 닿도록 길게 드리운 창조신은 꿈을 꾸듯이 눈을 깜빡였다.
 "결계 안으로 곤란한 도적이 든 것 같구나."
 "네, 그렇다는 보고를 받았습니다."
 브라이어는 대답했다.
 "큰 사건은 아닌 것 같더군요. 언니도 그렇게 판단한다고 하셨고요. 그저 재버워키 한 마리가 산책 도중 신의 결계 근방에 실수로 접근한 사건이라는 모양입니다. 실수이고 반역이 아닌 이상 이종족은 처벌이 어려우니 잘 달래어 돌려보내도록 하라는 언니의 지시가 간 걸로 압니다. 아마 곧 사태는 수습될 테니 염려 마세요. 저희도 그리폰과 나눈 서약의 중요성을 알고 있으니까요."
 "…그래, 다른 이들과 나눈 약속 때문에 나는 나의 법칙 아래 태어난 백성이 아니면 처벌할 권한이 없었지. 요르문간드의 아이든, 글린다의 아이든."
 창조신의 고개가 느릿하게 옆으로 기울어졌다. 핏기 하나 없는 입술은 또 잘 맞물려진 채 한참 열리지 않았다.
 "에블린을 입성시켜야겠다."
 "…클레어 장관이라면 당분간 본가 사정으로 블라우 시의 본 저택으로 돌아가 있는 걸로 알고 있습니다."
 창조신은 가까운 창가에 기대어두었던 지팡이를 찾아 손에 쥐며 고개를 느긋하게 끄덕였다.
 "무리한 부탁이라 면목 없다만, 도시 간 순간이동을 써서라도 데려와주려무나. 허가는 내가 했다고 카멜리아에게 일러두고."

***

 오늘은 정말 이상한 하루라고, B는 생각했다. 신의 결계가 있는 한, 방비에 무분별한 병력을 투입하지 않아도 된다는 게 메르헨 국방의 장점이었다. 성은 더군다나 말할 것도 없었다. 그가 하는 업무라곤, 성 밖의 사람들이 알았다간 그런 일에 사람을 쓰는 것은 세금 낭비라는 소리가 나올 만큼이나 간단하고 별것 없었다. 교대로 왕실 사유지를 순찰하는 게 다였던 까닭이다.
 신의 결계는 허가증 없이는 길고양이조차 드나들 수 없었다. 정말 무의미한 순찰이었고, 자신의 소명이 무언가를 지키는 것이 아니라 단순히 오랫동안 걷는 것이라는 신념마저 생길 지경이었다.
 순찰병들 사이에도 주로 그런 팁이 돌았다. 무료하지 않게 걷는 방법, 혹은 이런 한가한 집단 사이에서 흔히 도는 유치한 괴담에 겁먹지 않는 법…. 사관학교 시절 익혔던 칼이나 총과 같은 무기는 훈련 이외엔 쓸 일이 좀처럼 없어서, 몰래 벗어두고 나오는 일도 다반사였다. 그는 평생 경보음 따윈 들을 일 없겠거니 생각하며 사유지 안을 망령처럼 떠돌았다.
 그렇기에 경보음이 요란하게 울렸을 땐 환청인 줄로만 알았다. 방침은 방침이라 소리가 들렸다고 생각한 방향으로 순간이동해보니, 이번엔 또 눈을 의심해야 할 존재가 떡하니 그의 앞을 가로막고 있었다. 도대체가 저 불길한 것이 남부 황야도 아니고, 메르헨시티, 그것도 왕립대학 중심부에 나타난 이유가 뭐란 말인가? 검문에 들어가려니, 그들 사이를 얼굴이 퍽 낯익은 남자가 불쑥 고개를 디밀었다.

 "어휴, 죄송합니다. 친구가 시골에서 올라온 김에 수도를 구경하고 싶다기에 구경을 좀 시켜주고 있었는데, 실수로 제가 다니는 대학 근처까지 너무 가까이 다가오고 말았네요. 저도 이 친구 역마력코어엔 아직 익숙하지 않아서 생각이 거기까지 미치질 못했습니다. 놀라셨다면 죄송합니다. 요 근처 좀 돌아다니다가 통금 전에 들어갈 테니 너무 개의친 마시고…."

B는 눈살을 찌푸렸다.

"저희, 어디서 본 적이…?"

"아, 벤자민 클레어입니다."

붉은 머리칼을 가진 남자가 산뜻하게 대답했다.

"에블린 장관께서 저희 어머니시죠. 전 이 학교에 다니니까, 어쩌면 오며 가며 얼굴 정돈 봤을지도 모르겠네요."

벤자민이 얼굴 만면에 태양 같은 미소를 함빡 담아내며 어머니의 이름 세 글자에 힘을 주어 말하자, B는 우선 함께 순찰하던 동료에게 이 같은 사실을 성에 알릴 것을 일렀다.

B가 판단하기에도 큰일은 아닌 것 같았다. 성에 침입하려 했다고 의심하기엔 두 남자 모두 가진 거라곤 아무것도 없었고, 행색도 가벼웠다.

그럼에도 몸수색을 감행한 것은, 벤자민 뒤에 서 있는 이 사건의 주범이 이종족이기 때문이었다. 이종족들은 창조신 루이스의 권한 밖의 존재들인 만큼 오만방자하여 무엇을 획책하고 꾸미고 있을지 알 길이 없었다

"거참, 의심이 많으시네요, 순찰병 양반. 이런 가벼운 행색으로 내가 무슨 불온한 걸 숨겨서 들어왔겠어요. 망토라도 둘렀으면 몰라, 숨길 구석이나 있습니까?"

"입 다물고 협조해. 솔직히 말하자면 다른 이종족도 이종족이지만, 네놈들 재버워키들은 존재 자체가 불온하니까. 괴물 주제에 말이 많아."

재버워키는 검문에 꽤 순순히 응하고 있었다. 저항 의지가 없다는 걸

표현하고 싶었는지 두 손은 얌전히 허공에 올려둔 채였다.
 그 남자는 B가 어딜 뒤지든 크게 신경 쓰지 않는 눈치였다. 다만 흘러나오는 말은 고분고분하지 않았다.
 "하여간, 인간들은 겁이 많아서 큰일이에요. 다른 종족들을 대하는 예의도 부족하고 말입니다."
 "조용히 하라고 했을 텐데."
 "아니, 그렇잖아요?"
 재버워키, 테오필은 B를 내려다보았다.
 "애초에 왕실 사람들에게 해코질 할 작정이었으면 본 모습으로 날아와서 성 외벽 정돈 부수고 등장했겠죠. 참 별걸 다 걱정하십니다."
 "…뭐?"
 "아니, 그렇잖아요? 왕실 사유지는 건물보다 정원이 더 크게 조성되어 있어서 내 본 모습으로도 딛고 설 땅이 많은데, 내가 인간 모습으로 위험한 무기 바리바리 싸 들고 올 필요가 뭐가 있냐는 말입니다. 인간은 재버워키에게 전투로 상대가 안 된다는 것쯤은 그쪽도 잘 알고…."
 벤자민 클레어가 놀라서 소리를 질러가며 말을 막으려 든 것도, 재버워키가 스스로 괜한 소릴 했다는 것을 깨닫고 허공에 머물러있던 제 손을 움직여 제 입을 틀어막은 것도 그때였다. 그 순간 시간은 절묘하게 어긋난 소리를 내며 돌아갔다. B가 단번에 거리를 벌리고 칼을 든 순간, 벤자민 클레어가 적당히 둘러댄 사유를 성으로 알리러 갔던 순찰병이 순간이동을 통해 돌아왔다.

 오해하기 딱 좋은 상황이었다. 동료가 칼을 들었고 신의 결계를 침범한 재버워키가 그와 대치하고 섰다. 위험한 무언가를 들고 왔거나, 위협적인 행동을 했다는 의미였다. 그리고 신의 결계를 넘어와 나라 없는 재버워키가 취할 위협적인 행동이라함은, 최소 왕성 습격이었다.

"아니, 오해입니다. 일단 진정해봐요, 인간 여러분."
테오필이 서둘러 덧붙였다.
"말이 그렇다는 거지, 말이! 누가 진짜로 본 모습으로 돌아간댔나, 이런 검문은 무의미하니까 얼른 끝내고 집에 좀 보내달라는 그런…."
"본 목적이 그런 불온한 것이었을지도 모를 일이지. 실수로 발각된 것일 뿐일지도 모르잖나? 애초에 네놈들에겐 나라도 없고 신도 없으니까. 우리의 신께서 자비를 베풀어 그만한 숲을 떼어주셨음에도 고마운 줄을 모르고 매번 호시탐탐 남의 국토와 권리까지 넘보는 불온한 놈들…."
"아니, 잠깐, 일단 제 얘기를 좀 들어보시고…!"
벤자민은 말에 마침표를 찍지 못했다. 그 언쟁을 무로 돌린 것은 한 발의 총성이었다. 무너진 것은 재버워키, 테오필 페러그린의 무게중심이었고 발포한 것은 성에 전언을 마치고 돌아온 B의 동료였다. 핏줄기는 테오필의 무릎을 타고 흘렀다.
테오필은 속절없이 핏물 위로 고꾸라졌다. 만일 인간이 벤자민이 그 몸을 다급히 받지 않았더라면, 어쩌면 그는 고스란히 제 몸에서 흘러내린 진득한 검은 피와 흙먼지를 뒤집어 썼을지도 모를 일이다.

나라도 없고 신도 없는 이종족에겐 누릴 권리도 없다라….
이러니 인간과의 교류에 매달리는 자신을 극구 만류하는 노인들을 마음 깊이 나무랄 수는 없는 것이다.
피가 붉은 것들은 믿을 게 못 된다. 그렇지만, 또 벤자민 클레어처럼 그가 핏물에 가라앉지 않도록 받아주는 인간도 있었다. 그러한 사실이 테오필로 하여금 인간에 대한 가능성을 완전히 포기하지는 못하게 했다.

도화선에 불을 붙인 것은 별것 아닌 말 한마디였다. 그들 사이를 가르고 흐르는 갈등만큼이나 밤은 속절없이 깊어갔다.

***

탐색 마법 결과는 가히 당혹스러웠다. 사유지의 중심점인 성까지는 진입하지 못하더라도 성에서 일하는 사람들의 숙소가 밀집한 구역의 중심부까진 순간이동으로 진입할 만했기 때문에, 우선 도착한 곳은 그 도시 아닌 도시, 작은 시가지를 휘돌아 뻗어나가는 수로의 중심부였다. 벤자민 클레어가 보았다고 진술한 왕실 사서가 감옥에 갇힌 게 아닌 한, 이 시간에는 당연히 이 시가지 안에서 잠을 청하고 있어야 했다. 즉, 탐색 마법에 걸려야 말이 됐다. 그렇다고 성 밖에 사는 사서의 가족으로부터 그가 돌아왔다는 소식을 전해온 것도 아니었으니, 이토록 깔끔하게 흔적이 증발된 리가 없었다.

"뭔가 이상한데요, 샬레 군. 낌새가 안 좋아요."

"사서의 위치가 안 잡힙니까?"

아델은 고개를 끄덕였다.

"사서는 안 잡히고, 희곡의 위치는 우리가 진입할 수 있는 영역이 아니에요. 움직이고 있고."

"어차피 우린 희곡만 바꿔치기하면 되니까, 위치 짚어요."

탐색 마법을 마치고, 헤르만 아델하이트가 수로 근교의 땅을 짚었던 손을 거두었다. 소뵈르는 아델이 탐색 마법을 사용하는 동안 잠시 맡아두었던 희곡을 옆구리에 끼고, 소환 마법을 사용했다. 벤자민 클레어가 구해왔던 구조도가 그의 손 위로 떨어졌다.

이윽고 지도는 그들의 눈높이에 맞추어 허공 위에 펼쳐졌다. 소뵈르가 눈짓으로 어서 위치를 짚으라는 듯이 지도를 몇 번 가리키자, 아델은 망설이는 손길로 뜻밖의 지점을 짚었다.

"…그게 왜 거기에 있습니까?"

"저도 몰라요! 그렇지만 여기서 움직이고 있었다고요. 누군가가 들고 있었어요."

아델의 손끝은 이곳보다 더 깊이 들어가야 발길이 닿는 곳, 즉, 왕성을 가리키고 있었다.

"희곡을 들고 있는 사람이 우리가 찾던 사서는 아니고요?"

"사서도 아니고 러더퍼드 경도 아니에요. 탐색에 걸리는 이름이 달랐어요."

"이름은 뭐라고 읽혔어요?"

"데보라 허니셋."

"…돌겠군."

두 사람 모두 그리폰 가문과 알고 지낸지 너무 오래되었던 걸지도 몰랐다. 그들은 웬만한 귀족 가문, 혹은 그에 준하는 자산가, 기사 가문의 이름을 알고 있었다. 세세한 건 몰라도 그들이 적어도 두 여왕 중 누굴 지지하고 있는지, 큰 그림 정도는 파악하고 있었다. 소뵈르 샬레는 지도에 한참 시선을 꽂아둔 채, 간신히 입을 열었다.

"클레어 군에게 책을 되찾아오라고 한 건 러더퍼드 경이라고 했었죠. 그 사람 분명 파벌로 따지자면 브라이어 로즈 아니었습니까?"

"제가 기억하는 바로도 그래요…. 현 파우스트 공작, 헤일리 파우스트의 대표적 우군이에요."

"허니셋 경도 마찬가지고."

"그렇죠, 부부가 둘 다 브라이어 로즈를 지지하는 걸로 아니까…."

"…우리가 좀 괜한 짓을 한 것 같은데."

소뵈르는 갈라진 입술을 살짝 깨물었다.

"만일 현재 정치를 쉬고 있는 브라이어 로즈가 창조신의 눈에 띄지 않고 체제를 뒤엎을 불온한 움직임을 보이고 있었다면 말입니다, 아델.

가정이지만 만일 그렇다면, 가장 중요한 건 눈에 띄지 않게 연락망을 돌리는 거였겠죠. 우편 시스템이나 창조신의 감시가 작용하는 순간이동을 사용하지 않고, 동지들끼리 연락을 돌리는 것."

"그렇겠죠."

아델의 표정 또한 착잡하기 이를 데 없었다.

"…어떡하죠, 샬레 군. 우리 진짜 괜한 짓 한 것 같아요."


두 여왕은 백성들과 달리 많은 부분 창조신의 감시를 받고 있었다. 백성은 신의 이름을 팔아도, 그들은 창조신의 이름을 함부로 팔 수 없었다. 현재 정권을 잡고 있는 것은 카멜리아 로즈이므로, 성 밖으로 나가는 브라이어의 사람들에 대한 검문이 강화되었을 가능성이 컸다.

그런 상황에서, 브라이어가 취할 수 있는 연락망은 간접적일 수밖에 없었다. 이를테면, 아무리 카멜리아 로즈라도 함부로 검문할 수 없는 위치의 백성을 이용하는 것. 왕실 사서는 창조신의 관할로 독립되어 있으므로, 아무리 지어낸 말일지언정 「창조신의 심부름을 나간다」고 둘러대는 사서를 검문하기는 어렵다.

따라서, 왕실 사서 중 브라이어 로즈와 연고가 있는 귀족을 움직여 겁박할 수 있을 만한 인물을 추려 접선한다. 사서가 밖에서 반입해도 의심을 사지 않을 만한 물건은 단연 책이다. 책을 이용한 암호는 과거 역사 속에서도 자주 활용되던 방법이었다. 체제 전복을 위해 움직이는 건 브라이어 로즈의 수족이지만, 어디까지나 머리는 그녀였다. 수족들의 보고는 그런 식으로, 메르헨시티에서 보기 어려운 북부 희곡의 탈을 쓰고 성과 성 바깥을 왕복한다.

그리고 현재, 러더퍼드 경이 연락망의 회수를 요구했다. 이만큼 퍼즐을 맞춰보기만 해도 이유는 명백했다. 이미 그쯤 사서와의 연락이 끊어졌던 게 분명했다. 연락망을 카멜리아 로즈에게 들킨 것인지, 혹은 단순히 공직 출신들이 으레 그렇듯 제 몸을 사리기로 하고 연락을 일방적으로 끊어버린 것인지 알았던 것 같진 않다. 다만 일종의 반역 모의에 가담한 러더퍼드 경 자신에게 아직 칼이 들어오지 않은 것을 보아 후자일 것이라 짐작했으리라. 그렇다면 사서는 기사나 귀족인 그들 모르게 성 바깥으로 잠적을 탔을 가능성이 있었다.

그리하여 러더퍼드 경은 희곡의 회수를 책방에 의뢰했다. 성 바깥의 은신처라면, 귀족보단 일반 시민이 잘 아는 법이다. 그 나비 효과가 엉뚱하게도 일개 책방 직원이었던 벤자민 클레어에게 이른 것이다.

물론, 소뵈르도 아델도 사서는 이미 카멜리아 세력에게 구금당했을 것이라 예상했다. 브라이어 로즈가 무엇을 들먹이며 사서를 움직였던 건지는 몰라도, 그 사서에게 절대 잃을 수 없는 무언가의 목숨이 브라이어의 손아귀에 있었을 것은 자명했다. 따라서, 사서는 카멜리아 측에 잡히고도 반역을 함구했다. 법의 집행 또한 웬만큼 창조신이 감시하는 가운데, 카멜리아 로즈 또한 심증만으로 수색을 진행할 순 없었겠지. 그렇게 희곡은 왕실 사서의 서고에 방치된 채 시간만 흘러가고 말았다.

그리고 지금, 그들이 간절히 찾아 헤매던 희곡은 허니셋 경의 수중에 있었다. 이는 곧 브라이어 로즈의 손으로, 사서가 구금되는 바람에 지체되었던 보고가 올라간다는 의미였다. 그것을 가능하게 한 건 엉뚱하게도 그들 네 사람이었다. 재버워키가 신의 결계를 가지고 난동을 부리고 있지 않은가. 모르긴 몰라도, 창조신의 신경 또한 처벌 불가능한 존재의 신역(神域) 침범에 쏠려 있을 것이고, 두 여왕에 대한 직접적 감시가 느슨해졌을 터다.

이틈을 타, 브라이어는 수족이었던 허니셋 경을 이용해 지체되었던 연락망을 회수하기로 결정했다. 실제로 희곡은 현재 허니셋 경의 손에 의하여 이동하고 있었다. 그녀는 이미 브라이어 로즈가 유일한 여왕이 되는 데에 일가의 목숨을 건 사람이니, 그 책이 향하는 곳은 당연히 브라이어 로즈―하얀 여왕이 있는 침전일 터였다.

　여기까지 생각을 마치니, 두 사람 모두 곤란해지고 말았다. 소뵈르는 말없이 마법을 이용해 지도를 허공에서 치웠고, 아델도 한동안 말이 없었다.
　"역시 그냥 돌아갈까요? 이동하는 물건을 바꿔치기할 수도 없고, 솔직히 이런 데에 잘못 끼었다간 정말 삼대가 망할 것 같잖아요…."
　수로를 따라 흐르는 물소리를 가르고, 먼저 말을 꺼낸 건 아델이었다. 소뵈르 샬레 또한 순순히 긍정했다.
　"…돌아가죠, 일이 너무 커지면 확실히 우리만 손해니까. 클레어 군에겐 안 됐지만, 그 사람도 이런 일에 연루되어 괜한 피해를 입는 것보단 차라리 새 일을 구하는 게 나을 겁니다."
　그의 손에 들린 희곡의 표지는 깊어가는 새벽 속에 더욱 어둡게 잠겼다. 아델의 두 눈은 진득하게 소뵈르의 얼굴에 머물러 있을 따름이었다.

***

　벤자민 클레어는 태어난 이래, 인간의 표정에서 이만한 혐오감을 느낀 일이 없었다. 가히 누가 인간이고 누가 인간의 범주에서 벗어난 존재인지 분간하기 어려울 지경이었다.
　무리해서 버틸 수 있는 하중(荷重)을 넘어가는 존재를 받아낸 바람에 어깨부터 무릎까지 관절이란 관절은 전부 비명을 지르고 있었다. 그럼에도 이 굳건한 재버워키는 본 모습으로 돌아가지 않으려 애를 쓰고 있었다. 정신을 놓는 순간 죽는 건 그 하나가 아니었다. 그를 받고 간신히 버티고 선 벤자민 클레어에게까지 상당한 상해를 입게 될 거였다. 그러니 피를 한 대야 더 쏟아내는 한이 있어도 정신만큼은 붙들고 있으려 테오필은 노력하고 있었다.

한편, 그들과 대치하고 선 두 인간의 시선은 재버워키의 상흔, 정확하게는 그곳에서 흘러드는 핏물의 색깔에 말을 잃었다. 혐오감이 짙게 밴 그들의 눈빛이 벤자민에겐 도리어 견딜 수 없을 만큼 혐오스러웠다.

중요한 건 테오필이 다쳤다는 게 아니었다. 재버워키가 죽어가고 있고, 그 꼴조차도 인간과 달라 징그럽기 짝이 없다는 것만이 그들에게 중요했다.

"그만 물러나시죠, 클레어 군."

B가 말했다.

"에블린 장관께 이 같은 일은 구태여 알리지 않을 테니까. 아직 숨이 붙어있으니 그것도 사람 꼴을 하고 있는 것 아닙니까?"

"하하…, 들었어요, 테오필? 사람 꼴이래. 당신 보고."

세상의 주류(mainstream)를 이루고 있는 것은, 사실 인간이 아닌 괴물들이었던 건 아니었을까. 겉으로 보기에 그럴듯하게 포장한들, 그 포장이 이토록 투명하다면 무슨 의미가 있겠는가.

그는 어머니인 에블린 클레어를 자랑스럽게 생각했다. 귀족이 아닌 출신으로, 그만한 자리에 오른 어머니는 그들 남매에게 더할 나위 없는 영광이며 죽을 때까지 평생토록 존경하는 인물로 군림할 것이 분명했다.

그렇지만, 그것과 별개로, 벤자민은 어머니가 수호하는 메르헨의 법리를 옹호하고 싶진 않았다.

"내가 보기엔 지금 여기서 사람인 건 당신 하나인 것 같은데."

벤자민은 테오필의 파리한 안색을 내려다보았다.

"테오, 솔직히 저들도 사람 꼴을 하고 있을 뿐이지, 사람은 아니잖아요. 안 그래요?"

메르헨의 법리는 비주류를 포함하지 않는다. 오롯이 다수와 평균적인 인간을 위한 법으로 그 바깥에 존재하는 수많은 비주류들을 그보다 더 밖으로, 사회적 절벽 끝으로 몰아붙이는 힘으로 작용했다. 그렇기 때문에 벤자민은 법학과 정치엔 뜻이 없었다. 잘하고 못하고를 떠나, 세상에 '획일적인 존재'들만 있다고 믿는 그들 세계를 벤자민 클레어는 도저히 받아들일 수가 없었다.

"─묻는 말에 대답은 할 수 있겠습니까, 페러그린 씨."

낯선 목소리가 그들 사이를 가로지르자, 벤자민 클레어의 목 끝에 칼을 겨누고 있던 순찰병들은 한 번 더 칼자루를 쥐고 물러났다. 상황은 한 번 더 변했다. 벤자민 클레어는 제 목을 둘러오는 낯익은 체온에 지나친 안도감이 밀려들어 하마터면 눈물을 떨어트릴 뻔했다.

왕실 사유지로 들어갔던 두 사람이 돌아왔다. 돌아온다고 뭐가 달라질 리는 없었다. 테오필 페러그린의 역 마력코어의 범위 안에 들어온 이상, 마법사가 둘이 온들 셋이 온들 순간이동으로 도망치는 것조차 여의치가 않았다.

아델은 사태를 짐작하고 온 건 아니었는지, 벤자민 클레어를 데리고 도망칠 요량으로 그를 무심코 뒤에서 끌어안았다가 그가 간신히 지탱하고 선 테오필의 상태에 놀란 눈이 되었다. 도대체 왜 일이 이렇게 되었느냐고 묻고 싶은 눈치였지만, 소뵈르의 연이은 질문에 정말 말이 나오진 않았다.

"대답도 힘듭니까?"

재차 그렇게 묻자, 테오필은 갈라지는 목소리로 대답했다.

"왜, 과다출혈로 정신, 놓은 날 끌고 갈 커다란, 마차라도 구해왔어요?"

"그런 걸 약탈해 올 수 있었다면 퍽이나 좋았겠지만, 그런 성과는 없었습니다."

"다른 성과는 있었고…?"

"그건 지금 드릴 말씀이 아닌 것 같군요. 묻는 말에나 대답하세요. 당신이 정신을 잃어도 당신 주변에선 마법이 안 먹힙니까?"

모두가 단박에 질문의 의도를 짚었다. 요는, 마법이 먹혀야 했다. 어디로 도망을 치든, 재버워키의 본 모습은 평균 체고 30m에 이르렀다. 그 정도 덩치와 무게가 되는 테오필 페러그린을 들고 도망간다는 건 말이 안 됐다. 순간이동이 필요했다. 크기가 클수록 마력코어에 무리가 오니 가능한 인간 형태에서 먹힐 방도만 있다면, 더할나위 없이 좋을 터였다.

"…먹히는 걸로 알지만, 정신을, 잃으면 결국, 본 모습으로 돌아가는데. 심장마비로 죽고 싶지 않으면, 관둬요. 사람 하나의 코어론 모자랍니다. 차라리, 루이스가 튀어, 나오는 걸, 기다리는 편이 나을지도 몰라요. 요르문간드의, 피조물을 이렇게 대하는 건 커다란, 흐름에…."

"…마법을 사용할 수 있으면 됐습니다. 시끄럽게 떠들지 말고 잠이나 한숨 푹 주무십시오. 클레어 군도 거기서 떨어지시고."

흐려지는 정신을 대변하듯이 테오필의 눈이 차츰 검게 물들고, 소뵈르 샬레는 시선을 내리깔았다.

"오즈의 기적이 무엇인지 보여드리죠."

　　　　　　　　＊＊＊

C1135년 7월 20일, …로부터. (정말 어떤 이름인가를 쓰고 싶었어. 정말이야. 그렇지만 너도 알다시피 내겐 이런 편지에 적을 이름이 없어. 부디 여기까진 읽어줬으면 좋겠다. 여기까지만 읽어도 넌 분명 내가 누군지 알 테니까.) 그저께 새벽에 네 얘길 듣고 돌아오는 내내 생각했어.

나는 마땅한 부모가 없고, 형제라고 할 만한 애들도 전부 나를 등지고 그 배에 남아버려서 더 미련도 없지만 넌 나와 다르겠지. 데보라 허니셋이 아무런 편지 혹은 유서조차 남기지 못하고 죽은 건, 나로서도 유감이야. 19년이나 지나서, 아무런 관계도 없는 내가 이런 말 해봤자 죽은 허니셋 경에겐 아무런 위로가 되지 않을지도 모르겠지만 진심으로 그래. 난 데보라, 너희 어머니를 직접 만난 적은 없지만, 그래도 남이라고는 생각하지 않아. 널 낳아줬잖아. 모르긴 몰라도 네 생김새 어딘가 허니셋 경이 있을 테고, 네 사고방식 하나하나에도 네 어머니의 흔적이 남아있겠지.

내가 편지를 쓴 건 다름 아니라, 어떤 가설에 대해 말하고 싶어서였어. 네가 알고 있는 범위 안에서 그날 밤에 있었던 일을 설명했을 때, 네가 그런 얘길 했었지. 너희 어머니가 연락망을 회수했을 땐 이미 책이 바꿔치기 당한 상태였다고. 그로 인해 하얀 여왕이 너희 어머니의 배신을 의심했고, 그로 인한 숙청이 있었다고도 했고. 그렇지만 내 생각엔, 어쩌면 그게 아닐 수도 있을 것 같아.

너희 어머니는 마력코어가 아니었고, 두 여왕 후보가 대립하던 시기엔 마력코어 탄압이 심했다고 알고 있어. 당시에도 가장 강력한 병력은 곧 마법사였고, 서로의 수중에 있는 마법사의 머릿수를 줄이는 것이 상대방의 전력을 감소하는 데에 유리하다고 생각했으니까.

그러니까, 내 말은, 배신자가 없었을 수도 있었다는 얘기야. 단지 어떤 마력코어가 톱니바퀴를 틀어놓았을 가능성도 있지 않을까, 하는 거지.
물건을 바꿔치기하는 공식 정도는 리히트 대학을 2년만 다녀도 웬만큼 한다는 기본 공식이라는 모양이라더라. 즉, 너희 어머니의 이동 경로를 예측하고 그 궤도를 공식에 집어넣을 만큼 머리가 돌아가는 마법사만 있었다면 얼마든지 움직이는 사람의 손에서도, 그걸 들고 있는 사람조차도 모르게 물건을 빼올 수 있었다는 얘기야.

 너무 거창한 얘기란 건 알아. 그런 게 가능한 마법사가 있을 리 없다는 얘길 하고 싶을지도 모른다고도 생각해. 궤도를 변경해가며 공식을 만든다는 건, 비전문가인 내가 생각하기에도 기적이라고 밖엔 표현할 길이 없을 정도니까. 그렇지만 난 도무지 그런 가능성을 떨칠 수가 없어. 왜냐하면 내가 오랫동안 알고 지냈던 악연 중엔 그런 걸 해내고도 남는 사람이 있었으니까―(후략)

* * *

 이동할 수 있는 장소의 후보는 많지 않았다. 괴물의 모습으로 돌아간 테오필 페러그린의 덩치를 감당할 만한 공터의 좌표를 찾는 것부터가 일이었기 때문이었다. 만일 그들이 리히트 대학의 학생이 아니었더라면, 더불어 헤르만 아델하이트가 메르헨시티로 오기 전 소뵈르에게 들었던 충고를 고려하여 그리폰 가의 별택(別宅) 좌표를 외워오지 않았더라면 교외를 한참 헤매야 했을지도 몰랐다.
 선택의 여지가 별로 없었던 것에 불과했지만, 그런 어설픈 이유로 선택한 도피처치고는 그리폰 가문의 비호는 꽤 강력하게 작용했다. 부상당한 테오필을 비롯하여 그리폰 남매가 특별히 신경 쓰고 있다는 리히트 대학의 학생들이 급히 피난을 왔음을 본가에 알리자마자 별택으로 날아온 것은 레오폴트 그리폰이었다. 마침 일이 있어 상경한 참이었으므로, 본가의 이사벨보다 재빨리 별택에 도착할 수 있었다는 모양이었다.

 그 후로는 그들이 무엇을 할 것도 없이 일은 제법 순탄하게 풀렸다.

레오폴트 그리폰까지 다섯이서 작정하고 말을 맞추기만 해도, 그리폰 측에서 왕가에 손해배상을 요구할 수 있을 만한 사건이었다.

남작이라는 낮은 작위는 형식적으로 받은 것에 불과했다. 그리폰은 인간들이 '이종족의 숲'이라 명명하고 이종족들 스스로 '요르문간드의 숲'이라 부르는 그 남부 숲에서 파견한 외교 사절에 가까운 개념이었고, 그리폰과 창조신이 나눈 서약은 국가 간 협약에 가까웠다. 벌금만 물고 넘어갔을 일을 구태여 발표하여 일을 키운 건 창조신 측이니, 협상 테이블에서 그리폰이 유리했음은 물론이었다.

따라서 단순 왕실 사유지 침입 사건치곤 거창하게도 에블린 장관의 큰아들이 직접 그리폰 가의 별택에 출두하여 사건 정황을 들었다. 그리폰 가문과 친분이 있는 재버워키가 단순히 산책 도중 신의 결계를 실수로 잘못 건드렸을 뿐인데, 그가 단지 이종족이라는 이유로 순찰병이 무단 발포한 사건이라고 레오폴트가 정리를 끝내자, 파견을 나온 아론 클레어는 탐탁잖은 기색이었다. 그러나, 그게 다였다. 그의 입에선 이렇다 할 반박은 나오지 않았다. 그저 레오폴트가 마련한 테이블에 반듯하게 앉아, 꼿꼿한 자세와 어울리지 않으리만큼 나른한 목소리로 준비한 답변을 할 뿐이었다.

"당신 말대로 그리폰 가문과의 불가침 서약을 먼저 깬 건 왕가입니다만, 손해배상까지는 요구하지 말았으면 합니다."

아론 클레어는 피로한 기색이었다.

"창조신께서도 적당히 묻기를 바라시는 눈칩니다. 그렇지 않아도 신의 결계로 국경을 폐쇄한 일 때문에 다른 창조신들의 여론을 신경 쓰고 계신데, 고작 이런 사소한 일로 커다란 흐름까지 침범했다는 사실을 대외에 알리고 싶어 하시진 않으셔서 말입니다. 여기서 더 사고를 쳤다간 당신네 신처럼 제제를 먹을지도 모르지 않습니까."
 "…그래서 에블린 장관님의 혈연께서 직접 오셨군요."
 "정치적 제스처죠."
 아론이 자세를 조금 무너트려 턱을 괴고 앉았다.
 "군에선 본인들의 과실을 인정하지 않아서 말입니다. 이종족에게 발포했다는 사실 자체가 그네들한텐 별로 큰 죄가 아니니까요. 그러니 군은 우리 뒤로 숨겨주고, 법무장관이 제 측근까지 움직여 사건을 덮었다고 처리하는 겁니다. 그래야 아무도 불만이 없지 않겠습니까."
 "그렇지만, 저희로서는 이 사건을 덮을 이유가 없는데요."
 레오폴트는 그를 똑바로 응시했다.
 "함구하면 무엇을 주십니까?"
 "안정을 드리지."
 "무슨 안정을?"
 "…나라 없는 그대들을 우리 정부가 보호하고 있음을 상기해드릴 필요가 있는 것 같군요."
 레오폴트는 그와 대담하며 그때야 처음으로 가느다랗게나마 소리를 내어 웃었다.
 "이미지가 중요하다고 하셨던가요."
 레오폴트의 붉은 머리칼 아래, 금빛 눈동자는 서늘했다.
 "정말 맞는 말씀입니다. 세상에 누가 그런 상상이나 하겠습니까. 범법 행위를 하면 자식이라도 잘라낼 것 같던 에블린 클레어가 막내아들 좀 지켜보겠답시고 창조신의 침입자 봐주기에 가담하고, 뭐든 전능할 것 같은 창조신 또한 정치에 따라 다음 수를 정한다니…."
 인류는 백 년이 지나도록 주제를 모르는구나. 레오폴트는 태연한 표정 아래, 날이 선 말을 삼켰다.
 "이렇게 해도 들키지 않는 건 분명 인간들이 지나치게 시각이 발달한 동물인 탓일 겁니다. 누군가가 특정 행동을 반복하기만 해도 원래 그런 사람인 줄 알아요. 시각이 지나치게 발달한 탓에 눈에 보이는 것 외에 다른 무언가가 존재할 수 있다는 건 좀처럼 상상을 못 한다니까요."

* * *

"하하, 진짜 골치 아픈 양반이네."
 벤자민 클레어의 손엔 그토록 찾아 헤맸던 희곡이 들려 있었다. 건넨 것은 마지막까지 희곡을 들고 있었던 소뵈르 샬레였다.

 그리폰 가문의 별택에서 내어준 객실은 지내던 여관보단 단연 넓고 깔끔한 편이었다. 만일, 창밖에 해가 쨍했더라면 한쪽 벽면을 크게 차지하는 유리창으로부터 햇살이 함빡 쏟아져 들어와 좀 더 환하고 깨끗한 이미지가 살았을 법한 공간이었다.
 빗방울은 유리창에 투명한 선을 그리며 떨어졌다. 계절에 걸맞게 오래는 내리지 않을 소나기였다. 침대 가장자리에 걸터앉은 벤자민은 희곡의 페이지를 빠르게 넘기며 책의 상태를 확인했다. 창가에 나른히 걸터앉아 책만 덜렁 건네주고 제게 시선 한 번 주질 않는 저 마법사는 행동의 동기를 알기 어려웠다.
 "이게 정치적으로 문제가 될 수 있는 책이라는 걸 알고도 바꿔치기를 했어요?"
 "해달라고 부탁한 건 당신이잖습니까?"
 "아니, 거기까지 머리가 돌아갔으면 포기하고 돌아오는 게 보통이잖아요. 적어도 이걸 옮기고 있었던 허니셋 경 정돈 아주 곤란해질 텐데. 아니면 허니셋 가문에 뭐, 원한이라도 있어요?"
 "…기사 가문에 원한 있을 만한 신분도 아닌데, 뭘…."

"그럼 그밖에 브라이어 로즈 세력의 누군가한테 데인 게 있으신가? 누가 있지, 파우스트 공작? 라몬트 가문, 그리폰 남작도 따지자면 그쪽일 테고…."

벤자민은 손가락을 하나하나 꼽아가며 가문의 이름을 들먹이다가 눈을 크게 끔뻑였다.

"아, 그렇지만 당신 그리폰 남작의 후원으로 학교 다닌다고 하지 않았어요? 그럼 당신도 정치적 색깔을 따지자면 하얀 쪽 아니에요? 도무지 동기를 모르겠네."

"그 책."

벤자민 클레어가 갑작스럽게 대화의 물길을 틀어버리는 소리에 고개를 바짝 들고 한 번 더 소뵈르를 쳐다보았다.

"책이 왜요?"

되묻자, 소뵈르는 느릿하게 입을 열었다.

"그냥, 어디다 쓰든 당신 자유니까 알아서 하시라고요."

"…그것 참 사람 심정 복잡하게 하는 소리네요."

"말은 그렇게 하셔도, 이제 러더퍼드 경께 돌려드릴 생각은 사라지신 것 같은데?"

"아, 물론 그렇죠. 지금 큰일이 난 건 당신들이 아니라 나거든."

객실의 문이 묵직한 소리를 내며 열리는 통에, 대화는 그곳에서 끊어졌다. 노크도 없이 방문한 불청객은 다름 아닌 협상을 위해 그리폰 가의 별택을 방문했던 벤자민 클레어의 큰형이었다.

파리한 안색과 어울리지 않게 날카롭게 벼려낸 칼 같은 눈매와 굳게 다물린 입술의 모양새 무엇 하나 벤자민과 닮은 구석 하나 없는 사내였다. 그는 일어나 인사를 할 생각도 없어 보이는 소뵈르에게 눈인사만 간신히 하고, 제 동생의 손목을 단번에 낚아채었다.

"미리 알리고 오면 저희 벤자민이 이 빗속도 뚫고 창문으로 도망치고도 남을 놈이라 실례를 무릅쓰고 방문했습니다. 잠시 이 아이 좀 빌리겠습니다. 급한 대화 도중이셨다면 죄송합니다만, 저희도 말없이 집을 나간 막내 때문에 적잖은 마음고생을 한 터라 더 기다리기가 어려워서 말이죠. 양해 부탁드립니다."

"아, 형! 이거 놔!"

"넌 입 다물어라, 벤자민."

소뵈르는 손목을 밀고 당기며 실랑이를 벌이고 있는 형제를 무심한 눈길로 쳐다보다가, 한숨을 내려놓았다.

"네, 뭐…. 줄 것도 다 줬고, 데려가셔도 됩니다."

"아니, 잠깐, 내 의견은요?! 이럴 땐 좀 말려줘야 하는 거 아니에요?!"

"글쎄요, 가족 싸움엔 안 끼는 게 상책인지라…."

말이 떨어지자마자 상황은 간단히 끝났다. 아론 클레어는 고스란히 동생의 손목을 끌었다. 벤자민은 불만스레 투덜거리면서도 그의 큰형이 잡아당기는 대로 결국 말없이 끌려 나갔다. 독심술사가 아닌 한, 한눈에 알 수 없는 형제만의 역학 관계가 작용한 탓이리라. 소뵈르는 두 사람이 사라진 문가에서 시선을 거두고, 창밖을 바라보았다.

테오필 페러그린을 숨겨둔 별택의 정원 한구석에서 익숙한 실루엣이 보였다.

헤르만 아델하이트가 우산도 없이 그 빗속을 뛰어 별택 건물로 다가오는 것이 보였다. 소나기는 그칠 줄 몰랐다.

＊＊＊

벤자민 클레어는 구태여 따지자면 형제들과는 관계가 좋은 편이었다. 어쩌면 에블린 장관이 그리폰 가문으로 직접 출두하지 않은 것에 감사해야 할지도 몰랐다. 아론 클레어와 갖는 티 타임은 어머니와 마주 앉은 것보다는 좀 견딜 만했다. 생긴 것만큼은 어머니를 빼다 박았다고 해도 과언이 아닐 지경인 큰형이었지만, 성정은 어머니보단 아버지를 닮았던 까닭이었다. 그는 처세엔 관심이 없고, 그저 어머니의 명성에 누가 되지 않는 최소한의 위치에 머물러 있는 것에 만족하는 사람이었다.

말로는 가출한 막내와 집안일로 할 말이 있다고 했지만, 보나 마나 목격자를 일부러 만들어두려는 속셈일 터였다. 어머니로부터 막내에게 이제 그쯤하고 집에 들어오라는 소릴 전하라는 명령을 받았겠지. 그러나 아론 클레어는 어머니만큼 막내를 알았고, 어차피 안 될 일이라 판단하여 '노력은 했다'는 목격 정보만 만들고 빠질 요량일 것이 뻔했다.

티 타임 자리를 마련해준 레오폴트 그리폰은 이 어색한 형제 상봉에 정신력을 소모할 생각이 없었는지, 자리만 마련하고 금방 빠졌다. 차를 절반 비웠을 적에야 아론 클레어가 입을 열었다.

"어머니가 그만 돌아오라신다."

예상했던 첫 마디였으므로, 벤자민은 찻잔에서 입술을 떼어내며 단호히 잘랐다.

"싫어."

아론은 무거운 한숨을 쉬었다.

"신디 편지 받았을 텐데. 중간에 낀 형과 누나들 입장 좀 생각해라."

"알 바야? 싫으면 오지 말든가."

뼈마디가 도드라지는 아론의 손이 불규칙하게 테이블을 두드렸다.

"…솔직히 우리도 바보가 아니니, 레오폴트 그리폰이 우리에게 적당히 둘러댄 것이란 걸 안다. 만일 네가 정말로 재버워키를 데리고 산책만

하고 싶었던 거라면 신디에게서 사유지 구조도를 받아갈 이유가 없었겠지."

"…그거 협박이야? 형은 좀 다를 줄 알았는데, 어머니 도와가며 일하더니 사람 변했네. 이젠 동생한테 감옥 가기 싫으면 형 말 들어라, 그런 소릴 다 하고."

"네가 그렇게까지 해야 말을 듣는데 그럼 우리가 뭘 더 어떡하겠냐. 나도 이번엔 널 데려가지 않으면 어머니 앞에서 면이 안 서는데…."

"…그럼, 면만 서게 해주면 눈감아주나?"

"……."

아론 클레어가 말의 뜻을 알아채지 못하고 부연 설명을 요구하듯이 동생을 한 번 쳐다보자, 테이블 위로 올라온 것은 희곡 한 편이었다.

"어머니가 원하는 게 나 하나는 아닐 거 아냐? 그만큼 성공하셨음에도 얻지 못한 작위를 원하시겠지. 신분 콤플렉스 대단하시잖아."

"…그것과 이 책의 연관성을 모르겠다만."

"브라이어 로즈 세력의 반역 모의…에 사용된 연락망이야."

벤자민은 아론에게 책을 건넸다.

"우리 어머니는 5년에 한 번씩 정권이 바뀌는 정국에서 줄을 선다는 건 다음 정권에서 목숨을 내놓겠다는 짓과 다를 바 없다고 생각하시는 모양이지만, 그래선 진척이 없어. 어차피 이 게임은 승자가 나오게 되어 있으니까. 차라리 색깔을 확고히 해두는 게 나아. 사지 않은 복권엔 당첨도 안 되는 법이고, 애매한 중도파는 어느 한쪽이 권력을 잡았을 때 상대파와 같이 숙청당하는 경우가 많으니까. 아마 그 책, 암호만 잘 풀면 카멜리아 로즈가 숙청하고 싶어도 물증이 없어서 두고봐야 했던 사람들의 이름이 줄줄이 나올걸. 그 책은 그 사람들을 숙청할 명분을 주는 물증이고."

아론 클레어의 파리한 손이 희곡의 표지를 들췄다. 심중을 알기 어렵다는 말로 성에서 이미 정평이 난 그의 무표정 위로, 미묘한 표정이 떠올랐다. 웃는 것인지, 혹은 그 웃음기조차 착각인지 알기 어려울 만큼 미세한 표정 변화였다.

"…네 말인 즉, 반역 모의의 물증을 제공해 브라이어 세력의 핵심 가문 몇을 숙청하고 게임의 균형을 깨라는 소리로구나. 카멜리아 로즈에게 유리하도록. 공신은 반드시 작위가 떨어지게 마련이니까…."

"왕실 사서 하나도 구금하고 있지 않아? 물증 나왔으니 자백하라고 문초해도 명분 없단 소린 안 나올걸. 뭐, 물증 나왔다는데 그 양반도 웬만큼 신념 있는 게 아니면 계속 입 다물고 있기도 어렵겠지마는."

"어머니께 말은 전해보마. 네가 이걸 대가로 자유를 요구했다고. 그 이상의 요구할 게 있으면 지금 말해라, 전해는 볼 테니."

"뭘 더 요구할 게 있겠어."

차는 이미 차갑게 식었음에도, 벤자민 클레어는 제 몫의 찻잔을 입가에 가까이 가져가며 말을 맺었다.

"이만큼 해드렸으니 웬만하면 다신 보지 말고, 내가 어디서 뭘 하든 신경 좀 끄시라고 전해줘."

\*\*\*

"왜 비를 맞고 왔어요…. 날 부르거나 우산을 소환하거나, 하다못해 내가 못 미덥거든 레오폴트 그리폰이라도 부르면 될 일을."

"갑자기 확 쏟아질 줄 알았나요. 별택도 넓어서 우산이 어디 있는지 좌표도 모르겠고, 샬레 군이나 레오의 위치도 마찬가지였어요."

테오필 페러그린의 상태를 보러 갔다가 갑자기 쏟아진 소나기에 비를 홀딱 맞고 별택으로 돌아왔더니, 소뵈르가 객실 복도에서부터 그를 진득하게 기다리고 있었다. 아델이 어쩐 일이냐고 물을 틈도 없었다. 그는 고스란히 아델의 손목을 붙잡았고, 그의 객실까지 끌고 들어왔다.

헤르만 아델하이트의 짤막한 머리칼에 부드러운 손길이 닿았다. 더운물로 씻고 나오니 웬일로 소뵈르가 수건으로 머리칼을 말려주겠다는 별난 소릴 했다. 거절할 명분도 마땅히 떠오르지 않아, 아델은 순순히 그를 등지고 앉았다.

그러는 동안 잠시 아무 대화도 오가지 않았다. 웬일로 소뵈르가 먼저 이 상황에서 나올 법한 화두를 꺼냈다. 무엇하러 비를 맞았냐거나, 우산을 소환할 순 없었겠냐는 평범한 타박이 아델에겐 다소 낯설게 느껴졌다.

그리폰 가의 저택도 구조에 빠삭하진 않은 마당에, 처음 와보는 별택에 뭐가 어디에 있는지, 우산 같은 건 어느 좌표를 찍어야 소환할 수 있는지 아델이 알 수 있을 리가 없었다. 그런 대답을 하고 나니 대화는 또 맥없이 끊어졌다. 결국, 먼저 입을 연 건 아델이었다.

"난 안 되더라고요, 샬레 군 하곤 달라서."

그런 소리에 머리칼을 말려주던 소뵈르의 손길이 느려졌다.

"…움직이는 사람의 좌표 같은 건 못 찾아요, 나는."

"…알고 있었어요? 내가 책을 훔쳐온 것."

"극단 출신이라고 했잖아요. 거짓말하는 건 꽤 잘 잡아내요. 연극과 인형극은 처음부터 끝까지 거짓말이거든요. 배우도 얼굴에서 티가 나는데, 당신이라고 티가 안 나겠어요."

소뵈르는 그제야 메르헨시티에 있는 내내 불협화음을 내며 돌아가고 있던 톱니바퀴가 무엇인지 깨달았다. 손길은 멈추고 또 한동안 둘 사이에 아무런 말도 오가지 않았다.

"…샬레 군, 나하고 연극 한 번만 해줘요."

"무슨 연극을 말입니까?"

"그날 기억해요? 내가 아파서 쓰러졌던 날 있잖아요, 편지 사건 때. 그때 나 사실 굉장히 이상한 꿈을 꿨었거든요. 샬레 군하고 거짓말 하나 없이 대화하는, 그런 이상한 꿈이었는데."

"…알아요, 전에 언뜻 들었습니다."

"그런 연극을 한 번만 해줘요. 다시는 이런 떼는 안 쓸 테니까."

마주 보는 것이 두렵다. 그렇다고 해서, 이토록 떨리는 목소리로 그의 전부를 가르쳐달라 말하는 헤르만 아델하이트를 뿌리치고 도망칠 만한 힘은 없었다. 만일 있었다 한들, 아델이 몸을 돌려 앉은 순간 빠져나간 게 분명했다.

머리칼을 그토록 정성스럽게 말려준 보람도 없었다. 마주본 아델은 안아주지 않으면 당장이라도 눈물을 떨어트릴 것 같은 표정이었다. 마치 깨질지도 모르는 물건을 본능적으로 받아내는 것처럼 그는 아델을 가만히 끌어안았다.

"뭐든 물어봐도 괜찮아요. 그때 꿨던 꿈처럼."

"…내가 토마 샬레를 질투했다고 해도, 화내지 않아요?"

"…화는, 당신이 내야죠. 거짓말은 내가 했잖습니까. 숨기는 것도 많았고."

"날 친구라고 생각해요?"

"…어쩌면. 적어도 나와 가장 가까운 사람이라고는 생각합니다."

그의 대답에, 아델은 그저 그의 품 안에 고개를 기대어 올 뿐이었다.

"신의 영역은 왜 연구해요?"

"…복구, 하고 싶은 게 있어서요."

"무엇을? 토마 샬레를?"

하고 싶은 말은 많았다. 그럼에도 모든 게 아직은 과분한 투정처럼 느껴져서 참았다. 소뵈르가 헤르만 아델하이트만 있어도 괜찮은 시기가 올지는 미지수였다. 적어도 그게 지금이 아닌 것만은 분명했다. 아델을 소중히 여기지만, 그럼에도 토마 샬레에게 상당한 미련이 남았다고 소뵈르 본인이 긍정한 참이었다.

그 감정에 대해 아델이 요구할 수 있는 건 없었다. 그저 언젠가 소뵈르의 안에서 로헤드 사건이 퇴색하기를 기다리는 것만이 가능할 따름이었다.

"…내가 당신을 만난 게 너무 늦어서, 그게 이렇게 서글픈 날이 올 줄 몰랐어요."

"어쩌면 오히려 그게 당신에겐 좋은 일이었을지도, 모릅니다."

서서히 몸을 조금 떨어트리고, 소뵈르는 아델의 눈을 똑바로 들여다보았다. 그 보랏빛 눈동자 속에, 소뵈르 샬레의 보기 드문 쓴웃음이 일렁거렸다.

"난 당신 생각보다 훨씬 집착이 강한 사람이라서요…. 신의 영역을 넘보면서까지 죽은 사람을 되찾고 싶어 할 만큼. 나 같은 사람에게 잡혀 살기엔, 당신은 너무 좋은 사람입니다."

"…소뵈르, 날 너무 높게 치지 말아요."

아델은 조금 다급한 목소리를 내었다.

"난 그렇게 먼 사람이 아니에요. 먼 사람이 되고 싶지 않아요. 당신이 로헤드 사건에서 벗어날 때까지, 기다리라는 만큼 기다릴 수 있으니까 멀어지라고는 하지 말아요."

\*\*\*

테오필 페러그린은 깨어나고 나서도 한참을 숲속에 틀어박힌 채 사람들 앞으로 나올 생각을 하지 않았다. 그를 만나러 온 사람들로부터—레오폴트 그리폰과 헤르만 아델하이트, 소뵈르 샬레가 다였다. 그리폰 가문에서 일하는 사용인들 또한 인간인 경우가 많았으므로 재버워키를 무서워했던 데다가 설상가상으로 테오필 본인이 마력코어가 아닌 인간과의 면회를 모두 거절했던 까닭이다.— 들은 이야기에 따르면, 아직 인간의 모습을 취할 만큼 회복이 된 게 아니라고 했다. 이 모습으로 움직였다가 또 무슨 오해를 살지 알 수 없었다. 그는 몸을 사리기로 했다. 자신 때문에 또 누군가가 곤란해지기를 원하진 않았다.

그가 깨어난 이상, 마법사가 필요하진 않았다. 잠들지 않으면 하다못해 결로현상을 막아주기 위한 결계도 먹히지 않는 체질이니 소뵈르나 아델이 그에게 해줄 수 있는 것도 없었다. 테오필도 그러라고 떠밀었다. 결국 헤르만 아델하이트와 소뵈르 샬레는 기차를 이용해 먼저 남부로 돌아갔고, 별택은 훨씬 고요해졌다.

벤자민 클레어는 그리폰 가문의 별택에 조금 더 몸을 의탁하고 지냈다. 그의 어머니가 언제 어느 시기에 물증을 사용하여 피바람을 일으킬지 알 수는 없지만, 아론 클레어가 전해온 소식에 따르면 어머니에게 했던 요구가 잘 받아들여진 모양이었다. 그것은 에블린 클레어로부터 완전한 독립을 이룩한 것이면서도 반대로 갈 곳을 잃었다는 의미이기도 했다.

일이 이렇게 된 마당에, 굳이 가족들이 다 아는 하숙집으로 돌아가고 싶은 기분은 들지 않았다. 그는 그리폰 가에서 할 수 있는 일을 돕겠다는 조건으로 짧지 않은 체류를 하며 어머니 뜻대로 입학했던 왕립대학의 자퇴서를 준비했다. 꿈을 이루기 위해 메르헨시티 인근 항구 도시로 거처를 옮길 준비도 나름대로 차곡차곡 하기 시작하니, 시간은 눈 깜짝할 새에 흘렀다.

벤자민이 테오필을 만나러 간 것은, 그가 약 한 달가량의 독립 준비를 끝마치고 그리폰 가를 나가기 전날이었다. 사실 테오필이 막으려 해도 만나고자 마음먹은 사람의 방문을 막기 쉽지도 않았다. 그만한 덩치를 간신히 키가 큰 나무들을 둘러 어영부영 숨겨놓은 것에 불과했고, 아직

거동이 불편했던 까닭이다. 테오필은 그 새장에서 도망치려야 도망칠 구석이 없었고, 새장 안으로 들어온 벤자민을 피해 그 모습으로 무리해서 메르헨시티 상공을 날 수도 없는 일이었다. 그랬다간 발포가 아니라, 신벌(神罰)이 떨어질지도 몰랐다.

 벤자민이 그의 역마력코어 범위 안에 들어섰을 무렵, 오전부터 맑은 하늘에 떨어지던 소나기가 예고 없이 그쳤다. 나뭇잎 사이로 점점이 떨어지는 눅눅한 햇살 아래에 검고 무어라 형언하기 어려운 물체가 가로놓여 있었다. 재버워키라니 정말 적절하지 않은 이름이네. 벤자민은 물기를 가득 머금어 자박자박 소리가 나는 숲길을 걸으며 우산을 접었다. 등 뒤로 커다란 날개를 드리우고 호박을 박아놓은 것처럼 서늘하게 빛나는 금빛 눈동자, 파충류에 가까운 생김새를 모두 한데 아우른 그 이종족에겐 그런 알 수 없는 말보단 드래곤과 같은, 널리 알려진 상상 속의 동물의 이름이 더 어울렸다.
 "…굳이 보러 오지 않아도 괜찮았는데. 다 나으면 안 그래도 당신 한 번 만나러 갈 생각이었어요."
 "올 생각이 있기는 했다고요? 인간은 면회 안 받는다고 한 거 댁이잖아요."
 "아, 너무 까칠하게 그러지 맙시다. 당신 같아도 이런 꼴 별로 보여주고 싶지 않았을걸요."
 테오필은 긴 몸체를 뉘어 지면에 바짝 엎드려 있던 그 자세 그대로 꼼짝도 하지 않았다.
 "모처럼 만든 인간 친구인데 겁주고 싶진 않았단 말입니다. 하여간 눈치가 없어요, 눈치가."
 "당신 의외로 자의식 과잉인데 자각 있어요?"
 벤자민은 우산의 물기를 털어내고, 가까운 나무 밑둥에 기대어두었다.

"매번 사람 은근히 무시하시네. 미안하지만 인간은 고양이처럼 본능으로 사리를 판단하지 않아요. 지능을 가진 동물이라면 이성을 가지고 사리를 판단하죠. 그 모습 보고 실망할 거면 여기까지 왔겠어요? 한 10m 앞에서 발견하고 도망쳤지."

"…하하, 우리 사돈 할배가 맨날 하는 말이 있는데 그게 뭔지 알아요?"

"뭔데 그래요? 인간은 믿지 말라 그럽디까?"

벤자민은 바짝 엎드려 누운 그 커다란 몸체 근처에 풀썩 주저앉았다. 비가 내린 만큼, 숲은 당연히 진창이었다. 옷이 더러워질 각오를 하고 온 만큼 사리지 않기로 했다. 벤자민이 등을 제 옆구리에 푹 기대든 말든, 테오필은 미동하지 않았다.

"어, 뭐, 대충 그런 얘기인데. 피가 붉은 것들은 믿지 말라고 하시더라고요. 뭐, 근데 그건 아마도, 인간은 반드시 배신한다는 의미뿐만은 아닐 거예요. 그런 의미도 있을 겁니다. 벤자민 클레어 같은 인간조차 믿지 마라."

"아니, 왜죠?"

"이런 덩치와 물리적 힘, 기나긴 수명으로 인간들과 더불어 살기는 쉽지 않거든요. 당신처럼 좋은 사람을 너무 믿어서 정주고 마음 주면 거기서부터 힘들어지는 건 당연히 오래 사는 우리 아니겠습니까. 그러니 선조들의 지혜랍시고 그런 속담이 대대로 내려오는 거예요. 피가 붉은 것들에겐 좋고 나쁘고를 떠나 우선 마음 주지 마라. 믿지 마라."

"…그래서요?"

등을 통해 커다란 생물이 호흡하고 있음이 느껴졌다. 비록 생긴 것은 다를지언정, 서로 낯선 환경에서 자랐을지언정 테오필과 벤자민은 모두 살아 있었다. 상처를 입고, 서로의 눈치를 살피며 사고(思考)했다.

"난 지금 당신하고 친구 선언을 하러 왔는데 거부하시겠다?"

"…거부하면 그냥 가십니까, 클레어 군?"

"거부할 생각 없다는 거 알아서 왔으니까 얌전히 친구 계약서에 도장 찍으십시다, 페러그린 씨."

누가 먼저라고 할 것도 없이, 웃음소리가 시원스레 터져 나왔다.

"테오필. 아까 자의식 과잉이라고 한 건 웃자고 한 소리지만, 이왕 이렇게 된 거 그건 좀 확실하게 해두죠. 적어도 내가 당신을 꺼리거나, 당신을 괴물이라고 생각할 거란 생각은 하지 마세요. 내게 다른 건 의심해도 괜찮아요. 내 모든 걸 믿으라고 신신당부할 만큼 난 뻔뻔하지 않거든요."

"…그거 뻔뻔함과 관련이 있는 거예요?"

"그야 아무래도…."

벤자민은 빗물에 젖은 푸른 이파리를 무심코 올려다보았다.

"당신은 나를 당신 같은 아웃사이더라고 했지만, 사실 그렇진 않잖아요. 난 마력코어도 아니고 이종족도 아니고 그렇다고 빈민가 출신도 아니죠. 가족들이 모두 중앙 정부에서 일하고, 귀족 작위에 가장 가깝다는 말까지 나오는 집안 출신이에요. 그래서 한계가 명확하다고 느껴요. 당신에게 발포한 순찰병과 나 사이에 종이 한 장만큼의 차이도 없다고요. …그들이 괴물이라면, 나도 비슷하게 괴물이겠죠."

벤자민은 한숨과 뒤섞인 날숨을 내려놓았다.

"그러니 믿어달라고는 안 하겠다는 말이에요."

등 뒤로 느껴지던 깊은 호흡이 부스러졌다. 웃는다면 늘 크게 소리를 내어 웃던 테오필 페러그린이 숨을 죽여 웃었던 것이다. 그 낯선 소리를 가까이에서 들으며, 벤자민 클레어는 생각했다.

아마도 테오필은 그다지 천성적으로 유쾌한 사람은 아니리라. 소수에겐 타고난 천성을 누리며 산다는 선택조차 사치다. 타인에게 보이는 이미지에 집착할 수밖에 없다. 조금이라도 차별을 덜 받기 위해 유쾌한 사람인 척을 하거나, 압도적 천재의 이미지를 빌어 최소한 자신의 면전에선 함부로 말조차 놀리지 못 하게 하는 식으로 무언가 전략적 가면을 쓰는 수밖에 없었다. 그렇게 생각하면 테오필은, 전혀 닮은 구석 하나 없어 보이던 소뵈르 샬레와 다를 바 없는 전략을 채택한 셈이다.

 "…그것만으로도 당신과 그들 사이에 종이 백 장만큼의 차이가 생기는 거예요, 벤자민. 그리고 당신 같은 친구 때문에 내가 이런 부상을 입고도 인류를 포기하지 못하는 거고."

 호흡만큼 가만히 가라앉는 그의 목소리는 젖은 풀 위로 낮게 깔렸다.

* * *

 달리아 윈프리드 씨께.

 본 편지는 확인하신 후 소각을 권유하는 바입니다. 안녕하시냐는 인사는 사치이니 용건만 간략히 적습니다. 로건 러더퍼드를 비롯한 러더퍼드 가의 역모에 대한 물증이 여왕 폐하의 편전에 올라왔습니다. 현재 성에선 그들 일가를 즉결 처형하라는 문건이 빠르게 통과되고 있는 상황입니다. 이 편지를 적고 있는 저는 러더퍼드 경과는 정치색이 다르며 해당 처형 문건을 막을 힘도 의지도 없습니다마는 로건 부인과 마찬가지로 아이를 키우는 아비의 입장에서, 죄 없는 아이들까지 정쟁의 희생양으로 삼는 것은 옳지 못하다는 생각이 들더군요. 연좌에 걸리지 않을 만하고, 가장 안전하게 아이들을 맡아 키워주실 수 있는 친척을 수소문한 결과 메르헨시티와 가장 먼 북부 슈니플로케에서 살고 계신 윈프리드 부인 외엔 마땅한 친척이 없다는 것을 알아내어 연락드렸습니다. 조카들을 맡아주실 의향이 있으신 경우, 빠른 회답을 부탁드립니다. 속달 비용을 첨부하여 보냅니다.

아론 클레어로부터

P.S. 당신과 로건 부인의 관계가 당신들 아버지 사후 틀어졌다는 사실과 와이엇 윈프리드의 사망 이후 부인의 형편이 어렵다는 것 또한 숙지하고 있습니다. 그러나 만일 거절하신다면 부인께서 러더퍼드 경께 희곡을 제공했다는 사실을 보고하지 않을 수 없을 것 같습니다.

* * *

편지는 윈프리드 가의 벽난로 안에서 가느다란 불길을 피웠다가 금세 재가 되어 흩어졌다. 장작으로 쓰기에도 한참 모자란 양의 편지였다.

이제야 세 살을 넘긴 아이는 우는데, 안아줄 힘은 없었다. 새벽엔 망가진 기계처럼 삯바느질을 하고 낮엔 포목점에 나가서 일을 해야 간신히 먹고 사는 살림이었다. 그런 마당에 조카를 둘이나 맡는다는 건 가망이 없어도 너무 없는 도박이었다. 여기서 다 함께 굶어죽느니, 차라리 수도에서 영문 모를 칼에 맞아 죽는 게 조카들 입장에서도 행복할지도 몰랐다.

언니인 로건에게 더 줄 정이 있는 것도 아니었다. 아버지가 병환으로 돌아가시고 장례식장에서 크게 다툰 이후 얼굴 한 번 본 적 없는 언니였다. 다만 이번 딱 한 번, 남편의 몇 안 되는 유품 중 하나인 희곡들을 사주겠다기에 잠깐 연락을 트고 살았던 게 전부였다. 그게 이렇게 부메랑이 되어 돌아올 줄은 몰랐다.

삶이란 왜 이다지도 불합리한가. 달리아가 유일하게 스스로 한 선택이었던 남편은 극장을 덮친 화마에 스러지고, 세상은 또다시 달리아에게 고통스러운 선택을 강요하고 있었다.

이래서는 현실이 개선되지 않는다. 단순히 천 조각과 씨름을 해가며 생계를 꾸려나가기엔 한계가 있었다. 이제 먹여 살려야 할 아이는 셋으로 불어날 테고 필요한 생활비는 배로 늘어날 거였다.

 획기적인 무언가가 필요했다. 몇 푼 안 되는 일급을, 아이 셋을 먹여 살릴 수 있을 만큼 불릴 만한, 획기적인 수단이.

 포목점을 방문한 손님 사이를 부유하던 소문이 불현듯 뇌리를 스쳤다. 카드놀이 몇 판으로 큰돈을 만졌다는 사람들, 판이 벌어진다는 장소. 포목점을 방문한 손님 사이를 부유하던 소문이 불현듯 뇌리를 스쳤다. 카드놀이 몇 판으로 큰돈을 만졌다는 사람들, 판이 벌어진다는 장소. 이제는 수단의 정당성까지는 죄책감을 느끼지도 않았다. 사악한 중독(中毒)은 사회의 약자부터 포식했다. 그러한 방식으로.

 그리고 간신히 세 살 넘긴 그녀의 아이는 먹을 것 하나 없는 가난한 집구석에 곧 더 큰 불행이 주인처럼 군림하는 날이 오리라고는 까맣게 모른 채 달이 저물도록 울었다.